ro
ro
ro

ro
ro
ro

MANUELA INUSA

# *Wo Herzen sich begegnen*

## LAKE PARADISE

ROMAN

Rowohlt Taschenbuch Verlag

Originalausgabe
Veröffentlicht im Rowohlt Taschenbuch Verlag,
Hamburg, April 2023

Covergestaltung ZERO Werbeagentur, München
Coverabbildung Shutterstock
Satz aus der DTL Documenta
bei Pinkuin Satz und Datentechnik, Berlin
Druck und Bindung GGP Media GmbH, Pößneck
ISBN 978-3-499-00749-1

*Für Sibah,*
*meinen Seelenverwandten*

# 1

Es war ein wunderschöner sonniger Frühlingsmorgen in Lake Paradise, Nebraska, einem Viertausend-Einwohner-Städtchen mitten im Nirgendwo. Auf dem Stadtplatz blühten bereits die ersten Krokusse und Tulpen, Primeln und Narzissen, Hyazinthen und Stiefmütterchen. Der Rasen war satt und grün, hin und wieder hoppelte ein kleines Häschen vorbei, und der Duft nach Neubeginn lag in der Luft. Wenn man ein Stück raus Richtung See fuhr, konnte man bereits die ersten Entenküken des Jahres neben ihren Müttern auf der glatten Wasseroberfläche schwimmen sehen. Touristen wie Einheimische genossen bei einem Spaziergang die immer wärmer werdenden Sonnenstrahlen und die gute Laune, die all das mit sich brachte.

Wie an jedem Morgen um acht saßen auch an diesem Mittwochmorgen drei ältere Damen im einzigen Café der Stadt, dem *Paradise Café*, und tauschten sich über den neuesten Tratsch aus. Die drei waren keinesfalls gehässige Plaudertaschen, die nur darauf aus waren, die anderen Bewohner ihres Heimatortes bloßzustellen, nein, sie waren einfach gern informiert und gaben ihre Erkenntnisse an jeden weiter, der sie erfahren wollte.

«Was darf ich euch heute bringen?», fragte Nolan, der immer gut gelaunte Inhaber des Cafés. Passend zum Wetter trug er ein gelbes Hemd und eine grün-gelb gestreifte Fliege – anscheinend sein neuestes Fashion-Statement, denn er war überhaupt nie mehr ohne Fliege unterwegs.

«Bring mir bitte einen Caffè Latte und einen Marmor-Muffin, mein Guter, ja?», bat Murielle, die gerade ihre fünfjährige Enkelin in den Kindergarten gebracht hatte und später noch ein paar Stunden in der örtlichen Bibliothek aushelfen würde. Denn obwohl sie bereits das Rentenalter erreicht hatte, war das faule Herumsitzen nichts für sie, und sie brauchte immer etwas zu tun.

«Ich nehme einen Vanille-Macchiato und einen Kirsch-Muffin», sagte Sadie, die als die Jüngste der drei noch einen Ganztagsjob hatte. Sie war Inhaberin des *Ice Cream Paradise*, das neben köstlichem Eis auch vorzügliche Milchshakes anbot. Da sie den Laden aber täglich erst um zehn Uhr öffnete, blieb ihr glücklicherweise jeden Morgen genug Zeit, um mit ihren Freundinnen beisammenzusitzen und sich auf den neuesten Stand zu bringen, was die Bewohner und Geschehnisse von Lake Paradise anbelangte.

«Und ich hätte zu meinem Milchkaffee gerne irgendwas Frühlingshaftes», sagte Delores, die Älteste der drei und auch die Zurückhaltendste. Sie war seit Jahren im Ruhestand und einfach froh, noch am Leben teilnehmen zu dürfen. Und George, ihr ausgesprochen gutherziger Mann, bestärkte sie stets darin, morgens ins Café zu gehen, um ihre Freundinnen zu treffen, da er wusste, wie viel es ihr bedeutete. Den restlichen Tag verbrachten die beiden dann zusammen.

«Ich hätte einen Zitronen-Mohn-Muffin da, dekoriert mit einer hübschen gelben Blume aus Zuckerguss», schlug Nolan ihr vor.

«Oh ja, den nehme ich.»

«Das hört sich aber gut an, Nolan. Streich meinen Marmor-Muffin, ich nehme auch so einen», entschied Murielle sich um.

Nolan korrigierte auf seinem Block die Bestellung und sah Sadie fragend an.

«Ich bleibe bei meinem Kirsch-Muffin, danke. Heute ist Mittwoch, da esse ich immer einen Kirsch-Muffin.»

Interessant, dachte Nolan, das war ihm noch gar nicht aufgefallen, er würde mal darauf achten. Er fand es nämlich wichtig, immer für seine Gäste da zu sein, und in den zweieinhalb Jahren, die er das Café nun führte, glaubte er, die meisten von ihnen schon besser zu kennen, als es ein Café-Besitzer in der Großstadt je gekonnt hätte. Einige Kunden waren ein offenes Buch, und was er selbst nicht mitbekam, hörte er von anderen. In Lake Paradise war kein Geheimnis sicher, oder zumindest fast keins. Und doch mochte er diesen Ort, sehr sogar. Als er im Sommer vor drei Jahren hergekommen war, um seine kranke Großtante Alma zu besuchen, die auch erst im Jahr zuvor hergezogen war, hatte er sich sofort verliebt – und beschlossen zu bleiben. Denn wer einmal nach Lake Paradise kam, wollte nicht wieder weg. Das war eine Tatsache, genau wie die, dass die Tulpen und Narzissen auf dem Stadtplatz in jedem Frühling aufs Neue blühten. Und man konnte und sollte sich nicht dagegen wehren, denn Lake Paradise mit seinen endlosen Maisfeldern, seinem idyllischen See, seinen Festen und Paraden, seinem malerischen Stadtbild und seinen skurrilen, aber dennoch liebenswerten Menschen war nun mal die schönste Kleinstadt Nebraskas – und nach Meinung der meisten Einwohner sogar weit darüber hinaus.

# 2

Als die Tür geöffnet wurde, sah Savannah durch ihre Lesebrille von ihren Unterlagen auf. Mit einem Lächeln begrüßte sie die neuen Gäste, die soeben das Hotel betraten.

«Guten Tag. Sie müssen die Hoovers sein.»

«Die sind wir», antwortete die junge Mutter, die ein wenig gestresst wirkte. Sie hielt ein kleines Mädchen an der Hand und ein Baby auf dem Arm. Ihr Mann folgte ihr schwer bepackt mit einigen Koffern und Taschen und schien ziemlich aus der Puste zu sein. Sein Gesicht war knallrot angelaufen.

«Willkommen im *Paradise Inn*!», sagte Savannah und eilte um den Empfangstresen herum, um den Leuten etwas von ihrem Gepäck abzunehmen.

«Danke», sagten beide gleichzeitig. Mr. Hoover gab Savannah einen Koffer, und Mrs. Hoover reichte ihr den Rucksack, den sie an einem Riemen um die Schulter hängen hatte. Dann setzte die Frau das Baby auf den Tresen, was andere Hotelinhaber vielleicht nicht so prickelnd gefunden hätten, doch Savannah machte es nichts aus, ganz im Gegenteil. Sie liebte Kinder, konnte es selbst kaum erwarten, welche zu haben, und sie freute sich immer, in ihrer Nähe zu sein.

«Du bist ja ein süßer Fratz», sagte sie, nachdem sie das

Gepäck neben dem Empfang abgestellt und sich zurück hinter den Tresen begeben hatte. «Wie heißt du denn?» Sie sah das Baby an, als könne es ihr antworten, doch das übernahm dann die Mutter.

«Der Kleine hier heißt Luther, und das ist Marjorie», gab Mrs. Hoover preis.

*Luther und Marjorie?* Savannah zuckte innerlich zusammen. Sie fragte sich immer, wie Menschen ihren Kindern heutzutage noch solche altmodischen Namen geben konnten. Wahrscheinlich waren die beiden nach ihren Groß- oder gar Urgroßeltern benannt – etwas, das Savannah ihren Kindern bestimmt nicht antun würde. Ihre Großeltern mütterlicherseits hießen Herbert und Gertrude, sie waren deutscher Herkunft. Wie so viele Einwohner von Lake Paradise hatte Savannah deutsche Wurzeln, auch wenn sie selbst noch nie in Deutschland gewesen war oder irgendwo sonst im Ausland. Als Pastorentochter war sie mit ihren Eltern so gut wie nie verreist, denn ihr Vater musste natürlich bei jedem sonntäglichen Gottesdienst anwesend sein. Mit zweiundzwanzig hatte sie dann geheiratet und gehofft, dass sie nun die Welt bereisen würde. Sie hatte von exotischen Urlauben und tollen Ausflügen zusammen mit ihrem Liebsten geträumt, doch wie mit vielem anderen war sie auch in dieser Hinsicht enttäuscht worden.

Inzwischen machte ihr das jedoch überhaupt nichts mehr aus, denn sie führte diese kleine Pension am Lake Paradise und hatte bereits Reisende aus fast allen fünfzig US-Staaten beherbergt und dazu sogar einige aus fernen Ländern. Von ihren Gästen bekam sie oft wundervolle Geschichten erzählt – über ihre Heimatstädte, über die Roadtrips, die sie machten, und über die Orte, die sie als Nächstes besuchen wollten. Ein bisschen nahm es Savannah das Fernweh, und manchmal fühlte es sich sogar an, als wäre sie dabei gewesen. Sie war dankbar für jede einzelne Story.

Manche Gäste mochten auch nichts über sich erzählen, und das war ebenfalls okay. Die Hoovers gehörten zu diesen Menschen, das spürte Savannah sofort, also stellte sie keine unnötigen Fragen, sondern versuchte ihnen lediglich einen Ort der Ruhe und Erholung zu schenken.

«Du siehst ja aus wie eine Prinzessin in deinem hübschen rosa Kleidchen», sagte sie zu der kleinen Marjorie, die nicht älter als vier sein konnte. Dann bat sie Mrs. Hoover um ihren Ausweis und ihre Kreditkarte.

«Einen Moment», sagte diese und versuchte, alles aus der Handtasche zu kramen, während sie weiterhin das Baby festhielt, damit es nicht vom Tresen fiel. Ihr Mann hatte sich erschöpft in einen der Sessel gesetzt und wischte sich mit einem Taschentuch die Stirn ab.

Savannah tippte die üblichen Angaben in den Laptop und sah anschließend wieder auf. «Vielen Dank, Mrs. Hoover. Ihr Zimmer ist gleich hier in der unteren Etage, es ist die Nummer 3.» Sie deutete zum Gang hinter den Sesseln. «Wie gewünscht, habe ich ein Gitterbettchen hineingestellt. Wenn Sie möchten, bieten wir ab siebzehn Uhr ein Abendessen an, es gibt aber auch einige sehr gute Restaurants im Ortszentrum. Waren Sie schon einmal in Lake Paradise?»

Mrs. Hoover schüttelte den Kopf und versuchte den kleinen Luther zu beruhigen, der jetzt zu quengeln begann. Schließlich nahm sie ihn vom Tresen und setzte ihn seinem Vater auf den Schoß, dann kam sie wieder zurück zu

Savannah. «Nein, das ist unser erstes Mal. Mein Mann war der Meinung, wir sollten einen Roadtrip durch den Mittleren Westen machen. Mit zwei Kleinkindern!» Die Frau sah nicht sehr angetan aus.

Savannah ging nicht darauf ein, es war nicht ihre Aufgabe zu urteilen. «Ich hoffe, Sie haben einen schönen Aufenthalt. In Lake Paradise gibt es viel zu sehen und zu erleben für die Kinder. Zum Baden im See ist es noch zu kalt, aber an der Südseite liegt ein großer Spielplatz, und die Bimmelbahn wird den beiden bestimmt ebenfalls gefallen.»

«Ja, danke. Können wir jetzt aufs Zimmer? Luther muss seinen Mittagsschlaf machen.»

«Aber natürlich. Folgen Sie mir.»

Savannah nahm den Schlüssel vom Haken, schnappte sich so viel Gepäck, wie sie tragen konnte, und ging voran.

Zehn Minuten später waren die Hoovers in ihrem Zimmer und ruhten sich aus, und Savannah stand wieder am Empfang. Sie goss sich eine selbst gemachte Limonade ein und sah aus dem großen Fenster, durch das man direkt auf den See blicken konnte. Sie liebte diesen Ort und hätte sich für ihr kleines Hotel keinen schöneren wünschen können.

Das *Paradise Inn* war das einzige Gästehaus der Stadt, und als Savannah vor sechseinhalb Jahren erfahren hatte, dass es zum Verkauf stand, weil die früheren Besitzer, die Mastersons, nach Florida ziehen und dort ihren Ruhestand genießen wollten, hatte sie sofort ein Angebot gemacht. Das Erbe ihrer Großeltern väterlicherseits hatte ihr wahrlich geholfen, den Rest konnte sie sich von der Bank leihen. Es hatte ein halbes Jahr gedauert und sie einiges an Schweiß gekostet, die alte Pension in ein modernes, aber dennoch gemütliches Hotel umzuwandeln, doch es hatte sich gelohnt. Mehr als das. Das *Paradise Inn* war zu einer Oase der Geborgenheit geworden, und in den vergangenen sechs Jahren hatten ihr schon viele Gäste gesagt, wie schön sie es hier fanden und dass sie auf jeden Fall zurückkommen würden.

Savannahs Handy klingelte. Es war Helena, ihre beste Freundin seit Grundschultagen. Helena war nach der Highschool aufs College in St. Louis gegangen, hatte dort ihre große Liebe Parker kennengelernt und war mit ihm in seine Heimatstadt Kansas City gezogen. Die beiden hatten zwei bezaubernde Kinder, ein Mädchen namens Leslie und einen Jungen namens Matthew (gute Namen, wie Savannah fand). Die vier lebten ein glückliches Familienleben. Leider sah Savannah ihre Freundin nur noch selten, denn Helena kam lediglich ein paarmal im Jahr nach Lake Paradise, um ihre Familie zu besuchen. Und Savannah schaffte es wegen des Hotels leider auch nicht sehr oft nach Kansas City, das immerhin vier Autostunden entfernt lag. Seit der Eröffnung war sie gerade zweimal dort gewesen, obwohl sie sich immer vornahm, öfter hinzufahren. Aber so war das Leben. Ihr Mann Gene hielt nichts davon, wenn sie allein wegfuhr, besonders über Nacht, und das *Paradise Inn* konnte nun mal auch nicht lange ohne sie auskommen. Es hatte seine Zeit gebraucht, einen engagierten und vertrauenswürdigen Mitarbeiter zu finden, dem sie ihr Hotel ruhigen Gewissens anvertrauen konnte. Doch dann hatte der Himmel ihr Miles geschickt. Miles war ein sechsunddreißigjähriger verheirateter Stadtbewohner, mit dem auch der eifersüchtige Gene einverstanden gewesen war. Er war der Sohn von Moesha, der Floristin im Ort, und hatte eine Ausbildung als Hotelfachmann in Omaha gemacht. Da er Frau und Kinder hatte, richtete Savannah sich bezüglich der Arbeitszeiten nach ihm. Meistens übernahm Miles die Nachtschicht, die von neun Uhr abends bis sechs Uhr morgens ging, damit er sich nachmittags um die drei Töchter kümmern konnte, wenn seine Frau Sonya in der Kindernotaufnahme in Hamilton arbeitete. Savannah hatte ihn schon oft gefragt, ob ihm die paar Stunden Schlaf, die er fand, wenn seine Kinder in der Schule beziehungsweise im Kindergarten waren, wirklich reichten, doch jedes Mal beteuerte er, dass ihm der wenige Schlaf nichts ausmache, solange er nur für seine Familie da sein konnte. Wenn er so etwas sagte, wurde es Savannah immer warm ums Herz, gleichzeitig war sie aber auch traurig, weil ihre Zeit voranzuschreiten schien, ohne dass sie Aussicht auf eine eigene Familie hatte. Immerhin war sie schon zweiunddreißig, die Uhr tickte. Sie wünschte nur, Gene würde das verstehen.

Savannah ging ans Handy. «Helena, wie schön, von dir zu hören.» Als sie vor die Tür trat, wehte ihr eine Frühlingsbrise entgegen, und die Sonne schien ihr ins Gesicht. Für einen Moment schloss sie die Augen.

«Hey, Savannah, wie geht es dir? Ich habe gerade eine Viertelstunde und dachte, ich ruf mal durch.»

Sie öffnete die Augen wieder und lächelte. «Das ist ja lieb. Mir geht es bestens, und wie geht es dir?»

«Ich bin im Stress, wie immer. Parker ist auf Geschäftsreise in Wichita, Leslie ist bei den Pfadfinderinnen und Mattie beim Fußballtraining.»

«Oh, und wo bist du?»

«Ich stehe am Spielfeldrand und juble meinem Jungen zu. Eine der anderen Mütter wollte mir gerade wieder ausführlich von irgendwelchen Rezepten erzählen, die sie ausprobiert hat. Als ob ich Zeit hätte, mich stundenlang in die Küche zu stellen, um einen Schmorbraten mit Kastaniensauce oder ein Soufflé mit selbst eingekochtem Himbeerkompott zuzubereiten!»

Savannah konnte Helena quasi durchs Telefon die Augen rollen sehen und musste lachen. «Aha, ich bin also nur Mittel zum Zweck, hm?»

«Nein, nein, du bist gerade der einzige Mensch, der mich nicht in den Wahnsinn treibt, und ich vermisse dich ganz schrecklich.»

«Ich vermisse dich auch. Wann kommst du denn mal wieder nach Lake Paradise?»

«Meine Mom fragt auch schon immer, und es stimmt ja, es ist wirklich schon wieder eine ganze Weile her, es muss zu Weihnachten gewesen sein. Nur leider ist es nicht immer so leicht, einfach mal nach Hause zu fahren, ich … Los, Mattie, hau ihn rein!», hörte Savannah ihre Freundin plötzlich schreien und hielt das Handy schnell einen halben Meter von sich.

«Und? Hat er ihn reingehauen?», fragte sie ihre Freundin kurz darauf.

«Nein. Pfosten. Leider.»

«Wie schade.»

«Ja. Na, wie auch immer, wo waren wir? Ach ja, Lake Paradise. Ich komme, so bald es mir möglich ist, ja?»

«Okay. Ich wollte dir auch noch was anderes vorschlagen. Wenn Parker mal nicht auf Geschäftsreise ist und du es irgendwie einrichten kannst, dann könnten wir beide doch mal ein Frauenwochenende machen. Wellness oder so, wie klingt das?»

«Oh, das klingt nach dem Himmel auf Erden. Aber ich glaube, das wird in den nächsten fünf bis zehn Jahren nichts. Die sind doch hier alle aufgeschmissen ohne mich.»

Enttäuschung machte sich in Savannah breit, es wäre zu schön gewesen.

«War nur so eine Idee …» Sie sah zwei Enten dabei zu, wie sie den Spazierweg zum See entlangwatschelten, nebeneinanderher wie jeden Tag.

«Würde denn Gene das überhaupt mitmachen?», fragte Helena misstrauisch.

«Das würde er einfach müssen», antwortete Savannah, obwohl sie wusste, dass ihre Freundin recht hatte. Es war eine dumme Idee gewesen.

«Irgendwann machen wir das bestimmt mal, ja?» Helena klang aufmunternd. «Und bis dahin versuche ich, öfter nach Lake Paradise zu kommen. Ich melde mich, wenn es konkret wird, okay?»

«Okay.»

«So, das Spiel ist vorbei, ich muss leider Schluss machen. Wir hören voneinander?»

«Tun wir doch immer.» Savannah lächelte und drückte den roten Button ihres Handys. Die Stille des Sees hatte sie wieder.

# 3

Um kurz vor neun traf Miles ein, und Savannah konnte Feierabend machen. Sie informierte ihn über die neuen Gäste und sagte ihm wie beinahe jeden Abend, dass er sie jederzeit erreichen könne, falls es irgendein Problem geben sollte. Miles lächelte wie immer und nahm es ihr nicht übel. Sie war eben besorgt, und das bedeutete ja nicht, dass sie ihm nicht vertraute. Savannah lag nun einmal viel an ihrem Hotel, da wollte sie auf Nummer sicher gehen, dass alles in Ordnung war.

«Bis morgen früh dann», rief sie Miles noch zu, als sie schon fast zur Tür raus war.

«Hab einen schönen Abend, und entspann mal ein bisschen!»

Ja, das würde sie versuchen, auch wenn es nicht einfach war. Denn obwohl sie nur ein kleines Hotel mit zehn Zimmern führte, war sie ständig besorgt. Dass ein Gast den Schlüssel verlor und nicht ins Zimmer konnte, dass die Dusche kein Warmwasser mehr hergab, dass jemand krank wurde und man einen Arzt rufen musste. Dass ihre Köchin Alice wieder einmal vergaß, den Herd auszustellen, und die Küche abbrannte, wie es bereits zweimal beinahe geschehen war. Oder dass irgendetwas anderes passierte und sie nicht da war, weil sie zu Hause in ihrem Bett lag und seelenruhig schlief.

Am liebsten wäre Savannah rund um die Uhr im *Inn* geblieben, doch dass das für eine glückliche Ehe eher hinderlich war, musste sogar sie einsehen. Obwohl … In letzter Zeit wusste sie nicht einmal, ob es Gene etwas ausgemacht hätte.

Sie fuhr mit dem Fahrrad in den Ortskern und stellte es vor Howies Supermarkt ab, der sich auf der Westseite des Stadtplatzes direkt neben dem Maismuseum befand. Gegenüber auf der Ostseite gab es noch einen, der von Rupert betrieben wurde, aber schon um acht schloss. Howie hatte bis um zehn geöffnet, was Savannah oftmals eine Hilfe war, denn wenn sie Gene zum Einkaufen schickte, befand sich danach nicht viel mehr als Bier und Salami im Kühlschrank. Sie nahm sich einen Einkaufskorb und legte Eier, Käse, ein paar Bananen, Tomaten und einen Salatkopf sowie eine Packung Toastbrot, ein Glas Erdnussbutter und eine Tüte von Genes Lieblingschips hinein. An der Kasse fragte Ashleigh, ob sie alles gefunden habe, und sie nickte.

«Ja, danke.»

«Du siehst müde aus», meinte die hübsche junge Kassiererin, die zudem die aktuelle Maisprinzessin war und überhaupt nicht erschöpft aussah – ganz im Gegenteil. Ihre Wangen waren rosig, ihr braunes, zu einem Bob geschnittenes Haar glänzte, und ihre warmen dunklen Augen strahlten.

«Das liegt wohl daran, dass ich müde *bin*», sagte Savannah und lächelte leicht.

«Du solltest weniger arbeiten.»

«Ja, das sollte ich wohl.»

Ashleigh nickte und nannte ihr den zu zahlenden Betrag. Dann entschuldigte sie sich dafür, dass der Junge, der normalerweise die Einkäufe eintütete, bereits nach Hause gegangen war.

«Das ist kein Problem», erwiderte Savannah. Sie holte zwei Baumwollbeutel aus der Handtasche und packte die Sachen einfach selbst ein.

Dann machte sie, dass sie nach Hause kam.

«Hast du auch Bier geholt?», gab Gene statt einer Begrüßung von sich, als er sie mit den beiden Taschen hereinkommen sah. Er trat zu ihr, aber anstatt ihr eine abzunehmen, lugte er nur hinein und schien enttäuscht.

«Nein, ich war heute mit dem Fahrrad unterwegs, da kann ich nicht so viel aufladen.»

«Na toll, dann muss ich wohl selbst noch mal los.»

«Ist denn kein Bier mehr da? Heute Morgen standen doch noch zwei Dosen im Kühlschrank.»

Gene sah sie an, als wenn sie etwas total Unsinniges gesagt hätte. «Die sind schon alle.»

«Oh. Na, dann musst du wohl wirklich selbst noch mal los.»

Er seufzte, machte aber keine Anstalten zu gehen. Stattdessen schaute er ihr dabei zu, wie sie die Einkäufe auspackte.

«Wie war denn dein Tag?», fragte sie, in der Hoffnung auf eine vernünftige Konversation.

Gene zuckte die Achseln. Und Savannah fiel auf, dass er

müffelte, was bedeutete, dass er wohl wieder einmal die Dusche hatte ausfallen lassen. Sein Haar sah fettig aus, und er hatte einen großen Ketchupfleck auf dem T-Shirt. «Wie immer», sagte er.

Wie immer. Das hieß dann wohl, er hatte sich nur halbherzig um einen neuen Job bemüht und den Rest des Tages vor dem Fernseher verbracht. Vielleicht auch in der *Paradise Tavern*, wo er sich gerne mit Freunden traf und ein Football- oder Baseballspiel ansah oder wo er einfach nur ein Bier nach dem anderen trank.

Savannah wartete eine Minute ab. Doch es kam nichts seinerseits. Kein «Wie war dein Tag?» oder «Ich hab dich vermisst». Auch kein «Schön, dass du da bist». Natürlich nicht. Dass Gene solche Dinge gesagt hatte, schien in einem anderen Leben gewesen zu sein.

«Willst du dich nicht nach meinem Tag erkundigen?», wagte Savannah zu fragen, obwohl sie schon ahnte, dass es nicht die beste Idee war.

Gene sah sie ein wenig genervt an. «Und wie war dein Tag?», fragte er dann aber doch.

Sie versuchte, seinen Unterton zu überhören und den Ausdruck auf seinem Gesicht zu ignorieren. «Der war schön. Ich habe heute Gäste aus Mississippi und auch welche aus Texas in Empfang genommen. Es waren ein paar wirklich süße Kinder dabei.»

Gene stöhnte. «Willst du mir jetzt wieder mit diesem Thema kommen?»

«Mit welchem Thema?»

«Das weißt du genau.»

«Kinder, meinst du?» Sie strich sich eine braune Haarsträhne hinters Ohr, die ihr beim Auspacken ins Gesicht gefallen war.

«Yep!»

«Ich habe doch nur von meinen Gästen erzählt.» Jetzt stöhnte auch Savannah, allerdings nur innerlich. «Aber wenn wir schon beim Thema sind: Ja, ich fände es gut, wenn wir endlich mal darüber reden könnten.»

«Tun wir das nicht ständig?», fragte Gene, und Savannah konnte sehen, dass nun *er* innerlich zu brodeln begann. Sie wusste, sie sollte das Thema beiseiteschieben, wenigstens für heute Abend, wo sie eh schon erschöpft war. Doch sie konnte einfach nicht.

«Ja, vielleicht tun wir das. Trotzdem habe ich nicht das Gefühl, als ob wir irgendwie weiterkommen würden.» Sie drehte sich zu ihm um. «Gene, du weißt, wie sehr ich mir Kinder wünsche.» Und sie hatte es satt, ihren Mann ständig daran erinnern zu müssen, was er ihr versprochen hatte. Nämlich dass sie eine Familie gründen und ein glückliches Leben führen würden, mit Kindern, ein paar Haustieren vielleicht und einem hübschen Garten, in dem sie alle zusammen Zeit verbringen konnten. Das hatte er ihr am Tag ihrer Hochzeit vor zehn Jahren versprochen, allerdings schien er seine Meinung diesbezüglich komplett geändert zu haben. Anscheinend wollte er sie nicht mehr glücklich machen, ihr ihre Wünsche nicht mehr erfüllen. Nicht der Mann sein, den sie damals in ihm gesehen hatte.

«Ich habe gerade keine Arbeit, Savannah! Das ist ja wohl der bescheuertste Zeitpunkt überhaupt, oder?»

«Dann such dir doch endlich Arbeit!», sagte sie lauter als beabsichtigt. «Du sitzt seit sechs Monaten auf deinem faulen Hintern herum und tust absolut überhaupt nichts für unsere Familie.»

«Welche Familie denn? Da sind doch nur du und ich, und du bist überhaupt nie da!»

«Ist das dein Ernst, Gene?», erwiderte sie aufgebracht. Wenn sie nicht so viel arbeiten würde, würden sie überhaupt nicht über die Runden kommen. Nur dank ihr konnte Gene sich all das verdammte Bier kaufen!

«'ne tolle Mutter wärst du. Den ganzen Tag abwesend, weil dir dein Hotel wichtiger ist als alles andere», fauchte er gehässig.

Ihr traten Tränen in die Augen. «Dann überleg doch mal, warum ich lieber im Hotel bin als hier bei dir», entgegnete sie, jetzt vollkommen ruhig. Aber auch tief verletzt.

Gene nahm die Packung Toastbrot, die noch auf dem Tisch lag, und warf sie wütend auf den Boden.

«Du kannst mich mal, Savannah. Ich muss mir das echt nicht geben. Ich geh Bier holen.» Und mit diesen Worten war er raus aus dem Haus.

Savannah blieb traurig und allein in der Küche zurück.

# 4

«Sie haben wieder ganz fürchterlich gestritten, hab ich gehört», sagte Murielle am nächsten Morgen im *Paradise Café* und sah Sadie gespannt an. Denn Sadie war immerhin Savannahs Tante und musste doch sicher mehr zu dem Thema wissen.

Die nickte auch schon. «Ja, es war schlimm. Diesmal haben sie einander sogar richtig beleidigt, und dann ist Gene wütend aus dem Haus gestürmt.» Das hatte Sadie von ihrer Schwester Teresa erfahren, nachdem Savannah diese noch am Abend angerufen und sich ausgeweint hatte.

«Wieso bleibt sie nur bei einem Kerl wie dem?», fragte Murielle und schüttelte verständnislos den Kopf. «Der kann ihr doch gar nicht das Wasser reichen.»

«Sie muss ihn wirklich lieben», meinte Delores. «Und wahrer Liebe versucht man immer noch eine Chance zu geben.»

«Wahre Liebe, pah!» Murielle rührte so doll in ihrem Kaffee, dass ein wenig davon überschwappte. Schnell nahm sie eine Serviette und wischte die verschüttete Flüssigkeit weg. «Die Kleine kann nicht mehr rational denken. Ich würde den Teufel tun, mit so einem Mann zusammenzubleiben.»

«Ja, du lebst lieber ganz ohne Kerl», sagte Sadie, die zwar ebenfalls allein lebte, aber nur, weil ihr Mann bereits von ihr gegangen war, und nicht, weil sie es sich so ausgesucht hatte.

Murielle ließ die nasse Serviette neben ihren halb aufgegessenen Bagel fallen, schob den Teller von sich und faltete die Hände. «Na, ihr seht ja, dass das manchmal die schlauere Wahl ist. Männer bringen nur Probleme mit sich.»

«Also, mein George macht mir nie welche, er ist ein Engel auf Erden», widersprach Delores, die, wie jeder wusste, ihren Ehemann über alles liebte.

«Ja, da hast du recht. Dein Göttergatte ist aber einer von tausend, mit ihm hast du echt Glück gehabt», musste Murielle eingestehen.

«Ja, das hab ich.» Delores lächelte vor sich hin.

«Können wir bitte wieder zum Thema Savannah zurückkommen?», bat Sadie. «Ich mache mir nämlich wirklich Sorgen um sie.» Das war nur zu verständlich, da Savannah ihre einzige Nichte war. Ihre Tochter Lucy war noch vor ihrem Highschoolabschluss aus Lake Paradise weggegangen, und Sadie hörte nur sehr selten von ihr – umso mehr hatte sie Savannah ins Herz geschlossen, die immer für alle da war.

«Ja, natürlich. Kein Wunder, dass du dir Sorgen machst», sagte Delores und zupfte mit den Händen ihr Haar zurecht. Im vergangenen Herbst hatte sie sich für den Bob entschieden, nachdem sie einige Jahrzehnte ihr langes, inzwischen weißes Haar zu einem Dutt gebunden getragen hatte. Für sie war die Frisur immer noch gewöhnungsbedürftig, ihr George allerdings war ganz begeistert. Er sagte, sie sehe damit aus wie Helen Mirren, und auch wenn Delores natürlich wusste, dass sie einige Pfunde mehr draufhatte als die Lieblingsschauspielerin ihres Mannes, freute sie sich über dieses Kompliment.

«Was sagt denn Teresa zu alldem?», erkundigte sich Murielle. Die Pastorenfrau Teresa Jones war Sadies jüngere Schwester und Savannahs Mutter.

«Ihr geht es wie mir. Sie ist ebenfalls sehr bekümmert, immerhin ist Savannah ihr einziges Kind. Und natürlich will sie nur das Beste für ihre Tochter. Sie hat schon so oft versucht, mit ihr zu reden. Hat ihr vorgeschlagen, dass Savannah doch mit Gene zusammen zur Eheberatung gehen könnte. Doch Savannah sagt, dass Gene da nie und nimmer mitmachen würde. Er ist so ein Sturkopf.»

«Und er trinkt zu viel», stellte Murielle fest. «Ich habe ihn in den letzten Wochen oft in die *Tavern* gehen oder dort herauskommen sehen, und immer wirkte er, als hätte er ein Bier zu viel gekippt.»

Sadie nickte. «Ja, so ist es wohl. Er war noch nie der unbeschwerte Typ Mann, aber seit er seine Arbeit in der Maisfabrik verloren hat, scheint er deprimierter denn je zu sein.»

«Warum sucht er sich nicht einfach eine neue Stelle? Es gibt in der Umgebung doch Maisfabriken wie Sand am Meer», fragte Delores.

«Ich glaube ja, er will gar nicht arbeiten», vermutete Sadie. «Vielleicht denkt er sich, dass sie durch das Hotel genügend Einnahmen haben und er sich deshalb ruhig mal eine Auszeit nehmen und auf der faulen Haut liegen kann.»

Murielle stimmte ihr zu. «Ja, ein bisschen kommt es mir auch so vor.»

In dem Moment bimmelte es über der Ladentür, und

Buddy betrat das Café. Er war der selbst ernannte Stadtpoet von Lake Paradise, ein untersetzter Fünfzigjähriger, der noch bei seiner Mutter wohnte. Jeden Abend verfasste er ein kleines Gedicht über ein aktuelles, stadtbezogenes Thema und schrieb es auf einen gelben Zettel. Das Ganze kopierte er einige Hundert Male und verteilte es am nächsten Morgen auf dem Stadtplatz und in den angrenzenden Geschäften.

Gespannt sahen die drei Tratschtanten ihn an.

«Ich frage mich, worum es wohl heute geht», meinte Delores, während Murielle die Hand ausstreckte und dankend einen der gelben Zettel entgegennahm. Sie las laut vor:

*Oh, du schöner Frühlingstag*
*Bescherst uns alles, was ich mag*
*Tulpen, Primeln und Narzissen*
*Spargel, Rhabarber und Melissen*
*Den Frühlingseintopf meiner Mutter*
*Und niedliche Häschen mit Butter*
*Sonne am Morgen*
*Vertreibt alle Sorgen*
*Der Frühling ist so wunderbar*
*Er schenkt uns Glück in jedem Jahr*

«Niedliche Häschen mit Butter?», fragte Delores ein wenig erschrocken.

Alle drei sahen sich nach Buddy um, der das Café schon wieder verlassen hatte und draußen auf dem Stadtplatz stand.

«Ich hoffe doch sehr, er meint damit das Hefegebäck in

Häschenform aus der Biobäckerei», sagte Sadie dann, und Delores atmete erleichtert auf.

«Oh, ja, du hast recht. Das wird er meinen. Und die Hefe-Häschen sind ja auch wirklich lecker.»

«Das stimmt», sagte Murielle. «Ich würde nun aber gerne noch mal auf Savannah und Gene zurückkommen. Ich habe nämlich die Befürchtung, dass die beiden ihren Frühling längst hinter sich haben und im düstersten Winter feststecken.»

«Ich würde eher sagen, sie befinden sich mitten in der Hurrikansaison», kam es von Sadie.

«Ach, ich glaube, ganz so schlimm ist es nicht», sagte Delores, denn das hoffte sie zumindest. «Bestimmt werden die beiden einen Weg finden und am Ende doch noch glücklich sein.»

«Na, dein Wort in Gottes Ohr», sagte Murielle und rettete noch schnell den halben Bagel, bevor Nolan oder die Kellnerin Rhonda die Teller abräumen konnten.

Sadie hingegen glaubte nicht mehr an ein Happy End. Viel zu lange hatte sie sich das Drama mit angesehen, und es würde sie nicht wundern, wenn Savannah schon heute oder morgen einen Schlussstrich unter die Beziehung ziehen würde. Denn so konnte es ja nicht weitergehen, und sie nahm nicht an, dass die Ehe der beiden noch zu retten war.

# 5

Als Savannah am nächsten Morgen erwachte, lag Gene neben ihr im Bett und schlummerte friedlich vor sich hin. Wie jemand, der überhaupt keine Sorgen hatte.

Wenn sie ehrlich sein sollte, machte sie das wütend, denn sie selbst hatte die halbe Nacht nicht geschlafen, sondern darüber nachgegrübelt, wie es bloß weitergehen sollte. Gene dagegen war irgendwann gegen ein Uhr morgens ins Schlafzimmer getaumelt, nachdem er den Streit mit ein paar Bier weggekippt hatte, und war, ohne sich weitere Gedanken zu machen, eingepennt.

Savannah war oft sauer in letzter Zeit. Immer auf Gene. Und manchmal auch auf sich selbst. Weil sie nicht härter durchgreifen konnte. Weil sie sich alles gefallen ließ. Weil inzwischen die ganze Stadt wusste, dass es Probleme in ihrer Ehe gab, und bereits mehrere Nachbarn sie auf die spätabendlichen Streitereien angesprochen hatten. Ja, weil sogar der Sheriff ein paarmal an der Tür geklingelt hatte, um zu fragen, ob alles in Ordnung sei.

Sie wusste, so konnte es nicht weitergehen, und so wollte sie auch nicht weiterleben. Denn mit einem hatte Gene recht: In letzter Zeit war Savannah tatsächlich sehr oft abwesend, und das aus dem einen Grund, dass sie ihrem Mann aus dem Weg gehen wollte. Weil es ja doch immer nur auf das eine hinauslief. Sie zankten sich, sie waren sich uneinig, sie verstanden sich nicht. Ihre Tante Sadie hatte ihr schon vor einer Weile gesagt, dass kein Mann es wert war, so unglücklich zu sein. Und erst letzte Woche hatte sogar ihre Mom sie beiseitegenommen und ihr versichert, sie und ihr Dad würden es verstehen, wenn Savannah sich von Gene trennen würde – und das kam von einem Pastor und seiner Frau! Alle sahen, wie sehr sie litt, nur Gene sah es nicht. Und das war es, was sie am wütendsten machte.

Sie betrachtete ihn einen Moment. Gene mit seinem Ein-Wochen-Bart, der in Jeans und T-Shirt, ja sogar mit Turnschuhen im Bett lag. Tränen traten ihr in die Augen. Dieser Mann war nicht mehr der, den sie geheiratet hatte, und sie wusste nicht, ob ihre Ehe noch zu retten war. Doch sie wusste auch, dass sie es weiterhin versuchen wollte, denn sie war nie jemand gewesen, der leicht aufgab. Sie würde sich etwas überlegen, vielleicht gab es ja doch noch eine Chance, alles zum Guten zu wenden.

Savannah stand auf, machte sich fertig und entschied sich für das dunkelgrüne Kleid – und dann dafür, heute wieder mit dem Fahrrad zu fahren, da sie es mochte, wenn der kühle Morgenwind ihr ins Gesicht wehte. Wie jeden Tag waren viele Leute mit dem Rad unterwegs, und die meisten von ihnen winkten ihr zu oder grüßten sie.

Lake Paradise war ihre Heimat. Ein Ort, wie sie ihn sich wünschte. Nach der Highschool war sie zwar aufs College nach Omaha gegangen, was circa zwei Autostunden entfernt lag. Bereits nach drei Semestern war sie allerdings zurückgekehrt, weil sie Lake Paradise, ihre Freunde und Familie so vermisste. Sie wollte einfach nicht weit entfernt von ihnen leben. Also suchte sie sich einen Job, fand einen als Kellnerin im gerade eröffneten *Food Paradise* und sammelte erste Erfahrungen in der Gastronomie. Schon immer hatte es ihr Spaß gemacht, mit Menschen zu arbeiten, und sie hatte sich früh vorstellen können, eines Tages ein eigenes Restaurant zu eröffnen.

Gene kannte sie aus der Schule, er war zwei Jahrgänge über ihr gewesen und hatte sie damals nicht einmal wahrgenommen. Jetzt kam er jedoch ständig ins *Food Paradise*, wenn sie gerade arbeitete, und er setzte sich immer an einen ihrer Tische. Sie begannen, sich hin und wieder zu unterhalten, er schenkte ihr stets ein großzügiges Trinkgeld und dazu ein umwerfendes Lächeln, und irgendwann bat er sie um ein Date. Und obwohl Gene mit seinen kurz geschorenen Haaren und dem eher stämmigen Körper eigentlich gar nicht Savannahs Typ entsprach, sagte sie zu, denn wer hätte diesem Charme widerstehen können? Sie fuhren ins Autokino, und sie warf ihre Regel, niemals einen Jungen beim ersten Date zu küssen, über Bord. Zehn Monate später machte Gene ihr einen Antrag, nachdem er zuvor ihren Vater um ihre Hand gebeten hatte. Und weitere sieben Monate später gaben sie sich das Jawort. Da war Savannah gerade mal zweiundzwanzig, doch sie konnte es kaum erwarten, eine eigene Familie zu gründen.

Die ersten paar Jahre wohnten sie im Anbau bei Genes Eltern in der Paradise Lane. Doch sie arbeiteten beide hart und konnten sich schon bald ein eigenes Haus finanzieren. Dieses fanden sie am Paradise Place, einer kleinen Straße, die gleich neben der *Tavern* vom Paradise Boulevard abging und in der sich die Polizeiwache und die Feuerwehr befanden. Direkte Nachbarn von ihnen waren Zac aus der Autowerkstatt und Trish aus dem Tiersalon mit ihrer Familie. Kurz nach ihrem Einzug geschah jedoch ein großes Unglück: Trishs Eltern kamen bei einem Flugzeugabsturz um. Fortan lebte die junge Frau mit ihren jüngeren Schwestern Becky und Annie allein in dem Nachbarhaus, und obwohl sich Halle, ihre Tante, um sie kümmerte und sogar kurzzeitig bei ihnen einzog, half Savannah ihnen ebenfalls, so gut sie konnte. Sie brachte manchmal etwas zu essen vorbei, passte hin und wieder auf die jüngeren Geschwister auf oder lud die drei auf einen Filmabend ein. Alles, was Ablenkung verschaffte, war gut. Trish wurde zu einer guten Freundin, und da sie zudem die beste Freundin von Helenas Schwester Lexi war, unternahmen sie auch öfter mal etwas zu viert.

Das Leben ging weiter. Und während Trish alles super meisterte, begannen bei Savannah die Probleme. Probleme, die sie nicht vorhergesehen hatte.

«Guten Morgen, Savannah!», rief ihr Murielle zu, die gerade aus dem *Paradise Café* kam. Wie beinahe immer trug sie einen samtenen Jogginganzug – sie schien die Dinger in jeder nur erdenklichen Farbe zu besitzen. Der heutige war lila.

«Guten Morgen», rief sie zurück, hielt aber nicht an, da Murielle bestimmt schon von ihrem gestrigen Streit gehört hatte. Ohnehin schmierte die ältere Dame ihr gerne aufs Brot, was sie von Gene hielt, und so etwas wollte sie an diesem Morgen nun wirklich nicht hören.

Während Savannah weiterradelte, dachte sie über ihr Leben nach. Sie fragte sich, was wäre, wenn Gene weiterhin keinen Job fand. Und was, wenn er und sie für immer kinderlos blieben? Für Savannah war das überhaupt keine Option, doch wie sah es mit Gene aus? Das musste sie dringend herausfinden, und dafür bedurfte es einfach mal eines klärenden Gesprächs. Ihre drängendste Aufgabe war nun, ihren Mann irgendwie dazu zu bewegen.

Nachdem sie das Rathaus und die Kirche passiert hatte, konnte Savannah den Paradise Parkway bis zum See entlangfahren, wo sich ein Stück hinter dem Seniorenheim auf der Nordseite das *Paradise Inn* befand. Doch obwohl es schon beinahe neun Uhr und sie für ihre Verhältnisse bereits spät dran war, entschied sie sich dafür, den langen Weg auf der anderen Seite des Sees zu nehmen, und bog rechts ab. Auf diese Weise konnte sie ihre Gedanken noch ein wenig sammeln und sich überlegen, wie sie ein konstruktives Gespräch mit Gene angehen sollte. Falls er dazu überhaupt bereit war. Denn eins hatte sie in ihren zweiunddreißig Lebensjahren gelernt: Man konnte niemanden ändern, der sich nicht selbst ändern wollte.

Sie passierte den Spielplatz und die Bootsanlegestelle. Als sie an den hübschen Häusern im Townhouse-Stil an der Ostseite des Lake Paradise vorbeifuhr, hörte sie jemanden ihren Namen rufen und wurde langsamer.

«Savannah!», erklang es erneut.

Sie hielt das Fahrrad an und blickte sich suchend um.

«Hier oben, Savannah!»

Sie sah hoch zu dem hübschen grünen Haus, das erst vor gut zehn Jahren gebaut worden war, und entdeckte dort am

Fenster im zweiten Stock ihren Bekannten Gregory, der sie immer ein wenig an Elton John erinnerte. Er ging auf die sechzig zu, war alleinstehend und hatte das Haus vor ein paar Jahren gekauft. Als einer der wenigen wohnte er ganzjährig am See. Die meisten anderen Häuser dienten als Feriendomizile, die entweder vermietet oder nur in den Ferien von ihren Eigentümern bewohnt wurden.

«Guten Morgen, Gregory», rief sie zurück. «Wie geht es dir?»

«Gut, gut. Ich wollte dich was fragen. Bleibst du kurz stehen? Ich komme runter!» Und schon wurde das Fenster geschlossen, und er war nicht mehr zu sehen.

Wenig später kam ein etwas abgehetzter Gregory durch die Haustür gelaufen. Ihm stand bereits von den paar Treppen der Schweiß auf der Stirn. «Ein Glück, dass ich hier auf dich treffe, Savannah. Ich hab es schon im Hotel probiert.»

«Oje. Was ist denn los?», fragte sie besorgt, denn ihr Gegenüber wirkte ein wenig neben der Spur.

Gregory ließ einen langen Seufzer heraus. «Ich muss noch heute zu meiner Mutter fahren. Sie hat sich den Fuß gebrochen und kann sich nicht mehr rühren.»

«Die Arme, das ist ja blöd. Deine Mutter lebt in New Orleans, oder?»

«Ja, genau. Sie wohnt dort ganz allein und braucht nun dringend meine Hilfe.»

«Das verstehe ich natürlich. Aber wie kann *ich* dir denn behilflich sein?», fragte sie ein wenig verwirrt.

«Ich wollte dich bitten, ob du dich während meiner Abwesenheit um meine Pflanzen kümmerst. Besonders um meine Orchideen.»

«Ach so. Ja, klar, das mache ich sehr gerne, Gregory.» Sich um ein paar Orchideen zu kümmern, bedeutete ja nicht viel Aufwand, die goss man doch nur wenig, höchstens einmal die Woche, oder? Das dachte Savannah zumindest, doch Gregory hatte da eine andere Vorstellung.

«Oh, ich bin dir unendlich dankbar. Denn meine Orchideen sind mir das Liebste auf der Welt – neben meiner Mutter natürlich. Ich nehme mit ihnen an Wettbewerben teil, wusstest du das?»

«Nein, das wusste ich noch nicht», erwiderte Savannah, und plötzlich war sie sich ihrer Sache gar nicht mehr so sicher. «Was genau bedeutet das für mich, Gregory? Welcher Pflege bedürfen sie denn?»

«Sie müssen spätestens alle zwei Tage mit meinem Spezialspray eingesprüht, alle vier Tage gegossen und alle zwei Wochen gedüngt werden.»

Herrje.

«Okay. Ich hoffe, das werde ich hinbekommen», sagte sie. Denn falls nicht, wären am Ende wohl nicht nur die Pflanzen hinüber, sondern sie auch einen Kopf kürzer. «Was glaubst du, wie lange du weg sein wirst?»

«Kann ich noch nicht sagen. Anfang Juni muss ich auf jeden Fall zurück sein, weil da eine der größten Blumenausstellungen im Mittleren Westen stattfindet. Die *Wesley Flower Show* in Oklahoma City. Ich will dort mit meiner Paphiopedilum victoria-regina antreten, einer äußerst seltenen und vom Aussterben bedrohten Art.»

Savannah schluckte. «Oh Gott, bist du sicher, dass du sie mir anvertrauen willst? Vielleicht solltest du sie lieber mit zu deiner Mutter nehmen?»

«Aber auf gar keinen Fall!» Gregory sah sie schockiert an. «In der Wohnung meiner Mutter gibt es kein einziges Fenster mit passender Sonneneinstrahlung. Was glaubst du, warum ich direkt am Lake Paradise wohne?»

«Äh ... weil es hier die passende Sonneneinstrahlung gibt?», versuchte sie es.

«Weil hier einfach alles stimmt: Die Fenster liegen Richtung Westen, das Klima ist nicht zu trocken, und die Temperaturen gehen fast niemals über achtundzwanzig Grad. Die idealen Voraussetzungen für meine Lieblinge.»

*Wow!*, dachte sie. Sie hatte ja schon viele Gründe gehört, weshalb es Leute nach Lake Paradise verschlagen hatte, aber das war neu.

«Wie wäre es denn, wenn du deine Mutter stattdessen hierherholst?», schlug sie vor.

«Wir werden sehen. Vielleicht in ein paar Wochen, wenn sie ein wenig mobiler ist. Meine Mutter ist immerhin schon achtundsiebzig.»

Savannah seufzte innerlich und stellte ihr Rad ab. «Na gut, dann stell mir deine Orchideen aber bitte mal vor und zeig mir, was genau ich machen muss.»

Zufrieden nickte Gregory und führte sie ins Haus.

Wenigstens hatte er sie von ihren Sorgen mit Gene abgelenkt, dachte Savannah. Und wenn auch nur das.

# 6

Dylan stand in der Fußgängerzone von Denver, Colorado, und spielte ein paar Songs. Ab und an blieb jemand stehen und hörte zu. Hin und wieder warf jemand ein, zwei Münzen in seinen Gitarrenkoffer, doch die meisten Menschen gingen einfach an ihm vorbei, ohne ihn eines Blickes zu würdigen. Niemand erwartete etwas von ihm, niemand wusste, wer er war. Und genau das war es ja, was er wollte. *Deshalb* hatte er sich vor zehn Monaten auf den Weg gemacht. Weil er einfach alles hinter sich lassen und unsichtbar sein wollte.

«Echt cool», hörte er einen Mann mit Cowboyhut sagen, nachdem er die letzten Klänge von Kings Of Leons *Use Somebody* gespielt hatte, und zwar in einer Country-Version. «Du solltest das professionell machen, du hast Talent.»

«Danke», antwortete Dylan. Er würde dem Mann nicht sagen, dass er das schon probiert und dass es sein ganzes Leben kaputtgemacht hatte. Es ging ihn nichts an, es ging niemanden etwas an.

Der Mann schien ihn noch immer zu mustern, wahrscheinlich erwartete er, dass sie jetzt beide ein Gespräch über Musik führen würden, bevor Dylan seinen nächsten

Song anstimmte. Aber Dylan wollte auf keinen Fall erkannt werden, und deshalb deutete er jetzt eine Verbeugung an, nahm die insgesamt siebenundzwanzig Dollar und achtzig Cent aus dem offenen Gitarrenkoffer und steckte sie in seine Jeanstasche. Dann packte er seine Gibson ein und nickte dem Mann noch einmal zu, bevor er verschwand.

Weil Verschwinden in den letzten Monaten zu seiner Hauptbeschäftigung geworden war.

Zurück in seinem billigen Motel, nahm Dylan die Landkarte in die Hand. Hätte er sein Handy dabei, hätte er auch einfach *Google Maps* aufrufen können, doch er hatte es, zusammen mit dem Rest seines früheren Lebens, in Nashville zurückgelassen. Seit zehn Monaten kam er nun ohne Handy aus, ohne Social Media, ohne die nervigen Anrufe seines Managers Bill und ohne all die gut gemeinten Nachrichten von Freunden und solchen, die sich für welche hielten. Alle paar Wochen suchte er mal ein Internetcafé auf und checkte seine E-Mails, nur um sicherzugehen, dass er nichts Lebenswichtiges versäumte, ansonsten genoss er die Stille und die Einsamkeit.

Es war nicht so, dass er nicht von sich hören ließ. Denn das, was er am wenigsten wollte, war, dass seine Eltern sich auch noch um ihn Sorgen machen mussten. Deshalb schickte er von jedem Ort, den er für längere Zeit besuchte, eine Postkarte, ganz altmodisch, und er hoffte, sie würden sich darüber freuen.

Da Dylan weder ein Handy noch eine Kamera dabeihatte, kaufte er sich selbst auch jedes Mal eine Karte, quasi als Souvenir. Andere Erinnerungsstücke wären zu schwer gewesen. Schließlich hatte er neben seinem Gitarrenkoffer nur einen Rucksack dabei, einen riesigen zwar, doch auch den konnte er nur begrenzt vollstopfen.

Neben einem Kamm, seinen Zahnputzsachen und einem Deo hatte er noch Unterwäsche und Socken für eine Woche dabei, eine Ersatzjeans, eine Jogginghose, ein paar T-Shirts und Pullis. Wenn etwas schmutzig wurde, wusch er es im Hotelbadezimmer aus, wenn etwas nicht mehr zu retten oder kaputt war, warf er es weg und kaufte was Neues. An Geld mangelte es ihm nicht, hatte es zumindest bisher nicht, auch wenn es ihm nun langsam doch ausging. Zehn Monate lang in Hotels und Motels zu wohnen, von A nach B zu kommen, Sehenswürdigkeiten zu besichtigen und fast immer außer Haus zu essen, selbst wenn es oftmals nur ein Sandwich oder ein Burrito war – seine Ersparnisse würden nun bald aufgebraucht sein. Doch für zwei Monate würde es noch reichen, da war er sich sicher. Und wenn er halt ein paarmal mehr in der Fußgängerzone spielen würde. Bisher hatte Dylan das nie wegen des Geldes getan, sondern einfach, um nicht ganz das Gefühl für die Musik zu verlieren. Meistens spielte er jedoch nur für sich allein, vor allem dann, wenn die Stille nicht mehr zu ertragen war oder wenn die Bilder von Ronny zu vehement in seinem Kopf verharrten.

Langsam fuhr er mit dem Finger die Straßen der Landkarte entlang. Er hatte es von Nashville bis ganz an die Westküste geschafft. War ab und zu getrampt, hatte den Bus oder auch mal den Zug genommen. Wo es ihm gefiel, hatte er eine Pause eingelegt und war eine Weile geblieben. In Kalifornien hatte er sich ganze drei Monate aufgehalten, weil es ihm dort besonders gut gefiel. Er hatte sich all die

Städte angesehen, die er bis dahin nur aus dem Fernsehen kannte, wie Los Angeles, San Francisco oder San Diego. Er hatte aber auch Orte aufgesucht, die weniger bekannt waren – und dabei wahre Traumplätze und einiges an Inspiration gefunden. Auf einer Treppe in Old Town Sacramento waren ihm, während die Pferdekutschen an ihm vorbeifuhren, sogar die Zeilen für einen komplett neuen Songtext gekommen. In Riverside und Lodi wiederum hatte er den «Alten Westen» gespürt und gleich zig Ideen für neue Lieder gehabt. Die richtige Atmosphäre war manchmal alles, das wusste er inzwischen. An manchen Orten gefiel es ihm sogar so gut, dass er sich dort am liebsten niedergelassen hätte und nie wieder fortgegangen wäre.

Doch Dylan war niemand, der nach einem neuen Zuhause suchte. Er war ein Reisender, ein Hobo. Er war nicht losgefahren, um in der Fremde zu bleiben, sondern um eines Tages zurückzukehren.

Wenn er wieder zu sich selbst gefunden hatte.

Ein Jahr Auszeit, das hatte er gesagt, zu seinem Manager, seinen Fans, seinen Freunden, seiner Familie. Das war die Zeit, die er brauchte, um drüber hinwegzukommen. Zumindest hoffte er das. Allerdings waren inzwischen zehn Monate um, und das Reisen und die Fremde hatten ihm zwar ein wenig Heilung gebracht, doch er wusste noch immer nicht, was er tun sollte, wenn er nach Nashville zurückkehrte. Einfach da weitermachen, wo er aufgehört hatte? Würde das funktionieren? Würde Bill da mitspielen? Würden seine Fans noch da sein? War es wirklich das, was er wollte?

Die Wahrheit war: Er wusste es nicht.

Doch zum Glück blieben ihm noch ganze zwei Monate, um es herauszufinden. Vielleicht würde das ja genügen.

Nach einer Woche in Denver sehnte Dylan sich wieder nach etwas Ruhigerem. Mit vierhunderttausend Einwohnern war es eher eine mittelgroße Stadt, und es hatte ihm hier auch sehr gefallen, da alles ziemlich relaxt und die Umgebung einfach der Wahnsinn war – er hatte einen Ausflug in die Rocky Mountains und einen in den Garden of the Gods gemacht, einen Nationalpark, in dem man Granitgebilde ähnlich wie im Bryce Canyon National Park betrachten konnte. Doch jetzt war ihm wieder nach einer richtig netten Kleinstadt, am besten einem Ort, von dem er noch nie im Leben gehört hatte, denn das waren meist die besten.

Sein Finger fuhr den Highway entlang bis nach Nebraska. Diesen Staat hatte er bislang ausgelassen, weil es dort, soweit er wusste, nicht viel mehr als endlose Maisfelder gab. Aber vielleicht war das ja genau das Richtige. Vielleicht sollte er einfach losfahren, ins Blaue hinein, und mal sehen, wo es ihn hinführte.

# 7

Savannah und Gene gingen sich aus dem Weg. Sie stritten zwar nicht mehr, aber das nur deshalb, weil sie überhaupt nicht mehr miteinander redeten. Sie ignorierten sich. Gene war sowieso alles egal, solange er nur etwas zu trinken hatte. Und Savannah arbeitete mehr denn je. Jetzt war sie auch nach neun Uhr abends noch im Hotel anzutreffen, selbst wenn Miles schon längst übernommen hatte. Und morgens war sie manchmal auch schon da, wenn er von Cindy, der Frühschicht, abgelöst wurde.

«Vor wem oder was versteckst du dich eigentlich?», fragte Miles sie am Freitagabend, neun Tage nach dem letzten großen Streit mit Gene.

Savannah goss gerade die Blumen im Empfangsbereich, einfach um irgendwas zu tun zu haben. Nun drehte sie sich zur Rezeption. «Ist das so offensichtlich?»

Miles nickte. «Ja, allerdings. Wenn du nicht drüber reden willst, dann okay, aber falls doch … Ich bin ein guter Zuhörer.»

«Danke für das Angebot, aber es gibt da eigentlich gar nicht viel zu erzählen.» Sie wandte sich wieder den Blumen zu. Zwei Alpenveilchen standen auf den Tischchen bei den

Sesseln und drei Orchideen auf denen bei der Tür. Diese goss sie jetzt mit Bedacht. Denn Gregory hatte ihr erklärt, dass sie auf keinen Fall mehr als ein Schnapsglas voll Wasser bekommen durften, das außerdem kalkarm sein sollte. Seine Orchideen wurden sogar nur mit Regenwasser gegossen, da dieses besonders weich war.

Inzwischen war Savannah schon viermal in seinem Haus gewesen, um Gregorys «Lieblinge», wie er seine Orchideen nannte, zu besprühen. Was genau sich in den Sprühflaschen befand, war ein großes Geheimnis, und Savannah konnte nur spekulieren, dass es sich vielleicht um irgendwelche Mineralstoffe oder Pflanzenvitamine handelte. Im Grunde war es ihr auch egal, Hauptsache, die Blumen gingen ihr nicht ein. Dass Gregory ihr seine seltenen, preisverdächtigen Orchideen anvertraute, war schon eine große Sache, und sie hoffte, sie vergeigte sie nicht.

Savannah bemerkte, dass Miles sie immer noch ansah, dass er sie beobachtete, sich um sie sorgte. Also stellte sie die Gießkanne ab und ging zu ihm hinüber.

«Es ist alles okay, wirklich. Keiner ist tot oder krank, ich wurde weder bestohlen noch betrogen.» Davon ging sie zumindest aus. Und ehrlich gesagt konnte sie sich auch nicht vorstellen, dass sich in Lake Paradise irgendeine Frau finden würde, die sich mit dem müffelnden, betrunkenen Gene einlassen würde.

«Aber irgendwas ist doch los. Es müssen ja gar nicht immer die großen Sachen sein, die uns bedrücken. Manchmal tun die kleinen genauso weh», meinte Miles, der immer ein paar weise Worte auf Lager hatte.

Wie so oft in letzter Zeit seufzte Savannah und setzte

sich dann auf den Bürostuhl hinter dem Empfangstresen. Sie drehte sich darauf im Kreis wie ein Kind, als würde sie die unangenehmen Gedanken abschütteln können. Doch es wollte ihr nicht gelingen. Also öffnete sie ihr Herz.

«Es geht um Gene und mich. Wir sind ständig nur am Streiten», gab sie preis.

«Oh. Na ja, ich glaube, das macht jede Ehe mal durch. Sonya und ich hatten da auch schon unsere Phasen.»

Savannah schüttelte den Kopf. «Nein, bei uns ist es anders. Wir streiten nicht wegen belangloser Dinge.»

«Magst du mir verraten, worüber ihr dann streitet?»

«Ach, weißt du, da gibt es so einiges.» Sie setzte ihre Brille ab, die sie eigentlich nur brauchte, wenn sie las oder am Laptop arbeitete, und legte sie auf den Tresen. «Der Hauptgrund für unsere Streitigkeiten ist der, dass wir eigentlich Kinder wollten. Ich meine, wir sind jetzt schon seit über zehn Jahren verheiratet, worauf verdammt noch mal will er denn noch warten?» Die Worte waren aus ihr herausgeplatzt, und sie sah sich schnell um, ob auch keiner der Gäste in der Nähe war. Es musste ja nicht sein, dass diese sie so erlebten.

«Oje», sagte Miles. «Dann ist es schlimmer, als ich gedacht hatte. Das ist ein sehr großes Thema, Savannah. Wenn du dir Kinder wünschst und er nicht, müsst ihr darüber reden. In Ruhe. Streiten bringt euch auch nicht weiter.»

«Das versuche ich ja seit Monaten. Ach was, seit Jahren. Aber Gene will sich einfach auf kein vernünftiges Gespräch einlassen. Und jetzt ist es noch schlimmer geworden. Seit er seine Arbeit verloren hat, erkenne ich ihn kaum wieder. Ich verstehe, dass das ein Grund sein kann, warum er keine Kinder haben will. Zum jetzigen Zeitpunkt zumindest. Oder nie, wer weiß das schon.» Sie zuckte die Achseln und spürte dann Tränen in sich aufsteigen.

«Oh nein, nicht weinen. Komm, lass dich mal drücken», sagte Miles und nahm sie in den Arm.

Es fühlte sich einfach nur gut an. Auch wenn ihr Angestellter nun wirklich nicht derjenige sein sollte, der sie tröstete. Vielmehr war doch Gene dafür zuständig, ihr Geborgenheit zu schenken, doch wann sie die von ihm zuletzt bekommen hatte, konnte sie gar nicht sagen. Seit Wochen hatten sie nicht miteinander geschlafen oder sich auch nur geküsst. Und manchmal beschlich Savannah das Gefühl, als würde Gene ihre Nähe meiden, weil er Angst davor hatte, sie könne auch ohne sein Einverständnis schwanger werden wollen. Als ob sie auf solch eine Idee kommen würde! Wer wollte denn schon ein Kind mit jemandem zeugen, der kein Vater sein wollte? So etwas würde sie keinem Kind antun, und sich selbst erst recht nicht.

«Danke, du bist wirklich einer von den Guten», sagte sie, als sie sich von Miles löste. Das Ganze war ihr ein wenig peinlich.

Miles winkte ab. «Ich habe meine Fehler wie alle Menschen.»

«Was auch immer das für welche sein sollen, wenn Gene allein deine Fehler hätte, wäre ich die glücklichste Frau auf der Welt.»

«Es renkt sich bestimmt alles wieder ein. Ihr müsst nur mal ernsthaft miteinander reden. Frag ihn nach dem wahren Grund, weshalb er so zögerlich ist. Vielleicht verstehst du ihn dann besser, und ihr könnt daran arbeiten.»

«Ja, wahrscheinlich hast du recht. Danke, Miles, ehrlich. Du hast was gut bei mir.»

Miles druckste herum. «Ähm … wenn du es schon anbietest … Du könntest mir Mittwoch freigeben, da hat Amber nämlich einen Auftritt mit der Schulband, und zwar in Lincoln. Sie bleiben über Nacht und suchen noch nach Erziehungsberechtigten, die zur Beaufsichtigung mitfahren.» Amber war seine elfjährige und somit älteste Tochter.

«Aber natürlich!», entgegnete Savannah. «Das ist gar kein Problem. Nimm dir doch einfach auch schon Dienstagnacht frei, du hast sowieso noch so viel Urlaub übrig.»

«Geht das denn so kurzfristig? Findest du Ersatz?»

«Ganz bestimmt, mach dir keine Gedanken.» Zusammen mit der Frühschicht Cindy und der älteren Aushilfe Greta würde sie schon eine Lösung finden.

«Mit Ersatz meine ich nicht, dass *du* Tag und Nacht an der Rezeption stehst», fügte er mahnend hinzu.

«Keine Sorge, Miles. Fahr du nur nach Lincoln.»

«Das ist wirklich großartig!» Miles strahlte. «Du sollst aber wissen, dass ich auch so jederzeit für dich da bin. Du musst dich nicht bei mir revanchieren.»

«Das weiß ich doch.»

«Dann ist ja gut. Und jetzt solltest du nach Hause gehen. Vielleicht ist es der richtige Abend, um dich mal in Ruhe mit Gene zusammenzusetzen.»

«Ja, vielleicht hast du recht», erwiderte sie und ging ihre Jacke holen.

«Komm sicher nach Hause», wünschte Miles noch, als ob Lake Paradise spätabends auch nur annähernd gefährlich wäre.

«Danke. Und hab du ein schönes Wochenende mit deiner Familie.» Die Samstagnacht war immer seine freie Nacht, während Cindy im Hotel übernahm. Darum hatte Miles gebeten, damit er das gesamte Wochenende mit seiner Familie verbringen konnte. Sie gingen sonntags zusammen in die Kirche und verbrachten den Tag beim Picknick am See, im Kino oder bei Sonyas Schwester in Hamilton. Savannah war einverstanden gewesen, denn für sie war Sonntag ein Tag wie jeder andere. Sie selbst ging zwar ebenfalls in die Kirche – ohne Gene, der schon seit Jahren nicht mehr mitkam –, aber da stand die siebzigjährige Greta am Empfang und konnte für ein paar Stunden allein klarkommen.

«Lieben Dank.» Miles winkte ihr lächelnd nach.

Heute war Savannah mit dem Wagen da, worüber sie sehr froh war, denn es war draußen ganz schön kühl, und jetzt noch mit dem Fahrrad zurückfahren zu müssen, wäre nicht allzu angenehm gewesen.

Schon beim Parken in der Einfahrt wusste sie, dass es an diesem Abend zu keinem klärenden Gespräch mehr kommen würde. Denn die Fenster waren dunkel. Gene war nicht zu Hause – wenn man diesen Ort überhaupt noch ein Zuhause nennen konnte.

Savannah sackte verzweifelt über dem Lenkrad zusammen und weinte. Die Tränen flossen einfach so aus ihr heraus, sicher eine halbe Stunde lang. Doch auch da war von Gene weit und breit nichts zu sehen, also schleppte sie sich ins Haus und legte sich ins Bett. Wohl wissend, dass wieder einmal eine schlaflose Nacht folgen sollte.

# 8

Dylan stand nun schon seit einer geschlagenen Stunde mit rausgestrecktem Daumen am Straßenrand und wartete darauf, dass ihn jemand mitnahm. So langsam bereute er, heute Morgen in diesem Städtchen namens Sutherland, Nebraska, nicht einfach in einen Bus gestiegen zu sein. Dennoch gab er die Hoffnung nicht auf. Bisher war er am Ende immer noch mitgenommen worden. Meistens von Truckern, und die hatte er ohnehin am liebsten. Denn sie stellten nicht zu viele Fragen, sondern freuten sich einfach über die Gesellschaft, da sie ja oftmals lange und stets allein unterwegs waren. Außerdem hatten sie die besten Geschichten auf Lager. Bei Geschäftsmännern oder normalen Typen in seinem Alter fuhr er auch gern mit. Junge Frauen nahmen grundsätzlich keine einsamen Kerle am Straßenrand mit. Aber die älteren taten das, die Hausfrauen mittleren Alters, und die waren am schlimmsten! Denn meistens waren sie auf dem Weg vom oder zum nächsten Discounter und brachten ihn höchstens zwanzig Meilen weit. Natürlich war das besser als nichts, und er war dankbar für jede Gelegenheit, doch er fand es auch jedes Mal ziemlich anstrengend. Weil diese Frauen ihn ausquetschten wie eine

Zitrone, alles wissen wollten und sich oftmals sogar als Mutter aufspielten.

«Wenn Sie so ganz allein unterwegs sind, achten Sie dann auch darauf, dass Sie immer genügend zu essen kriegen? Gemüse? Vitamine?» … «Rufen Sie hin und wieder auch Ihre Mutter an und lassen sie wissen, dass es Ihnen gut geht?» Oder: «Wenn Sie so viel rumkommen, treffen Sie bestimmt auch das ein oder andere hübsche Mädchen. Ich rate Ihnen: Vergessen Sie nicht, zu verhüten. Nicht dass Sie am Ende ein Kind in Oklahoma oder Louisiana haben.»

Das hatte ihm tatsächlich mal eine Mittvierzigjährige geraten, die selbst fünf Kinder hatte und sehr redselig war. So etwas wie Scham kannte sie anscheinend nicht, zumal sie am Ende ihrer gemeinsamen Fahrt sogar noch ein Deo aus einer ihrer Einkaufstüten fischte und es ihm schenkte.

Er musste lachen, als er jetzt daran dachte. Ja, das musste irgendwo in Texas gewesen sein, vielleicht auch in Arizona. Was wusste er schon, ihm war ja nicht einmal richtig klar, wo er sich in diesem Augenblick befand.

Von Denver aus war er gestern bei einem Trucker mitgefahren, und zwar bis kurz vor die Grenze zwischen Colorado und Nebraska. Dann ging es weiter mit einem älteren, ziemlich netten Kerl, der ihn bis in dessen Heimatstädtchen Sutherland brachte. Dort übernachtete Dylan in einem Motel und wurde heute Morgen von einem dieser Hausmütterchen mitgenommen, die gerade mal zwölf Meilen bis zum nächsten *Walmart* fuhr. In dem Supermarkt traf Dylan, als er sich ein verpacktes Sandwich und eine Flasche gesüßten grünen Tee holte, auf einen Farmer aus Wilcox, der ihm anbot, ihn ein Stück mitzunehmen. Bevor der Mann von der Interstate 80 in eine Landstraße eingebogen war, hatte er Dylan in Kearney rausgelassen, ihm ein gutes Leben gewünscht und ihm geraten, er solle weiterhin auf der Interstate 80 bleiben, da diese ihn direkt zu Nebraskas Hauptstadt Lincoln führen würde.

Doch in eine größere Stadt wollte er doch überhaupt nicht.

Noch immer hatte er keinen Plan und kein konkretes Ziel. Also war er einfach zu Fuß losmarschiert und hatte sich irgendwann auf einer einsamen Landstraße wiedergefunden. Und obwohl er ja geahnt hatte, dass in diesem Staat nichts los sein würde, hatte er Nebraska dann doch nicht für *so* ausgestorben gehalten.

Er erinnerte sich an ein paar Folgen der Serie *The Walking Dead*, die er früher gern zusammen mit Ronny geguckt hatte. Sie spielte zur Zeit einer Zombie-Apokalypse, und da waren menschenleere Straßen und verlassene Gegenden natürlich nichts Außergewöhnliches. Doch Dylan kam sich nun fast selbst so vor, als wäre er der einzige übrig gebliebene Mensch auf der Welt, und es hätte ihn nicht gewundert, wenn irgendwann ein Zombie aus den Feldern aufgetaucht wäre.

Gemüse- und Getreidefelder überall, wohin man sah. Er konnte Karotten, Kartoffeln, Spargel und Spinat ausmachen. Doch er wusste, dass auf den meisten Feldern Sojabohnen, Weizen und Zuckerrüben angebaut wurden. Und natürlich Mais. Nebraska war ja vor allem für seinen Maisanbau bekannt, der allerdings erst im Herbst geerntet wurde. Dylan hatte nichts gegen Mais, aber es war auch nicht gerade sein Lieblingsnahrungsmittel. Na gut, wenn er genauer überlegte, gab es da natürlich Popcorn, das aus Mais gemacht wurde. Außerdem Tacos, Nachos und andere mexikanische Köstlichkeiten, die er in Kalifornien fast täglich verspeist hatte, einfach weil es sie an jeder Ecke gab und weil sie nicht nur günstig, sondern auch extrem lecker waren. Er erinnerte sich an einen Stand in San Diego, der die besten Tamales anbot, die er je gegessen hatte.

Ja gut, Mais war wohl doch eine ziemlich coole Sache, dachte Dylan und schüttelte kurz darauf lachend den Kopf.

Worüber man so nachdachte, wenn man rein gar nichts zu tun hatte. Wenn man einzig und allein darauf hoffte, dass der Fahrer des nächsten Autos einen mitnahm.

Hier kam aber leider nur alle zehn Minuten mal ein Fahrzeug vorbei, was die Aussichten nicht unbedingt steigerte.

Aber alles war besser, als ständig an Ronny zu denken. Immer wieder an Ronny. Wie sehr er ihm fehlte. Und wie schrecklich er sich noch immer fühlte, weil er ihn nicht hatte retten können. Seinen Bruder, seinen einzigen Bruder.

Erschöpft sackte Dylan neben seinen Gitarrenkoffer und seinen Rucksack auf den Boden und holte die Thermosflasche heraus, die er sich, wo immer es möglich war, mit Wasser auffüllte. Es war zwar erst Anfang Mai, aber das Thermometer war sicher schon bis auf fünfundzwanzig Grad geklettert an diesem … Was war heute eigentlich? Sonntag? Ja, wahrscheinlich.

Es könnte aber auch jeder andere Tag sein.

# 9

Als Savannah vom Gottesdienst zurück ins Hotel kam, lief eine etwas aufgeregte Alice auf sie zu und sagte ihr, dass Greta heute ausfiel. Sie hätte angerufen und sich krankgemeldet.

«Oje, arme Greta. Das heißt, wir sind heute den ganzen Tag nur zu zweit?»

«Und wenn wir Cindy fragen, ob sie einspringen kann?» Alice spielte nachdenklich mit einem der Knöpfe an ihrer Kochjacke.

«Cindy erholt sich doch gerade von ihrer Nachtschicht.» Savannah hatte sie heute Morgen um sechs abgelöst, und um halb zehn hätte eigentlich Greta übernehmen sollen. Allerdings war Greta zu der Uhrzeit noch nicht eingetroffen, und Savannah hatte angenommen, sie verspäte sich nur ein wenig. Nachdem Alice ihr gut zugeredet hatte, sich dennoch auf den Weg zu machen, da sie ja zur Not vorne einspringen konnte, war Savannah gegangen. Jetzt biss sie sich allerdings auf die Unterlippe und überlegte.

Dann nickte sie. «Wir bekommen das auch allein hin, keine Sorge», versuchte sie Alice und auch sich selbst zu beruhigen.

«Okay. Falls du mich brauchst, könnte ich auch ein paar andere Aufgaben übernehmen», bot die Köchin an. «Frühstückszeit ist längst um, und du weißt, ich kann auch Betten machen oder den Boden wischen, dafür bin ich mir nicht zu schade.»

«Das weiß ich, du Liebe. Aber das kommt gar nicht infrage. Soweit du in der Küche fertig bist, gehst du nach Hause zu deiner Familie.» An den meisten Tagen fuhr Alice nach dem Frühstück heim und kam erst am späten Nachmittag wieder ins Hotel, um das Abendessen vorzubereiten.

«Aber nein! Ich lass dich nicht ganz allein!», widersprach Alice sofort. «Meine Kinder sind doch schon groß. Justin und Dustin haben ohnehin nur noch ihre Freunde im Kopf, und Mike ist heute mit seinem Bruder beim Paintball. Außerdem habe ich hier gerade einen Kuchen im Ofen.»

«Tatsächlich?»

«Ja. Und einen hab ich schon fertig. Es ist doch Sonntag!»

Savannah lächelte. Am Sonntagnachmittag kamen neben den Hotelgästen oft auch Bewohner aus dem Ort bei ihnen im Restaurant vorbei, und die freuten sich immer über Alice' leckere selbst gebackene Kuchen.

«Oh, das ist toll!», sagte sie. «Murielle hat mich übrigens erst neulich gefragt, wann es denn mal wieder Stachelbeerkuchen gibt.»

«Da warte ich lieber noch, bis es frische zu kaufen gibt», meinte Alice. «Mit denen aus der Tiefkühltruhe gelingt der Kuchen nur halb so gut. Ich habe aber schon einen Walnusskuchen fertig, und ein Cherry Pie ist wie gesagt im Ofen.»

«Super. Du bist die Beste.» Sie strahlte Alice an.

«Ich muss dann auch zurück in die Küche.»

«Alles klar. Und ich schau mal, ob irgendwo noch ein Zimmer hergerichtet werden muss. Haben die Gäste aus Nummer 7 schon ausgecheckt?»

«Ja, vor ungefähr einer Stunde. Ich hab den Schlüssel an den Haken gehängt.»

«Ich danke dir.»

Während Alice wieder in die Küche verschwand, ging Savannah an die Rezeption, um zu sehen, was anstand. Natürlich mussten wie jeden Tag die Betten gemacht werden. Das würde sie als Erstes erledigen, und zwar heute im Eiltempo, damit der Empfang nicht zu lange unbesetzt war. Dann musste Zimmer 7 komplett neu hergerichtet werden, da die Gäste daraus heute abgereist waren. Gegen fünf würde noch ein Ehepaar aus Nevada einchecken, denen sie Zimmer 4 geben wollte, da es von den beiden leer stehenden das romantischere war. Außerdem mussten die Fenster im Eingangsbereich dringend geputzt werden, was sie aber zur Not auch auf morgen verschieben konnte.

Das schien schon alles zu sein, es würde also trotz allem nicht zu stressig werden, wenn nicht in letzter Minute noch etwas aufkam.

Anderthalb Stunden später hatte Savannah alle Zimmer fertig und stellte sich wieder an den Empfang. Sie legte eine CD mit Songs von Norah Jones in den Player und stellte leise Musik an. Dann machte sie sich, da die Lobby leer und weit und breit kein Gast zu sehen war, doch schon an die Fenster.

Obwohl sie bei dieser eintönigen Tätigkeit meistens gut abschalten konnte, kamen ihr heute gleich wieder eine Million Dinge in den Sinn. Erinnerungen vor allem. Erinnerungen an bessere Tage. Und die vermischten sich dann mit unguten Erinnerungen aus dem letzten Jahr. Ein Tag war noch immer besonders präsent, es war ihr zehnter Hochzeitstag …

Wochenlang hatte Savannah versucht, Gene zu einer kleinen Reise zu überreden, um endlich auch mal an einen anderen schönen Ort zu kommen, von dem sie dann den Leuten erzählen konnte. Am Ende war ihr Mann damit einverstanden gewesen, für ein paar Tage nach St. Louis in Missouri zu fahren. Aber nur, wenn sie auch die *Budweiser-Experience* mitmachen würden, eine geführte Brauerei-Tour, bei der man alles über das berühmte Bier erfuhr. Savannah stimmte zu und wünschte sich im Gegenzug eine romantische Raddampferfahrt auf dem Mississippi.

Sie planten die Reise, und Savannah war voller Vorfreude. Doch es kam alles anders … Zuerst verlor Gene nur wenige Tage vor ihrem Hochzeitstag im Oktober seinen damaligen Job, dann erhielt Savannah einen Anruf vom Sheriff, der ihr sagte, dass Gene gewaltsam in die Villa von Vincent Highmore eingedrungen und auf ihn losgegangen sei. Diesem reichsten Bewohner von Lake Paradise gehörte zwar die Fabrik, in der Gene gearbeitet hatte, doch hatte der Mann rein gar nichts mit dessen Kündigung zu tun. Die hatte Gene sich selbst zuzuschreiben, weil er ständig zu spät gekommen war und blaugemacht hatte. Außerdem war er wohl auch wegen aggressiven Verhaltens aufgefallen. Der Vorfall endete damit, dass der Butler, der Vincent Highmore beschützen wollte, mit einer gebrochenen Nase im Krankenhaus landete und Gene festgenommen wurde. Savannah musste zweitausend Dollar Kaution aufbringen, um ihn rauszuholen, womit St. Louis ins Wasser gefallen war.

Nicht dass Savannah überhaupt noch Lust auf eine Reise mit Gene gehabt hätte. Nein, sie war stinksauer und ließ ihren Hochzeitstag komplett ausfallen. Gene entschuldigte sich zwar und schenkte ihr zehn rote Rosen, doch es war nicht wiedergutzumachen.

Nicht einmal dieser Kurztrip sollte ihr vergönnt sein, dachte Savannah damals. Und es war der Anfang vom Ende.

Sie wurde aus ihren Erinnerungen gerissen, als die Hoovers von einem Spaziergang am See zurückkamen. Der kleine Luther schrie wie am Spieß. Eine Wespe habe ihn gestochen, erzählte Mrs. Hoover panisch, die den weinenden Jungen trug.

«Ist er allergisch?», fragte Savannah sogleich und suchte mit den Augen nach der Einstichwunde.

«Ich weiß es nicht, bisher wurde er noch nie gestochen.»

Mr. Hoover, der eine ängstliche Marjorie auf dem Arm hielt, war blass wie der Tod.

«Setzen Sie sich erst mal», sagte Savannah ihnen. «Versuchen Sie sich zu beruhigen. Wo wurde Luther denn gestochen?»

«Am Bein. Die Wespe muss unter seine Hose gekrabbelt sein.» Die junge Mutter setzte sich mit Luther auf einen der Sessel, zog vorsichtig den Stoff seiner Hose hoch und zeigte Savannah einen roten, angeschwollenen Fleck.

«Am besten, ich rufe schnell mal Dr. King an. Er ist der

hiesige Kinderarzt», erklärte Savannah. Eigentlich war Eric King ja Allgemeinmediziner, doch er war nun mal der einzige Arzt in Lake Paradise und deshalb der Mann für alle Fälle.

Gesagt, getan, eine Minute später hatte Savannah ihn am Handy. Sie beantwortete Erics Rückfragen, sah dem kleinen Luther zusammen mit der Mutter in den Mund und konnte den Eltern am Ende getrost sagen, dass es keine allergische Reaktion gab und alles halb so schlimm war. Schließlich reichte sie das Handy an Mrs. Hoover weiter, damit die besorgte Mutter das noch einmal vom Fachmann persönlich hören konnte. Währenddessen holte sie aus der Küche eine halbe Zwiebel, da Eric gesagt hatte, dass der Saft beruhigend wirken und die Schwellung zurückgehen lassen würde.

Nach zehn Minuten hatte Luther sich zum Glück beruhigt, und er freute sich über den riesigen Schoko-Cookie, den Alice ihm brachte. Natürlich hatte sie auch einen für Marjorie dabei.

«Ich danke Ihnen vielmals», sagte Mrs. Hoover erleichtert, während ihr Mann so langsam wieder Farbe im Gesicht bekam. «Ich weiß nicht, was ich ohne Sie gemacht hätte.»

«Ach, das war doch keine große Sache.» Savannah winkte ab. «Das meiste hat Eric gemacht. Er hat übrigens angeboten, später noch mal vorbeizuschauen, falls die Stelle nicht abschwillt. Ich schreibe Ihnen mal seine Nummer auf.»

«Danke», sagte Mrs. Hoover erneut. «Sie kennen sich wirklich gut aus. Wahrscheinlich haben Sie auch Kinder, ja?»

Savannah erstarrte. Das war wieder einer dieser Momente, in denen sie am liebsten losgeheult hätte. Doch sie schüttelte nur den Kopf. «Nein, leider noch nicht. Ich wünsch mir aber welche.»

«Sie werden eine wunderbare Mutter sein.»

Savannah konnte in dem Augenblick nur lächeln und nicken. Aber als die Hoovers in ihr Zimmer gegangen waren, trat sie nach draußen, um durchzuatmen. Sie brauchte dringend frische Luft.

Wie sie solche Situationen hasste! Wie sehr sie gerne ihrem eigenen Kind eine halbe Zwiebel auf einen Stich legen, es trösten und fest im Arm halten würde. Oh, wie sehr sie Gene in diesem Moment dafür verabscheute, dass er ihr all das vorenthielt.

Bei einem Blick auf das Beet mit den bereits verblühten Narzissen fielen ihr Gregorys Orchideen ein. Sie wusste nicht, wann sie es heute schaffen sollte, in seinem Haus vorbeizuschauen. Es würde bis nach der Arbeit warten müssen, doch ehrlich gesagt waren die Orchideen ihr gerade auch egal.

# 10

Dylan saß schon eine Weile am Boden, als sich ein Auto näherte. Er stand auf, streckte den Daumen raus – und tatsächlich, der Wagen wurde langsamer. Es handelte sich um einen ziemlich schicken Flitzer, einen knallgelben Mercedes, den nur jemand fahren konnte, der mit viel Selbstbewusstsein ausgestattet war. Als der Wagen neben ihm anhielt, konnte er durchs heruntergelassene Fenster den Fahrer erkennen und war froh, dass der vertrauensselig aussah.

Der Mann war in den Dreißigern, vielleicht auch schon Anfang vierzig, hatte rotblondes Haar und trug zu seinem stylischen blauen Hemd eine zebragemusterte Fliege.

«Wo willst du hin, mein Hübscher?», fragte er.

«Wenn ich das wüsste», antwortete Dylan. «Erst mal einfach nur voran.»

Der Typ lachte und sagte: «Na, dann steig mal ein.»

Dylan zögerte einen Moment, aber schließlich sammelte er seine Siebensachen ein und warf sie auf die Rückbank. Er selbst setzte sich auf den Beifahrersitz.

«Coole Musik», sagte er, als er einen Song von Lady Gaga erkannte, den der Mann mit der Fliege wohl leiser gestellt hatte, um besser mit ihm kommunizieren zu können.

«Ich *liebe* diese Frau!», erwiderte er auch sogleich.

Dylan nickte und lächelte. Er liebte die Sängerin zwar nicht unbedingt, aber die Musik von Lady Gaga war allemal besser als welche von Tom Jones oder, noch schlimmer, von One Direction oder irgendeiner anderen zusammengewürfelten Boygroup. Er hatte schon die verrücktesten Musikvorlieben erlebt in den letzten Monaten und war froh über alles, was einigermaßen normal klang. Und wenn der Kerl neben ihm jetzt nicht stundenlang zu Lady Gaga mitsingen würde wie dieser eine schleimige Typ zu Tom Jones – *Sex bomb, sex bomb, you're my sex bomb* –, dann würde er es sicher überleben.

Der Fahrer hielt ihm jetzt eine Hand hin. «Ich bin Nolan. Und wer bist du?»

«Dylan. Schön, dich kennenzulernen.»

«Na, das sehe ich genauso», antwortete Nolan breit lächelnd, und sie schüttelten sich die Hände.

«Also, Nolan, wo fährst du hin?»

«Zurück nach Lake Paradise, da wohne ich. Ich habe gerade Ware aus Kearney abgeholt.» Er deutete in Richtung Kofferraum.

«Ah, in Kearney hat mich der Farmer rausgelassen, bei dem ich zuletzt mitgefahren bin.»

«Oh. Du bist wohl schon viel rumgekommen, was?»

«Könnte man so sagen.»

«Na super. Dann zeige ich dir jetzt mal ein paar Maisfabriken sowie die dazugehörigen noch leeren Maisfelder und das Allerbeste: ein zehn Meter großes Schild mit einer lachenden Maisfamilie drauf. So was Tolles hast du auf deiner Reise bestimmt noch nie gesehen.» Nolan lachte.

Dylan grinste, und Nolan fuhr los. Er stellte die Musik lauter und wippte dazu mit.

«Was für Ware hast du denn abgeholt?», fragte Dylan kurz darauf, einfach um Small Talk zu machen. Die meisten Leute mochten es nämlich nicht, wenn man nur still dasaß. Wahrscheinlich beschlich sie dann der Gedanke, dass sie einen Serienmörder in ihr Auto gelassen haben könnten.

«Sirup. Für mein Café. Ich habe schon seit Monaten Schwierigkeiten mit dem Lieferanten, und deshalb fahre ich hin und wieder zum Großmarkt nach Kearney, um welchen zu besorgen. Die bieten da tolle Sorten an und haben zum Glück auch sonntags geöffnet.»

Es war also tatsächlich Sonntag, dachte Dylan.

«Du besitzt ein eigenes Café?», fragte er, um sicherzugehen, dass er bei der lauten Musik und dem Fahrtwind auch richtig gehört hatte.

Nolan nickte. «Ja, genau. Das *Paradise Café.*»

«Echt? Du hast dein Café nach der Stadt benannt, in der du lebst?»

«Oh, du würdest dich wundern», sagte Nolan, während Lady Gaga *Paparazzi* sang. «Bei uns trägt *alles* Paradise im Namen! Die Geschäfte, die Straßen … Also, das Café befindet sich auf dem Paradise Boulevard, von dem der Paradise Place, die Paradise Lane, der Paradise Drive und der Paradise Walk abgehen. Links neben mir befindet sich *Jamie's Food Paradise*, rechts das *Ice Cream Paradise …*»

«Ach komm, du nimmst mich doch auf den Arm.»

«Tue ich nicht.» Nolan schüttelte den Kopf. «Sieh es dir selbst an, wenn du willst. Du hast doch sowieso nichts Besseres vor, oder?»

«Hmmm … Gibt es in deinem Lake Paradise ein Hotel oder so? Wo ich die Nacht unterkommen könnte?»

«Ja. Das *Paradise Inn.*»

Dylan lachte laut auf. «Ich glaube dir kein Wort!»

«Du wirst es ja sehen», erwiderte Nolan und strahlte ihn an.

Als sie eine halbe Stunde später Lake Paradise erreichten, staunte Dylan nicht schlecht. Nolan hatte ihn tatsächlich nicht verarscht! Hier hatte wirklich alles «Paradise» im Namen. *Alles!*

War das für die Einwohner nicht verwirrend?, fragte er sich, als sie auf einem hübschen Platz hielten. Er blickte sich um. Noch nie zuvor hatte er solch einen perfekten, ja wirklich beinahe paradiesischen Ort gesehen. Alles war sauber, nirgendwo lag auch nur ein Schnipselchen Papier auf der Straße, und überall, wirklich überall waren Blumen. Das Städtchen wirkte fast wie eine Filmkulisse, und es hätte Dylan nicht überrascht, wenn er herausgefunden hätte, dass es nur aus Häuserfassaden bestand.

Als er sich weiter umsah und ein paar Menschen beobachtete, musste er direkt schmunzeln. Ein kleiner, untersetzter Typ, der ein bisschen so aussah wie Danny DeVito, drückte den Vorbeigehenden irgendwelche gelben Zettel in die Hand. Mindestens sieben Leute gingen mit ihren Hunden Gassi, und alle Vierbeiner waren schön ordentlich angeleint. Ein paar Kinder hüpften im Einklang nebeneinanderher. Ein junges Pärchen schlenderte Hand in Hand über die Wiese und wirkte übertrieben verliebt. Eine Frau in einem neonpinken Jogginganzug und mit einer gewaltigen Dauerwelle auf dem Kopf spazierte auf eine Eisdiele zu – und blieb abrupt stehen, als sie ihn und Nolan im Mercedes entdeckte.

Nolan schien es nicht zu bemerken, er hatte den Wagen direkt vor dem Café geparkt und sah Dylan nun erwartungsvoll an. «Na? Hab ich zu viel versprochen?»

Amüsiert schüttelte Dylan den Kopf. «Bin ich hier in *Pleasantville* gelandet? Oder in der *Truman Show*?» Diese beiden Filme fielen ihm auf Anhieb ein, wenn er an völlig surreale Städte dachte, die es auf keinen Fall im wirklichen Leben geben konnte.

«Nein, du bist hier einfach nur in Lake Paradise gelandet.» Nolan stieg aus dem Wagen und beugte sich, da Dylan unbeweglich sitzen blieb, zu ihm: «Worauf wartest du?»

«Sorry, ich komm schon.»

Dylan kletterte aus dem Mercedes, holte seine Sachen von der Rückbank und spürte noch immer Blicke auf sich. Doch es war jetzt nicht mehr nur die Jogginganzug-Lady, es hatten sich auch noch andere Leute dazugesellt, die ihn begafften, als wäre er ein Affe im Zoo. Ob sie ihn erkannt hatten? Oder ob sie jedem Fremden so neugierig begegneten?

«Ist das Nolans fester Freund?», hörte er jemanden fragen.

«Oder ein Verwandter aus Baton Rouge?», vermutete ein anderer.

Dass Nolan ursprünglich aus Baton Rouge in Louisiana kam, hatte der ihm bereits während der Autofahrt erzählt. Und auch, dass er vor zweieinhalb Jahren hergezogen war, weil er dem skurrilen Städtchen und seinen liebenswerten Bewohnern auf Anhieb verfallen war. Nolan konnte sich heute angeblich gar nicht mehr vorstellen, woanders zu leben, denn Lake Paradise sei der erste Ort, an dem er wirklich angenommen wurde, wie er war. Hier fragte man nicht nach Herkunft oder Gesinnung, hier wurde man schlicht wegen seines freundlichen Wesens akzeptiert.

«Solange du also nicht der grummeligste Brummbär aller Zeiten bist, werden die Leute dich genauso nett aufnehmen.»

Der Gedanke gefiel Dylan. Auch wenn er ja nicht wie Nolan vorhatte zu bleiben. Aber von solch einem Ort träumte doch jeder! Ein Ort, an dem man sein konnte, wie man war. Mit all seinen Fehlern und Sünden, mit allem, was einmal gewesen war.

Gemeinsam betraten sie das *Paradise Café*, das etwa zur Hälfte gefüllt war. Nolan deutete auf einen freien Platz am Fenster. «Setz dich ruhig, Dylan. Ich spendiere dir einen Kaffee und einen Muffin. Welche Sorte möchtest du?»

«Ist egal. Was du dahast», antwortete er, legte sein Gepäck in der Ecke ab und setzte sich.

«Dann bringe ich dir einen Schoko-Bananen-Muffin, die sind mir die liebsten.»

«Okay.»

Nolan trat hinter die Theke, wo bereits eine Frau mit Cappy stand und Dylan ebenfalls interessiert betrachtete. Nolan begrüßte sie, dann drehte er sich noch einmal zu ihm um.

«Ich brauch wohl auch nicht danach zu fragen, welche Kaffee-Spezialität du gern hättest, oder?» Nolan holte einen Muffin unter der Glashaube hervor und stellte ihn auf einen Teller.

«Einfach nur ganz normalen Kaffee, bitte. Mit einem Schuss Hafermilch, wenn du welche dahast.»

Nolan riss die Augen auf. «Willst du mich beleidigen? Selbstverständlich habe ich Hafermilch da! Genauso wie Mandel-, Soja- und laktosefreie Milch.»

«Oh, cool. Ehrlich!» Er versuchte, es mit einem Lächeln wiedergutzumachen.

Als Nolan ihm wenig später alles auf den Tisch stellte, bemerkte Dylan, dass die schaulustigen Leute draußen jetzt ganz nah ans Fenster gerückt waren. Wenn sie so weitermachten, würden sie sich noch die Nase an der Scheibe stoßen.

«Was ist denn mit denen los?», fragte er und deutete nach draußen.

«Ach, die. Sie sind nur neugierig, wer du bist. Es kommen hier nicht so oft Fremde her, weißt du? Außer ab und zu ein paar Touristen. Wie ein typischer Tourist siehst du aber nicht aus.»

Ja, das stimmte wohl. Eigentlich sah er sogar aus wie der letzte Penner, das war Dylan durchaus bewusst. Nachdem er sich in den ersten Monaten seines Trips noch alle paar Tage rasiert hatte, gab er es irgendwann auf, gepflegt aussehen zu wollen. Für wen denn? Er war dann sogar ganz froh, dass der Bart sein Gesicht verdeckte, so erkannte ihn wenigstens niemand. Allerdings hatte Dylan den Bart nun schon mindestens drei Monate wachsen lassen, und beim Blick in den Spiegel erkannte er sich fast selbst nicht mehr.

Er schlang den Muffin sowie den Kaffee runter, um hier schnell wegzukommen. Die Leute, die in dem Café saßen, starrten ihn nämlich ebenfalls an.

«Danke, Nolan», sagte er nur fünf Minuten später, als er das schmutzige Geschirr auf dem Tresen abstellte. «War echt nett von dir, mich mitzunehmen und mir was auszugeben.»

«Aber gerne, Dylan. Zum Hotel findest du allein?»

«Du hast mir den Weg ja beschrieben, kann nicht so schwer zu finden sein.» Nolan hatte auch etwas von einer Bimmelbahn gesagt, die direkt zum Hotel fuhr, aber darauf verzichtete er lieber.

«Falls doch, weißt du ja, wo ich bin. Ich hab bis um acht geöffnet.»

«Alles klar, danke.» Dylan schaute auf die alte Uhr seines Grandpas, die er in der Hosentasche trug, seit das lederne Armband kaputtgegangen war. Er hielt sie in Ehren, nicht nur, weil sie ein Erbstück war, sondern auch, weil es ohne Handy die einzige Zeitangabe war, die er hatte. Sie zeigte 14:37 Uhr an.

Er nahm seinen Rucksack, setzte ihn sich auf und griff nach seinem Gitarrenkoffer. Dann nickte er Nolan und der Bedienung noch einmal zu und trat aus dem Café.

Draußen standen jetzt bestimmt zehn bis fünfzehn Menschen herum, die plötzlich alle ganz beschäftigt taten. So als würden sie ihn gar nicht bemerken.

Dylan versuchte ebenfalls, allen Blicken auszuweichen, und lief zu Fuß in Richtung Paradise Parkway, der ihn laut Nolan in knapp dreißig Minuten zum See führen sollte. Dem See, der, wie sollte es anders sein, Lake Paradise hieß.

# 11

Sadie trat aus der Eisdiele und sah sich um.

*Was ist denn hier draußen nur los?*, fragte sie sich, denn ihr war schon vor ein paar Minuten aufgefallen, dass auf dem Stadtplatz eine seltsame Unruhe herrschte. Nur war sie bisher nicht dazu gekommen, sich die Sache selbst anzuschauen, da sie Kundschaft zu bedienen hatte.

Es war Sonntagnachmittag, da war sowieso stets viel zu tun. Und heute schien auch noch so herrlich die Sonne, da waren die Leute ganz begierig auf eine Kugel Eis. Doch jetzt hatte sich das *Ice Cream Paradise* beinahe komplett geleert.

Sie blickte nach links, wo sich immer mehr Leute vor dem *Paradise Café* zu versammeln schienen – als dort ein junger Mann aus der Tür trat. Er hatte fransiges, viel zu langes dunkelblondes Haar und einen Vollbart, und sie konnte dadurch sein Alter schlecht einschätzen. Er mochte Mitte dreißig sein, vielleicht aber auch viel jünger. Sadie fragte sich, wieso sich heute so viele hübsche Männer einen solchen Bart wachsen ließen. Man entdeckte es immer öfter, vor allem in den Klatschblättern, die sie nur zu gerne las. Damit verunstalteten sie sich doch ihr nettes Gesicht, fand Sadie, aber das war natürlich nur ihre Meinung. Viele

Frauen schienen es ja sehr attraktiv zu finden. So hatte auch Trish aus dem Tiersalon ihr erst kürzlich gesagt, dass sie ganz vernarrt in diesen Jared Leto war, der einen Oscar gewonnen hatte. Für einen Film mit Matthew McConaughey, der zum Glück keinen Vollbart trug – zumindest noch nicht.

Der bärtige junge Mann eilte jetzt über den Platz, den Blick stur geradeaus gerichtet. Auf dem Rücken trug er den größten Rucksack, den Sadie je gesehen hatte, und in der Hand einen länglichen Gegenstand, der nach einem Gitarrenkoffer aussah.

Oh, dachte Sadie, ein Musiker. Vielleicht bekamen sie in Lake Paradise ja nun endlich auch ihren eigenen Troubadour, wie so viele andere Kleinstädte ihn hatten. Jemanden, der tagtäglich an seiner Straßenecke stand und hübsche Lieder zum Besten gab. Ja, das fände sie wirklich nett.

«Hast du den gesehen?», hörte sie plötzlich eine aufgeregte Murielle rufen, die mit schnellen Schritten auf sie zugelaufen kam.

«Ja, habe ich», antwortete Sadie.

«Und? Kennst du ihn?»

«Nein, ich glaube, ich habe ihn noch nie gesehen. Wer ist er denn?»

«Na, das weiß ich ja eben nicht, will es aber unbedingt herausfinden.»

«Ach, Murielle. Das wird sich bestimmt bis morgen früh herumgesprochen haben, dann können wir beim Frühstück über ihn reden und uns alles erzählen, was wir bis dahin wissen.»

«Aber willst du denn nicht die Erste sein, die es in Erfahrung bringt?», fragte Murielle und hatte damit einen Nerv getroffen.

«Nun ja, es wäre natürlich schön, die Erste zu sein …»

«Übrigens kam er vorhin zusammen mit Nolan hier an. In dessen schickem Flitzer. Ich glaube ja, die beiden kennen sich schon länger.»

Sadie riss die Augen auf. «Meinst du etwa das, was ich denke?»

«Nun, das wird gemunkelt, ich weiß es aber nicht. Ich weiß absolut gar nichts, und deshalb möchte ich ja hinter ihm her. Er ist bestimmt auf dem Weg zu Savannah.»

«Da musst du leider allein gehen. Ich kann nicht weg aus der Eisdiele.»

Murielle warf einen Blick in die Räumlichkeiten. Die Eisdiele bestand nur aus einem kleinen Zwanzig-Quadratmeter-Raum mit drei Tischen und der Eistheke, an deren hinterem Ende ein paar Barhocker standen. Lediglich einer der Tische war von einer Stammkundin besetzt, an der Theke saß niemand.

«Ist doch gar nichts los bei dir», erwiderte Murielle.

«Ja, aber nur, weil plötzlich alle hier draußen auf dem Platz stehen und den Fremden betrachten. Eben war hier noch richtig was los.»

«Na, aber gerade nicht. Wenn du schließt, bevor neue Kunden kommen, dann musst du auch niemanden abweisen. Und wir sind sicher in einer Stunde wieder zurück. Gönn dir einfach eine kleine Pause.»

«Und was ist mit Meredith?» Sie sah zu der alten Dame hin, die ganz allein am Tisch saß und eine Kugel Zitroneneis mit Schlagsahne aß. Mehr als eine Kugel konnte sie sich ohnehin nicht leisten, das wusste Sadie, deshalb gab sie ihr die Sahne immer gratis dazu. Sie wollte die Frau nur ungern aus dem Café werfen.

Das war dann aber auch gar nicht mehr nötig, denn Meredith stand plötzlich bei ihnen und blickte sich neugierig auf dem Stadtplatz um. «Was ist denn da los?», erkundigte sie sich.

«Es ist ein Neuer in der Stadt», informierte Murielle sie.

«Ja, wirklich?»

«Sieh mal.» Sadie deutete zu dem jungen Mann, der in Richtung Paradise Parkway unterwegs war. Er hatte schon die *Paradise Boutique* passiert und fast das Gemeindehaus erreicht.

«Wo er wohl hinwill?», fragte Meredith.

Sadie trat von einem Bein aufs andere. «Wir können uns gut vorstellen, dass er zum Hotel will. Er sucht bestimmt eine Unterkunft für die Nacht.»

«Ich hatte sowieso überlegt, dort heute Nachmittag ein Stück Kuchen essen zu gehen», erklärte Murielle. «Kommst du nun mit, Sadie?»

«Einverstanden!», sagte sie und war sich sicher, dort etwas aus ihrer Nichte Savannah herausquetschen zu können.

«Was ist mit dir, Meredith?», fragten Sadie und Murielle mehr aus Höflichkeit. Obwohl sie beide wussten, dass die alte Dame weder das Geld für ein Stück Kuchen hatte noch den weiten Weg auf sich nehmen würde, nur um Näheres über den Fremden zu erfahren.

«Nein, lasst nur, ihr Lieben. Sie zeigen gleich *Ein Herz und eine Krone* im Fernsehen, den möchte ich nicht verpassen.»

«Na gut», sagte Sadie, holte ihre Sachen und schloss zuerst das offene Verkaufsfenster und anschließend die Ladentür. «Was ist mit Delores?», fiel ihr dann plötzlich ein.

«Ich ruf sie an», meinte Murielle und holte ihr Handy hervor. «Sie will sicher dabei sein.»

Oh ja, davon war auch Sadie überzeugt. Sie verabschiedeten Meredith und marschierten los – gespannt, was sie so alles erfahren würden.

# 12

Savannah hockte im Blumenbeet vor dem Hotel und war dabei, die verwelkten Narzissen abzuschneiden, die wirklich nicht mehr sehr einladend aussahen. Die Eingangstür stand offen, sodass sie das Telefon hören konnte und auch die Glocke am Empfangstresen, falls einer der Gäste nach ihr verlangte. Bei diesem schönen Wetter waren die meisten zwar unterwegs, ein paar saßen aber bereits im Restaurant, um ein leckeres Stück Kuchen oder einen Eisbecher mit frischen Erdbeeren zu genießen. Das Hotel verfügte sogar über eine hübsche Terrasse, auf der man wunderbar in der Sonne sitzen und auf den See schauen konnte.

«Hallo», hörte Savannah plötzlich eine Stimme und blickte auf.

Ein bärtiger junger Mann, den sie noch nie zuvor gesehen hatte, stand vor ihr. Er hielt einen Gitarrenkoffer in der Hand und sah sie ein wenig verloren an.

«Hallo», erwiderte sie und erhob sich. «Kann ich Ihnen weiterhelfen?»

«Ich suche das *Paradise Inn*. Bin ich hier richtig?»

«Ja, das sind Sie.» Sie schenkte ihm ein Lächeln. «Herzlich willkommen.»

«Danke.» Er kaute auf seiner Lippe herum. «Ich wollte mich mal erkundigen, ob Sie ein Zimmer frei haben.»

In dem Moment fuhr die Bimmelbahn am Hotel vorbei, und Savannah winkte dem Fahrer Eddie und den wenigen Gästen zu. Eddie winkte zurück, und da niemand zum Einsteigen bereitstand und anscheinend auch keiner aussteigen wollte, hielt er nicht an, sondern fuhr laut bimmelnd weiter.

Savannah wandte sich nun wieder dem Fremden zu, der ein wenig verblüfft der Bahn hinterhersah. «Sie haben nicht online reserviert?», fragte sie.

Er schüttelte den Kopf. «Nein. Ich bin ohne Laptop und Handy unterwegs.»

Oh. Das wunderte sie. Denn welcher junge Mensch hatte heutzutage kein Handy dabei?

Der Mann blickte sie erwartungsvoll an. «Ich hoffe echt, Sie haben noch ein Zimmer, denn sonst bin ich aufgeschmissen. Nolan meinte, es gibt hier nur dieses eine Hotel?»

«Ah, Nolan schickt Sie? Na, dann kommen Sie mal mit rein.»

Sie zog die Gartenhandschuhe aus und legte sie zusammen mit der Schere neben das Beet. Zwei Sekunden später hob sie doch lieber alles auf und nahm es mit, bevor sich ein Kind dafür interessieren konnte. Schließlich vergewisserte Savannah sich, dass der Fremde mit seinem riesigen Rucksack und dem Gitarrenkoffer auch durch die Tür passte.

«Also, für heute Nacht haben wir ganz sicher noch ein freies Zimmer. Wie lange wollen Sie denn bleiben?», fragte sie und begab sich hinter den Empfangstresen.

«Das weiß ich noch nicht.» Er stellte seine Sachen ab.

«Lassen Sie mich nachsehen ...» Savannah setzte ihre Lesebrille auf, blätterte im Gästebuch und sah dann auf den Laptop. «Ich habe gute Nachrichten. Zimmer 7 steht die ganze nächste Woche leer.»

«Oh, gut. Da bin ich erleichtert. Dann würde ich das erst mal nehmen. Muss ich jetzt schon die Zahl der Nächte nennen, oder kann ich spontan entscheiden, wie lange ich das Zimmer möchte?»

«Das geht auch spontan. Ich bräuchte aber Ihren Ausweis und eine Kreditkarte und müsste Ihnen die erste Nacht schon mal in Rechnung stellen.» Sie begutachtete ihn, war sich plötzlich nicht sicher, ob er überhaupt eine Kreditkarte besaß. Immerhin hatte er nicht mal ein Handy!

«Okay, kein Problem», sagte er jedoch und holte aus der hinteren Jeanstasche eine abgenutzte Brieftasche hervor. Daraus zog er einen Personalausweis und eine *Mastercard*. «Akzeptieren Sie die?»

«Ja, natürlich.» Sie nahm alles entgegen, betrachtete den Ausweis und zog die Karte durch das Gerät. Sie berechnete achtzig Dollar für die erste Nacht und fragte sich, ob der Mann namens Dylan Heard wohl länger bleiben würde. Er war ihr nämlich ein ziemliches Rätsel, und wenn er nicht erwähnt hätte, dass er Nolan kannte, hätte sie vermutlich gezögert, ihm gleich ein Zimmer für eine Woche zu geben.

«Hier, bitte sehr, Mr. Heard.» Sie gab ihm seine Kreditkarte zurück und den Ausweis, der besagte, dass er aus Nashville kam, und auf dessen Bild er ein komplett anderer zu sein schien. Kurz flackerte etwas in ihrem Gedächtnis auf, sie konnte es aber nicht richtig einordnen.

Sie nahm Schlüssel Nummer 7 vom Haken und überreichte ihn ihrem Gast. «Einen schönen Aufenthalt wünsche ich.»

«Danke schön.»

Oftmals brachte Savannah die Gäste persönlich auf ihr Zimmer, zum Beispiel um ihnen ein wenig Gepäck abzunehmen, aber das war ja in diesem Fall nicht nötig. Sie konnte sich auch nicht vorstellen, dass dieser Mann seinen Gitarrenkoffer hergeben würde. Oder dass sie den Rucksack überhaupt tragen konnte, der aussah, als würde er fünfzig Kilo wiegen.

Sie fragte sich, wieso der junge Mann wohl auf diese Weise unterwegs war. Mit schwerem Gepäck, aber ohne Handy … Er sah außerdem so aus, als hätte er seit Wochen nicht geduscht oder sich rasiert. Andererseits müffelte er nicht, vielleicht war es also einfach sein Lifestyle. Womöglich gab es einen guten Grund für das alles.

Ob sie in den kommenden Tagen mehr über ihn erfahren würde, wusste sie nicht. Und sie musste sich wieder ins Gedächtnis rufen, dass sie ihren Gästen gegenüber doch immer neutral blieb, nicht urteilte und sie erst recht nicht ausfragte, wenn sie nicht von allein von sich erzählen wollten.

Dennoch … bei diesem Gast war es irgendwie anders. Er war einer der interessantesten, die seit Langem bei ihr eingecheckt hatten.

Savannah musste schmunzeln, wenn sie an Murielle, Sadie und Delores dachte, die sicher schon von seiner Ankunft erfahren hatten. Entweder von Nolan oder weil eine von ihnen den Mann bereits gesehen hatte. Oh, was sie sich wohl für wilde Geschichten ausmalten.

Savannah schwor sich jedoch, ihnen nichts preiszugeben, was auch immer sie erfahren sollte.

Mit der nächsten Bimmelbahn traf dann auch tatsächlich schon das Tratschtrio ein. Murielle in ihrem pinkfarbenen Jogginganzug, Delores in Jeans und gelbem Sommerpullover und Sadie noch in dem schicken Kostüm, das sie auch zur Kirche angehabt hatte. Ihre Tante war eine treue Kirchgängerin und öffnete deshalb sonntags auch erst nach dem Gottesdienst ihre Eisdiele. Dass sie die jetzt entweder schon geschlossen oder eine Vertretung gefunden hatte, zeigte, wie heiß sie auf Neuigkeiten war, die bestimmt den Fremden betrafen. Da war sich Savannah sicher.

«Savannah!», rief ihre Tante überschwänglich und kam auf sie zu. Murielle und Delores dackelten hinter ihr her, alle drei mit Neugier in den Augen.

«Hallo, Sadie. Murielle. Delores. Wie geht es euch?» Sie betrachtete das Trio und versuchte, dabei nicht zu lachen.

«Uns geht es gut, und dir?», fragte Sadie, während Murielle sich suchend umsah.

«Ihr seid doch sicher wegen des leckeren Kuchens von Alice hier, oder?» Savannah konnte es sich nicht verkneifen. «Heute gibt es Walnusskuchen und Cherry Pie, beides erst am Morgen frisch gebacken.»

«Aber natürlich sind wir wegen des Kuchens hier, weshalb denn auch sonst?», erwiderte Sadie sogleich.

Delores allerdings, die immer ein wenig schwer von Begriff war, sah ihre Freundinnen fragend an. «Ich dachte, wir wären auch hier, um etwas über den bärtigen jungen Mann zu erfahren?»

Murielle und Sadie drehten sich zu ihr und sahen sie ein wenig verärgert an. Savannah legte derweil den Kopf schief und schmunzelte.

«Nein, nein, natürlich nicht», versicherte Murielle ihr schnell. «Wir hatten nur vorhin kurz überlegt, ob er vielleicht hier abgestiegen sein könnte. Deshalb sind wir aber natürlich nicht hier, sondern allein wegen des Kuchens. Du weißt doch, ich komme sonntags gerne mal vorbei und genehmige mir ein Stück.»

«Ja, das weiß ich. Aber Delores verbringt die Sonntage meist mit George, und Sadie …» Sie wandte sich ihrer Tante zu. «Solltest du nicht eigentlich im *Ice Cream Paradise* stehen?»

«Ach, es war überhaupt nichts los, also habe ich mir gedacht, ich kann es auch mal für ein Stündchen schließen.»

Savannah kräuselte die Stirn. An einem sonnigen Sonntagnachmittag sollte nichts los sein? Das konnte Sadie sonst wem erzählen, aber nicht ihr.

«Na gut, dann lasst es euch mal schmecken», sagte sie und machte eine einladende Geste in Richtung des Restaurants.

Die drei Frauen bewegten sich jedoch nicht vom Fleck, sondern drucksten herum.

«Ähm … hat er denn nun hier eingecheckt?», fragte Murielle.

«Das kann ich euch nicht sagen, und das wisst ihr genau. Ich darf nichts über meine Gäste preisgeben.»

«Wir wollen ja nicht seinen Namen wissen oder seine Kreditkartennummer», meinte Sadie. «Sondern nur, ob er hier ein Zimmer hat.»

«Falls nämlich nicht, dann könnte etwas an der Vermutung dran sein, er sei Nolans fester Freund», warf Murielle ein.

Jetzt musste Savannah doch lachen. «Ihr seid unmöglich, wisst ihr das?»

«Aber wieso denn?», fragte Murielle unschuldig.

Savannah schüttelte den Kopf. «Ich verrate euch gar nichts. Und jetzt ab mit euch ins Restaurant. Alice ist heute Nachmittag sogar auch da, vielleicht hat *sie* ja irgendwelche spannenden Neuigkeiten auf Lager.»

Sie sah den drei aufgekratzten Damen hinterher, wie sie durch den länglichen Gang hin zum Hotelrestaurant eilten. Und dabei die Augen und Ohren überall hatten.

Savannah atmete tief durch. Na, zum Glück hatte Dylan Heard das nicht mitbekommen, der hätte sicher sofort wieder ausgecheckt, dachte sie. Dann ging sie zurück in den Vorgarten und kümmerte sich weiter um die Blumen.

# 13

Dylan hatte sein Gepäck in Zimmer 7 gebracht und sich erschöpft aufs Bett gelegt. Nachdem er länger an die Decke gestarrt hatte, schaute er sich jetzt um.

Der Raum sah ganz nett aus, alles war schlicht im Western-Style eingerichtet. An der einen Wand hing ein Bild mit einem kleinen Cowgirl, das mit dem Rücken zur Kamera stand, an der anderen prangte ein Cowboyhut. Auf der hölzernen Kommode stand eine Vase mit ein paar Baumwollzweigen, auf dem Schreibtisch ein Stifte-Becher in Form eines Cowboystiefels. Die Bettdecke, die er nun mit den Fingern befühlte, war braun-beige kariert und weich.

Dylan musste lächeln. Ja, hier würde es ihm ein paar Tage gut gefallen. Wie lange er bleiben würde, wusste er zwar noch nicht, aber wenn er diesen Ort mit den anderen im Mittleren Westen verglich, die er bisher kennenlernen durfte, dann war das hier doch eine wahre Steigerung. Auch wenn die Bewohner im Ortszentrum unverhohlen neugierig gewesen waren. Möglicherweise hatten sie ihn aber auch nur auf diese Weise begutachtet, weil er zurzeit nun mal so verwahrlost aussah. Ja, vielleicht war es an der Zeit, sich wieder ein wenig um sein äußeres Erscheinungsbild zu kümmern – und das nicht unbedingt wegen der neugierigen Kleinstadtleute, sondern vielmehr wegen der attraktiven Hotelangestellten. Die hübsche Brünette in dem blauen Kleid hatte ihn nämlich ebenfalls angesehen, als wäre er der letzte Höhlenmensch. Am Ende hatte er sich sogar gewundert, dass sie ihm überhaupt ein Zimmer gegeben hatte. Er war schon am Überlegen gewesen, wo er sonst unterkommen könnte, als sie ihn doch noch hereingebeten und ihm einen Schlüssel überreicht hatte.

Wie so ziemlich jede Mitarbeiterin und jeder Mitarbeiter einer Hotelrezeption hatte auch sie nur einen kurzen Blick auf seinen Personalausweis geworfen und die Daten mit denen auf seiner Kreditkarte verglichen. Einen Moment lang hatte sie die Stirn in Falten gelegt und sich das Passbild genauer angesehen. Doch sie hatte keine Fragen gestellt. Natürlich nicht. Es war ja nicht ihre Angelegenheit, sie wollte einfach nur ein Zimmer vermieten, dafür wurde sie schließlich bezahlt.

Als er nun merkte, wie müde er wirklich war, setzte er sich auf. Denn wenn er jetzt eindöste, hätte er wieder mal eine schlaflose Nacht vor sich, und das wollte er vermeiden. Weil die einsamen, stillen Nächte mit am schlimmsten waren.

Er ging daher kurz ins Bad, um sich frisch zu machen, und trat dann ans Fenster, das einen perfekten Ausblick auf den See bot.

Dieser Ort war wirklich schön, fand Dylan. Er war zwar schon an einigen Seen gewesen, dieser jedoch wirkte besonders idyllisch. Also würde er mal eine Runde drehen und sehen, was der Lake Paradise zu bieten hatte.

Guter Dinge ging er den Flur entlang, nahm die ersten Stufen der Treppe – und blieb abrupt stehen. Denn er hörte jemanden reden. Und zwar über ihn!

Vorsichtig warf er einen Blick um die Ecke und wich schnell wieder zurück. Denn in der Lobby standen neben der freundlichen Hotelangestellten drei ältere Frauen, die ziemlich tratschbegierig aussahen. Eine von ihnen erkannte er direkt wieder, es war die dauergewellte Frau in dem pinkfarbenen Jogginganzug, die vor dem Café gestanden und ihn – nicht wirklich unauffällig – beobachtet hatte.

Shit! Was sollte er nun tun? Zurück auf sein Zimmer gehen? Und dann? Sich für den Rest seines Aufenthalts verstecken?

Er wartete ab. Hörte zu. Die drei Frauen versuchten aus der jungen Rezeptionistin im blauen Kleid herauszubekommen, ob er im *Paradise Inn* abgestiegen war. Gott sei Dank verriet sie nichts, was Dylan sehr zu schätzen wusste. Schließlich schickte sie die Tratschtanten zum Kuchenessen ins Restaurant und ging mit ihrer Schere wieder raus, wahrscheinlich, um sich weiter den Blumen zu widmen.

Er atmete erleichtert auf und folgte ihr.

Als er kurz nach ihr aus der Tür trat, blickte sie auf. Sie hockte schon wieder am Boden, erhob sich aber nun. «Gefällt Ihnen Ihr Zimmer?», fragte sie.

«Sehr sogar, danke.»

«Das freut mich. Unsere Räume sind alle individuell eingerichtet.»

«Oh.» Was für ein Zufall, dass er, der Countrysänger, dann das Western-Zimmer bekommen hatte, dachte Dylan.

Die Frau lächelte ihn an. «Ich glaube, ich habe mich noch

gar nicht vorgestellt. Mein Name ist Savannah Keller, ich bin die Inhaberin des *Paradise Inn.*»

Das überraschte ihn komischerweise nun doch ein bisschen. Die Frau wirkte gar nicht wie eine Chefin, sie war viel zu freundlich.

«Freut mich sehr.» Er lächelte ebenfalls.

«Wollen Sie einen Spaziergang machen?»

Er nickte. «Ja, ich will mir die Gegend mal ansehen.»

«Ist es Ihr erstes Mal in Lake Paradise?»

«Ja, genau.»

«Na, dann wünsche ich viel Spaß. Unser kleines Städtchen hat ein paar wunderschöne Flecken.»

«Da bin ich gespannt.» Er kaute auf seiner Lippe herum, wollte noch irgendwas sagen, noch ein bisschen länger mit ihr reden, ihm fiel aber nichts Gescheites ein. «Wo kann man denn hier essen gehen?», fragte er schließlich.

«Hmmm … bei Jamie bekommen Sie alles, von mediterraner bis lateinamerikanischer Küche. Also, ich spreche von *Jamie's Food Paradise* direkt am Stadtplatz. Ein Stück weiter gibt es auf dem Paradise Boulevard noch eine Pizzeria. Oder Sie können natürlich auch hier bei uns essen. Das Hotelrestaurant hat abends von fünf bis neun geöffnet.»

«Ja? Na gut, dann denke ich, dass ich einfach hier essen werde.»

«Sehr schön. Ich reserviere Ihnen einen Tisch.» Sie grinste ihn irgendwie seltsam an.

«Danke.» Er lächelte noch einmal und schritt dann durch den weißen Bogen hindurch und einen sehr gepflegten Weg entlang.

«Moment!», rief sie ihm noch hinterher.

Er drehte sich um und sah sie fragend an.

«Gehen Sie besser in diese Richtung.» Sie deutete nach rechts. «Da ist es … unbelebter.» Er nahm an, dass sie ihn vor den Tratschtanten warnen wollte, die vermutlich auf der anderen Seite anzutreffen waren.

Er musste lachen. «Alles klar.» Dann winkte er ihr noch einmal zu und marschierte los. Nach rechts. Zu dem See, der so schön war, dass es ihm fast den Atem raubte.

Welch wundervoller Ort! Dylan konnte ein paar Schwäne entdecken und niedliche Entenküken, die hinter ihrer Mutter herschwammen. Unendlich viele Seerosen, die das Wasser zierten, und etliche Bäume, die den See umrahmten. Hier und da stand ein Haus, ein paar Ruderboote waren auf dem Wasser, und ein Pelikan saß auf einem Steg. Das Tier machte sich davon, als Dylan ihn betrat. Er setzte sich ans Ende. Das Holz fühlte sich warm an, die Luft war wunderbar frisch, und der sonnige Himmel war so blau wie Ronnys Augen. Ronny. Ihm hätte es hier gefallen, da war Dylan sich ganz sicher. Und es machte ihn unendlich traurig, dass sein Bruder in diesem Moment nicht bei ihm sein konnte.

Ein paar Stunden später ging Dylan frisch rasiert durch die Lobby und schaute sich nach Savannah Keller um, entdeckte sie allerdings nirgendwo. Also nahm er den Gang, durch den Savannah vorhin die drei alten Damen geschickt hatte, und betrat schließlich das Hotelrestaurant. Und er musste direkt lachen. Denn jetzt verstand er Savannahs Grinsen und wie ironisch ihre Bemerkung gemeint gewesen war, sie würde ihm einen Tisch reservieren. Das Restaurant war leer! Es war ohnehin ein kleiner Raum mit nur wenigen Tischen, und von denen waren lediglich zwei besetzt.

Er wartete einen Moment an der Tür, weil er sich nicht sicher war, ob er sich einfach an einen freien Tisch setzen durfte oder auf irgendwen warten sollte, der ihm einen zuwies. Da aber niemand erschien, nahm er einfach am Fenster Platz, wo er einen schönen Blick auf den Spazierweg hatte, den er vorhin noch selbst entlanggelaufen war.

Unauffällig sah er sich im Raum um, in dem zehn helle runde Holztische standen. An ihnen befanden sich je vier Stühle mit blau-weiß karierten Kissen, die farblich mit den Vorhängen abgestimmt waren.

Nach ein paar Minuten wurde die Doppeltür aufgestoßen, die anscheinend zur Küche führte. Eine Frau in einer weißen Kochjacke kam heraus und trug zwei Teller, die sie den Gästen auf der anderen Seite des Raums brachte. Dann sah sie sich kurz um, entdeckte ihn und kam auf ihn zu. «Guten Abend!»

«Hi», sagte er.

«Was kann ich Ihnen bringen?», wollte die Frau wissen. «Haben Sie schon auf die Karte geschaut?»

Dylan sah sich suchend um, da er gar keine Karte entdeckt hatte, zumindest nicht auf dem Tisch.

«Oh, wir haben die Tageskarte immer dort vorne auf der Tafel stehen», sagte sie und deutete zu einer Kreidetafel, die rechts neben dem Eingang stand. «Ich kann Ihnen aber auch so kurz sagen, was es gibt. Heute haben wir Spargel mit Petersilienkartoffeln und Schinken im Angebot sowie einen Caesar Salad mit Spargel und Basilikumcroûtons. Außerdem eine Spargelcremesuppe.»

«Sie scheinen auf Spargel abzufahren», stellte er amüsiert fest.

«Nun, es ist Spargelzeit, das sollte man ausnutzen, oder?» Die Köchin strahlte, als wäre Spargel die köstlichste Zutat auf der Welt. «Oh, ich hoffe, Sie mögen Spargel? Ich kann Ihnen sonst auch ein Sandwich zaubern.»

«Nein, nein, Spargel ist gut. Ich nehme einfach die Suppe und Brot dazu, bitte.»

«Ja, natürlich. Ich habe frisches Maisbrot da.»

«Hört sich toll an.»

«Ein Wasser dazu? Oder lieber etwas anderes?»

«Wasser ist gut.»

Die Frau lächelte und eilte davon.

Dylan blickte hinaus auf den See und beobachtete einen Mann in einem Boot, den er dort auch schon vor einigen Stunden gesehen hatte. Und er fragte sich, was der Kerl da wohl machte. Ob er über etwas nachdachte? Oder einfach nur dasaß und die Stille genoss?

Er atmete tief durch und war froh, als kurz darauf die Suppe kam. Sie schmeckte richtig gut, und Dylan hoffte, dass die frische Luft und das warme Essen ihm heute endlich mal wieder eine schlafreiche Nacht bescheren würden.

Nachdem er die Rechnung auf sein Zimmer hatte schreiben lassen, ging er in Richtung Lobby. Diesmal stand Savannah Keller am Empfang und sortierte irgendwelche Unterlagen, dabei trug sie wieder ihre schwarz umrandete Brille. Sie blickte auf und sah überrascht aus. Doch sie sagte nichts, sondern wünschte Dylan nur einen schönen Abend.

«Danke», sagte er. «Den wünsche ich Ihnen auch.»

«Hat es Ihnen bei uns geschmeckt?», fragte sie dann doch noch, und er ging ein paar Schritte auf sie zu.

«Ja, war sehr lecker, danke.»

«Hatten Sie Spargel?»

«Ja, die Suppe.»

«Ich liebe Alice' Spargelcremesuppe.»

«Alice ist die Köchin?»

Savannah nickte. «Kommen Sie auch zum Frühstück runter?»

«Wahrscheinlich, ja.»

«Wunderbar. Dann bis morgen früh.»

«Sind Sie denn die ganze Zeit hier?», wunderte er sich.

Sie lachte. «Na ja, nachts schlafe ich auch mal ein paar Stunden. Aber die meiste Zeit bin ich irgendwo im Hotel anzufinden, ja.»

«Gut zu wissen», sagte er. Das hieß dann wohl, dass sie keine eigene Familie hatte, bei der sie sein musste. Sein Blick wanderte zu ihrer linken Hand, und fast war er ein wenig enttäuscht, dort einen Ehering zu entdecken.

«Gute Nacht», wünschte er schließlich.

«Gute Nacht», erwiderte sie und schenkte ihm ein zauberhaftes Lächeln, an das er sicher noch beim Einschlafen denken würde.

# 14

Savannah sah Dylan Heard die Treppe hinaufgehen und kurz darauf den letzten Gast das Restaurant verlassen. Und sie wusste, was das bedeutete.

Keine Minute später kam Alice auch schon herbeigelaufen, und ihre Freundin war fast am Hyperventilieren. «War er das?», fragte sie. «War das der mysteriöse Fremde?»

«Ja, das war er», bestätigte Savannah.

«Der sah aber ganz anders aus, als ich gehört hab. Er hatte gar keinen ungepflegten Vollbart und wirkte auch überhaupt nicht schmuddelig.»

Savannah wusste, woher Alice das hatte. Von Sadie, Murielle und Delores natürlich, die sich den ganzen Nachmittag hier aufgehalten hatten. Sadie schien ihre Eisdiele völlig vergessen zu haben und Delores ihren George. Immer wieder waren die drei Frauen in die Lobby geschlichen und hatten Ausschau gehalten nach dem jungen Mann. Bis Savannah ihre Tante irgendwann beiseitegenommen und ihr gesagt hatte, sie würden ihr noch die Gäste vergraulen. Reumütig hatte Sadie ihre Freundinnen zusammengetrommelt, und sie hatten die nächste Bimmelbahn zurück ins Zentrum genommen.

«Er muss sich rasiert haben», meinte Savannah nun achselzuckend. «Sag mal, brauchst du eine Tüte zum Reinpusten oder so?»

«Nein, wieso?», fragte Alice.

«Na, weil du wirkst, als ob du kaum noch Luft bekämst.»

«Bin nur ein wenig aus der Puste von dem weiten Weg von der Küche bis hierher», entgegnete Alice grinsend.

«Ja, na klar. Ich glaube eher, du hast Schnappatmung, weil du unseren neuen Gast so attraktiv findest.» Sie achtete darauf, diese Worte leise auszusprechen, nicht dass Dylan Heard sie noch hörte.

«Na, er ist doch aber auch heiß, oder? Also, wenn ich nicht verheiratet wäre …»

Savannah musste lachen. «Ja, er sieht schon ganz gut aus.»

Alice sah sie mit gerunzelter Stirn an. «Schon ganz gut? Hast du ihn denn nicht *gesehen*?»

«Doch, habe ich. Aber wie du bin ich nun mal verheiratet.»

«Ja, leider …», sagte Alice schmachtend, und Savannah lachte erneut.

«Du bist echt schlimm, weißt du das?»

«Eine Frau wird ja wohl noch träumen dürfen.»

«Na, dann träum dich mal wieder zurück in die Küche, mach Klarschiff und sieh zu, dass du nach Hause kommst. Da wartet nämlich dein Traummann auf dich.»

Es war zwar erst halb neun, jedoch glaubte Savannah nicht, dass jetzt noch jemand zum Essen ins Restaurant kommen würde. Die meisten Hotelgäste aßen zwischen sechs und sieben, und diejenigen, die von außerhalb vorbeischauten, was hin und wieder auch vorkam – und natürlich war jeder in ihrem Restaurant willkommen –, waren selten so spät dran.

«Ja, okay.» Nur widerwillig schlurfte Alice zurück in die Küche. Und noch bevor Savannah sich wieder um die Rechnungen kümmern konnte, wurde sie schon wieder abgelenkt. Das Telefon klingelte.

Sie ging ran. «Ja, *Paradise Inn*, guten Abend?»

«Savannah, Süße, wie geht es dir?», hörte sie eine wohlbekannte Stimme.

«Hi, Nolan. Mir geht es gut, danke. Und wie geht es dir?»

«Wunderbar. Ich wollte mich mal erkundigen, ob mein Kumpel Dylan zu dir gefunden hat.»

Sie nahm die Brille ab, legte sie auf den Empfangstisch und rieb sich die müden Augen. «Ja, hat er. Und ich habe ihm mein letztes freies Zimmer gegeben.»

«Sehr schön. Ich habe ihn am Straßenrand aufgegabelt und mit nach Lake Paradise genommen. Hab ihm so viel von unserem Städtchen vorgeschwärmt, dass er jetzt wohl ein Weilchen bleiben will.»

Huch! Nolan hatte den Mann am Straßenrand aufgegabelt? Wenn sie das gewusst hätte, dann hätte sie ihm wahrscheinlich nicht sofort ein Zimmer gegeben. Obwohl sie inzwischen ganz froh darüber war. Schon der Blick auf seinen Ausweis hatte sie stutzig gemacht – irgendetwas war ihr daran bekannt vorgekommen, war es nun sein Name oder das winzige Bild einer rasierten und gepflegten Version seines Selbst. Dann aber, als er zurück vom Abendessen kam, wurde ihr schlagartig klar, wen sie da vor sich hatte. Natürlich würde sie aber niemals irgendwem davon erzählen, denn Dylan Heard hielt sich sicher nicht grundlos so bedeckt.

Ob Nolan überhaupt wusste, um wen es sich bei ihm handelte?

«Am Straßenrand, ja?», fragte sie also. «Und dann bezeichnest du ihn schon als Kumpel?»

Nolan lachte. «Ja, wir waren gleich auf einer Wellenlänge.»

«Na, schön für dich. Darf ich dich was fragen? Wo genau hast du ihn denn aufgegabelt?»

«Gleich hinter Kearney. Ich war dort Sirup kaufen und habe ihn entdeckt.» Nolan sagte das so, als wenn er eine neue Spezies entdeckt hätte. Mit ganz viel Stolz in der Stimme.

«Ah ja. Und hast du zufällig auch neuen Mandelsirup besorgt?», erkundigte sie sich, weil sie nicht zu neugierig klingen wollte.

«Aber sicher. Ich weiß doch, wie gern du den in deinem Latte macchiato magst.»

«Super, dann komme ich gleich morgen früh vorbei und hole mir einen Becher.»

«Mach das. Ich freue mich auf dich.»

Sie musste lächeln. Nolan war zu einem ihrer besten Freunde geworden, und das lag auch daran, weil er es einfach immer schaffte, dass es einem besser ging. «Alles klar, Nolan. Ich muss hier noch ein bisschen weitermachen, ich sortiere gerade Papiere.»

«Sorry, ich wollte dich nicht aufhalten. Nur eine kurze Frage noch.»

«Ja?»

«Geht es dir wirklich gut?»

Savannah seufzte. «Ach Nolan … Du machst dir wieder viel zu viele Sorgen.»

«Natürlich mache ich mir die. Du und Gene, ihr seid ja auch ständig nur am Streiten.»

«Streit gibt es in jeder Ehe, oder nicht?», versuchte sie ihre Lage schönzureden.

«Also, ich habe noch nie gehört, dass deine Eltern lauthals streiten», konterte Nolan.

«Mein Vater ist Pastor, das ist jetzt nicht gerade das beste Beispiel.»

«Delores und George haben sich auch noch nie so laut angeschrien, dass die Nachbarn am Ende der Straße es hören konnten. Und Jonah und May auch nicht, ja nicht einmal Bertram und Lydia Doyle!»

Ja, da hatte Nolan wohl recht. Und Savannah hasste es doch selbst, dass es bei ihnen immer so ausartete. Aber wie sollte sie es denn in den Griff kriegen? Gene brachte sie einfach zur Weißglut.

«Wir werden versuchen, nicht mehr so laut zu streiten, okay?»

«Ach, Savannah, darum geht es doch gar nicht, und das weißt du auch.»

«Ja, ich weiß», sagte sie. «Aber ich muss jetzt leider Schluss machen. Bis morgen früh.» Sie drückte Nolan weg, legte das Telefon beiseite und drehte sich schwungvoll um, da ihr gerade einfiel, dass sie vergessen hatte, Alice an die Eierbestellung zu erinnern. Wie sie vom Streit mit Gene zu den Eiern gekommen war, wusste sie zwar nicht, aber es war auch egal. Viel wichtiger war in diesem Moment der

Ellbogen, den sie übersah. Er gehörte Mr. Hoover, der seinen Sohn umhertrug, um ihn zum Einschlafen zu bringen. Und weil Savannah plötzlich hinter der Rezeption hervorgestürmt war, hatte sie ihn zu spät um die Ecke kommen sehen – und schon war es passiert!

Sein Ellbogen landete in ihrem Gesicht, und sie zuckte schmerzverzerrt zusammen.

«Oh, nein! Herrje! Das wollte ich nicht! Hab ich Sie verletzt?», fragte der perplexe Mr. Hoover.

Savannah konnte vor Schmerzen kaum klar denken. «Nein, nein, es geht schon.»

«Sind Sie sicher?» Mr. Hoover klang sehr besorgt, und sein beinahe schon eingeschlafenes Kind fing an zu weinen.

Ja, nach Weinen war Savannah auch. Denn das hatte verdammt wehgetan. War Mr. Hoovers Arm etwa aus Stahl?

«Es ist wirklich alles okay, machen Sie sich keine Gedanken», versicherte sie. Auf keinen Fall wollte sie ihm ein schlechtes Gefühl vermitteln. «Ich werde mir mal Eis zum Kühlen holen. Einen schönen Abend noch.»

Auf dem Weg in die Küche wurde Savannah jedoch schwarz vor Augen, aber sie schaffte es gerade noch bis zum Restaurant, wo sie auf einem der Stühle zusammensackte.

Alles drehte sich. Ihr Kopf tat so unglaublich weh und ihr Auge noch viel mehr. Morgen würde es sicherlich angeschwollen sein. Vielleicht sollte sie Eric anrufen oder sich von Alice in die Notaufnahme nach Hamilton fahren lassen?

Als hätte ihre Freundin ihre Gedanken gehört, kam sie auch schon durch die Tür.

«Ich wusste doch, ich hab was gehört. Savannah? Geht es

dir gut?» Sofort war Alice an ihrer Seite. «Was ist denn passiert? Bitte rede mit mir!»

«Ich bin … mit Mr. Hoovers Arm zusammengestoßen.»

«Mit seinem Arm?»

Sie versuchte zu nicken, doch es wollte nicht gelingen. Allein der Versuch ließ tausend Blitze durch ihren Kopf fahren.

«Zeig mal her.» Alice ging in die Knie und untersuchte ganz vorsichtig Savannahs Gesicht. «Autsch, das ergibt bestimmt ein dickes blaues Auge.»

Na super. So sollte eine Hotelinhaberin ihre Gäste in Empfang nehmen?

«Sieht es sehr schlimm aus?», fragte sie.

«Noch nicht. Aber das wird es ganz sicher. Ich habe zwei Jungen, vergiss das nicht. Die haben beide schon mal ein blaues Auge mit nach Hause gebracht. Am besten kühlen wir das sofort. Bleib hier sitzen, ich hole was aus der Tiefkühltruhe.» Alice stand auf, ging ein paar schnelle Schritte, stoppte dann aber. «Geht es? Kann ich dich allein lassen?»

«Ja.»

Die Köchin eilte davon und kam kurz darauf mit einer Packung Tiefkühlhimbeeren zurück, wie Savannah mit einem Auge erkennen konnte.

«Hier, halte dir das ans Gesicht.»

«Himbeeren?», fragte sie. «Nimmt man dafür sonst nicht immer Erbsen?» Zumindest kannte sie das aus dem einen oder anderen Film. In *Der gebuchte Mann* hielt Jennifer Aniston sich eine Packung Tiefkühlerbsen ans Auge.

«Ich hab einfach das Erstbeste genommen», meinte Alice und setzte sich dann an ihre Seite. Sie versuchte Savannah mit Geschichten über ihre Kinder, über die neugierigen Tratschtanten und den hübschen Fremden abzulenken. Was ihr glücklicherweise auch gelang.

«Geht es schon ein bisschen besser?», fragte Alice nach einer Weile. «Oder soll ich dich ins Krankenhaus bringen?»

«Nein, nein, das ist nicht nötig. Es tut schon gar nicht mehr so doll weh», antwortete Savannah, und es stimmte. Der Schmerz hatte nachgelassen, jetzt spürte sie vor allem, wie ihr Auge anschwoll. Und sie hoffte nur, sie würde morgen nicht allzu gruselig aussehen.

«Darf ich mir das noch mal genauer ansehen?», bat Alice. «Nur um sicherzugehen, dass Mr. Hoover nicht direkt dein Auge erwischt hat?»

Savannah nickte, und zum Glück war diese Bewegung wieder möglich, ohne dass ihr gleich schwindelig wurde. Sie ließ sich von ihrer Freundin genauer unter die Lupe nehmen und war froh, als diese sagte: «Nein, du scheinst wirklich rechts neben dem Auge getroffen zu sein, zumindest bist du nur da rot. Na ja, so langsam wird es eher lila.»

«Na toll», heulte Savannah.

«Wie genau ist das denn nun eigentlich passiert?», wollte Alice wissen.

«Ich hatte gerade mit Nolan telefoniert, als mir einfiel, dass wir noch Eier bestellen müssen. Ich wollte also zu dir, um dich zu fragen, ob du daran gedacht hast – und da ging Mr. Hoover mit dem kleinen Luther auf dem Arm am Empfang entlang. Ich war wohl zu schnell, er konnte nicht mehr ausweichen. Na ja, und so haben die Dinge ihren Lauf genommen.»

«So ein Mist aber auch.»

«Ja, allerdings.»

«Hattest du deine Brille auf?», wollte Alice wissen.

«Nein, zum Glück nicht.» Ihr wurde bewusst, dass das richtig böse hätte enden können, wenn ihr auch noch Glassplitter ins Auge geschleudert worden wären.

«Allerdings.» Alice sah auf ihre Armbanduhr. «Okay, es ist schon nach neun, und Miles müsste inzwischen da sein. Du solltest jetzt wirklich nach Hause gehen und dich ausruhen. Ich bringe dich.»

«Nein, das musst du nicht.»

«Oh, natürlich muss ich das. Oder denkst du, dass du im Dunkeln mit nur einem Auge die Straße erkennen kannst?»

«Na, vielleicht hast du recht. Dann sollte ich dein Angebot wohl annehmen. Ich danke dir.»

«Nichts zu danken», sagte Alice. «Und die Eier hab ich übrigens längst bestellt.»

«Das ist gut.» Sie versuchte zu lächeln.

Alice geleitete Savannah zurück zum Empfang, wo Miles sich gerade einrichtete und sie mit Schrecken betrachtete.

«Was ist passiert?», fragte er besorgt.

«Savannah hatte einen Zusammenprall mit Mr. Hoovers Arm», erzählte Alice.

«Oh nein. Kann ich irgendetwas tun?»

«Wir kommen zurecht», versicherte Alice ihm. «Ich bringe sie jetzt nach Hause.» Sie nahm Savannahs Jacke vom Haken und half ihr hinein, anschließend holte sie ihre Handtasche aus dem Schrank hervor.

Miles sah noch immer beunruhigt aus. «Okay. Dann wünsche ich gute Besserung. Falls ich doch noch irgendwie helfen kann, lasst es mich wissen.»

«Danke», sagte Savannah, noch immer die Himbeeren ans Gesicht gepresst, die inzwischen weicher und weicher wurden. Sie hakte sich bei Alice ein, setzte sich neben sie ins Auto und ließ sich nach Hause fahren. Zu Gene, der hoffentlich einmal da sein würde.

# 15

«Was hast *du* denn gemacht?», fragte Nolan am nächsten Morgen, als Savannah ins *Paradise Café* trat. Sie war extra früh unterwegs, damit sie den drei Tratschtanten nicht begegnete, die immer um Punkt acht hier antanzten. Denn die würden doch sicher gleich denken, Gene hätte ihr das Veilchen verpasst nach all den Streitereien in letzter Zeit. Gene hatte das sogar selbst gesagt, als sie gestern Abend nach Hause gekommen war. Zuerst hatte er wissen wollen, wer sie vor dem Haus abgesetzt hatte, und nachdem sie ihm die ganze Geschichte erzählt hatte, war er wütend geworden.

«Na super! Dir ist doch klar, dass jeder denken wird, ich bin das gewesen, oder?»

«Danke für dein Mitgefühl», erwiderte sie.

«Sorry, aber wir wissen beide, wie die Sache aussieht.»

Savannah stöhnte und warf die Plastiktüte aufgetauter Himbeeren auf den Couchtisch. «Kannst du jetzt mal aufhören, dir so blöde Gedanken zu machen, und mir stattdessen etwas zum Kühlen holen, bitte? Das tut nämlich verdammt weh.»

Gene ging in die Küche und kam mit einem Coolpack zurück. Sie nahm es und hielt es sich vorsichtig ans Auge.

«Du solltest den Kerl verklagen», meinte Gene.

«Mr. Hoover? Der hat das doch nicht absichtlich getan!»

«Trotzdem. Da könnte ein bisschen Schmerzensgeld bei rausspringen.»

«Du spinnst doch, Gene!», erwiderte sie, und ein weiterer Streit begann.

Am Ende hatte Savannah auf dem Sofa im Wohnzimmer geschlafen. Und nachdem sie zwei Aspirin geschluckt hatte, war ihr das sogar einigermaßen gelungen.

Nolan starrte sie noch immer voller Schrecken an. Und das war auch kein Wunder, denn Savannah wusste natürlich, was sie für ein Bild abgab. Beim Blick in den Spiegel war sie heute Morgen ja selbst erschrocken. Ihr Auge war zwar kaum noch angeschwollen, jedoch war es jetzt kunterbunt: eine Mischung aus Rot, Lila und jeder Menge Blau.

«Ich hatte einen kleinen Unfall im Hotel. Einen Zusammenstoß mit einem Gast», erklärte sie, und in diesem Fall hoffte sie sogar, dass Nolan es weitererzählen würde.

«Du liebe Güte! Warst du beim Arzt?»

Savannah schüttelte den Kopf. «Ist gestern Abend erst passiert. Und es ist auch nur halb so schlimm, wie es aussieht.»

«Bist du sicher?»

«Ja, bin ich.»

«Na gut. Dann gebe ich dir aber wenigstens einen Latte macchiato aus. Selbstverständlich mit dem leckeren Mandelsirup. Der wird dir guttun.»

Ja klar, weil Latte macchiato bekanntlich die beste Medizin war. Sie musste lächeln, auch wenn das wehtat.

Nolan bereitete den Kaffee zu, überreichte ihr schließlich den Becher und wünschte ihr gute Besserung. Savannah bedankte sich, ging aus dem Café und zu einer der Bänke gegenüber auf dem Stadtplatz. Sie setzte sich, schloss die Augen und atmete ein paarmal tief durch.

Sie hatte die frühen Morgenstunden immer geliebt. Ein neuer Tag begann, und es war noch alles möglich. Man konnte selbst entscheiden, was man daraus machte, und oftmals halfen ein wenig Fröhlichkeit und eine positive Einstellung schon, um den Tag zu einem wertvollen zu machen.

Doch in letzter Zeit hatte sie ihren Optimismus leider verloren, und auch der Frohsinn war ihr abhandengekommen. Natürlich schenkte sie immer noch jedem ein Lächeln, der ihr über den Weg lief, ob es nun ein Hotelgast oder ein Stadtbewohner war, allerdings tat sie es nicht mehr aus vollem Herzen heraus. Denn ihr Herz war gebrochen. Sich das einzugestehen, hatte lange gebraucht. Aber jetzt war sie an einem Punkt angelangt, wo sie über Alternativen nachdachte. Sie zog ernsthaft in Erwägung, Gene zu verlassen.

Es gab da überhaupt keinen bestimmten Vorfall, der den Ausschlag gegeben hätte. Vielmehr waren es die vielen kleinen Dinge. Genes Faulheit und seine Verantwortungslosigkeit, die vielen Abende in der *Tavern*, an denen er betrunken nach Hause kam. Es waren die Versprechen, die er nicht hielt, und der fehlende Sex, der ihr alle Hoffnung auf ein Baby nahm. Und es war die Tatsache, dass sie sich nicht mehr vorstellen konnte, mit ihm alt zu werden.

Dass er gestern Abend, statt sie zu umsorgen, einen weiteren Streit begonnen hatte, war der Tropfen gewesen, der das Fass zum Überlaufen gebracht hatte.

Sie nahm einen Schluck Macchiato und grüßte dann Sadie, die ihr entgegenkam.

«Savannah! Was ist denn mit dir passiert?», fragte ihre Tante schockiert.

Diese Reaktion würde sie wohl heute noch öfter zu sehen bekommen, dachte Savannah.

Sie winkte ab. «Alles halb so schlimm.»

«War das etwa …»

«Nein, es war nicht Gene, falls du das denkst. Ich bin mit einem Hotelgast zusammengestoßen, der sein Baby auf dem Arm umhergetragen hat, um es zum Einschlafen zu bringen. Sein Ellbogen hat mich voll erwischt.»

«Herrje. Tut es sehr weh?»

«Gestern Abend, als es passiert ist, schon. Aber jetzt ist es bereits viel besser. Mach dir keine Sorgen.»

«Hast du es deiner Mutter schon gesagt?»

«Nein, noch nicht.»

«Also, wenn sie es von irgendwem anders als von dir hört, wird sie gleich denken …»

*… dass Gene es war.*

Savannah seufzte. «Vielleicht magst du das ja übernehmen? Ich muss jetzt ins Hotel. Wir erwarten heute einige neue Gäste.» Das Ehepaar aus Nevada, das gestern schon eintreffen sollte, verspätete sich um einen Tag, die Hoovers würden ab- und ein Geschäftsmann aus Kansas anreisen.

«Apropos Gast … Was kannst du mir über den bärtigen Fremden erzählen?»

Ihre Tante würde nicht lockerlassen, oder?

«Hmmm … lass mich überlegen … Ich kann dir erzählen, dass er keinen Bart mehr hat.»

Sadie machte große Augen. «Tatsächlich? Er hat ihn sich abrasiert?»

«Japp.»

«Das ist ja interessant. Woher kommt er denn eigentlich, und wie lange wird er bleiben?»

«Das sind nun wiederum Dinge, die ich dir leider nicht sagen kann. Ich stehe da sozusagen unter Schweigepflicht.»

«Nicht mal ein ganz kleiner Hinweis?», bat Sadie.

«Na, okay. Er kommt irgendwo aus Tennessee», erzählte sie, weil sie wusste, dass sie ihre neugierige Tante sonst nicht loswurde.

«Tennessee … Von wo denn da? Memphis? Nashville? Chattanooga?»

«Wenn du das wissen willst, musst du ihn leider selbst fragen», sagte Savannah und stand auf. Sie trank ihren letzten Schluck Kaffee, warf den Pappbecher in den Mülleimer und wünschte Sadie einen schönen Tag.

«Warte, Savannah! Wollen wir uns nicht mal wieder zu dritt treffen? Du, Teresa und ich?»

Noch ein Treffen mit ihrer Mutter und ihrer Tante, bei dem die beiden ihr sagen würden, was sie von Gene hielten? Doch am besten gab sie Sadie erst mal, was sie verlangte. «Ja, gerne. Ich schau mal, wann es am besten bei mir passt, und ruf euch an, ja?»

«Sehr schön. Also bis bald!»

Savannah machte sich auf zu ihrem Fahrrad, das sie neben dem Zeitungskiosk angeschlossen hatte. Dann fiel ihr ein, dass sie Alice noch eine Kleinigkeit mitbringen wollte, weil sie sich gestern so lieb um sie gekümmert hatte. Sie machte also einen kurzen Abstecher zum *Paradise Market*, wo Rupert gerade frische Tulpensträuße in den Eimern vor dem Laden arrangierte.

«Guten Morgen, Rupert», sagte sie. Und Rupert, den man früher immer als grantigen Kerl gekannt hatte, lächelte sie tatsächlich freundlich an.

«Guten Morgen, Savannah, wie geht es dir?» Er stutzte. «Autsch, was ist denn mit deinem Auge los?»

Und noch einmal …

«Ich hatte gestern einen kleinen ungeschickten Zusammenstoß mit einem Gast.»

«Hast du es gekühlt? Als Howie mir mal ein blaues Auge verpasst hat, ist das total angeschwollen, weil ich es nicht genug gekühlt hatte.»

Rupert konnte nur von dem Vorfall von vor ein paar Jahren sprechen, als er sich heftig mit seinem Konkurrenten Howie geprügelt hatte, weil der ihm die Freundin ausgespannt hatte. Rupert war danach kein schöner Anblick gewesen, Savannah erinnerte sich gut.

«Ja, ich hab es den ganzen Abend gekühlt. Aber sag mal, Rupert, wie lange dauert es denn, bis dieses schreckliche Blau verschwindet?», fragte sie, weil sie das ehrlich nicht wusste. Sie hatte keine Brüder oder Söhne, die sich prügelten. Ihr Vater, der Pastor, könnte noch nicht einmal einer Fliege etwas antun. Und Gene hatte bei all dem Ärger, den er bereits heraufbeschworen hatte, selbst noch nie viel abbekommen – obwohl er es manchmal wirklich verdient hätte.

«Oh, das kann schon ein paar Tage dauern», meinte Rupert. «Dann wird es grün und danach gelb.»

Na, das waren ja tolle Aussichten.

«Okay, danke. Wie geht es denn Halle?», erkundigte sie sich.

Die Besitzerin der Pizzeria und Rupert hatten um die Weihnachtszeit herum angefangen, miteinander auszugehen. Savannah mochte Halle sehr. Sie war Trishs Tante, und allein dass sie nach dem Tod ihrer Schwester und ihres Schwagers für eine Weile bei den drei Nichten eingezogen war, zeigte, was für ein großes Herz sie hatte. Dass sie jetzt zudem den grimmigen Rupert in einen gut gelaunten Mann verwandelt hatte, konnte man ihr einfach nur hoch anrechnen. Denn damit hatte sie allen Stadtbewohnern einen guten Dienst erwiesen.

«Es geht ihr prima, danke der Nachfrage.»

«Sehr schön. Ich will dann mal ein paar Sachen besorgen und mich auf zum Hotel machen.»

«Hab einen angenehmen Tag!», sagte Rupert und fing einen von der Auslage herunterrollenden Apfel auf.

«Danke, du auch», wünschte Savannah. Sie suchte sich ein paar Blumen aus und betrat den Supermarkt, um sie zu bezahlen.

Als sie wenig später wieder auf die Straße trat, schloss Trish nebenan gerade den Tiersalon auf.

Die junge Frau riss die Augen auf. «Scheiße, welche Faust hattest du denn im Gesicht?»

«Es war ein Ellbogen. Der eines Hotelgastes», gab Savannah zur Antwort. Erneut.

«Autsch.»

«Das kannst du laut sagen.» Savannah fiel eine knallpinke Strähne in Trishs dunklem Haar auf, die farblich super zu den pinkfarbenen Plastikschürzen passte, die sie und Lexi bei der Arbeit trugen.

Trish gab ihr noch einen Tipp: «Tu ein bisschen Aloe vera drauf, das lässt es schneller verblassen.»

«Okay, danke. Ich muss los, wir sehen uns.»

«Klar. Hast du eigentlich schon gehört, dass Helena am Wochenende nach Lake Paradise kommt?»

«Ehrlich? Nein, das wusste ich noch nicht», sagte sie, freute sich aber riesig.

«Ja, Lexi meint, sie kommt wahrscheinlich sogar ohne die Kinder.»

Oh. Das machte Savannah fast ein wenig traurig, da sie Leslie und Mattie wirklich gernhatte.

«Vielleicht können wir uns dann ja mal wieder zu viert treffen. Einen Mädelsabend machen», schlug Trish vor.

«Ja, das wäre wirklich schön.» Sie wünschte Trish noch einen schönen Tag und stieg auf ihr Rad.

Eine Viertelstunde später traf Savannah im Hotel ein. Nachdem sie ihre Jacke aufgehängt hatte, ging sie zuallererst in die Küche, um Alice die Blumen zu überreichen.

«Das wäre doch nicht nötig gewesen», sagte ihre Freundin.

«Oh, und ob das nötig ist. Ich weiß gar nicht, was ich gestern ohne dich getan hätte.»

«Alles kein Problem. Wie geht es dir denn heute?»

«Schon viel besser, danke.»

«Sieht aber echt schlimm aus. Hättest du es nicht ein wenig mit Make-up abdecken können?»

Savannah zuckte die Achseln. «Du weißt doch, dass ich

so etwas nicht besitze.» Sie war der natürliche Typ Frau. Außer einem blassrosa Lippenpflegestift und einem Fläschchen Mascara besaß sie keinerlei Schminke.

«Vielleicht solltest du dir welches besorgen, würde auf jeden Fall einen besseren Eindruck machen, wenn du deine Gäste begrüßt.»

«Ja, mal sehen.» Sie starrte auf den Kühlschrank, an dem mit zwei Magneten ein altes Foto von Alice mit ihren beiden Söhnen befestigt war. «Die Himbeeren sind übrigens hin, ich musste sie wegschmeißen.»

Alice lachte. «Die hätte ich sowieso nicht mehr verwenden können.»

«Okay. Na, dann will ich mal …» Sie drehte sich schon auf dem Absatz um, als Alice noch etwas sagte.

«Du weißt, dass ich heute Nachmittag für ein paar Stunden wegmuss, oder? Der Termin mit Justin. Er bekommt eine neue Zahnspange.»

«Ja klar. Ihr müsst dafür nach Hamilton, oder?»

«Genau. Leider haben wir ja keinen Kieferorthopäden in Lake Paradise.»

«Kein Problem. Solange du zurück bist, bevor das Abendessen ansteht.»

«Das auf jeden Fall. Ich habe das meiste bereits vorbereitet und sollte spätestens um halb fünf wieder hier sein», versicherte Alice. «Ich lass dich nur sehr ungern allein, darum geht es mir.»

«Danke, aber du brauchst dir wirklich keine Sorgen zu machen. Ich bin wieder stabil.»

«Na gut, wenn du das sagst.»

Savannah nickte, und als sie in Richtung Rezeption ging,

musste sie an ihr eigenes dreizehnjähriges Ich denken, das seine feste Zahnspange gehasst hatte. Zwei Jahre ohne Kaugummikauen waren eine harte Zeit gewesen.

«Guten Morgen», hörte sie eine männliche Stimme sagen.

Sie sah nach links, wo gerade Dylan Heard die Treppe herunterkam. Ohne Bart und unglaublich attraktiv in seinen Jeans, dem weißen T-Shirt, mit gegelten Haaren und einem Lächeln im Gesicht.

«Guten Morgen, Mr. Heard», erwiderte sie freundlich. Manchmal war es schon ein bisschen komisch, die Gäste alle beim Nachnamen anzusprechen, fand Savannah. In Lake Paradise nannte sich sonst jeder beim Vornamen. Förmlichkeiten gab es nicht.

Der junge Mann lächelte sie weiterhin an. Als er jedoch näher kam, zuckte er sichtlich zusammen. «Oh», sagte er und deutete auf ihr Gesicht. «Ist alles in Ordnung?»

«Ja, danke. Nur ein kleiner Unfall, nicht der Rede wert», entgegnete sie. «Viel wichtiger ist: Wie geht es Ihnen denn? Hatten Sie eine angenehme Nacht?»

«Ich hab geschlafen wie ein Baby», erwiderte er.

«Das freut mich. Wollen Sie zum Frühstück?»

Er nickte.

«Dann wünsche ich guten Appetit und einen wunderschönen Tag. Falls ich irgendwie behilflich sein kann, was Ausflüge oder Sehenswürdigkeiten der Umgebung betrifft, kommen Sie gerne auf mich zu.»

«Gut zu wissen, danke.» Er grinste und ging in Richtung Restaurant.

Na klar, dachte Savannah. Dylan Heard würde sicher sehr

scharf darauf sein, mit der Bimmelbahn zu fahren oder das Maismuseum zu besuchen.

Sie setzte sich an die Rezeption und tat endlich das, was sie schon seit gestern Nachmittag tun wollte. Sie googelte ihn. Und zehn Sekunden später hatte sie ihre Bestätigung.

Er war derjenige, für den sie ihn gehalten hatte. Dylan Heard, Countrysänger aus Nashville. Sie erinnerte sich an ein oder zwei seiner Songs und an ein Interview in der *Country's Best.* Er war nicht unbedingt eine große Berühmtheit, aber er hatte eine Platzierung in den Country-Charts gehabt, wie Savannah jetzt las. Und da sie schon immer ein Fan dieses Musikgenres gewesen war, freute es sie, dass er ausgerechnet hier bei ihr im Hotel abgestiegen war. Unglaublich, was ihr in diesem Beruf manchmal passierte.

Diese wunderbare Erkenntnis machte sogar fast das blöde blaue Auge wieder wett.

# 16

«Sagt mal, warum hat Savannah denn ein blaues Auge?», fragte Murielle an diesem Morgen im *Paradise Café*. «Ich hab sie vorhin gesehen, als ich Abigail in den Kindergarten gebracht hab. Das sieht ja böse aus!»

Delores sah ihre Freundin an. «Ein blaues Auge? Oje, das war doch nicht etwa …?» Sie mochte es gar nicht aussprechen.

«Nein, nein», beeilte sich Sadie zu sagen, «es war nicht Gene, sondern ein Gast im Hotel, mit dem sie gestern Abend zusammengestoßen ist. Ich hoffe ja, sie hat mich nicht angelogen.»

«Die gleiche Geschichte hat sie mir auch erzählt», sagte Nolan, der soeben drei Tassen Cappuccino auf seinem Tablett an den Tisch trug und vor ihnen abstellte. Rhonda brachte das Essen gleich hinterher. Murielle und Delores hatten einen Bagel mit geräuchertem Lachs bestellt, Sadie einen mit Spiegelei.

«Und? Glauben wir ihr?», fragte Murielle und schüttete sich Zucker in den Kaffee.

«Ich glaube ihr», meinte Nolan.

Da wandte sich Rhonda an Murielle. «Liebes, du solltest

aufpassen, sonst kriegst du noch einen Zuckerschock», sagte sie und tippte sich an ihre Cappy, auf der ein Elefant abgebildet war.

Murielle stellte den Spender zurück und rührte um. «Keine Sorge, das kann ich ab. Ich brauche es ein wenig süß in meinem Leben. Man hat ja sonst nichts.» Sie zwinkerte ihr zu, und Rhonda zuckte nur die Achseln und ging wieder hinter die Theke.

«Du hast nichts Süßes in deinem Leben? Du hast eine superniedliche Enkelin!», erinnerte Delores sie, auch weil sie ein bisschen neidisch auf diese Tatsache war. Nur zu gern hätte sie selbst Kinder und Enkel gehabt. Leider waren ihr keine vergönnt gewesen. Aber zum Glück hatte sie ja einen liebenden Ehemann, tolle Freundinnen und so viele nette Bekannte, wie man sich nur wünschen konnte.

«Ja, da hast du allerdings recht. Ich werde Abigail übrigens am Freitag mit zum Frühstück bringen müssen, da ist der Kindergarten wegen Umbauarbeiten geschlossen. Das macht euch doch nichts aus, oder?»

«Aber natürlich nicht!», sagte Delores freudig.

«Ja, und danach werde ich sie mit in die Bücherei nehmen müssen. Das ist aber kein Problem, da wird sie sich nicht langweilen. Abigail kann zurzeit von Büchern nicht genug bekommen. Ich muss ihr jeden Abend wieder das Märchen von Cinderella vorlesen.»

«Das ist aber auch wirklich ein schönes Märchen», bestätigte Sadie. Ihre Tochter Lucy hatte es ebenfalls gern gemocht, als sie noch ein kleines Mädchen war.

«Ja, und der Prinz ist wirklich heiß», sagte Nolan augenzwinkernd. «Ich wünsche euch einen guten Appetit!»

Die drei Damen mussten lachen. Doch als Nolan zurück zur Theke gegangen war, wurden sie wieder ernster. Denn Sadie wollte Murielle um einen Gefallen bitten.

«Sag mal, könntest du Wyatt nicht mal fragen, ob er bei Savannah vorbeischauen kann? Um sie ein wenig auszufragen? Vielleicht ist ja doch mehr an der Geschichte dran, als sie zugeben will.»

«Ja, das kann ich gerne machen», sagte Murielle sofort, denn sie wollte natürlich genauso gern wissen, ob mehr an der Sache dran war. Und wenn der eigene Sohn schon der Sheriff im Ort war …

«Ich danke dir», sagte Sadie und biss in ihren Bagel. «Übrigens!», fiel ihr dann ein. «Wisst ihr, was Savannah mir erzählt hat?»

Gespannt sahen ihre beiden Freundinnen sie an.

«Ja, was denn?», fragte Delores.

«Nun sag schon!», meinte Murielle ein wenig ungeduldiger.

«Der bärtige Fremde …» Sie grinste und ließ die beiden noch ein wenig zappeln. «… hat nun keinen Bart mehr.»

«Er hat ihn sich abrasiert?», fragte Delores überrascht.

«Anscheinend ja.»

«Dann war es wohl doch kein Fashion-Statement», überlegte Murielle.

Ja, und darüber war Sadie sehr froh. Sie konnte es kaum erwarten zu sehen, wie der Mann ohne seinen ungepflegten Vollbart aussah.

«Wer hat Lust auf einen Spaziergang am See?», fragte Murielle sogleich, als hätte sie Sadies Gedanken gelesen. «Heute Nachmittag?»

«Ich bin dabei!», sagte Delores. «Vormittags will ich mit George einkaufen gehen, aber am Nachmittag hab ich noch nichts vor.»

«Ich kann leider nicht. Die Eisdiele …», bedauerte Sadie. Sie konnte ihr Geschäft auf keinen Fall wieder stundenlang schließen.

«Du solltest dir dringend eine Aushilfe zulegen», meinte Murielle.

«Ja, das wäre nicht schlecht.» Darüber hatte Sadie tatsächlich selbst schon nachgedacht, allerdings brauchte sie im Grunde keine, und sie würde sich auch keine leisten können. «Heute müsst ihr aber leider ohne mich auskommen.»

«Wenn wir was Spannendes sehen, schicken wir dir ein Foto», versprach Murielle, und Sadie stellte sich vor, wie ihre Freundinnen den Fremden darum baten, einmal kurz still zu halten, damit sie ein Foto schießen konnten.

Sie musste schmunzeln. «Abgemacht! Dann wünsche ich euch viel Spaß am See!»

«Ich hoffe, den werden wir haben», sagte Murielle.

«Nimm doch Abigail mit», schlug Delores vor.

«Das werde ich auch machen müssen, da Wyatt bis abends auf dem Revier ist.»

Delores strahlte vor sich hin und biss genüsslich in ihren Bagel.

# 17

Dylan war auf dem Weg ins Stadtzentrum. Er wollte sich nicht nur die Gegend ansehen, sondern auch ein paar Einkäufe erledigen. Gestern nach dem Spaziergang am See war er schon mal losgezogen, um sich ein paar Snacks und einen vernünftigen Rasierer zu besorgen. Das hatte er in der Drogerie getan, die sich in der Paradise Avenue nahe dem Rathaus befand. Am zentralen Platz hatte er außerdem zwei Supermärkte entdeckt, und heute wollte er mal sehen, ob er dort neben ein bisschen Obst vielleicht auch Socken bekam, die er ganz dringend brauchte. Er musste seine alten, die wirklich schon bessere Zeiten erlebt hatten, unbedingt ersetzen. Denn er trug die sieben Paar, die er dabeihatte, immerhin schon eine ganze Weile, und einige hatten bereits Löcher. Irgendwo würde er sicher fündig werden, das war er bisher immer, sogar in den kleinsten Kaffs.

Lake Paradise hatte 4021 Bewohner, wie das Schild angezeigt hatte, an dem er gestern mit Nolan vorbeigefahren war. Und die Leute hier schienen wirklich sehr stolz auf ihr Städtchen zu sein. Das konnten sie auch, denn es war ein besonders schöner Ort: Überall am Stadtplatz blühten bunte Blumen, es gab viel Rasen, zahlreiche Bäume und nette kleine Geschäfte. Wie in Kleinstädten so üblich, waren diese meist familienbetrieben, Filialen großer Ketten suchte man hier vergeblich.

Dylan marschierte voran. Es fühlte sich komisch an, ohne seinen Rucksack auf dem Rücken unterwegs zu sein, doch er genoss es auch. Diese Leichtigkeit! Und dass er mal so richtig durchatmen konnte.

Die Straße, die zum Ortskern führte, brachte ihn an etlichen Maisfeldern vorbei, auf denen jetzt im Mai gesät wurde. Er entdeckte mehrere Bauern, die mit großen Maschinen auf den Feldern waren, und er fragte sich unwillkürlich, wie es hier wohl im September oder Oktober aussah, wenn der Mais hochstand und reif war. Er würde es nie herausfinden, das stand fest, denn im Herbst wäre er längst zurück in Nashville.

Was er dann wohl für ein Leben führen würde? Was ihm diese Reise gebracht hätte? Ob er ein komplett anderer sein würde? Ach, er war es ja jetzt schon!

Seit er allein auf den Straßen unterwegs war, von Staat zu Staat reiste und nichts bei sich hatte als das Nötigste, war ihm mehr und mehr klar geworden, was im Leben wichtig war. Geld war es nicht, wenn man nur genug hatte, um eine Unterkunft und etwas zu essen bezahlen zu können. Erfolg war es auch nicht, denn der hatte ihm bisher nur Unglück gebracht. Menschen, Familie, Freunde – klar, sie fehlten ihm. Andererseits genoss er die Einsamkeit, wie ein alter Mann, der im Leben schon genug sinnlose Gespräche geführt und jetzt beschlossen hatte, dass die Stille so viel besser war.

Manchmal fühlte Dylan sich tatsächlich alt. Manchmal

kam es ihm so vor, als hätte er bereits ein ganzes Leben gelebt. Und dann wartete er darauf, dass auch für ihn das Ende kam. Doch sein letzter Tag auf Erden war noch nicht in Sicht. Auch wenn ein kurzes Dasein Ronnys Schicksal gewesen war, so war es doch nicht seins. Irgendetwas wartete da draußen noch auf ihn – wenn er doch nur wüsste, was es war.

Nach einer Weile erreichte Dylan den Stadtplatz, setzte sich auf eine der Bänke und trank eine halbe Flasche Wasser, die er in der Jackentasche bei sich getragen hatte. Er beobachtete das Treiben.

Wieder waren viele Menschen unterwegs. Und ihm fielen erneut die vielen Hunde auf. Ein Mann ging sogar mit einer Katze spazieren, und eine ältere Dame hatte einen Papagei auf der Schulter sitzen. Sie kam ihm bekannt vor. Ja, jetzt hatte er es! Sie sah der Hollywoodschauspielerin Ava Garland zum Verwechseln ähnlich!

Na, sie würde es ja wohl kaum sein, dachte er und lachte. Dann fiel sein Blick auf das Banner, das zwischen zwei altmodische Straßenlampen gespannt war. Darauf stand in großer schnörkeliger Schrift geschrieben:

*Nebraska. Honestly, it's not for everyone.*

Erneut musste Dylan lachen. Ja, die Aussage war wirklich gut. Nebraska war nicht für jeden geeignet. Denn was gab es hier schon? Ihm allerdings gefiel der Staat, er konnte gar nicht genau sagen, warum. Vielleicht lag es daran, dass ihm Lake Paradise so gut gefiel. Irgendwie strahlte das Städtchen eine Ruhe aus, der er sonst nur selten begegnet war. Hier fand man einfach Idylle pur, und heute, wo ihn die Bewohner nicht mehr so neugierig beobachteten, konnte er endlich auch relaxen.

Ob es tatsächlich nur daran lag, dass er sich den Bart abrasiert hatte? Oder ob ihre Neugier schlicht schon nachgelassen hatte? Was es auch war, er freute sich darüber, dass er jetzt wie ein gewöhnlicher Mensch herumspazieren konnte. Und das wollte er nun auch endlich tun.

Er schlenderte am Rathaus entlang, an der Post, die gleichzeitig auch Bank, Anwaltskanzlei und Notariat war, und kam schließlich am Maismuseum vorbei. Verrückt, dass es hier sogar einen offiziellen Ort gab, der einem das Getreide näherbringen sollte. Ein eigenes großes Haus, das im Kolonialstil erbaut war und richtig toll aussah – und alles drehte sich um den Mais! Irgendwie weckte das sein Interesse, gerade weil es so skurril war. Spontan stieg er die Stufen zum Eingang hoch und betrat das Museum.

Eine ältere Dame mit einem weißen Dutt begrüßte ihn herzlich. «Guten Morgen! Mein Name ist Edda, und ich heiße dich herzlich willkommen im Maismuseum.»

«Guten Morgen», erwiderte er und bemerkte, wie leer es hier war. Nun ja, etwas anderes hatte er aber eigentlich auch nicht erwartet. «Ich würde mich gerne mal umschauen.»

«Aber sicher. Der Eintritt kostet fünf Dollar. Es waren mal vier, wir mussten die Preise aber leider zu Beginn des Jahres erhöhen», sagte Edda entschuldigend.

«Kein Problem.» Dylan holte einen zusammengefalteten Fünfdollarschein aus der Hosentasche, reichte ihn ihr und bekam dafür ein Ticket. Dieses würde er ebenfalls aufbewahren und seiner Sammlung aus Post- und Eintrittskarten beifügen – als Erinnerung an seine Reise.

«Hier hast du noch eine Broschüre», sagte Edda und gab ihm ein dünnes Heftchen. «Viel Spaß wünsche ich.»

«Danke.»

Er ging los, betrat das erste Zimmer und erfuhr anhand von Bildern und Ausstellungsstücken Wissenswertes über den Mais. Es waren getrocknete Kolben in verschiedenen Stadien ihres Wachstums ausgestellt. Dann noch ausgereifte in unterschiedlichen Farben – Rot, Braun, Lila und sogar Schwarz. Dylan war verblüfft, welche Vielfalt der Mais bot. Er kannte diese lilafarbenen Tortillas, hätte aber nie angenommen, dass der Mais an sich lila war. So lernte er nun sogar noch etwas dazu, was ihn freute.

Nachdem er auch noch verschiedene Insekten betrachtet hatte, die fotografiert und vergrößert ausgestellt waren und die den Mais befallen konnten, trat er in ein Zimmer, in dem alle möglichen Lebensmittel ausgestellt waren, die aus Mais hergestellt wurden. In einer Vitrine entdeckte er Maisflips aus Korea, in einer anderen Maisbonbons aus Mexiko. Hinter einer verglasten Wand standen Dinge wie eine einhundert Jahre alte Flasche Maissirup und eine Packung *Cracker Jack* von 1954. Dylan erinnerte sich daran, wie er und Ronny die Popcorn-Erdnuss-Mischung als Kinder von ihrer Grandma bekommen hatten, wenn sie einen Teil der Sommerferien bei den Großeltern verbrachten.

Und jetzt entdeckte er auch noch etliche Cornflakes-Packungen aus aller Welt und verschiedene *Cap'n-Crunch*-Schachteln, die aufzeigten, wie sich das Design im Laufe der Jahre verändert hatte. Es waren Ronnys Lieblingsfrühstücksflocken gewesen, am liebsten hatte er die mit Erdnussbutter gehabt.

Dylans Herz wurde schwer, und ein dicker Kloß bildete sich in seiner Kehle. Er musste die Tränen wegblinzeln und war froh, dass außer ihm niemand hier war.

Schnell ging er noch eine Etage höher, weg von den Frühstücksflocken und hin zu den Bildern, die in einer Art Galerie ausgestellt waren. Sie stammten von Malern und Fotografen, die sich alle dem Thema Mais gewidmet hatten. Ein paar der Werke waren sogar richtig gut, fand er. Zum Beispiel das Bild eines kleinen Mädchens mit einem Popcorn-Kranz auf dem Kopf, das eine gewisse Lexi Dawson gezeichnet hatte. Oder das Foto von einem Maisfeld im Sonnenuntergang. Oder die beiden Vögel, die friedlich auf einem Kolben zusammensaßen, als würde die Welt stillstehen.

Unwillkürlich musste er an Savannah denken, die heute mit einem blauen Auge zur Arbeit erschienen war. Ein Unfall sei es gewesen, hatte sie ihm erzählt. Und er hoffte nur, dass es auch stimmte, denn der Gedanke, dass ihr Mann sie schlug, war kaum zu ertragen. Dylan hatte so einiges gesehen im Leben. In Nashville hatte es eine ziemlich berühmte Sängerin gegeben, mit der er sich angefreundet hatte. Sie war quasi seine Mentorin gewesen, hatte ihm viel beigebracht, auch wie man sich vor Publikum darstellte und sich der Presse gegenüber zeigte. Missy Lee war ihr Name, und niemals hätte Dylan gedacht, dass diese so legendäre und selbstbewusste Frau sich von einem Mann erniedrigen lassen würde. Doch das hatte sie. Zuerst hatte er ein paar blaue Flecken an ihrem Oberarm entdeckt, eines Tages kam sie mit einem blauen Auge ins Studio. Sie sei gegen den Küchenschrank gelaufen, erzählte sie ihm, und er glaubte ihr. Irgendwann bekam er dann aber einen Streit zwischen Missy und ihrem Carlos mit – und da wusste er es. Dylan versuchte, mit Missy zu reden, ihr Hilfe zu besorgen, doch sie stellte ihn als paranoid dar. Und schließlich wandte sie sich von ihm ab.

Seit er weg war, hatte er nichts von ihr gehört oder gesehen – außer den Nachrichten, die er hin und wieder auf der Titelseite der *Country's Best* entdeckte. Und da ging es immer nur um einen neuen Song, den Missy herausgebracht, oder einen Preis, den sie gewonnen hatte. Ob sie sich inzwischen von Carlos getrennt hatte, wusste Dylan nicht, er wünschte es ihr jedoch sehr.

Als er wieder auf die Straße trat, hatte der Himmel sich bewölkt. Es war ein bisschen kühler geworden, doch Dylan bereute nicht, dass er seine dickere Jacke kürzlich verschenkt hatte. Der Obdachlose in Denver brauchte sie dringender als er.

Direkt neben dem Maismuseum befand sich ein Supermarkt, den er nun betrat. Dummerweise traf er dort eine der drei Tratschtanten an, die ihn gestern im Hotel gesucht hatten. Es war die mit dem weißen Bob. Sie war mit ihrem Mann unterwegs, wie es aussah, und zum Glück sagte sie kein Wort, sondern lächelte ihn nur freundlich an. Dylan lächelte zurück.

Dann suchte er die Sachen zusammen, die er brauchte, und brachte den vollen Korb an die Kasse. Eine hübsche junge Frau kassierte ab. Hinter ihr hing ein großes eingerahmtes Foto, das sie mit einer gelben Schärpe um den Oberkörper zeigte. Er versuchte zu entziffern, was darauf stand.

Die Frau lachte, als sie seinem Blick folgte. «Ich bin die amtierende Maisprinzessin», ließ sie ihn wissen.

«Oh. Ich gratuliere», sagte er und grinste. War ja klar, dass es hier so etwas gab.

«Danke schön. Hast du alles gefunden, was du gesucht hast?»

«Fast. Socken habt ihr wohl keine, oder?»

«Leider nicht. Aber versuch es doch mal in der *Paradise Boutique*, die befindet sich gleich drüben auf der anderen Seite vom Platz.»

«Werde ich machen, danke.»

«Wo kommst du her?», fragte sie wie nebenbei, doch er konnte sehen, wie einige der umstehenden Kunden ihre Ohren spitzten.

«Gerade aus Denver. Davor war ich eine Weile unterwegs», gab er zur Antwort, da er seinen Heimatort nicht preisgeben wollte.

«Denver … da war ich auch schon mal. Zu einer Misswahl. Als ich kleiner war, hat meine Mom mich überall mit hingeschleppt. Gewonnen hab ich aber nie.»

«Aha.» Das war alles, was er dazu sagen konnte.

«Du kommst mir irgendwie bekannt vor», sagte sie dann, und sein Herz schlug schneller. «Hast du mal irgendwo mitgespielt?»

«Du meinst in einer Realityshow oder so was?» Er versuchte zu lachen. «Nein, hab ich nicht. Ich hab aber so ein Allerweltsgesicht, also … Was macht das?» Unauffällig sah er sich um. Die Leute hatten sich zum Glück wieder abgewandt.

«Neunzehn Dollar vierundsechzig.»

Er bezahlte und sah zu, dass er schnell verschwand. Sobald er die Socken gefunden hätte, würde er wieder zurück zum See gehen. Dort, wo man seine Ruhe hatte. Heute wollte er sogar versuchen, an einem neuen Song zu schreiben. Vielleicht würde es ihm ja endlich mal wieder gelingen – und wenn es nur ein paar Zeilen waren.

# 18

Um die Mittagszeit kam der Sheriff ins *Paradise Inn* und betrachtete Savannah besorgt.

«Wyatt, was machst du denn hier?», fragte sie. Wyatt und sie waren zusammen zur Schule gegangen, in dieselbe Klasse von der Vorschule bis zum Senior Year an der Highschool. Mit sechzehn waren sie sogar mal für einige Monate ein Paar gewesen, hatten aber schnell festgestellt, dass sie als Freunde besser funktionierten.

«Wollte nur mal nach dir sehen», sagte er. «Habe gehört, dass du ein blaues Auge hast.»

«Ja, wie du siehst, hast du richtig gehört. Es ist aber nicht das, was du jetzt sicher denkst.»

«Ah ja? Was denke ich denn?» Wyatt stand breitbeinig da und verschränkte die Arme vor der Brust. Als wolle er demonstrieren, dass sie ihn ja nicht anlügen sollte.

Sie ignorierte seine Frage. «Ich bin mit einem Gast zusammengestoßen, mehr ist nicht gewesen. Es war ein kleiner Unfall, wir haben einander nicht gesehen, und Mr. Hoover fühlt sich schrecklich deswegen. Sprich ihn ja nicht darauf an, der Mann ist eh schon ein menschliches Wrack. Er macht einen Roadtrip mit seiner Frau und zwei kleinen

Kindern, was anscheinend ziemlich anstrengend ist. Sie reisen heute auch schon wieder ab, es gibt hier also für dich nichts zu tun.»

«Na gut, wenn du das sagst, dann will ich dir mal glauben.» Wyatt ließ die Arme wieder locker fallen, trat aber noch einen Schritt näher an sie heran. «Wie läuft es denn mit Gene?», erkundigte er sich.

«Alles bestens», versicherte sie ihm. Und da kamen auch schon Mr. und Mrs. Hoover mit den Kindern herbei. Der kleine Arthur war mal wieder am Weinen, und auch Marjorie quengelte, weil sie ihren *Frozen*-Koffer selbst ziehen wollte.

«Tut mir leid, Wyatt, ich muss mich jetzt um meine Gäste kümmern.»

«Alles klar. Du weißt aber, dass du mich jederzeit erreichen kannst, oder?»

«Das weiß ich. Es wird aber nicht nötig sein.»

Wyatt bedachte Mr. Hoover mit einem strengen Blick, der dadurch nur noch ein wenig mehr in sich zusammensackte. Savannah lächelte ihn an und versuchte ihm damit zu zeigen, dass alles in Ordnung war. Sie war sich aber sicher, dass er froh sein würde, wenn er im Auto saß und seine Familie zu ihrem nächsten Zielort bringen konnte.

«Wir möchten gerne auschecken», sagte Mrs. Hoover und legte den Schlüssel auf den Empfangstresen.

«Natürlich, gerne. Ich hoffe, der Aufenthalt bei uns hat Ihnen gefallen?», stellte Savannah die übliche Frage.

«Ja, es war wirklich schön. Den Kindern hat der Spielplatz am See gut gefallen. Danke für den Tipp.»

«Das freut mich zu hören.»

«Bitte entschuldigen Sie noch einmal den Vorfall von gestern», sagte Mr. Hoover dann, sichtbar peinlich berührt.

«Es war ja keine Absicht», entgegnete Savannah. «Ich wünsche Ihnen eine schöne Weiterfahrt und hoffe, Sie beehren uns irgendwann mal wieder.»

Mrs. Hoover lächelte, überließ Marjorie endlich ihren Koffer und schob die Familie aus dem Hotel.

Derweil stand Wyatt noch immer da und hielt Ausschau nach unsichtbaren Bösewichten.

«Nun geh schon endlich, Wyatt, du jagst meinen Gästen ja Angst ein.»

Wyatt betrachtete sie noch einmal kritisch, nickte dann jedoch und ging.

Savannah setzte sich und seufzte schwer. Dieses blaue Auge war wie ein Fluch. Sie hoffte nur, dass es bald nicht mehr zu sehen sein würde. Vielleicht sollte sie sich doch eine Tube Make-up besorgen und versuchen, es abzudecken. Wenigstens würde sie dann vor ihren Gästen nicht mehr ganz so schlimm dastehen.

Der Tag wurde nicht besser, und als am Abend ihre Mutter und ihre Tante im Hotel auftauchten, stöhnte Savannah innerlich auf. Doch sie riss sich zusammen und ging mit einem Lächeln auf die beiden zu. «Hallo, ihr zwei. Was verschafft mir die Ehre?»

«Wir haben einen kleinen Spaziergang gemacht und uns gedacht, dass wir doch mal bei dir vorbeischauen könnten», sagte ihre Mutter.

«Ich habe leider gar keine Zeit für euch. Ich muss die Rezeption besetzt halten», sagte sie.

«Es ist doch überhaupt niemand da, der dich brauchen könnte», meinte ihre Mom, und Sadie nickte eifrig. «Komm, wir setzen uns ins Restaurant und essen einen Happen. Wenn jemand nach dir verlangt, wird er oder sie schon klingeln.»

«Na gut. Aber nur eine Viertelstunde», sagte sie und geleitete die beiden in den hinteren Teil des Hotels.

Alice, die neben dem Kochen meist auch noch die Gäste bediente, freute sich, Teresa und Sadie zu sehen, und umarmte beide herzlich. «Wie schön, euch mal wieder bei uns zu haben. Wir haben Spargel auf der Karte. Heute gibt es eine leckere Quiche, habt ihr Lust auf ein Stück?»

«Das hört sich köstlich an», sagte ihre Mom, die zwar nur drei Jahre von ihrer älteren Schwester trennten, die aber deutlich jünger aussah. Wahrscheinlich lag es daran, dass Teresa sich ihr Haar noch immer dunkel nachfärbte, während Sadie ihres schon seit Jahren grau und kurz trug.

«Die leckere Suppe von Sonntag hast du wohl nicht mehr da, oder?», wollte Sadie nun wissen.

«Doch, doch, im Kühlschrank steht noch ein halb voller Topf», ließ Alice sie wissen. «Magst du welche haben?»

«Sehr gerne sogar.»

«Alles klar, dann bringe ich euch das Essen gleich. Sucht euch einen Platz.»

Während Teresa und Sadie sich setzten, ging Savannah hinter die kleine Bar und holte ihnen drei leere Gläser und eine Flasche Wasser. Damit setzte sie sich zu den beiden und füllte ihnen ein.

«Also? Warum seid ihr wirklich hier?», fragte sie.

Sadie sah sich um und ging sicher, dass auch niemand

mithören konnte. Dann sagte sie leise: «Wir machen uns Sorgen um dich.»

Hatte sie es doch gewusst! Savannah verstand ja, dass ihre Tante sich sorgte, und seit deren Tochter Lucy aus Lake Paradise weggezogen war, sorgte sie sich anscheinend gleich doppelt so viel um ihre Nichte. Doch manchmal war es einfach auch zu viel des Guten.

«Dazu gibt es überhaupt keinen Grund», sagte sie ihr also.

«Oh doch, den gibt es, und das ist dir wohl bewusst», meinte nun ihre Mutter.

Erneut seufzte sie. «In jeder Ehe gibt es Ups und Downs, es kann doch nicht immer rundlaufen.»

«Aber wie lange läuft es nun schon nicht mehr rund bei euch?», fragte Sadie.

Savannah wusste die Antwort nicht und konnte nur die Achseln zucken.

«Liebes, wir wollen einfach nicht, dass du ein unglückliches Leben führst», sagte ihre Mutter.

«Und was schlagt ihr mir vor?», fragte Savannah und sah den beiden nacheinander ins Gesicht. Darauf war sie nämlich wirklich gespannt.

«Verlasse ihn», riet ihr Sadie.

Und auch wenn Savannah noch heute Morgen selbst darüber nachgedacht hatte, sagte sie jetzt: «Das kann ich nicht.» Denn es war eine Sache, es zu denken, und eine ganz andere, diesen Schritt auch wirklich zu tun.

«Nein, das musst du ja auch gar nicht», sagte ihre Mom. «Ihr müsst aber eine Lösung finden, euch einander wieder anzunähern. Vielleicht könntet ihr zur Eheberatung gehen?», schlug sie ihr wieder einmal vor. «Es muss ja nicht bei deinem Vater sein. Es gibt Spezialisten, weißt du? Ich habe da mal einen in Hamilton herausgesucht …» Sie kramte in ihrer Handtasche.

Savannah winkte ab. «Da würde Gene niemals mitmachen, das weißt du doch. Ich habe ihm das schon mehrfach vorgeschlagen.»

Teresa fand den Zettel und legte ihn vor Savannah auf den Tisch. «Nimm ihn trotzdem, nur für den Fall.»

Sie steckte sich den Zettel in die Hosentasche.

«Wie soll es denn deiner Ansicht nach weitergehen?», fragte ihre Tante.

Savannah seufzte. «Ich weiß es nicht, Sadie. Wir werden uns schon irgendwie zusammenraufen.»

«*Irgendwie*? Aber deine Wünsche werden damit nicht erfüllt, oder? Was ist mit Kindern? Ich weiß doch, wie gern du welche hättest.»

«Ja, schon …» Sie sah auf ihr Glas, das halb voll war. Oder halb leer. Wie auch immer man es betrachten wollte. Im Moment schien es ihr eher halb leer.

Sadie ließ nicht locker. «Ich bin mir nicht sicher, ob du weißt, wie unglücklich ich in meiner Ehe war», begann sie, und Savannah blickte überrascht auf. Nein, das wusste sie wirklich nicht. «Es sind einige Dinge vorgefallen … Bill hat mich betrogen. Mehr als einmal. Und ich habe ihm verziehen. Weil ich keine Alternative wusste … Wenn ich aber heute darüber nachdenke, hätte ich mir selbst einen großen Gefallen getan, wenn ich ihn verlassen hätte. Ich wäre ein ganzes Stück glücklicher gewesen.»

«Oh, Sadie. Das tut mir leid. Ich hatte ja keine Ahnung.» Onkel Bill war vor sechzehn Jahren gestorben, damals war

Savannah noch ein Teenager gewesen. Sie hatte ihn nur in guter Erinnerung, als lustigen und großzügigen Kerl.

«Was ich dir eigentlich sagen will, Savannah: Für dich ist es noch nicht zu spät. Du bist jung. Die Familie, von der du träumst, kannst du noch immer haben.»

«Mit jemand anderem als Gene», fügte ihre Mom hinzu, als wäre es nicht offensichtlich.

Zum Glück kam Alice in dem Moment mit dem Essen, und Savannah musste nicht antworten. Zumindest nicht sofort. Während Alice ihre Mom und ihre Tante ein bisschen mit Small Talk ablenkte, aß Savannah ihr Stück Quiche, so schnell sie konnte. Dann sagte sie, sie müsse wieder zurück an den Empfang, und ließ die beiden Frauen am Tisch zurück. Savannah wusste, dass die beiden es ja nur gut mit ihr meinten, aber sie musste nachdenken. Über so vieles.

Als sie zwei Stunden später nach Hause kam, rief Gene ihr zu: «Ich hab Hunger! Machst du was zu essen?»

Savannah trat ins Wohnzimmer, wo ihr Mann faul in seinem Lieblingssessel saß und sich ein Baseballspiel ansah.

«Gene ... Ich komme gerade von der Arbeit, hatte einen anstrengenden Tag. Du hattest doch heute nichts weiter zu tun, oder? Hättest du dann nicht mal kochen können?» Nicht dass er ein begnadeter Koch wäre, doch Spaghetti mit Tomatensauce bekam auch er hin.

Gene stöhnte genervt. «Ich war auf Jobsuche. Bin genauso kaputt wie du.»

«Ja? Hat sich was ergeben?»

«In Hamilton suchen sie jemanden in 'nem Lager. Die zahlen aber schlecht, und die Arbeitszeiten sind mies.»

Das hatte sie jetzt schon so oft gehört.

«Wird es je einen Job geben, bei dem alles passt, Gene? Warum kannst du nicht einfach erst mal irgendeinen annehmen? Du kannst doch jederzeit kündigen, wenn du etwas Besseres findest.»

«Nee», sagte er. «Das war nichts für mich.»

Sie ließ sich aufs Sofa fallen. «Ich kann das nicht mehr, Gene. Ich habe keine Kraft mehr.»

Er drehte sich in seinem Sessel zu ihr. «Was verflucht noch mal ist dein Problem?»

«Das alles! Es ist einfach so aussichtslos. Ich bin zweiunddreißig, Gene, ich wollte längst Kinder haben. Und du solltest endlich ein richtiger Mann sein und mir das geben, was ich brauche. Was ich verdiene!»

«Ich fühl mich aber nicht bereit dazu, Savannah. Irgendwann vielleicht.»

Sie stand auf. Es brachte ja doch alles nichts. Und dennoch stiegen ihr wieder einmal Tränen in die Augen. Sie drehte sich erneut zu ihrem Mann um. «Ich werde aber nicht jünger, Gene.»

Zu ihrer Überraschung kam er zu ihr. «Nicht weinen», sagte er und nahm sie in die Arme.

Sie lehnte sich an seine Brust und schluchzte. «Ich bin es so leid.»

«Das verstehe ich. Ich werde versuchen, mich zu bessern, ja? Nur hör auf zu weinen.»

Er würde versuchen, sich zu bessern. Das war doch alles, was sie hören wollte. Sie schluchzte nur noch mehr.

Als sie sich endlich beruhigt hatte, küsste Gene sie auf den Kopf und fragte: «Machst du jetzt was zu essen?»

# 19

Am Mittwochnachmittag, kurz nachdem das ältere Ehepaar Boysenberry im Hotel eingecheckt hatte, bekam Savannah überraschenden Besuch. Ihr Vater stand in der Hotellobby und bat sie um einen kleinen Spaziergang. Und obwohl sie eigentlich gar keine Zeit hatte, nickte sie, denn sie wusste, dass es sich um etwas Wichtiges handeln musste.

Außerdem konnte sie die kleine Auszeit gleich mit dem Blumengießen bei Gregory verbinden. Eigentlich hätte sie bereits gestern hingemusst, um die Orchideen zu besprühen, doch sie hatte es zeitlich einfach nicht geschafft und hoffte, die Pflanzen würden es ihr verzeihen.

Savannah bat also Greta, die wieder gesund war, zu übernehmen, und sie und ihr Vater spazierten los.

«Was liegt dir denn auf dem Herzen, Dad?», fragte sie, sobald sie auf dem Spazierweg waren.

«Ich wollte gern unter vier Augen mit dir reden, ohne dass deine Mutter dabei ist. Die lässt mich nämlich nie zu Wort kommen», sagte er und zwinkerte ihr zu.

Savannah war erleichtert, denn so etwas Schlimmes konnte es nicht sein, wenn ihr Vater sogar noch zu Scherzen aufgelegt war.

«Da kann ich dir nur recht geben», stimmte sie zu und versuchte zu lachen. Doch irgendwie blieb ihr das Lachen dann doch in der Kehle stecken – weil sie sich irgendwie denken konnte, worum es ging.

Ihr Dad hielt ihr seinen Arm hin, und sie hakte sich ein. Sie schlenderten am *Paradise Assisted Living Center* entlang, dem Seniorenheim von Lake Paradise, das mit einem wunderbaren Seeblick und einem zauberhaften Rosengarten aufwarten konnte. Helenas Grandpa Murphy lebte hier und auch Miss Eliza, der das Haus gehört hatte, in dem sich jetzt das Maismuseum befand.

Ihr Vater sah sie von der Seite an. «Liebes, ich mache mir Sorgen um dich.»

«Oh. Warum denn?», fragte sie unnötigerweise.

«Weil du mir sehr unglücklich erscheinst. In letzter Zeit mehr denn je.»

Savannah musste an die letzten Tage und Wochen denken und bekam dabei direkt wieder feuchte Augen. Sie konnte nicht antworten, stattdessen entfuhr ihr ein großer Schluchzer.

Voller Mitleid sah ihr Dad sie an. «Da habe ich wohl richtiggelegen, hm? Komm, wir setzen uns dort auf die Bank.» Er deutete zu einer der weißen Parkbänke hin, die Bürgermeister Doyle erst kürzlich neu hatte streichen lassen, und sie setzten sich.

«Ich weiß einfach nicht, was ich machen soll», begann Savannah.

«Du musst auf dein Herz hören, Liebes. Es wird dir schon sagen, was das Richtige ist.»

«Mein Herz sagt mir, dass ich keinen Tag länger bei Gene

bleiben will.» Endlich sprach sie es aus. «Er ist einfach so … so unglaublich ichbezogen, so verantwortungslos und … kalt. Ich erkenne ihn überhaupt nicht wieder.»

«Liebst du ihn denn noch?», wollte ihr Vater wissen.

Sie überlegte lange.

«Das weiß ich ehrlich gesagt nicht», erklärte sie schließlich. «Manchmal denke ich, da ist noch ein bisschen Liebe übrig, an anderen Tagen scheint sie mir vollkommen verloren gegangen.»

Ihr Vater, der Pastor, sah zum See hinaus. Und Savannah war sich sicher, er würde ihr als Nächstes sagen, dass jeder Mensch eine zweite Chance verdiente. Dass die Menschen sich mit Gottes Hilfe ändern konnten. Dass auch Gene es konnte. Dass sicher alles wieder gut werden würde.

Doch er überraschte sie mit seinen Worten. «Dann, denke ich, gibt es nur eine Lösung. Du musst dich von ihm trennen.»

Erschrocken sah sie ihn an. «Trennen? Aber spricht das nicht gegen alles, an was du glaubst? Immerhin haben wir vor Gott geheiratet, wir sind für immer aneinander gebunden.»

Er nickte. «Ja, so sagt es Gottes Gesetz. Doch es steht auch geschrieben: *Und wenn ich meine ganze Habe verschenkte und wenn ich meinen Leib dem Feuer übergäbe, hätte aber die Liebe nicht, nützte es mir nichts.*» Er sah sie fest an. «Die Liebe ist das Wichtigste, das wir besitzen in diesem Leben, ohne sie sind wir nichts, Savannah.»

Gerührt sah sie ihren Vater an. Der Korintherbrief aus der Bibel! Ihr Dad zitierte ihn nicht oft, doch wenn er es tat, dann aus vollem Herzen heraus.

Savannah rief sich die Zeilen ins Gedächtnis, und es war wie eine Offenbarung: … *für jetzt bleiben Glaube, Hoffnung, Liebe, diese drei; doch am größten unter ihnen ist die Liebe.*

Reichten ihr wirklich der Glaube und die Hoffnung, wenn die Liebe nicht mehr stark genug war?

Das herauszufinden, war nun ihre Aufgabe. Wohl die größte, die sie je angehen musste. Und sie hatte jetzt schon Angst vor dem Ergebnis.

Nachdem ihr Vater sich verabschiedet hatte, spazierte Savannah weiter in Richtung Ostseite, zu Gregorys Haus. Dabei traf sie auf Delores und George, die Hand in Hand den Weg entlangschlenderten. Sie sahen so herzallerliebst aus, dass es Savannah gleich wieder die Kehle zuschnürte. Delores hatte auch nie Kinder bekommen, doch nicht weil sie keine gewollt hätte, sondern weil sie leider körperlich nicht dazu in der Lage gewesen war. Savannah konnte nur ahnen, wie sehr die Arme darunter litt, doch wenigstens hatte sie ihren George, der so gut zu ihr war.

Wen würde Savannah haben, wenn sie alt und grau war?

Betrübt spazierte sie weiter und versuchte, trotz allem ein Lächeln aufzusetzen. Denn die Sonne schien, und es gab wahrlich Menschen mit größeren Sorgen auf der Welt.

Gegen fünf Uhr kam sie bei Gregory an und entschuldigte sich als Erstes bei den wertvollen Orchideen. «Tut mir sooo leid, dass ich es gestern nicht geschafft hab. Das bleibt aber unter uns, ja? Verratet das bloß Gregory nicht. Ich werde mich auch bessern und zukünftig keinen Sprühtag mehr versäumen.»

Ob die Blumen ihr vergaben, wusste sie genauso wenig wie alles andere.

Unschlüssig streifte sie noch ein wenig durchs Haus und betrachtete wieder einmal voller Erstaunen die einzelnen Räume. An den Wänden hingen die bizarrsten Bilder: digital bearbeitete Aufnahmen von Hunden mit *Gucci*-Sonnenbrillen, Leoparden in Stöckelschuhen oder Kängurus, die in ihrem Beutel Champagnerflaschen trugen. Es gab außerdem viel Gold und einige Sammlungen im Haus: Brillen, Uhren, Schuhe … Wenn sie irgendwo anders als in Lake Paradise gewesen wären, hätte Gregory sie wegschließen müssen, doch hier war ein Einbruch so gut wie ausgeschlossen. Im letzten Jahr hatte es nur einen einzigen Diebstahl gegeben, und das war im Museum gewesen. Eine der ausgestellten Maisflips-Tüten war aus der Vitrine gestohlen worden, und bis heute wurde darüber gerätselt, ob es ein Teeniestreich gewesen war oder ob vielleicht sogar der Bürgermeister selbst dahintersteckte, weil er für ein bisschen Publicity sorgen wollte, um mehr Gäste herbeizulocken. Denn seine Idee eines Maismuseums schien wahrlich nicht die beste gewesen zu sein, ebenso wenig wie die einer Bimmelbahn. Sowohl das Museum als auch die Bahn waren fast immer leer, doch schließen oder abschaffen kam für Bertram Doyle überhaupt nicht infrage, selbst wenn dafür ein großer Teil des Stadtbudgets draufging.

Apropos Geld … Savannah kannte Gregory nun schon eine ganze Weile, doch was er beruflich machte, hatte sie bisher noch nicht aus ihm herauskitzeln können. Was das anging, hielt er sich sehr bedeckt, und Savannah spekulierte schon, ob er nicht doch ein Verwandter von Elton John war – oder wenigstens sein Doppelgänger.

Sie verließ das Haus, schloss ab und ging die drei Stufen vom Eingang hinunter. Dann schlenderte sie zurück zum Hotel. Heute würde sie erneut über Nacht dortbleiben, da Miles ja freihatte und mit der Schulklasse seiner Tochter in Lincoln war. Cindy würde morgen früh um sechs übernehmen, was hieß, dass Savannah bis dahin durchhalten musste. Erst dann konnte sie sich ein paar Stunden schlafen legen, wie sie es auch heute Morgen schon gemacht hatte.

Keine zweihundert Meter vom Hotel entfernt, entdeckte sie Dylan Heard, der an einen Baum gelehnt auf dem Boden saß und ein Notizbuch in der Hand hielt. Als er sie bemerkte, klappte er es zu. So schnell, als hätte sie ihn bei irgendwas ertappt.

«Hallo», rief sie und winkte ihm von Weitem zu.

«Hi!» Er lächelte sie an.

Savannah konnte nicht sagen, warum, doch plötzlich wollte sie einfach nur zu Dylan gehen und mehr über ihn erfahren. Also überquerte sie den Rasen, deutete auf die Stelle neben ihm und fragte: «Darf ich?»

Er rutschte ein Stück zur Seite und machte ihr Platz an seinem Baum. «Natürlich.»

Sie setzte sich auf den Boden und lehnte sich an den Stamm, fand eine Stelle, die sich perfekt an ihren Rücken schmiegte – und atmete geräuschvoll aus.

«Alles okay?», fragte er.

«Ja. Na ja …» Sie zuckte die Achseln. «Was schreiben Sie da?»

«Einen … Song. Nun, ich versuche es zumindest. So richtig will es mir nicht gelingen.»

«Oh. Dann wünsche ich Ihnen viel Glück, dass es bald klappt, Mr. Heard.» Sie schüttelte den Kopf. «Sagen Sie, wollen wir uns nicht einfach duzen? Hier in Lake Paradise spricht sich wirklich *jeder* beim Vornamen an.»

Er lachte. «Ja, das ist mir schon aufgefallen. Sehr gerne können wir uns duzen, *Savannah.*»

Die Art, wie er ihren Namen aussprach, bereitete ihr eine Gänsehaut. Sie sah ihm ins Gesicht.

«Danke übrigens. Ein bisschen Glück kann ich gut gebrauchen», fügte er hinzu.

«Gern geschehen.»

Sie saßen eine Weile schweigend da. Dann sagte Savannah es freiheraus, einfach weil sie das Gefühl hatte, sie musste: «Dylan, du solltest vielleicht wissen, dass ich es weiß. Wer du bist, meine ich.»

Seine Augen weiteten sich. Doch er erwiderte nichts.

«Ich werde es nicht weitersagen, keine Sorge», versicherte sie ihm. Obwohl sie natürlich nicht wusste, ob ihn im Ort schon jemand erkannt hatte. Dann wäre sein Geheimnis nämlich nicht mehr lange sicher.

«Danke. Das weiß ich zu schätzen.»

Wieder schwiegen sie. Es war nicht unangenehm, trotzdem stand Savannah irgendwann auf. «Ich lasse dich dann mal weiterschreiben. Wir sehen uns sicher noch.»

Er nickte nur.

«Ach so, was ich noch fragen wollte: Bist du zufrieden mit deinem Zimmer und allem anderen? Oder brauchst du noch irgendwas?»

«Alles okay. Ich brauche vor allem keinen … Promibonus», sagte er ein wenig verlegen.

Sie hob abwehrend die Hände. «Den wollte ich dir auch nicht geben. Ich frage das all meine Gäste.»

«Oh. Hm … okay. Na, wenn du schon so fragst … Ich würde mich sehr über Kirschmarmelade zum Frühstück freuen. Das ist nämlich meine liebste, es gibt aber immer nur Aprikose, Himbeere und Erdbeere.»

Sie musste lachen. «Okay, den Wunsch werde ich dir sicher erfüllen können.»

«Danke.» Er schenkte ihr ein Lächeln.

Und mit diesem Lächeln in Gedanken ging sie zurück zum Hotel, wo eine wirklich lange Nacht auf sie wartete.

# 20

Sie war so unglaublich schön.

Dylan sah Savannah nach, als sie in Richtung Hotel ging. Er wusste nicht, wo sie hergekommen war. Wie aus dem Nichts hatte sie vor ihm gestanden und ihn angelächelt. Ihr langes, braunes Haar hatte im Wind geweht, ihre enge Jeans hatte ihre schlanke Figur umschmeichelt, und der weinrote Schal hatte ihre rosigen Wangen nur noch ein wenig mehr betont. Das blaue Auge hatte sie gut kaschiert, ja, irgendwie hatten ihre Augen sogar gestrahlt, als sie ihn angelächelt hatte. Und als sie sich dann auch noch zu ihm gesetzt hatte, hatte er gar nicht gewusst, was er tun sollte. Er war sich wie ein kleiner Schuljunge vorgekommen, der zum ersten Mal bemerkte, dass er ein Mädchen mochte. Und das war verwirrend, neu und doch irgendwie total umwerfend gewesen.

Früher war Dylan kein Kind von Traurigkeit gewesen. In Nashville hatte er eine Menge Dates und auch zwei etwas längere Beziehungen gehabt. Seit er jedoch unterwegs war, hatte er nichts mit einer Frau angefangen. Hin und wieder hatte ihn jemand angeflirtet, doch ihm war einfach nicht danach gewesen, auszugehen oder Sex zu haben. Es hatte sich falsch angefühlt. So wie alles andere.

Doch jetzt, seit er Savannah Keller zum ersten Mal begegnet war, fühlte er wieder etwas. Und er spürte eine gewisse Verbindung zwischen ihnen. Es war total verrückt und überhaupt nicht zu erklären, aber wenn er ihr in die Augen blickte, erkannte er etwas. Eine bestimmte Traurigkeit, dieselbe, die er jedes Mal sah, wenn er in den Spiegel schaute. Und allein das verband sie beide schon. Obwohl er ja gar nicht wusste, warum sie traurig war und ob sie ebenfalls jemanden verloren hatte oder was sie sonst bedrückte. Zu gerne hätte er sie danach gefragt, doch als er da neben ihr am Baum gesessen hatte, war es ihm unmöglich gewesen, auch nur ein Wort herauszubekommen. Als sie ihm zudem noch gestanden hatte, dass sie wusste, wer er war, hatte ihn das völlig aus dem Konzept gebracht.

Verdammt! Sie wusste es!

Das hatte er nicht gewollt. Er wollte doch einfach nur als der gesehen werden, der er heute war. Auch wenn er nur noch eine verlorene Version seiner selbst war und nicht daran glaubte, dass er jemals wieder der Alte sein würde. Zumal er auch gar nicht wusste, ob er das überhaupt wollte. Immerhin hatte ihm das nur Probleme bereitet, hatte ihm am Ende alles genommen, was ihm im Leben wichtig gewesen war.

Ronny. Natürlich musste er dabei wieder an ihn denken. An eines der letzten Treffen mit ihm, bei dem sein Bruder so verletzlich gewirkt hatte. Dylan hatte ihn gefragt, ob er reden wolle, doch Ronny hatte nur den Kopf geschüttelt, und im Grunde war Dylan darüber sogar froh gewesen. Denn für ihn lief es endlich gut, so richtig gut. Sein aktueller Song hatte es bis auf Platz 38 der Country-Charts geschafft. Zugegeben, Platz 38 war jetzt noch nicht die Welt, aber so langsam konnte er ein wenig Respekt einheimsen. Von den anderen Country-Musikern, den Plattenproduzenten, den Medien. Erst an jenem Morgen hatte er ein kleines Interview gegeben, das in der nächsten *Country's Best* abgedruckt werden würde. Mit einem Foto! Er war mächtig stolz drauf. Doch Ronny mochte er gar nicht davon erzählen, weil bei ihm eben nicht alles bestens lief.

Schon seit einer Weile kämpfte Dylans jüngerer Bruder mit Depressionen. Die Krankheit war einfach so erschienen, oder vielleicht war sie auch schon immer da gewesen. Was wusste er schon? Ronny redete ja nicht mit ihm darüber. Und auch nicht mit seiner Mom oder seinem Dad. Wie sollte man ihm da helfen?

Dylan konnte nichts machen, außer für Ronny da zu sein, ihm eine Couch zum Schlafen anzubieten, ihm hin und wieder einen Hundertdollarschein zuzustecken, wenn sein Bruder wieder mal einen Job verloren und kein Geld für Essen hatte. Doch Dylan war nicht allmächtig, konnte Ronny nicht heilen, er war schließlich kein Psychiater! Zu solch einem hatte seine Mom Ronny früher geschleppt, aber Dylan wusste nicht, ob er noch hinging. Er erzählte ihm ja nichts.

Also erzählte Dylan. Nicht alles, aber zumindest so viel, dass die bedrückende Stille gefüllt wurde. Und Herrgott! Ronny sollte doch stolz auf ihn sein, oder? Immerhin hatte Dylan es geschafft! Hatte einen Manager, einen Plattenvertrag, ein Album und ein paar coole Videos, die man sich auf *YouTube* oder den bekannten Country-Websites ansehen konnte. Er hatte es geschafft!

Er hatte es geschafft ...

Dylan schloss die Augen, rieb sich darüber, damit keine Träne ihren Weg herausfinden würde. Er hatte genug geweint, mehr als genug. Jetzt wollte er nicht mehr weinen, sondern endlich wieder glücklich sein. Wenn auch nur ein kleines bisschen.

Er nahm sein Songbook und stand auf, klopfte sich die Jeans ab und ging ebenfalls zurück zum Hotel. Er wollte in sein Zimmer, überlegen, was er nun tun sollte. Am besten sofort abreisen, oder? Immerhin wusste Savannah Bescheid über ihn, und in diesem kleinen Kaff würde somit schon bald jeder wissen, wer er war. Auch wenn er ihr glaubte, dass sie sein Geheimnis nicht preisgeben würde, brauchte sie es doch nur einer Freundin im Vertrauen zu erzählen, und es konnte schnell die Runde machen. Die Leute hier würden diese Neuigkeit sicher ganz spannend finden und gleich wieder hinter ihm her sein.

So ein Mist, dabei hatte das gerade erst nachgelassen.

Savannah stand an der Rezeption und lächelte ihn an, als er eintrat. Allein das brachte sein Blut in Wallung, und er musste sich ins Gedächtnis rufen, dass sie doch verheiratet war! Ja, er sollte schnellstens seine Sachen packen und sich aufmachen. Am besten gleich morgen.

Auf seinem Zimmer spürte er wieder diese große Erschöpfung. Er war eindeutig zu müde, um zu packen. Fühlte sich wie ausgesaugt, als ob kaum noch etwas übrig wäre von ihm außer der äußeren Hülle. Also legte er sich aufs Bett, schloss die Augen und fiel in einen unruhigen Schlaf, in dem er von Ronny träumte, von Savannah und von endlosen Straßen, die ihn niemals an sein Ziel bringen würden.

Als Dylan wieder aufwachte, war es draußen dunkel. Er schüttelte den Kopf, rüttelte sich wach. Nutzte die Gefühle, die seine Träume hinterlassen hatten, und nahm seine Gitarre zur Hand. Er spielte ein paar Klänge, versuchte, die zwei Zeilen, die ihm heute unter dem Baum am See eingefallen waren, zu einem Song werden zu lassen. Doch wie immer wollte es ihm nicht gelingen, also spielte und sang er nur immer wieder:

*Gone, gone, you're gone like the wind*
*Leaving nothing behind but sorrow*

Aus diesen zwei Zeilen und den immer selben Klängen wurde irgendwann ein bekannter Song, keiner von seinen eigenen, sondern einer, den Ronny gern gehört hatte: *If We Were Vampires* von Jason Isbell and the 400 Unit. Früher hatten sie ihn oft gespielt, als sie noch zusammen in einer Band gewesen waren. Es war so lange her …

Dylan spielte so leise, wie er konnte, weil er keinen der anderen Gäste aufwecken wollte. Und er hoffte einfach, dass niemand an seine Tür klopfen würde, um ihn davon abzuhalten, denn er brauchte das gerade so sehr. Manchmal war Musik wie Therapie für ihn. Ohne sie wäre er aufgeschmissen. Ohne sie wäre sein Leben noch leerer.

Aber während er so spielte, wünschte er sich fast, dass doch jemand an seine Tür klopfen würde. Savannah.

*Savannah.* Das klang so schön in seinen Ohren. Vielleicht sollte er einen Song über sie schreiben. Vielleicht würde ihm das leichter fallen.

# 21

Savannah saß an der Rezeption und dachte nach, dachte viel zu viel nach. Über Gene und ihre Ehe, über die Zukunft und wie sie diese gestalten wollte. Und wieder einmal hasste sie Gene dafür, was er aus ihrer Ehe, aus ihrem gemeinsamen Leben gemacht hatte.

Wenn sie damals jemand anderen als ihn geheiratet oder gar am College geblieben wäre – wie sähe ihr heutiger Alltag wohl aus? Würde sie dann jetzt zu Hause sein und mit ihrem Ehemann vielleicht einen gemütlichen Abend auf dem Sofa verbringen, nachdem sie ihre Kinder ins Bett gebracht und ihnen eine Gutenachtgeschichte vorgelesen hätte? Würde sie den prächtigen Blumengarten haben, mit Picknicktisch und Swimmingpool, von dem sie immer geträumt hatte? Vor ein paar Jahren noch hatte Savannah gedacht, sie könnte diesen Garten ja auch allein verwirklichen, sich selbst daranmachen und ein Loch für einen kleinen Pool graben oder wenigstens einen Teich anlegen. Sie hatte sogar Rosen und Hortensien gepflanzt und eine von diesen großen Schaufeln besorgt. Doch die Blumen waren längst eingegangen, und die Schaufel lehnte nur an einer der Garagenwände, unbenutzt und trostlos. Wie alles in ihrem Leben.

Savannah legte ihr Gesicht in die Hände und fragte sich, wie sie nur weitermachen sollte. Selbst ihr Vater würde ihr seinen Segen für eine Scheidung geben, und ihre Mom und Sadie hatten ihr längst dasselbe gesagt. Doch Savannah hatte sich immer für einen Menschen gehalten, der nicht so einfach aufgab.

Aber brachte es überhaupt noch was, zu kämpfen?

Mit einem Mal erklang leise Musik, und sie hob den Kopf. Wo kamen diese Klänge her?

Sie stand von ihrem Stuhl auf und folgte der Melodie, die sich unglaublich traurig, aber auch wunderschön anhörte.

Nachdem sie die Stufen in den ersten Stock hochgegangen war, folgte sie dem Gang – und wusste bereits, bevor sie die Tür erreichte, woher die Musik kam. Sie hätte es sich gleich denken können.

Vor Dylans Tür blieb sie stehen. Lauschte. War so bewegt, dass sie das Gefühl hatte, weinen zu müssen. Zwar kannte sie den Song nicht, doch sie konnte den Schmerz heraushören, mit dem er gesungen wurde. Dylan spielte auf seiner Gitarre, und er tat dies unglaublich leise, wohl um die anderen Gäste nicht zu stören. Doch Savannah war sich sicher, selbst wenn die Musik irgendwen vom Schlafen abhalten sollte, so würde niemand kommen und Dylan stoppen. Wahrscheinlicher war es, dass andere Gäste, die noch wach waren, ebenfalls diesen wundervollen Klängen lauschten.

Ein paar Minuten stand sie einfach nur da und hörte zu, genoss den Moment, der ihr so intim erschien, dass es fast schon verrückt war. Wie konnte dieser Mann sie so berühren mit seiner Musik? Mehr, als Gene sie in all den Jahren berührt hatte. Viel, viel mehr.

Dann fühlte sie sich plötzlich schlecht. Weil sie Dylan belauschte. Und weil seine Musik all das in ihr auslöste – obwohl sich eine Tür zwischen ihnen befand und er nicht einmal wusste, dass sie davorstand. Also ging sie wieder nach unten, ganz langsam, noch immer zutiefst bewegt.

Zurück an der Rezeption, war ihr Gefühlsleben ein einziges Chaos. Und sie beschloss, sich in der Küche einen Tee zu machen, vielleicht würde der helfen, sie zu beruhigen.

Sie hatte sich gerade eine Tasse geholt, da erschrak sie, als plötzlich jemand neben ihr stand. Beinahe wäre ihr der Porzellanbecher aus der Hand gefallen.

«Oh, entschuldige, ich wollte dich nicht erschrecken», sagte Dylan, der nur Jeans und ein schwarzes Unterhemd trug.

«Schon okay, ist ja nichts passiert. Was kann ich denn für dich tun?» Sie blickte ihm ins Gesicht und hoffte, er würde ihr nicht ansehen, dass sie ihm vor wenigen Minuten noch heimlich zugehört hatte.

«Eigentlich war ich nur auf der Suche nach etwas zum Essen. Dummerweise bin ich vorhin eingenickt und erst aufgewacht, als das Dinner schon vorbei war. Ich könnte mich jetzt zwar noch auf ins Zentrum machen, aber …»

«Nein, nein, kein Problem. Wir stehen in einer Küche, da werden wir wohl etwas zu essen finden.» Sie grinste ihn an, und er lachte.

Savannah ging zum Kühlschrank, öffnete ihn und sagte: «Also, ich hätte einen kalten Hähnchenschenkel, ein bisschen Thunfischsalat oder Spargel im Angebot. Suppe ist auch noch da sowie Käse und natürlich jede Menge Aufschnitt. Ich mache dir gerne ein Sandwich.»

«Mach dir bitte keine Umstände. Ich würde einfach den Thunfischsalat nehmen, wenn das geht.»

Sie nahm die Tupperdose heraus, holte einen Teller aus dem großen Schrank und eine Gabel aus der Schublade und reichte Dylan alles. Dann sah sie sich noch nach ein wenig Brot um und wurde auf der Theke fündig, wo ein paar übrig gebliebene Brötchen in einer Tüte lagen. «Magst du?»

Dylan nickte und griff sich eins. «Vielen Dank.»

Schließlich tat Savannah endlich einen Teebeutel in ihren Becher und goss heißes Wasser dazu. Ohne zu fragen, machte sie auch Dylan einen Tee, damit er später besser schlafen konnte.

«Wollen wir uns an einen der Tische im Restaurant setzen?», fragte sie.

«Gerne», erwiderte Dylan und folgte ihr mit seinem Essen.

Sie nahmen an dem Ecktisch Platz, saßen einander gegenüber und sprachen zunächst kein Wort. Dylan aß mit großem Appetit, während Savannah in ihrem Tee rührte.

Irgendwann fragte Dylan: «Wie geht es deinem Auge?»

«Es tut schon noch weh, ich werde es aber überleben», sagte sie.

Dylan nickte nur, und sie hatte das Gefühl, die Umstände genauer erklären zu müssen. Nicht dass er noch glaubte, sie hätte einen prügelnden Ehemann.

«Das war eine total dumme Sache. Einer unserer Gäste ist mit seinem Baby auf dem Arm herumgelaufen und hat mich nicht gesehen, als ich angerast kam. Und plötzlich war sein Ellbogen in meinem Gesicht.»

«Autsch. Klingt übel.»

«Wie gesagt …»

«… du wirst es überleben.» Dylan legte seinen Kopf ein wenig schief und lächelte sie an.

«Genau.» Sie spielte mit der Blumendeko, die sich in der Mitte des Tisches befand. Miles' Mutter Moesha band einmal in der Woche diese kleinen Sträußchen in ihrem Blumenladen und brachte sie ins Hotel. In dieser Woche waren es blassrosafarbene Rosen und gelbe Gerbera.

«Darf ich mal etwas Dummes fragen?», hörte sie Dylans Stimme und sah auf.

«Klar.»

«Wieso ist im *Paradise Inn* eigentlich die ganze Nacht über die Rezeption besetzt? Ich war nun schon in etlichen kleinen Hotels und Pensionen, und meistens steht da nur bis abends jemand am Empfang.»

«Ja, das ist tatsächlich häufig so. Und im Grunde könnte ich es hier ebenso halten, da ich gar nicht weit weg wohne und im Notfall schnell herkommen könnte. Doch irgendwie gefällt mir der Gedanke nicht, dass meine Gäste die ganze Nacht allein sind. Normalerweise stehe ich aber auch nachts nicht selbst am Empfang, sondern Miles, er macht hier die Nachtschichten. Aber heute ist er mit seiner Tochter auf einem Schulausflug, und ich habe übernommen.»

«Ah, okay. Ja, ich kann das schon irgendwie verstehen. Wahrscheinlich würde man sich sonst viel zu viele Sorgen machen.»

«Ja, genau, und leider bin ich ein Mensch, der sich ständig Sorgen macht.» Sie lächelte leicht.

Dylan sah sie an. «Hast du denn auch Kinder?»

Sie lachte. «Oh Gott, die wären aber arm dran, oder? Ich

meine, so viel Zeit, wie ich hier im Hotel verbringe.» Dann wurde sie ernst und schüttelte den Kopf. «Nein, leider habe ich bisher keine Kinder. Ich wünsche mir aber welche.»

«Lake Paradise ist bestimmt ein guter Ort, um Kinder großzuziehen.»

«Ja, ist es. Hier gibt es weder Raser noch irgendwelche Gangs, und ich glaube, die einzige Sache, nach der die Leute hier süchtig sind, ist Mais.»

Sie lachten beide.

«Muss schön sein, an solch einem Ort zu wohnen», meinte Dylan. «Ich habe das Gefühl, wirklich jeder hier ist glücklich. Alle laufen mit einem Lächeln im Gesicht herum.»

«Ja … Manchmal trügt der Schein aber auch …»

Dylan musterte sie. Und nickte einfach nur.

«Möchtest du eines Tages Kinder haben?», fragte sie dann, bevor sie drüber nachdenken konnte, ob die Frage angemessen war. «Oh, ich weiß ja gar nicht, ob du vielleicht sogar schon welche hast.»

«Nein, hab ich nicht. Ich könnte mir allerdings gut vorstellen, eines Tages welche zu haben. Zwei Brüder, das wäre mir am liebsten.»

«Das klingt wirklich schön.»

«Ja, finde ich auch.»

Jetzt sah sie ihm länger in die Augen. Und er erwiderte den Blick. Der Moment war fast magisch – und viel zu schnell wieder vorbei, als Savannah die Augen nämlich senkte, um auf ihren Tee zu starren. Sie durfte das Ganze nicht zu weit gehen lassen.

Vorsichtig trank sie einen Schluck, und irgendwann blickte sie wieder auf. Dylan biss gerade in das Brötchen.

Seine Grübchen bewegten sich beim Kauen mit, und sie entdeckte eine kleine Wunde auf seiner rechten Wange, die er sich beim Rasieren geholt haben musste.

«Ich habe dich spielen gehört», sagte sie schließlich, weil sie es nicht länger vor ihm verbergen wollte.

«Oh.» Er schluckte runter. «Tut mir leid, ich wollte bestimmt niemanden stören.»

«Ich glaube nicht, dass du jemanden gestört hast. Es hat sich wunderschön angehört.»

Dylan errötete leicht. «Danke.»

«Was war das für ein Song? Ich kenne ihn gar nicht.» Und das, obwohl er sich nach Country angehört hatte und sie ein großer Fan dieses Musikgenres war.

Er nannte ihr Titel und Interpreten.

«Das werde ich mal googeln und mir sicher runterladen. Es war nämlich wirklich … wunderschön», wiederholte sie, weil ihr einfach kein anderes Wort einfiel, das es besser beschreiben könnte.

«Der Song bedeutet mir sehr viel», gab Dylan preis.

«Ja, das hat man gehört. Ich meine, ich habe jetzt nicht … wollte nicht … Also, ich wollte eigentlich nicht lauschen, weil ich schon gemerkt habe, wie persönlich der Moment war. Wie sehr du aus dem Herzen heraus gesungen hast. Doch ich konnte auch nicht weghören.»

«Ist okay», sagte Dylan. «Früher hätte ich mich über solch ein Kompliment gefreut.»

Zu gerne hätte sie gefragt, warum das heute nicht mehr der Fall war. Weshalb Dylan nicht mehr auftrat – zumindest hatte das auf seiner Website gestanden. Und warum er stattdessen ganz allein durchs Land reiste. Ohne Auto.

Ohne Handy. Es musste doch einen guten Grund dafür geben, oder nicht? Leider hatte das Internet nicht Antwort auf alles.

«Na ja, ich werde dann mal zurück auf mein Zimmer gehen. Ich will dich nicht von der Arbeit abhalten», sagte Dylan.

«Tust du nicht. Da vorne ist doch überhaupt nichts los, die Gäste schlafen alle.» Sie strich sich eine Haarsträhne hinters Ohr. «Ich würde mich sogar freuen, wenn du mir noch ein bisschen länger Gesellschaft leisten würdest. Ich meine, falls du nicht zu müde bist.»

«Ich kann sowieso nicht schlafen», erwiderte er.

«Oh. Ganz allgemein?» Als Dylan nickte, sagte sie: «Das kenne ich. Ich liege auch oft die Nächte wach und grüble vor mich hin.»

«Schlimm, diese stillen Nächte, oder?»

Ganz so still waren ihre Nächte zwar nicht, da Gene, vor allem im betrunkenen Zustand, sehr laut schnarchte, doch sie wusste schon, wie Dylan es meinte.

«Ja. Kaum auszuhalten», stimmte sie zu.

Sie lächelten einander traurig an.

«Dann erzähl mir doch mal, was dir an diesem Ort am meisten gefällt», bat er.

«An Lake Paradise?»

Er nickte.

«Oh, das könnte lange dauern.»

«Ich hab Zeit», sagte Dylan, und Savannah begann zu erzählen.

# 22

Dylan erwachte von Vogelgezwitscher. Er ließ sich Zeit, die Augen zu öffnen, griff dann nach der Armbanduhr seines Großvaters auf dem Nachttisch – und erschrak.

Es war zwei Minuten nach zehn! So lange hatte er ja seit Ewigkeiten nicht mehr geschlafen. Er ahnte, dass er diese wunderbare Nachtruhe nur Savannah zu verdanken hatte, mit der er gestern noch stundenlang in dem leeren Restaurant gesessen hatte. Es hatte sich so verdammt gut angefühlt, bei ihr zu sein und einfach nur ein bisschen zu reden. Über Gott und die Welt, nicht über Ronny, nicht über seine Vergangenheit. Denn obwohl Savannah ja von seiner früheren Musikkarriere wusste, hatte sie das Thema nicht ein einziges Mal erwähnt, und dafür war er ihr dankbar.

Mit einem Lächeln stand er auf, sprang unter die Dusche und zog sich an. Dann holte er ein Paar neue Socken hervor, die er in der Stadtboutique gefunden hatte. Überteuert zwar, doch die Inhaberin des Ladens hatte ihn sehr freundlich behandelt, auch wenn sie natürlich ebenfalls versucht hatte, aus ihm herauszubekommen, woher er stammte.

«Aus dem Osten», hatte er nur geantwortet.

«Ach so.» Und damit gab sie sich zum Glück zufrieden. «Und? Magst du Mais?», wollte sie dann wissen. Natürlich war sie nicht die Erste, die ihn das in Lake Paradise fragte.

«Klar», antwortete er. «Bin ein großer Popcornfan.»

«Oh! Wir haben hier eine Fabrik, die buntes Popcorn herstellt», informierte die Frau ihn. «Beide Supermärkte bieten es an, halte mal die Augen danach auf.»

«Werde ich machen», hatte er gesagt und zwölf Dollar für ein Doppelpack Socken hingeblättert.

Als er jetzt die Treppen runterging, war ihm natürlich klar, dass er Savannah nicht antreffen würde. Denn sie wäre nach der Nachtschicht sicher zu Hause und würde schlafen. Aber als Dylan dann tatsächlich nur diese junge Frau namens Cindy am Empfang entdeckte, machte ihn das fast ein wenig traurig.

Savannah war eine unglaublich tolle Frau. Nur selten hatte er jemanden kennengelernt, der so rücksichtsvoll war, so nett und so schön – von außen wie von innen. Doch auch letzte Nacht hatte er wieder diese Traurigkeit an ihr wahrgenommen. Den Kummer, der ihr ein ständiger Begleiter zu sein schien. Dylan wusste nichts von ihrem Ehemann, doch er hatte insgeheim den Verdacht, dass er ihr nicht das bot, was sie verdiente. Er selbst würde sie ganz anders behandeln. Er würde es zu schätzen wissen, solch eine umwerfende Frau an seiner Seite zu haben.

Er war ein wenig unschlüssig, was er heute machen sollte, denn abreisen wollte er nun doch noch nicht. Also lief er einfach erst mal los ins Zentrum. Mal sehen, was sich ergeben würde. Vielleicht könnte er bei Nolan vorbeischauen und sich etwas zum Frühstücken besorgen, der Cafébesitzer war schließlich der einzige Bekannte, den er in Lake Paradise hatte – neben Savannah.

Heute war es nicht ganz so warm wie die letzten Tage, und während Dylan die Straße entlangspazierte, verdüsterte sich der Himmel. Natürlich musste er dabei gleich wieder an die Beerdigung denken. An jenem Tag war es auch düster gewesen, und die ganze Welt – so schien es ihm – hatte stillgestanden. Seine Mutter war starr vor Schock gewesen und hatte keine Träne vergießen können. Dafür hatte sein Vater – vor Wut und vor Trauer – umso mehr geweint. Seine Tante Ireen wiederum gab Dylan die Schuld an Ronnys Tod und bedachte ihn keines Blickes. Und nach der Beisetzung, als sie sich alle noch im Haus seiner Eltern zu einem Trauerschmaus eingefunden hatten, war seine Mutter auf ihn zugekommen und hatte ihn völlig ausdruckslos gefragt: «Wie hast du es nicht sehen können? Du standest ihm näher als irgendjemand sonst!»

Das war zu viel für ihn gewesen. Noch am selben Tag hatte Dylan seine Sachen gepackt und sich davongemacht.

Er war seiner Mutter nicht böse, es war ihre Weise, mit der Trauer umzugehen. Er verstand sie sogar und seine Tante auch. Die Menschen brauchten jemanden, dem sie die Schuld zuweisen konnten, damit sie diese nicht bei sich selbst suchen mussten. Aber er konnte sich das nicht länger antun – weil er sich doch selbst schon genug Vorwürfe machte.

Als Dylan in den Ort kam, beschloss er, seinen Eltern heute endlich mal wieder eine Postkarte zu schicken. Neulich hatte er welche im Museum gesehen, dort würde er eine besorgen. Und für sich selbst auch gleich eine, denn Lake Paradise war ein Ort, den er ganz bestimmt niemals vergessen wollte. Obwohl er nicht wusste, ob ein simples Souvenir wie eine Postkarte ihm da genügen würde.

Edda begrüßte ihn wieder sehr freundlich, und er suchte sich ein paar Karten aus. Die Museumsleiterin überließ ihm sechs für fünf Dollar. Beim Zahlen bemerkte Dylan, dass er kaum noch Bargeld im Portemonnaie hatte. Also schaute er auch gleich noch in der Bank vorbei und hob ein bisschen was ab. Bei dem Blick auf seinen Kontostand erschrak er ein wenig. Von den fast fünfzigtausend Dollar, die sich am Anfang seiner Reise darauf befunden hatten, waren keine dreitausend mehr übrig. Allein das *Paradise Inn* kostete achtzig Dollar die Nacht, aber er wollte noch nicht auschecken, ganz im Gegenteil. Am liebsten wäre er den Rest seiner Zeit, die gesamten zwei Monate, hiergeblieben.

Bei Nolan traf er auf die Maisprinzessin, die gerade in ein Gespräch mit der älteren Dame vertieft war, die Ava Garland zum Verwechseln ähnlich sah. Sie winkte ihm zu, und er winkte zurück. Dann trat er an den Tresen.

«Na, mein Lieber, wie gefällt es dir im schönen Lake Paradise?», fragte Nolan, der heute eine schwarze Jeans, ein schwarz-gelb gestreiftes Hemd und eine gelbe Fliege trug – und Dylan ein bisschen an eine Biene erinnerte.

«Sehr gut», antwortete er und lächelte. «Wirklich, ein nettes kleines Städtchen.» Wieder sah er zu dem Tisch mit den beiden Frauen.

Nolan folgte seinem Blick. «Tja, das hättest du nicht gedacht, dass du hier auf eine Hollywood-Diva triffst, was?»

Dylan starrte ihn an. «Ist es denn wirklich …?»

«Oh ja, sie ist es. In Lake Paradise geboren und aufgewachsen, und jetzt möchte sie ihren Lebensabend hier verbringen.»

«Wow.» Das war alles, was er sagen konnte.

«Was kann ich dir bringen?», fragte Nolan.

Da er das Frühstück im Hotel verpasst hatte und schon wieder unglaublich hungrig war, sagte er: «Gibst du mir eins von den belegten Baguettes da und einen Kirsch-Muffin?»

«Aber gerne. Und zu trinken?»

«Irgendeinen Früchtetee, bitte.»

«Okay. Setz dich gerne, ich bringe dir gleich alles.»

Dylan nahm am Fenster Platz und sah hinaus. Dort ging wieder der kleine, untersetzte Mann umher und verteilte gelbe Zettel. Als Nolan ihm seine Bestellung brachte, fragte Dylan: «Was verteilt der Typ da eigentlich immer?»

Nolan lachte. «Gedichte. Na ja, wenn man sie so nennen kann. Hier, das ist das heutige.» Er fischte einen der gelben Zettel aus seiner hinteren Hosentasche und legte ihn auf den Tisch. Dylan beugte sich vor, und während er in sein Baguette biss, las er die Zeilen.

*Autos und Karamellpopcorn*
*Am liebsten sitze ich ganz vorn*
*Mädchen in Pyjamas*
*Und Jungs in Lederjacken*
*Vergiss nicht,*
*gute Musik einzupacken*
*Jung und verliebt*
*Schön, dass es das heute gibt*

Dylan runzelte die Stirn. «Ich hab ehrlich keine Ahnung, wovon das handeln soll.»

«Im Autokino wird heute *Grease* gezeigt», klärte Nolan ihn auf.

«Oh, echt? Ihr habt hier ein Autokino?»

«Haben wir. In der Paradise Avenue, in Richtung Osten. Na ja, eigentlich ist es nicht unbedingt ein Autokino, sondern eher ein Freilichtkino. Es kommen auch viele Leute, die einfach auf ihren Decken sitzen und während des Films ein Picknick machen.»

«Ist ja echt cool», sagte er, und plötzlich hatte er richtig Lust auf solch einen Kinoabend. Allein würde der ziemlich erbärmlich sein, aber er wusste genau, wen er gern an seiner Seite hätte. Am liebsten hätte er Nolan ein bisschen über Savannah ausgefragt, denn die beiden schienen sich gut zu kennen. Doch wie würde es rüberkommen, wenn er sich nach einer verheirateten Frau erkundigte? Er ließ es also sein, aß auf und bezahlte.

«Wie lange bleibst du noch in Lake Paradise?», wollte Nolan wissen.

«Kann ich nicht genau sagen. Schon noch eine Weile, denke ich.»

«Sehr schön. Vielleicht hast du ja mal Lust auf einen Karaoke-Abend in der *Tavern*. Das ist immer ziemlich lustig.»

Kurz überlegte Dylan, ob Nolan wohl inzwischen dahintergekommen war, wen er vor sich hatte, da er ihn zum Singen einlud. Doch es sah nicht danach aus, und als Nolan nun lachend meinte: «Ich weiß ja nicht, ob du überhaupt singen kannst», atmete Dylan auf.

«Ein bisschen», antwortete er.

«Na, das reicht doch schon.»

«Ja, vielleicht. Irgendwann mal.»

«Ich nehm dich beim Wort», sagte Nolan und schäumte einen Becher Milch auf.

Dylan verließ das Café und hörte kurz darauf ein Hupen. Ein blauer Wagen fuhr heran, das Fenster wurde runtergelassen, und Savannah winkte ihn zu sich. «Guten Morgen, Dylan, wie geht es dir? Bist du genauso müde wie ich?»

Er trat näher ans Auto und konnte nicht anders, als zu lächeln. «Eigentlich genau das Gegenteil. Ich habe lange nicht mehr so gut geschlafen.»

«Na, das freut mich. Ich will zu *Walmart* fahren. Und ich bringe dir auch deine Kirschmarmelade mit. Hast du sonst noch irgendwelche Wünsche?»

*Walmart?* Er horchte auf. Dort gab es günstige Socken in der Großpackung, oder?

«Würde es dir etwas ausmachen, mich mitzunehmen?»

Kurz sah Savannah aus, als würde sie zögern. Doch dann sagte sie: «Nein, überhaupt nicht. Steig ein.»

Während er auf dem Beifahrersitz Platz nahm, blickte sie sich nervös in der Gegend um, als würde sie etwas Verbotenes tun und wolle nicht erwischt werden, dann fuhr sie los.

Sie würden die nächste Stunde oder länger miteinander verbringen. Dylan freute sich sehr darüber, selbst wenn es nur ein Ausflug zum Discounter war.

# 23

Sie saß neben Dylan im Auto, und es war völlig verrückt, wie schnell ihr Herz schlug. Sie waren doch nur auf dem Weg zum Discounter! Und doch spürte Savannah dieses Band zwischen ihnen, das seit letzter Nacht bestand.

Ob sie es wollte oder nicht, es entwickelte sich etwas zwischen Dylan und ihr, und sie glaubte nicht, dass sie sich dagegen wehren konnte. Denn das Gefühl, endlich gesehen und gehört zu werden, war einfach zu gut, als dass sie es wieder aufgeben wollte.

Ja, Dylan sah sie. Er sah sie, wie sie wirklich war, mit allem, was ihr etwas bedeutete. Und er hörte sie, hörte jedes Wort, das sie von sich gab. Manchmal schien er sogar die Wörter zu hören, die sie nicht aussprach.

Unauffällig blickte sie nach rechts und betrachtete ihn einen Moment, diesen Fremden, der doch keiner war. Und sie wunderte sich, dass sie bisher die Einzige in Lake Paradise zu sein schien, die seine wahre Identität kannte. Denn es hatte sie bisher weder eine der Tratschtanten darauf angesprochen, noch hatte etwas über Dylan und seine Gesangskarriere in der *Paradise Gazette* oder in einem von Buddys Gedichten gestanden. Savannah musste lächeln. Sie mochte die Tatsache, dass sie allein im Bilde war, als wäre es nur ein weiteres kleines Geheimnis, das sie hegten.

«Was brauchst du denn von *Walmart*?», fragte sie, um ein Gespräch zu beginnen.

«Socken. Ganz dringend sogar.» Er grinste verschmitzt, und sie konnte sich gut vorstellen, wie Strümpfe nach so einer langen Reise aussahen. Letzte Nacht hatte er ihr erzählt, dass er bereits zehn Monate unterwegs war und beinahe alle US-Staaten bereist hatte.

«Die wirst du dort sicher zur Genüge finden», sagte sie und lachte.

Er lachte mit. «Ja, das denke ich auch.»

«Ich frage mich ja, wie du überhaupt mit so wenig auskommst. Du hast doch die ganze Zeit nur deinen Rucksack dabei, oder?»

«Man kommt mit sehr wenig aus, wenn man muss. Man gewöhnt sich dran. Und genau das war es ja, was ich wollte. Einfach mal alles hinter mir lassen und ohne Last unterwegs sein.»

«Hört sich perfekt an», sagte sie. «Ohne Last unterwegs sein. Man schleppt ja einiges mit sich herum.»

«Ja, tun wir doch alle, oder?» Er sah sie an, und sie konnte eine Spur von Mitleid in seinem Gesicht erkennen.

«Nun, der eine mehr, der andere weniger.» Sie seufzte.

«Und wie sieht es bei dir aus?», fragte er freiheraus, was sie überraschte. Denn bisher hatten sie private Probleme außen vor gelassen.

«Du meinst, was ich alles auf meinen Schultern mit mir herumschleppe?»

«Ja.»

Sie atmete tief durch. «Das ist schon eine ganze Menge.»

«Hab ich mir gedacht. Man sieht es dir an.»

«Tatsächlich?»

«*Ich* sehe es zumindest. Du wirkst oft traurig.»

«Ich *bin* oft traurig», antwortete sie ehrlich.

«Das tut mir leid.»

«Danke», sagte sie. Mehr brachte sie gerade nicht heraus, weil ihre Kehle wie zugeschnürt war.

Eine Weile schwiegen sie. Dann sagte Dylan, den Blick auf die Straße gerichtet: «Ich bin auch oft traurig.»

Sie schluckte schwer. «Das tut mir auch leid.»

Er lächelte leicht. «Es ist, wie es ist, oder?»

«Ja. Wahrscheinlich. Obwohl wir unser Glück ja selbst in den Händen halten.» Sie musste an das denken, was Sadie ihr gesagt hatte. Dass es nur an ihr allein lag, wie ihr weiteres Leben aussehen würde.

«Nicht immer», erwiderte Dylan jedoch. «Manchmal ist es zu spät, um noch etwas zu ändern.»

Savannah nickte. Ja, manchmal war es das wohl.

Sie fuhren schweigend weiter. Doch die Stille zwischen ihnen war wie sonst auch nicht unangenehm.

Kurz darauf fielen die ersten Regentropfen, und als sie bei *Walmart* auf den Parkplatz fuhren, goss es bereits in Strömen.

«Oje. Sollen wir im Auto sitzen bleiben, bis der Regen nachgelassen hat?», fragte Dylan.

«Das Problem ist, dass ich bald im Hotel sein muss. Also, mir macht Regen nichts aus … Komm, lass uns rennen.»

«Na gut», sagte Dylan und legte eine Hand an den Türgriff.

Gleichzeitig öffneten sie ihre Türen und ließen sie schwungvoll wieder zufallen, nachdem sie ausgestiegen waren. Dann liefen sie los.

Lachend und durchnässt kamen sie am Eingang des riesigen Supermarkts an, retteten sich hinein und wischten sich den Regen aus dem Gesicht. Savannah war froh, dass sie, außer dem bisschen Make-up, mit dem sie ihr blaues Auge abgedeckt hatte, keine Schminke trug. Sie sah zu Dylan, der sie anstrahlte, und es lag eine prickelnde Spannung in der Luft, die sie im Innersten aufwühlte.

Sie riss sich los, holte einen Einkaufswagen und fuhr sich über das nasse Haar. Band es mit einem Gummi zusammen. Und sah wieder zu Dylan. Noch immer schaute er sie auf diese gewisse Weise an, und sie wünschte sich, er würde damit aufhören.

Gleichzeitig wünschte sie, er würde es niemals tun.

«Sollen wir zuerst zu den Socken?», fragte sie.

«Ich richte mich nach dir», sagte er.

«Okay. Dann lass uns zuerst zur Marmelade. Such dir am besten deine Lieblingssorte aus.»

Sie schob den Wagen durch die Lebensmittelabteilung hin zu dem Regal mit den Brotaufstrichen. Während Dylan nach Kirschmarmelade suchte, nahm Savannah auch noch ein Glas Nutella und eine Mandelcreme mit. Für zu Hause. Anschließend holte sie die Liste mit all den Dingen heraus, die sie im Hotel brauchten. Alice hatte einiges aufgeschrieben, am Abend wollte sie zum Beispiel Petersiliencremesuppe zubereiten. Dafür brauchten sie frische Blattpetersilie und einen Liter Sahne.

Im Nu war der Einkaufswagen voll. Zum Schluss begaben sie sich noch zur Bekleidungsabteilung, wo Dylan nach einem Zehnerpack Sportsocken und einem Doppelpack T-Shirts griff. An der Kasse bezahlte er diese zusammen mit seinen restlichen Sachen – einer Tüte Erdnüsse, Müsliriegeln und Bananen. Dann half er Savannah beim Einpacken ihrer Einkäufe.

«Das ist aber lieb von dir», sagte sie und lächelte ihn an.

«Ich bin ja auch ein lieber Kerl, wusstest du das nicht?», fragte er grinsend.

«Doch, natürlich. Ich bemerke es sofort, wenn ich einen von den Guten vor mir habe.»

Wieder sahen sie einander einen Moment zu lang an, und Savannah blickte schnell weg und lud ihre Tüten in den Einkaufswagen.

Als sie nach draußen traten, hatte es zum Glück aufgehört zu regnen, und die Sonne zeigte sich sogar.

Fast war Savannah ein wenig traurig, dass sie schon zurückmussten. Viel lieber hätte sie den Tag mit Dylan verbracht. Und sie sah ihm an, dass es ihm ganz genauso ging.

Zurück im Hotel, begab Dylan sich auf sein Zimmer, und Savannah brachte die Einkäufe in die Küche. Auf dem Weg zur Rezeption traf sie auf das Ehepaar Boysenberry. Die beiden wollten sich gerade auf zur Bimmelbahn machen, um zum Mittagessen in den Ort zu fahren. Die Bahn hielt ja direkt vorm Hotel, und seit der Bürgermeister die neuen Fahrzeiten eingeführt hatte, fuhr sie jetzt quasi nonstop vom Stadtplatz bis zum See und wieder zurück. Man kam also sehr gut von A nach B.

Savannah gab ihnen einen Tipp. «Ich empfehle Ihnen

*Jamie's Food Paradise.* Dort gibt es diese Woche leckeres deutsches Essen.» Jamie bot jede Woche eine andere internationale Spezialität an, und diese Woche war es Maischolle an Spargel und Kartoffeln mit einer Zitronen-Weißwein-Sauce. Savannah hatte selbst am Montag nach dem Streit mit Gene noch zwei Portionen geholt, weil sie einfach nicht mehr die Kraft gehabt hatte, zu kochen.

«Deutsches Essen?», fragte Mr. Boysenberry, ein groß gewachsener Mann mit schlohweißem Haar. «Etwa Sauerkraut?»

Oh, dieser typische Witz über die Deutschen. Wie oft Savannah den schon hatte hören müssen, gerade weil sie ja selbst deutsche Vorfahren hatte.

Doch sie lachte mit Mr. Boysenberry. «Nein, kein Sauerkraut. Stattdessen köstliche Maischolle mit Spargel.»

«Oh, das klingt aber wirklich köstlich», meldete sich Mrs. Boysenberry zu Wort. «Ich bin eine große Fischliebhaberin.»

«Ja, wir haben sogar bei unserem ersten Date welchen gegessen», erzählte ihr Mann.

Die alte Dame nickte. «Das ist über fünfzig Jahre her.»

«Wow!», erwiderte Savannah beeindruckt.

«Nur drei Monate später haben wir geheiratet», fügte Mr. Boysenberry strahlend hinzu. «Und nun raten Sie mal, wohin es auf Hochzeitsreise ging!»

«Nicht etwa …?» Savannah machte große Augen. «Haben Sie Ihre Flitterwochen tatsächlich in Lake Paradise verbracht?»

«Haargenau!»

«Das ist ja wundervoll.» Wie sehr Savannah sich für die

beiden freute! Dass sie nach fünfzig Jahren noch immer zusammen waren und einen erneuten Urlaub an diesem Ort verbringen konnten, war wirklich sehr berührend. «Ich gratuliere herzlich zur goldenen Hochzeit!»

«Vielen Dank», sagte Mrs. Boysenberry, die beinahe zwei Köpfe kleiner war als ihr Mann. Doch die beiden sahen so perfekt zusammen aus, als wären sie füreinander gemacht. Als würde einfach alles stimmen.

«Der Jubiläumstag ist morgen», gab Mr. Boysenberry preis.

Savannah lächelte und nahm sich vor, den beiden irgendeine schöne Überraschung zu bereiten. «Dann sind Sie morgen natürlich zum Frühstück eingeladen», sagte sie.

«Wie nett. Vielen Dank!» Mrs. Boysenberry lächelte verzückt und nahm die Hand ihres Mannes.

Savannah sah dem zuckersüßen Paar nach, wie es davonging. Dabei wurde der Kloß in ihrem Hals immer größer, weil sie die beiden so sehr um ihr Glück beneidete und sich verzweifelt auch eine solche Liebe wünschte. Aber auch, weil sie ein unglaublich schlechtes Gewissen plagte, da sie sich in Dylans Nähe so glücklich und unbeschwert gefühlt hatte.

Das war doch nicht richtig!

Das war fast schon wie Betrug!

Sie holte ihr Handy hervor und rief Gene an.

«Was gibt's?», fragte er.

«Du hast dir doch neulich gewünscht, dass ich mal wieder was Leckeres für uns koche. Was hältst du von einem romantischen Date heute Abend? Ich bereite dir dein Lieblingsessen zu.»

«Bin dabei», erwiderte Gene. «Wann kommst du nach Hause?»

«Ich versuche, ein bisschen früher Schluss zu machen, und denke, spätestens um acht sollte ich da sein.»

«Okey-dokey.»

«Dann bis später. Ich freu mich», sagte sie.

«Bringst du bitte auch Bier mit?», bat Gene.

«Das kann ich machen.» Sie musste ja sowieso noch mal in den Supermarkt, um die Zutaten zu besorgen, die sie für eine Lasagne brauchen würde.

Zufrieden beendete sie das Gespräch und bat Alice, als diese um kurz vor vier zurück ins Hotel kam, darum, heute schon früher gehen zu können.

«Das sollte kein Problem sein. Ich bin da, und um neun kommt Miles, richtig?»

«Genau.»

«Dann geh doch ruhig schon um sieben und stell das Schild auf. Wenn die Gäste etwas brauchen, können sie ins Restaurant kommen.»

«Das mache ich. Danke, Alice.»

«Du hast dir einen schönen Abend mehr als verdient.»

Ja, das fand sie auch. Und sie hoffte so sehr, dass es wirklich auch ein schöner Abend werden würde.

# 24

Um Punkt sieben stellte Savannah das Schild mit dem Hinweis für die Gäste auf und machte Feierabend. Sie fuhr ins Zentrum, parkte am Stadtplatz und ging zu Howie in den Supermarkt, wo sie durch die Gänge streifte.

Howie unterhielt sich gerade mit seiner Mutter, während sie die Regale auffüllte. Judith Miller half oft im Geschäft aus, und es schien ihr stets Freude zu bereiten, vor allem bekam sie so eine Menge mit, das sie weitertratschen konnte. Gerade stellte sie Cornflakes-Packungen in das Regal.

«Hallo, ihr beiden, wie geht es euch?», erkundigte sich Savannah.

«Bestens», antwortete Howie.

«Sehr gut», sagte seine Mutter. «Und dir, Liebes?»

«Mir geht es auch gut. Hast du eine neue Frisur, Judith? Sieht ja toll aus.»

«Oh ja, danke. Ich war bei May Truman, sie frisiert jetzt von zu Hause aus.»

May und Jonah Truman hatten im letzten Jahr ein Baby bekommen, woraufhin May im Friseursalon aufgehört hatte. Dass sie jetzt von zu Hause aus frisierte, hatte Savannah noch nicht gewusst.

«Ich möchte Gene heute Abend sein Lieblingsessen kochen, und zwar Lasagne», sagte sie. «Leider finde ich gar keine Lasagnenudeln. Sind die euch ausgegangen?»

Howies Lächeln verschwand. «Es gab da Schwierigkeiten mit dem Lieferanten. Ich muss dich wohl oder übel zu Rupert rüberschicken.»

Savannah ahnte, wie schwer es Howie fiel, ihr das zu sagen, da Rupert ja sein größter Konkurrent war und die beiden sich aus tiefstem Herzen hassten.

«Oh. Na gut.»

«Die restlichen Zutaten für deine Lasagne darfst du aber gerne bei mir kaufen», sagte er.

Weil Savannah tatsächlich nicht mit leeren Händen wieder gehen wollte, kaufte sie eine große Flasche passierte Tomaten und eine Packung geriebenen Käse. Den Rest würde sie bei Rupert einkaufen, das schien ihr nur gerecht. Als sie bezahlt hatte, ging sie über den Platz zum zweiten Supermarkt in Lake Paradise.

Rupert stand in seiner Tür und bedachte sie mit einem verärgerten Blick. «Du warst also bei Howie, hm?», fragte er.

«Ja. Aber ihm sind die Lasagnenudeln ausgegangen. Hast du welche da?»

Ruperts Lippen verzogen sich zu einem gehässigen Grinsen. «Ach, so ist das. Ja, *Lasagneblätter*, wie sie richtig heißen, habe ich da. Brauchst du welche?», fragte er extra noch mal nach – unnötigerweise.

«Ja, tue ich. Und ich hab es leider auch ein bisschen eilig, also …»

Sie betrat den Laden, nahm eine Packung Lasagnenudeln – wie sie die Dinger auch weiterhin nennen würde –

aus dem Fach und besorgte dazu noch ein Pfund Hackfleisch, ein paar Karotten und Zwiebeln und ein Sixpack Bier. Schnell ging sie alles bezahlen und machte sich auf nach Hause, da es ja eine ganze Weile brauchte, eine Lasagne zuzubereiten. Sie musste immerhin für fünfundvierzig Minuten in den Ofen.

Gene war noch nicht da. Aber es war ja auch noch nicht acht Uhr, und vor neun würden sie sowieso nicht essen. Savannah machte sich also daran, die Lasagne zu zaubern. Natürlich gab sie am Ende die ganze Tüte Käse darüber, weil Gene es so am liebsten mochte. Dann schob sie die Auflaufform in den Ofen und nutzte die Zeit, um den Tisch zu decken – mit einer hübschen Tischdecke, dem guten Geschirr, das ihre Eltern ihnen zur Hochzeit geschenkt hatten, und Kerzen. Sie zog sich um und entschied sich dabei für das kleine Schwarze, das Gene früher so sexy an ihr gefunden hatte. Schließlich setzte sie sich in die Küche und wartete.

Eine Stunde später wartete sie noch immer.

Die Lasagne war längst aus dem Ofen, der Rotwein in seinen Gläsern – und Savannah war zum Heulen zumute. Sie versuchte, Gene zu erreichen, doch er ging nicht ans Telefon. Also rief sie Helena an und erzählte ihr schluchzend von ihrem schrecklichen Abend.

«Gib ihm noch eine halbe Stunde. Vielleicht ist irgendwas passiert, und er meldet sich demnächst», riet ihre beste Freundin ihr.

«Ich glaube nicht, dass irgendwas passiert ist. Bestimmt ist ihm unser gemeinsamer Abend einfach nur egal, genau wie alles andere.»

«Ach, Süße. Nicht verzweifeln, ja? Ich komme am Wochenende nach Lake Paradise, dann können wir in Ruhe über alles reden, ja?»

«Okay. Wann kommst du an?»

«Morgen Abend. Aber dummerweise habe ich schon zugestimmt, mit meiner Mutter und Lexi nach Swan City zu fahren. Dort findet so ein Sushi-Kurs statt, an dem meine Schwester unbedingt teilnehmen will. Ich kann den aber auch absagen, wenn du mich brauchst.»

«Nein, nein, schon gut. Geh nur Sushi machen. Wir sehen uns dann am Samstag.»

«Na gut. Aber melde dich gerne jederzeit, ja? Ich bin für dich da.»

«Danke, Helena. Ich bin so froh, dass es dich gibt.»

Nachdem sie das Gespräch beendet hatten, wartete Savannah weiter. Doch der Appetit war ihr längst vergangen.

Als Gene um zehn noch immer nicht da war, deckte sie den Tisch wieder ab und war drauf und dran, die Lasagne in den Müll zu schmeißen, ließ sie dann aber doch auf dem Küchentresen stehen. Sie ging ins Schlafzimmer, zog sich ihren Kuschelpyjama an und schlüpfte unter die Bettdecke – nachdem sie Genes Sachen ins Wohnzimmer gebracht hatte. Sie wollte heute von ihm nichts mehr hören oder sehen.

Savannah lag noch wach, als Gene um halb zwölf endlich heimkam. Wutentbrannt stapfte sie durchs Haus und auf ihn zu.

«Wo zum Teufel warst du?», fragte sie und wusste zugleich, dass ihr Daddy mit ihr geschimpft hätte, weil sie auf diese Weise fluchte.

«Mit Richie und Danny unterwegs. Warum?»

«Weil wir heute Abend verabredet waren, Gene! Weil ich extra früher von der Arbeit weg bin und mich in die Küche gestellt habe, um dir dein Lieblingsessen zu kochen – darum!»

«Ach, shit, war das heute?»

Sprachlos starrte sie ihn an. Dann trat sie zwei Schritte zurück und wusste plötzlich genau, was zu tun war.

«Ich halte es nicht länger mit dir aus, Gene. Ich werde jetzt meine Sachen packen und ins Hotel ziehen. Und ich werde erst wieder zurückkommen, wenn du dich geändert hast.» Mit schnellen Schritten ging sie ins Schlafzimmer.

«Meinst du das etwa ernst?», fragte Gene, als er sie nur zwei Minuten später, angezogen und mit ihrer Tasche in der Hand, den Flur entlangkommen sah.

«Ich habe nie zuvor etwas so ernst gemeint», sagte sie, öffnete die Tür und schmiss sie so laut hinter sich zu, dass wahrscheinlich die ganze Nachbarschaft es hören konnte. Doch das war ihr in diesem Moment egal, die Leute bekamen doch eh schon immer alles mit, und spätestens morgen würden alle wissen, dass sie ins Hotel gezogen war.

Auch das war ihr egal.

Savannah fuhr raus zum See und fragte sich, wie sie es in ihrer Rage überhaupt schaffte, in der Spur zu bleiben.

Beim *Paradise Inn* angekommen, parkte sie den Wagen und trat ein. Der überraschte Miles starrte sie an und wunderte sich sichtlich, wieso sie mit ihrer Übernachtungstasche dastand und weinte.

«Bitte stell keine Fragen, ja?», schluchzte sie. «Sag mir einfach nur, welches Zimmer noch frei ist.»

«Die Nummer 8», sagte er und reichte ihr den Schlüssel.

«Danke» Sie nahm ihn an sich und ging hoch zu Zimmer 8. Dem Zimmer direkt neben dem von Dylan.

# 25

«Hast du es schon gehört?», fragte Delores ganz aufgeregt, als sie am Freitagmorgen zu Sadie stieß, die bereits seit zehn Minuten im *Paradise Café* saß und bereits viermal von anderen Gästen gefragt worden war, ob sie mehr wusste.

Sie nickte nun und sagte: «Ja. Savannah hat mir eine Nachricht geschrieben und mir mitgeteilt, dass sie bis auf Weiteres ins Hotel gezogen ist.»

«Du meine Güte, dann stimmt es also. Ich kann es kaum glauben.» Delores zog sich die Jacke aus, hängte sie über die Stuhllehne und setzte sich. «Bedeutet das, dass die beiden sich getrennt haben?»

«Erst mal bedeutet es nur, dass Savannah sich und der Beziehung eine kleine Auszeit gönnt, und das hat sie auch bitter nötig, finde ich.»

«Ich finde das Ganze sehr traurig», sagte Delores und schaute betrübt drein.

«Ja, das ist es wahrhaftig.»

Die beiden sahen zur Tür, durch die gerade Murielle eintrat, an der Hand ihre fünfjährige Enkelin Abigail.

«Ist es wahr?», fragte Murielle bekümmert und half Abigail aus ihrer Jacke.

Sadie und Delores nickten im Einklang.

«Leider ja», gab Sadie zur Antwort. «Savannah hat noch in der Nacht ihre Sachen gepackt und ist ins Hotel gezogen.»

«Und Gene?»

«Der hat sie nicht aufgehalten.» Sadie zuckte die Schultern.

«Für wie lange?» Murielle zog ihrer Enkelin einen Stuhl heran. «Hier, Abigail, setz dich ans Fenster.»

Das kleine braunhaarige Mädchen in dem rosafarbenen Kleidchen nahm Platz und starrte ihre Grandma an, die sehr aufgebracht zu sein schien. Dann wanderte ihr Blick zu deren Freundinnen, die nicht weniger aufgeregt wirkten.

«Das kann ich dir leider nicht sagen», meinte Sadie. «Wahrscheinlich entweder so lange, bis sie sich vertragen haben, oder …»

*«Oder …?»*, wiederholte Murielle.

Da trat Nolan an ihren Tisch. «Na, ihr Lieben, wissen wir schon Näheres?» Wie immer hatte er damit gewartet, bis alle drei Damen eingetrudelt waren.

«Nein, leider nicht», sagte Delores.

«Ich bin stolz auf Savannah, dass sie diesen Schritt endlich gewagt hat», sagte er und strich sich über das grüne Hemd, das beim Befüllen der Kaffeemaschine ein paar Tropfen Wasser abbekommen hatte.

«Ja, das bin ich auch», sagte Sadie. Sie fand, dass der Schritt mehr als überfällig gewesen war.

Nolan nickte, dann sagte er: «Wie ich sehe, habt ihr heute einen meiner Lieblingsgäste mit dabei.» Er schenkte Abigail ein Lächeln, die daraufhin sofort loskicherte. «Was darf ich dir denn bringen, Süße? Und natürlich euch anderen?»

«Kakao!», rief Abigail. Dann sah sie ihre Grandma an. «Darf ich, Granny?»

«Aber natürlich. Und was magst du dazu haben?»

«Einen Cupcake!»

«Na, da nehme ich doch gleich auch einen», sagte Murielle. «Und dazu einen Vanille-Macchiato.»

Gedankenverloren betrachtete sie Nolan und fragte sich, warum sie noch immer nicht herausgefunden hatten, in wen er verliebt war. Denn dass es da jemanden gab, war offensichtlich, so wie der Cafébesitzer sich in letzter Zeit herausputzte. Vielleicht war es ja tatsächlich der junge Mann, der im *Paradise Inn* untergekommen war?

«Ich hätte gerne diesen leckeren Orangentee und ein Plunderstück», sagte Sadie.

Delores bestellte einen Milchkaffee und ein Stück Frühstückskuchen, und Nolan ging zurück hinter die Theke, um alles zu holen.

«Wie geht es dir, Abigail?», erkundigte Delores sich, die schon immer ganz vernarrt in die Kleine gewesen war. Sie fand es so schön, dass das Mädchen ihnen heute Gesellschaft leistete.

«Gut», antwortete Abigail und zeigte Delores ihre Plüschgiraffe.

«Die ist ja niedlich.»

Murielle war jedoch gleich wieder beim Thema Savannah. «Haben sie und Gene sich wieder gestritten? Oder wie kam es zu ihrem Entschluss, auszuziehen?»

«Ich weiß leider auch noch nicht mehr als ihr», erzählte Sadie. «Ich will aber nachher mal zum Hotel und sehen, wie es ihr geht. Und sie fragen, ob sie etwas braucht.»

«Ich bin mir sicher, die beiden vertragen sich wieder», sagte Delores. Zumindest hoffte sie es. «Savannahs Auszug wird Gene bestimmt aufwecken.»

«Ja, das können wir nur hoffen», meinte Murielle.

Sadie verzog das Gesicht. Ihre Meinung kannten sie alle.

Nolan brachte ihnen ihre Bestellung, aber plötzlich hielt er inne und sah aus dem Fenster. Buddy verteilte gerade sein heutiges Gedicht.

«Wartet, ich gehe eins holen», sagte Sadie und lief schnell hinaus.

Kurz darauf kam sie mit einem gelben Zettel in der Hand wieder. Doch leider wusste auch Buddy noch nichts zum Thema Savannah und Gene zu berichten. Sein heutiges Gedicht handelte lediglich von Ava Garlands Papagei namens Sinatra, der ein neues Wort gelernt hatte: «Wäscheleine».

«Wir werden uns wohl noch ein bisschen gedulden müssen», sagte Murielle enttäuscht.

«Ja, das werden wir wohl.» Delores nahm einen Bissen von ihrem Frühstückskuchen.

Und die kleine Abigail biss in den Cupcake mit der großzügigen Cremehaube, woraufhin sie einen pinkfarbenen Bart hatte, was Delores zum Lächeln brachte. Wie gern hätte sie auch eine Enkelin. Doch sie gab sich damit zufrieden, dass ihr Neffe Paul bald kommen würde. Noch in diesem Monat, das hatte der Sechsunddreißigjährige, der heute in Lincoln lebte, versprochen. Und darauf baute sie, denn sie wollte ihm endlich die Bimmelbahn und das Maismuseum zeigen – als er zuletzt in Lake Paradise gewesen war, hatte es beides noch nicht gegeben.

«In zwei Wochen findet schon das Fest zum Memorial

Day statt», sagte Sadie, um das Thema zu wechseln. Dieser Feiertag, an dem ursprünglich den gefallenen Soldaten gedacht wurde, hatte längst noch eine andere Bedeutung gewonnen. Das Wochenende, an dem auf dem Stadtplatz und am See groß gefeiert wurde, war nämlich immer auch die Einstimmung auf den Sommer. Die langen Schulferien begannen meist zeitgleich oder höchstens eine oder zwei Wochen später, und so war an diesen beiden Tagen jeder glücklich, ob jung oder alt. Man traute sich endlich wieder in den See, man picknickte auf einer der Wiesen, und man nahm an den vielen Feierlichkeiten teil, die überall im Ort stattfanden.

Feste wurden in Lake Paradise stets groß gefeiert. In jedem Monat fand man einen Anlass für eine Parade, ein großes Spektakel auf dem Stadtplatz oder einen Wettbewerb. Am bedeutendsten war wohl das *Corn Festival* zur Maisernte im September, aber auch jedem anderen Fest wurde entgegengefiebert.

Es wäre doch perfekt, wenn Paul am Memorial-Day-Wochenende herkommen würde, dachte Delores noch, als sie den gut aussehenden Fremden, der nun keinen Bart mehr hatte, den Platz überqueren sah. Und sie fragte sich unwillkürlich, ob er wohl in zwei Wochen noch in Lake Paradise sein würde.

# 26

Dylan war hochgeschreckt aus einem Traum, den er bereits kannte. Nur zu gut kannte. Er handelte von Ronnys letztem Besuch bei ihm.

Er hatte seinem Bruder seine neue Single vorgespielt und ihm von der *Grand Ole Opry* vorgeschwärmt, wo er am folgenden Tag einen Auftritt haben würde. Es war für jeden Countrysänger ein wahr gewordener Traum, einmal in der traditionsreichen Konzerthalle zu spielen, zumal die Auftritte auch noch im Radio sowie Fernsehen übertragen wurden. Als sie beide noch Kinder in Dickson, Nebraska, gewesen waren, hatte keiner von ihnen so richtig daran geglaubt, es je nach Nashville zu schaffen. Doch Dylan war es tatsächlich gelungen. Mit gerade einmal dreißig Jahren durfte er in der *Opry* singen!

Ronny dagegen hatte es nie wirklich schaffen *wollen*, so viel ahnte Dylan mittlerweile. Auch wenn er früher selbst Musik gemacht hatte, war eine große Karriere nie sein Traum gewesen. Stattdessen war er in Dickson hängen geblieben und wohnte mit seinen siebenundzwanzig Jahren noch immer bei ihren Eltern in dem ausgebauten Keller-Apartment. Er jobbte in einem Fast-Food-Restaurant und verbrachte seine Abende allein vor der Glotze. Was er sich vom Leben erhoffte, wusste Dylan nicht, denn Ronny sprach nie viel. Doch sein Bruder freute sich für ihn, das konnte er spüren. Und das tat er auch in dem Moment, als Dylan ihm von der *Grand Ole Opry* erzählte.

«Bist du da durch Missy Lee rangekommen?», fragte er.

«Nein, sie sind auf mich zugekommen. Ist das nicht cool?»

«Sehr cool.» Ronny schenkte ihm ein kleines Lächeln, doch er sah traurig aus. Wie eigentlich immer, auch deshalb fragte Dylan nicht weiter nach.

Am nächsten Tag war der große Auftritt – am darauffolgenden rief seine völlig aufgelöste Mutter an. Sie habe Ronny im Keller gefunden. Sein Bruder habe sich erhängt. Dylan müsse sofort nach Hause kommen.

Und das war das Ende von allem.

Darauf folgten nur noch Anschuldigungen, Tränen und Verzweiflung. Und diese drei begleiteten Dylan eine ganze Weile. Oft zeigten sie sich jetzt noch, kamen wie aus dem Nichts um die Ecke und packten ihn mit voller Wucht. Wie dieser Traum, den er immer wieder träumte. Dieser Traum, der eigentlich keiner war.

An Einschlafen war nicht mehr zu denken, also beschloss Dylan um fünf vor halb sechs, einen langen Spaziergang um den See zu machen und anschließend die Postkarte an seine Eltern einzuwerfen. Er aß einen der Müsliriegel, die er sich gestern bei *Walmart* gekauft hatte, und ging die Treppe runter. Am Empfang stand Miles, der um sechs von Cindy abgelöst werden würde. So langsam kannte Dylan den Ablauf, und er wusste auch, dass Savannah erst um frühestens acht Uhr herkommen würde. Bis dahin würde sie noch zu Hause bei ihrem Mann sein. Gene.

Im Ort wurde viel über die beiden geredet. Sie stritten sehr häufig, hieß es. Lauthals, sodass die ganze Nachbarschaft es hörte. Sogar der Sheriff hätte ein paarmal nach dem Rechten sehen müssen. Der Sheriff war – so viel wusste Dylan bereits – der Sohn von Murielle, der Tratschtante mit der Dauerwelle, die immer im Jogginganzug herumlief, und er war in die junge Frau aus dem Tiersalon verknallt. Die mit den braunen Haaren. Ihre blonde Kollegin war mit einem Typen aus New York liiert, Aaron Highmore. Der wiederum war der Sohn von Vincent Highmore, dem reichsten Mann der Stadt, der nicht nur Immobilien, sondern auch etliche Maisfelder besaß.

Alles hing mit allem zusammen in Lake Paradise.

Inzwischen konnte Dylan verstehen, weshalb der Mais für die Leute hier von so großer Bedeutung war – sie lebten davon. Deshalb war er wahrscheinlich auch schon hundertfünfzig Mal gefragt worden, ob er Mais mochte. Und wäre seine Mom eine Person gewesen, die auf kitschige Sachen stand, dann hätte er ihr vielleicht etwas aus dem *Corn Shop* gekauft, in dem alle erdenklichen Mais-Souvenirs angeboten wurden. Eine Figur aus Maiskörnern zum Beispiel, eine Eule oder einen Affen. Doch nun würde er lediglich die Postkarte in den Briefkasten neben dem Postamt stecken, das noch geschlossen hatte.

Nachdem er gut zweieinhalb Stunden gelaufen war, kam er ins Zentrum und passierte die Seniorengruppe, die wie jeden Morgen Yoga auf der Wiese des Stadtplatzes machte, und er begegnete Buddy, der ihm ein Gedicht in die Hand drückte.

Als er sich dem *Paradise Café* näherte, konnte er schon von Weitem sehen, wie die drei Tratschtanten aus Nolans Fenster starrten und ihn beobachteten.

Diesmal flüchtete er aber nicht. Stattdessen ging er auf das Café zu, betrat es und grüßte freundlich.

«Guten Morgen, die Damen.»

«Guten Morgen», erwiderten sie im Einklang.

«Hey, Dylan. Was gibt es Neues?», fragte Nolan, der hinter der Theke beschäftigt war. Heute stand er ganz allein dort, die Frau, die immer eine Cappy auf dem Kopf trug, musste ihren freien Vormittag haben.

«Nicht viel», antwortete er. «Ich konnte nicht schlafen und hab schon eine Runde um den See gedreht.»

«Oh, dann brauchst du sicher einen starken Kaffee, oder?»

«Gerne. Mit Hafermilch.»

«Na, das weiß ich doch inzwischen.» Nolan lächelte ihm zu und nahm einen großen Becher vom Brett an der Wand.

«Gibst du mir dazu einen Blaubeer-Muffin?», bat er, während Nolan ihm Kaffee einschenkte.

«Den bekommst du, mein Lieber.»

«Und bei dir? Gibt es bei dir was Neues?», fragte Dylan dann, weil er höflich sein wollte.

«Nur der übliche Tratsch. Setz dich gerne zu den vieren dort, die bringen dich auf den neuesten Stand. Falls du Interesse hast.»

Dylan drehte sich kurz zu dem Tratschtrio um, das heute zudem ein kleines Mädchen dabeihatte. Dann zog er eine Grimasse und murmelte: «Danke, ich verzichte.»

Denn er wollte zwar erfahren, ob es irgendetwas Neues über Savannah und Gene gab, aber doch nicht so offensichtlich! Er setzte sich also mit seinem Frühstück an den leeren Zweiertisch direkt daneben und lauschte.

Zuerst erfuhr er nur, dass May jetzt von zu Hause aus frisierte, dass das Kirchendach kaputt war und dass es bei Rupert Erdbeeren im Angebot gab. Dann aber kamen die drei auf Savannah zu sprechen, und er hielt die Luft an, da er Angst hatte, sein Atmen könnte zu laut sein, um alles zu hören.

«Was machen wir denn jetzt wegen Savannah?», fragte Murielle.

«Ja, wir müssen doch irgendwie helfen können», meinte Delores, die ältere Dame mit den weißen Haaren.

Die Namen hatte Dylan schon ziemlich gut drauf und die dazugehörigen Stimmen auch. Er war schon immer ein guter Beobachter gewesen, und in den vergangenen zehn Monaten war er zu einem noch besseren geworden. Ganz allein unterwegs zu sein, brachte das mit sich.

«Ich glaube nicht, dass wir irgendetwas tun können», erwiderte Sadie. «Sie braucht einfach ein bisschen Zeit für sich, um nachzudenken und sich darüber klar zu werden, wie es weitergehen soll. Das kann sie am besten im Hotel tun. Ich finde es richtig, dass sie sich dort einquartiert hat.»

Dylan blieb das Herz fast stehen. Savannah hatte was???

«Aber sie ist deine Nichte!», sagte Murielle, und das hatte Dylan tatsächlich auch noch nicht gewusst. «Du musst ihr doch deine Unterstützung anbieten.»

«Ich bin immer für sie da, wenn sie reden will. Und das weiß Savannah auch.»

«Na dann … Abigail und ich werden uns jetzt aufmachen. Wir wollen uns die Entenküken am See ansehen. Delores, hast du Lust, mitzukommen?»

«Ich muss leider zur Fußpflege», erzählte Delores. «Ich hab da ein Hühnerauge, das ist so groß wie Nebraska. Ich würde es euch zeigen, wenn wir nicht in einem Café sitzen würden.»

Dylan verzog das Gesicht.

«Na, da drücke ich die Daumen, dass Chen Lu etwas für dich tun kann. Sie hat ja jede Menge Naturheilmittel», sagte Sadie.

Sie alle erhoben sich, legten ein bisschen Geld auf den Tisch und verließen nacheinander das Café.

Dylan sah ihnen nach. Und konnte es noch immer kaum glauben. Savannah war von zu Hause ausgezogen und hatte sich im Hotel einquartiert?

Hieß das, dass sie ihren Mann verlassen hatte?

Und bedeutete das, dass sie sich nun noch öfter sehen würden? Immerhin wohnte sie jetzt nur ein paar Meter entfernt von ihm, oder?

Unwillkürlich musste er lächeln.

Das schien auch Nolan zu bemerken, denn er rief ihm lachend zu: «Welche versauten Gedanken hast du denn?»

«Keine *versauten*», antwortete er. «Einfach nur schöne.»

Nolan sah ihn an, als wisse er genau, an was oder besser an wen er dachte. Hatte er mitbekommen, dass das Trio eben noch über Savannahs Hoteleinzug gesprochen hatte?

Im Grunde war es Dylan egal. Er hoffte nur, Nolan würde nicht herumerzählen, dass er auf Savannah stand. Denn sonst würde es das morgige Thema für Buddys Gedicht werden. Das heutige handelte von Ava Garlands Papagei, der jetzt *Wäscheleine* sagen konnte. Dylan hatte keine Ahnung, wozu das gut sein sollte oder wen das interessierte, aber in dieser verrückten Stadt wunderte ihn überhaupt nichts mehr.

Er erhob sich, ging seinen Kaffee und den Muffin bezahlen und wünschte Nolan einen schönen Tag.

«Den wünsche ich dir auch», sagte Nolan und schmunzelte. «Grüß Savannah von mir, wenn du sie siehst.»

Jetzt errötete Dylan doch ein wenig. «Mache ich», sagte er und verschwand, so schnell er konnte.

# 27

Savannah stand an der Rezeption und sah die Boysenberrys auf sich zukommen. Die beiden strahlten sie an und bedankten sich für das wundervolle Frühstück.

«Was für eine nette Idee», sagte Mr. Boysenberry.

«Ich bin auch immer noch ganz gerührt», fügte seine Frau hinzu.

«Das ist doch selbstverständlich, immerhin ist heute Ihr fünfzigster Hochzeitstag. Ich gratuliere noch einmal herzlich.»

«Danke schön, Sie sind zu freundlich.»

Savannah lächelte. Trotz der schlaflosen Nacht hatte sie an die beiden gedacht und ihnen einen besonderen Tisch hergerichtet mit einer roten Tischdecke und Servietten mit vielen Herzen darauf, die noch vom Valentinstag übrig waren. Außerdem gab es Brötchen in Herzform, die Alice extra gebacken hatte, und Savannah hatte herzförmige Luftballons an einem Band an den Tisch geklebt, damit sie nicht davonflogen.

«Ich wünsche Ihnen einen wundervollen Tag. Falls Sie irgendwelche Wünsche haben, scheuen Sie sich nicht, zu mir zu kommen.»

«Oh, danke, aber wir sind wunschlos glücklich», sagte Mrs. Boysenberry. Dann begaben sich die beiden auf ihr Zimmer.

Savannah hatte Tränen in den Augen. Dieses Pärchen war das perfekte Beispiel für eine Ehe, wie sie sein sollte. Ihre Eltern führten auch eine solche. Warum, warum, warum war ihr das nur nicht vergönnt?

Die Nacht war ein Albtraum gewesen. Savannah hatte kaum ein Auge zubekommen, nachdem sie Gene verlassen hatte. Nun, so richtig *verlassen* hatte sie ihn ja eigentlich gar nicht. Zumindest hatte sie die Beziehung nicht endgültig beendet. Doch sie war immerhin ausgezogen, und sie konnte jetzt nur hoffen, dass ihrem Mann endlich klar werden würde, was er an ihr hatte. Und dass er sich änderte. Denn wenn nicht … würde sie nicht zurückkommen. Zimmer 8 war die nächsten Tage frei, und sie konnte es so hinbiegen, dass es das auch blieb.

Als die Frühstückszeit vorbei war und der letzte Gast das Restaurant verlassen hatte, ging sie zu Alice in die Küche.

«Ich habe im Hotel geschlafen», sagte sie.

Ihre Freundin war damit beschäftigt, die schmutzigen Teller in die Spülmaschine zu stellen, und blickte nicht einmal auf. «Ich dachte, Miles ist zurück? Wieso hast du eine Nachtschicht eingelegt?»

«Das habe ich nicht. Ich meinte, ich habe die ganze Nacht hier geschlafen. In einem der Zimmer. Weil ich zu Hause ausgezogen bin.»

Alice fiel vor Schreck ein Teller aus der Hand, und er zersplitterte auf dem Boden. «Du hast Gene endlich verlassen?» Ihre Freundin starrte sie überrascht an.

«Nein, ich habe nur meine Sachen gepackt und bin ausgezogen. Für eine Weile.»

Alice zog die Augenbrauen zusammen. «Aber ist das nicht dasselbe?»

«Nein. Denn ich habe ja nicht Schluss gemacht. Ich gebe uns eine kleine Auszeit – und Gene die Chance, sich zu ändern.»

«Glaubst du denn, er wird sich wirklich ändern?»

«Ich hoffe es zumindest.»

Alice legte ihren Kopf schräg und seufzte. «Aber willst du das denn wirklich?»

«Wie meinst du das?»

«Na, willst du, dass er sich ändert? Willst du wieder zu Hause einziehen und eurer Ehe noch eine Chance geben?»

«Wieso sollte ich das denn nicht wollen?», fragte sie verwirrt.

«Weil es dafür vielleicht schon zu spät ist?»

Savannah schüttelte den Kopf. «Nein. Ich will es wirklich. Ich bin kein Mensch, der so einfach aufgibt, das solltest du wissen.»

«Ja, ich weiß. Ich kenne dich nämlich besser, als du denkst. Und ich glaube ehrlich gesagt, dass du insgeheim schon mit deiner Ehe abgeschlossen hast.» Alice sah sie mit diesem bestimmten Blick an, und Savannah fragte sich, ob sie etwas von ihren Gefühlen für Dylan wusste. Hatte ihre Freundin sie zusammen gesehen? Oder hatte sie in ihren Augen dasselbe entdeckt wie Savannah selbst, wenn sie in den letzten Tagen in den Spiegel geguckt hatte? Da war nämlich endlich wieder ein Funkeln zu erkennen, eins, das ihr vor langer Zeit abhandengekommen war.

«Na, warten wir mal ab, was die nächsten Tage bringen», sagte sie. «Cindy macht gerade die Zimmer. Wenn sie zurück am Empfang ist, gehe ich mal kurz los und gieße Gregorys Blumen, okay?»

«Ja, klar. Ein Spaziergang um den See wird dir guttun. Du musst jetzt deine Gedanken sortieren.»

«Ja, das muss ich wohl», stimmte sie zu. Denn noch immer musste sie viel zu oft an Dylan denken. Sie hatte ihn heute noch nicht gesehen, doch zu wissen, dass er direkt im Zimmer nebenan geschlafen hatte, war merkwürdig gewesen. Und ein paarmal hatte sie sich vorgestellt, er würde an ihre Tür klopfen und sie fragen, ob er hereinkommen dürfe.

Die Gefühle, die allein diese Vorstellung bei ihr ausgelöst hatten, waren überwältigend gewesen. Und Savannah hatte sich dafür geschämt, denn sie war schließlich noch immer eine verheiratete Frau, eine gottesfürchtige noch dazu. Mitten in der Nacht hatte sie dann auf ihrem Handy ganz leise Musik von Lauren Daigle angemacht, einer christlichen Sängerin, die sie immer schon gern gehört hatte.

Früher einmal hatte Savannah auch selbst gesungen, im Kirchenchor. Das war, bevor sie wegen des Hotels keine Zeit mehr gehabt hatte, an den Chorproben teilzunehmen.

Irgendwann war sie schließlich für eine oder auch zwei Stunden weggeschlummert, doch natürlich hatte das nicht gereicht, um heute ein munterer und fröhlicher Mensch zu sein, und Savannah wusste auch gar nicht, wann sie überhaupt wieder fröhlich sein würde. Im Moment war sie einfach zu durcheinander, es war zu viel passiert. Aber Alice hatte recht, ein Spaziergang am See würde genau das Richtige sein, um einen klaren Kopf zu bekommen.

Um kurz vor eins spazierte Savannah los. Sie ging bewusst langsam. Cindy würde noch bis um drei da sein, sie hatte also genügend Zeit. Einen Moment lang überlegte sie, ihr Handy hervorzuholen und Helena von ihrem Auszug zu erzählen, doch dann würde ihre Freundin sicher sofort ihren Sushi-Kurs absagen, und Savannah ahnte ja, wie sehr Helenas Schwester Lexi sich schon darauf freute. Denn Lexi war wohl mit dem größten Sushi-Liebhaber überhaupt zusammen und hatte den Kurs wahrscheinlich nur belegt, um ihrem Aaron endlich selbst welches zaubern zu können. Savannah wollte den Schwestern die gemeinsame Zeit nicht verderben. Also schritt sie voran und ließ das Handy in der Tasche.

Nach nicht einmal zweihundert Metern entdeckte sie Dylan, und zwar wieder an jenem Baum, wo sie neulich neben ihm gesessen hatte. Er schrieb in sein Notizheft, und Savannah vermutete, dass es sich um ein Songbook handelte.

Sie wollte ihn nicht stören, doch er schien ihre Anwesenheit zu spüren, blickte auf und lächelte. Sie winkte, und er erhob sich und kam auf sie zu.

«Hallo», sagte er. «Wie geht es dir?»

Seinem besorgten Blick entnahm sie, dass er bereits irgendwo von ihrem Einzug ins Hotel gehört hatte.

«Es geht so. Ich will gerade zum Haus meines Bekannten auf der Ostseite des Sees gehen. Er ist verreist, und ich gieße seine Blumen.»

«Darf ich dich ein Stück begleiten?», fragte Dylan. Und obwohl Savannah wusste, dass es nicht richtig war, nickte sie. Es war doch nur ein Spaziergang, was sollte daran denn so schlimm sein?

«Gerne.»

Dylan lächelte erneut, steckte sich das Heft hinten in den Bund seiner Jeans und ging neben ihr her.

«Hast du da gerade einen Song geschrieben?», fragte sie.

«Ich habe es versucht, ja. Aber es fällt mir nach wie vor ziemlich schwer.»

«Oh, das tut mir leid.»

«Das muss es nicht. Wenn es nicht sein soll, dann ist es so. Irgendwann wird es vielleicht wieder besser klappen.»

«Ja. Manchmal hat man so viel anderes im Kopf, dass für die schönen Dinge nichts mehr übrig bleibt.»

«Bei mir ist es ein bisschen was anderes», vertraute Dylan ihr an. «Es ist etwas vorgefallen … Danach ging einfach gar nichts mehr. Ich war nicht mehr derselbe.»

Savannah sah diesen Mann an ihrer Seite an, der doch noch gar nicht so alt war und schon so wirkte, als hätte er viel Kummer hinter sich. Doch sie wusste nicht, was sie sagen sollte. Wie könnte sie ihm denn schon helfen?

«Mein Bruder Ronny ist letztes Jahr gestorben», sagte er, und seine Stimme brach dabei.

«Oh mein Gott, wie traurig. Das tut mir sehr leid.» Sie selbst hatte ja weder Bruder noch Schwester, doch sie wusste von Helena und Lexi, wie innig eine Beziehung zwischen Geschwistern sein konnte. Und sie erinnerte sich an das, was Dylan geantwortet hatte auf ihre Frage, ob er sich Kinder wünsche. Zwei Jungen, hatte er gesagt.

«Danke», krächzte er, und dann sagten sie gar nichts mehr, sondern gingen nur still nebeneinanderher.

Irgendwann erreichten sie Gregorys Haus, und Savannah ließ Dylan mit eintreten. Gregory hatte sicher nichts dagegen. Denn was sollte schon passieren? Er würde weder eine der Orchideen klauen noch das Bild mit den bebrillten Hunden.

«Wow!», sagte er und blickte sich sprachlos um.

Sie lachte. «Ja, diese Einrichtung ist mal was anderes, oder?»

«Das kannst du laut sagen.»

Dylan lachte nun ebenfalls und deutete auf die quietschgelbe Skulptur von zwei rammelnden Ziegen.

«Gregory ist ein wenig … nennen wir es *extravagant*. Ich war noch nie in seinem Haus, bevor er mich gebeten hat, seine Orchideen zu gießen. Und ich glaube, wenn ich gewusst hätte, was mich erwartet, hätte ich seine Bitte abgelehnt. Das ist nämlich schon ein bisschen traumatisierend.» Sie grinste schräg.

Da mussten beide erneut lachen, und Savannah war froh, dass die Stimmung nicht mehr so bedrückt war. Sie ging hoch in den zweiten Stock, wo die Orchideen ihr eigenes Zimmer hatten, und begann, sie zu gießen. Dylan folgte ihr und fragte, ob er irgendwie helfen könne.

«Du kannst die Gießkanne wieder mit Wasser auffüllen, wenn du magst.» Sie reichte ihm die leere Kanne.

«Klar. Vom Wasserhahn?»

«Ähm. Nein, da müsstest du raus zur Regentonne. Das Regenwasser ist weicher und besser für die Pflanzen.»

«Oh. Okay.» Dylan zuckte die Achseln und ging die Treppen runter. Währenddessen versuchte Savannah, ruhig durchzuatmen.

Wieso war denn mit diesem Mann alles so verdammt aufregend? Ein spätes Abendessen im einsamen Hotelrestaurant, ein Supermarktbesuch, ein Spaziergang am See, das Blumengießen bei Gregory … Und die ganze Zeit lag etwas in der Luft!

Vielleicht war es die Tatsache, dass sie allein waren? Und dass, wenn sie es wollten, jederzeit mehr passieren konnte? So wie hier in Gregorys Haus. Niemand weit und breit, nur Savannah und Dylan. Sie könnten sich hier die Kleider vom Leib reißen, und niemand würde je davon erfahren.

Natürlich würde Savannah das niemals tun. Sie war verheiratet. Doch allein der Gedanke …

Dylan kam zurück und stellte die Gießkanne ab. Dann sah er ihr dabei zu, wie sie die Blätter der Blumen besprühte.

«Was ist in der Sprühflasche drin?», fragte er.

«Ich habe keinen blassen Schimmer», erwiderte sie und lachte nervös. Dann fing sie Dylans Blick auf, der wieder so stechend war. Auf eine angenehme Weise intensiv. Er sah sie an, als würde er sie begehren, und das hatte Savannah schon sehr lange nicht mehr erfahren.

«Bitte hör auf», sagte sie schließlich, weil sie sonst für nichts garantieren konnte.

«Womit denn?» Dylan schien verwirrt.

«Na, mich so anzusehen.» Ihr Blick war starr auf die Blumen gerichtet.

«Oh, tut mir leid, ich wollte nicht …»

«Ich bin verheiratet, Dylan», erinnerte sie ihn.

«Ja, das weiß ich. Ich wollte wirklich nicht … dass du dich unwohl fühlst in meiner Nähe.»

«Tue ich nicht. Ganz im Gegenteil. Und das ist ja das Problem.» Endlich wagte sie es, ihn anzusehen.

Ein kleines Lächeln erschien auf seinen Lippen, doch er verbarg es gleich wieder.

«Ich kann das nicht», sagte sie. «Es tut mir leid.»

Er nickte. «Schon okay. Ich verstehe.» Und trotz seiner Worte kam er einen Schritt auf sie zu und nahm ihre Hand.

Obwohl sie wusste, dass sie sich ihm sofort entziehen sollte, ließ sie ihn gewähren. Ein paar Sekunden lang. Bis er noch ein bisschen näher kam und sein Gesicht ganz dicht an ihrem war. Sie waren sich so unglaublich nah, und dieses zunehmende Kribbeln war eigentlich viel zu schön, um es aufzuhalten. Doch sie durfte es einfach nicht zulassen. Und bevor ihre Lippen sich trafen und ihre Körper miteinander verschmolzen, machte Savannah einen Cut.

Sie trat einen Schritt zurück und zog ihre Hand weg.

Dylan schüttelte den Kopf. «Entschuldige. Ehrlich. Ich weiß selbst nicht genau, was hier mit mir passiert.»

Da ging es ihm wie ihr. Denn sie wusste es auch nicht.

«Wir sollten gehen», sagte sie, und wenige Minuten später verließen sie das Haus.

Ob sie nun alle Orchideen gegossen und besprüht hatte, vermochte Savannah nicht genau zu sagen, aber ihr klarer Verstand schien ihr ja sowieso abhandengekommen zu sein.

Draußen sagte Dylan: «Ich hab da vorne einen Baum entdeckt, an dem es sich sicher gut schreiben lässt.»

«Ja, bestimmt.» Savannah war froh, dass er nicht mit ihr zurückspazieren wollte, und sie wusste, er hatte es ihr zuliebe so entschieden. «Okay. Wir sehen uns sicher später im Hotel.»

Dylan nickte und ging den Weg entlang.

Savannah sah ihm nach, und in genau diesem Moment

wünschte sie, sie wäre nicht mehr verheiratet, sondern frei, das zu tun, was immer sie tun wollte.

Sie lief los, in die andere Richtung. Doch nur fünf Häuser weiter blieb sie plötzlich stehen und starrte verwirrt auf zwei Männer, die mit ein wenig Abstand aus einer Eingangstür herauskamen. Es waren Nolan und Jamie, dessen Onkel dieses Haus gehörte.

Du heiliger Maiskolben! Hatten die beiden etwa was am Laufen?

Nolan entdeckte sie, wie sie dastand und starrte, und er eilte schnell davon. Jamie tat so, als wäre nichts geschehen, grüßte kurz und spazierte an Savannah vorbei. Doch sie konnte ihm ansehen, dass es ihm genauso ging wie ihr selbst. Er fühlte sich schuldig. Und im Gegensatz zu ihr hatte er anscheinend allen Grund dazu.

# 28

Den ganzen Nachmittag saß Dylan am See, an einen Baum gelehnt, und schrieb an einem Song. Allerdings schrieb er keinen über Ronny oder über den Schmerz, den dessen Verlust bei ihm hinterlassen hatte, sondern einen über Savannah. Und als er fertig war, schrieb er einen zweiten und dann einen dritten. Die Worte flossen nur so aus dem Stift heraus, aus ihm heraus, und er konnte gar nicht mehr aufhören, Savannah zu beschreiben, seine Gefühle für sie und das, was zwischen ihnen war.

Denn da war etwas, jetzt wusste er es genau. Warum sonst hätte sie ihm gesagt, er solle sie nicht so ansehen. Und dann hatte sie ihn dennoch ihre Hand halten lassen.

Noch immer konnte er nicht genau sagen, was ihn geritten hatte, danach zu greifen, doch er hatte es einfach tun müssen. Und wäre Savannah nicht verheiratet, dann wäre es sicher zu einem Kuss gekommen. Aber er verstand sie. Zudem wollte er ja auch keine Ehe zerstören. Andererseits war sie von zu Hause ausgezogen, oder?

Warum hatte er sie nicht einfach danach gefragt?

Seine Gedanken spielten verrückt, sein Kopf war wirr, aber zum ersten Mal seit über zehn Monaten waren da nicht immer nur Ronny und Dylans Schuld, sondern endlich auch etwas anderes. *Jemand* anderes. Savannah. Wundervolle Savannah.

Und so nannte er auch den ersten Song. *Wonderful Savannah.* Er hoffte, ihn ihr irgendwann vorspielen zu dürfen.

*Wonderful, so wonderful*
*Savannah*
*You stole my heart*
*Right from the start*
*Savannah*
*Wanna break the ban*
*Wanna be your man*
*Savannah*
*Oooooh, Savannah*

Als er gegen sechs zurück ins Hotel kam, stand sie am Empfang. Er war sich nicht sicher, wie er ihr begegnen sollte. Ob nun alles zwischen ihnen kaputt war, bevor es überhaupt begonnen hatte? Doch sie lächelte ihn an.

«Hast du noch ein wenig schreiben können?», fragte sie.

Er lächelte zurück. «Ja, habe ich.»

«Das freut mich.» Und dann fügte sie noch hinzu: «Alice hat heute ein köstliches Spargelrisotto zubereitet, wenn du magst ...»

«Oh. Ja, vielleicht.»

Er war ein wenig irritiert. Hier stand Savannah und redete über Songwriting und Spargelrisotto, als wäre überhaupt nichts geschehen. Und er fragte sich, ob er sich das Ganze vielleicht nur eingebildet hatte. War er an seinem

Baum eingenickt und hatte alles nur geträumt? Allerdings hatte er am Mittag ja noch an einem ganz anderen Baum gesessen. Also, bevor Savannah an ihm vorbeigekommen war und bevor sie zusammen in dieses irre Haus mit dem Zimmer voller Blumen und den durchgeknallten Bildern und Statuen gegangen waren. Ja, es war real gewesen, mehr als alles sonst.

«Wenn du magst, leiste ich dir Gesellschaft», sagte sie da, und er staunte nicht schlecht.

«Ich würde mich darüber freuen.»

«Na gut. Komm einfach runter, wenn du bereit bist, dann gehen wir gemeinsam rüber zum Essen.»

Er nickte und strahlte, strahlte und nickte. Dann ging er hoch und durchwühlte seine Sachen, auf der Suche nach etwas zum Anziehen, das noch nicht ganz so alt und abgetragen war. Natürlich fand er nichts Passendes, und er nahm sich vor, gleich am Wochenende shoppen zu gehen. Vielleicht konnte er mit dem Bus in die nächstgrößere Stadt fahren. Er würde Nolan nach ein paar Tipps fragen, der kannte sich bestimmt aus.

Fürs Erste aber mussten seine Jeans und das einzige Hemd herhalten, das er dabeihatte. Es war hellblau, und er besaß es schon ewig. Es hatte einen kleinen Senffleck, der von einem Hotdog in Monterey stammte und einfach nicht rausgehen wollte, doch daran ließ sich jetzt nichts ändern.

Aber wie froh Dylan war, dass er sich den Bart abrasiert hatte! Und er beschloss in diesem Moment, sich auch noch das Haar ein wenig zu schneiden, nur dummerweise war seine Schere dafür zu stumpf. Also band er sich seine viel zu lange Mähne mit einem Gummiband zu einem Zopf und sah in den Spiegel. Na ja, er hatte schon mal besser ausgesehen, aber es würde gehen.

Ihm fiel wieder das Lächeln auf, das er einfach nicht mehr abstellen konnte. Und allein dafür war er Savannah schon dankbar. Wie auch immer es von hier aus weitergehen sollte, er konnte wieder aus dem Herzen heraus lächeln – niemals hätte er gedacht, dass er dazu überhaupt noch fähig war.

Sie aßen zusammen Spargelrisotto – Savannahs Leibspeise, wie sie ihm erzählte – und saßen auch noch am Tisch, nachdem das Restaurant bereits für die Gäste geschlossen hatte. Alice, die Köchin, wünschte ihnen weiterhin einen schönen Abend und lächelte ihnen beim Abschied zu. Unwillkürlich fragte er sich, ob sie das Spargelrisotto wohl extra wegen Savannah zubereitet hatte, um sie nach dem Auszug von zu Hause ein wenig aufzuheitern. *Soul Food,* das nicht nur den Magen, sondern auch das Herz erwärmte.

«Weißt du schon, wie lange du noch bleiben willst?», erkundigte Savannah sich irgendwann.

«Nein. Ich meine, ich denke schon, dass ich noch eine Weile bleiben werde. Ich mag Lake Paradise und …» Er blickte ihr tief in die Augen, weil er einfach nicht anders konnte. «Es gefällt mir hier im Hotel auch ziemlich gut.»

Savannah errötete ein wenig, sah weg und räusperte sich dann. «Wenn das so ist, könnten wir einen Wochentarif ausmachen, wenn du magst.»

«Oh, das wäre super», sagte er, da ihm ja langsam wirklich das Geld ausging. Er wusste nicht einmal, wovon er, zurück in Nashville, leben sollte. Wahrscheinlich würde er ein paar seiner Sachen verkaufen. Dylan nahm an, dass Simon für die Miete seiner Wohnung aufgekommen war. Vielleicht hatte er sie aber auch längst in seinem Namen aufgelöst und die Möbel und alles andere eingelagert.

Er hatte seinen Manager seit Monaten nicht angerufen. Und Simon hatte ihn natürlich nicht erreichen können, da er ja nie wusste, wo Dylan sich gerade aufhielt. Vielleicht hatte er ihm eine E-Mail geschickt, Dylan hatte seinen Posteingang seit Wochen nicht gecheckt. Und an Simon oder an Nashville wollte er gerade auch gar nicht denken.

Vielmehr lag ihm etwas ganz anderes auf dem Herzen.

«Es tut mir leid, wenn ich vorhin zu weit gegangen bin», sprach er endlich das Thema an, das schon die ganze Zeit in der Luft lag.

Savannah sah ihm direkt in die Augen. «Ich hab doch gesagt, das muss es nicht.»

«Das stimmt. Und ich weiß ja, dass du verheiratet bist. Bitte mach dir also keine Sorgen», sagte er.

«Mache ich nicht», erwiderte sie.

«Okay, dann ist ja gut.»

Sie lächelten einander an.

Und diesmal bewegte sie ihre Hand auf seine zu …

# 29

Samstag war Markttag in Lake Paradise. Doch bevor Murielle, Sadie und Delores ihre Besorgungen machten, trafen sie sich auch an diesem Morgen im *Paradise Café* – denn heute gab es jede Menge neuen Tratsch zu besprechen.

«Ich habe gehört, dass der *Corn Shop* schließt!», erzählte Sadie ganz aufgeregt und hoffte, ihre Freundinnen wussten noch nichts davon.

«Tatsache?» Murielle sah sie mit großen Augen an. «Wo hast du das gehört?»

«Lydia hat es mir erzählt.» Lydia Doyle war die Frau des Bürgermeisters und arbeitete als Sekretärin und Schatzmeisterin im Rathaus.

«Na, wenn jemand so etwas weiß, dann Lydia», sagte Murielle. «Sie sitzt ja an der Quelle.»

«Wie schade», meinte Delores. «Der *Corn Shop* war doch immer ein netter Anlaufpunkt für die Touristen.» Sie dachte an all die hübschen Dinge, die man dort kaufen konnte. Von Figuren aus Maiskörnern über Kochbücher mit Mais-Rezepten bis hin zu den verschiedensten Popcornsorten – die alte Lorraine Smith bot alle nur erdenklichen Dinge aus Mais an.

«Welche Touristen?», fragte Sadie.

Auch Murielle war skeptisch. «Von denen wimmelt es bei uns ja nicht gerade, oder?»

«Na, ab und zu verirrt sich aber doch einer her», sagte Delores. «Edda hat erzählt, dass jetzt ein paar mehr Besucher ins Maismuseum kommen. Letzte Woche waren es ganze siebenundzwanzig. Das muss an der Bimmelbahn liegen, die lockt hin und wieder ein paar Touristen her.»

«Na, wenn du meinst. Mich hauen siebenundzwanzig Besucher die Woche nicht unbedingt um», meinte Murielle.

«Und wenn jetzt schon der *Corn Shop* schließt, dann kann es gut sein, dass demnächst auch das Museum zumacht», überlegte Sadie. «Überlegt mal, im letzten Jahr mussten sie schon Lexi entlassen, weil da immer tote Hose war.»

«Das war aber ein Glück für Lexi. Im Tiersalon macht sie sich nämlich sehr gut», fand Murielle. «Ich habe neulich Tinkerbell dorthin gebracht, weil sich Abigails Kaugummi in ihrem Fell verfangen hat. Und Lexi hat es ohne große Mühe wieder herausbekommen.»

«Welche war doch gleich Tinkerbell?», wollte Sadie wissen, da sie bei Murielles Katzen den Überblick verloren hatte.

Ihre Freundin besaß inzwischen neun davon, die überall im Haus herumliefen, und eine war wieder schwanger. Wyatt hatte seiner Mutter auch schon gesagt, dass sie die neuen Kätzchen auf keinen Fall alle behalten konnte. Denn es war eine Sache, ein kleines Kind mit Katzen aufwachsen zu lassen, aber eine ganz andere, wenn man sie unter all den Tieren irgendwann nicht mehr wiederfinden würde.

«Tinkerbell ist die orangefarbene, die ich mit Abigail aus dem Tierheim geholt habe. Sie hat ihr den Namen gegeben.»

«Na, das hab ich mir fast gedacht.» Sadie lachte und fragte dann: «Was gibt es sonst noch Neues?»

«Oh, ich weiß etwas!», rief Delores. «Ihr habt doch gehört, dass das Rathausdach kaputt ist, oder?»

«Ja, das hat der Bürgermeister uns ja bei der letzten Stadtversammlung erzählt. Und dann direkt gefragt, wer eine Idee für eine Spendensammlung hätte.»

«Eine Spendenaktion ist nicht mehr nötig», wusste Delores zu berichten. «Weil Vincent Highmore nämlich alle Kosten übernimmt.»

«Das tut er?», fragte Sadie, und sie war gar nicht mal erstaunt. Denn natürlich hatte sie, wie auch alle anderen, mitbekommen, dass der Mann dabei war, sich zu ändern. Der früher einst so mürrische und egoistische Vincent Highmore schien wie verwandelt, seit er sich mit seinem lang verschollenen Sohn Aaron versöhnt hatte.

«Ja, ist das nicht wunderbar?» Delores lächelte vor sich hin.

«Da muss ich dir recht geben.» Murielle nickte und biss in ihren Muffin. «Woher hast du diese Information? Von Vera?» Vera war die Haushälterin von Vincent Highmore und gut mit Delores befreundet.

«Genau.»

Nolan kam vorbei und fragte, ob alles in Ordnung sei.

«Bei uns ist alles bestens, und bei dir?», erkundigte sich Murielle und sah Nolan herausfordernd an. Es musste doch möglich sein, irgendwas aus dem Burschen herauszubekommen.

«Bei mir ist alles super», gab er jedoch lediglich zur Antwort.

«Ja? Und hat das auch einen bestimmten Grund?»

«Braucht es einen? Die Sonne scheint, das Leben ist schön.»

Nolan ging nicht darauf ein, und das ärgerte Murielle. Also fragte sie nun freiheraus: «Willst du uns nicht endlich verraten, wer dir dieses Lächeln auf die Lippen zaubert?»

«Na ihr, meine Lieben.» Er schmunzelte und ging zum nächsten Tisch.

«Warum tut er nur so geheimnisvoll?», fragte Sadie.

«Das wüsste ich auch gern.» Murielle sah Nolan hinterher.

«Glaubt ihr immer noch, dass Nolan ein Techtelmechtel mit diesem Dylan hat?», fragte Delores.

«Nein, eigentlich glaube ich das nicht», meinte Murielle. «Er kommt mir eher so vor, als würde er auf Frauen stehen.»

Sadie lachte. «Warum? Hat er etwa mit dir geflirtet?»

«Sehr lustig!», murrte Murielle. «Du weißt schon, wie ich es meine.»

«Jaja …» Sadie zwinkerte ihrer Freundin zu und trank den letzten Schluck aus ihrem Becher. «So, ich bin fertig. Seid ihr bereit für den Wochenmarkt?»

«Ich bin bereit», sagte Delores und griff nach ihrer Handtasche.

«Dann lasst uns gehen.» Murielle stand auf. Sie legte Nolan einen Fünfdollarschein auf den Tisch und ging zur Tür.

Mal sehen, was der Markt heute bereithält, dachte sie. Und dabei hatte sie nicht nur Obst und Gemüse im Kopf, sondern vor allem auch den neuesten Klatsch und Tratsch.

# 30

Noch immer ganz beseelt, schlenderte Savannah über den Wochenmarkt, der an jedem Samstag auf dem Stadtplatz aufgebaut wurde, außer wenn gleichzeitig ein Fest stattfand. Dann wurde der Markt auf den Kirchenparkplatz verlegt.

Sie musste noch immer an den gestrigen Abend denken. An Dylan, der so wunderbar gewesen war. Er hörte aufmerksam zu, wenn sie über etwas reden wollte, und verstand es, wenn sie lieber nichts sagen mochte. Er hakte nie nach und stellte keine neugierigen Fragen – und sie hielt es ebenso. Es gab Momente, in denen saßen sie einfach nur zusammen da und schwiegen, und auch das war okay.

Savannah hatte das noch nie erleben dürfen, mit einem Menschen einfach nur still dazusitzen, ohne dass es unangenehm wurde. Und inzwischen war sie sich sicher, dass Dylan und sie auf gewisse Weise seelenverwandt waren. Dass er aus einem bestimmten Grund hier in Lake Paradise aufgetaucht und in ihr Leben getreten war. Vielleicht hatte Gott ihn höchstpersönlich geschickt, um ihr ein wenig Trost zu schenken und sie wieder zum Lächeln zu bringen. Was auch immer der wahre Grund dafür war, dass Dylan sich von allen Städten des Landes ausgerechnet nach Lake Paradise verirrt hatte, sie war dankbar. Und sie wollte die Zeit mit ihm genießen.

Ja, zuerst hatte sie ein schlechtes Gewissen gehabt, jedes Mal, wenn sie mit ihm zusammen war, nur bei ihm saß, mit ihm spazieren ging oder über Persönliches mit ihm sprach. Doch inzwischen hatte sie die Schuldgefühle abgelegt. Was hatte Gene denn erwartet? Dass sie ewig so weitermachten? Dass Savannah bis in alle Zeiten ohne Liebe leben konnte?

*Liebe.*

Das, was Dylan und sie verband, war keine Liebe im klassischen Sinn. Und deshalb fühlte sie sich auch nicht mehr schlecht. Denn es war viel mehr. Dylan war ein Freund, ein Vertrauter, und es tat einfach gut, in seiner Nähe zu sein. Ob es nun falsch war oder nicht. Savannah hatte ihr ganzes Leben lang alles richtig gemacht, alle Regeln befolgt – und wo hatte es sie hingeführt?

Nachdem Alice gestern gegangen war, hatten sie noch ein wenig im Restaurant gesessen, dann hatte Dylan gefragt, ob sie einen kleinen Spaziergang machen wollten – und Savannah hatte nicht Nein gesagt. Und so waren sie in der dunklen Nacht erneut um den See gelaufen, ganz dicht beieinander und doch nicht unangemessen nah. Die Nähe war aber die ganze Zeit zu spüren gewesen, als würde ein unsichtbares Band sie beide zusammenhalten. Als wären sie eins – wenn auch nur für diese eine Nacht.

Sie redeten über dies und das und alles, was ihnen wichtig war, und irgendwann fragte Dylan: «Bist du glücklich in deiner Ehe?»

«Nein», antwortete sie. «Schon sehr lange nicht mehr.»

Dylan sagte nichts mehr darauf. Das war wohl alles, was er hatte wissen wollen. Und sie schlenderten weiter, bis sie den See einmal umrundet hatten und wieder am Hotel angelangt waren. Sie verabschiedeten sich im Flur und gingen jeder in das eigene Zimmer. Savannah hörte Dylan noch eine Weile leise auf seiner Gitarre spielen, dann schlief sie mit einem Lächeln ein.

Jetzt auf dem Markt kam Savannah gleich ihre Tante Sadie entgegen, die mit Murielle und Delores unterwegs war.

«Savannah! Wie geht es dir?», fragte sie.

«Sehr gut, danke», antwortete sie, um Sadie zu beruhigen. Sie hatte sie schon gestern im Hotel aufgesucht und gefragt, ob sie ihr irgendwie helfen könne. Doch Savannah hatte das dankend abgelehnt. Im Moment konnte ihr niemand helfen außer ihr selbst.

«Und was macht dein Auge? Tut es noch weh?»

Ihr Auge war inzwischen gelblich, doch unter Make-up ließ es sich einigermaßen verstecken. «Es geht schon.»

«Das ist gut. Ist Helena schon angekommen?», erkundigte sich ihre Tante.

«Ja, gestern Abend. Ich hab sie aber noch nicht gesehen, da sie Zeit mit ihrer Familie verbracht hat», sagte sie schlicht. Den Sushi-Kurs erwähnte sie lieber nicht, da sie keine Lust auf eine weitere ellenlange Diskussion darüber hatte, ob roher Fisch nun gut für die Potenz oder schlecht für den Magen war. Sie erinnerte sich noch an das letzte Mal. Das war gewesen, als Howie abgepacktes Sushi in sein Sortiment aufgenommen hatte. Inzwischen hatte er es längst wieder rausgenommen, da Sushi wohl leider etwas war, das in Lake Paradise nicht allzu gut ankam.

«Heute wollen Helena und ich aber einen Mädelsabend machen, zusammen mit Lexi und Trish», erzählte sie den dreien dann, weil sie ihnen natürlich irgendetwas geben musste.

«Das klingt ja toll. Da wünsch ich euch viel Spaß», meinte Sadie.

«Danke.»

«Uuund ... was gibt es sonst noch Neues?», fragte ihre Tante, und Savannah konnte sehen, wie Murielle und Delores die Ohren spitzten.

«Nichts weiter, wieso?»

«Wohnst du noch immer im Hotel?»

Jetzt kamen Murielle und Delores beide einen Schritt näher, um auch ja nichts zu verpassen.

«Ja, da wohne ich noch immer.»

«Hat Gene sich denn inzwischen gemeldet?»

«Nein, hat er nicht.» Und das wunderte sie selbst ein wenig. So verkommen ihre Ehe auch war, hatte sie doch angenommen, ihr Auszug würde ihn wachrütteln und Gene würde sich bei ihr melden und entschuldigen. Das hatte er aber nicht getan. Zumindest bisher noch nicht.

«Das ist ja sonderbar. Es ist jetzt wie lange her? Zwei Tage?»

«Ja.»

«Na, vielleicht muss er sich erst mal abreagieren. Er ist sicher in seinem Stolz verletzt. Er wird schon zu dir kommen.»

«Vielleicht», sagte sie, war sich aber gar nicht mehr so sicher, ob sie das noch wollte. «So, ich muss mal weiter. Einige Dinge besorgen und dann zurück zum Hotel.»

«Du, sag mal, wohnt denn dieser hübsche Fremde auch noch dort? Dylan heißt er, habe ich irgendwo vernommen?»

«Ja, tut er.»

«Und wie lange noch?»

«Das weiß ich nicht», antwortete sie und stellte sich unwillkürlich dieselbe Frage.

Wie lange würde Dylan noch bleiben? Wie lange würden sie noch Zeit zu zweit haben? Und inwiefern würde die Begegnung mit ihm ihr Leben verändern?

Bevor Sadie sie noch weiter ausquetschen konnte, sagte Savannah schnell Tschüss und ging weiter. Sie kaufte ein bisschen frisches Obst und Gemüse und suchte, wie Alice es ihr aufgetragen hatte, nach Rhabarber. Tatsächlich hatte Farmer Jimmy welchen dabei, und Savannah nahm ihm seinen halben Bestand ab. Anschließend kaufte sie noch einen Schokokuchen bei Valerie, die einfach den besten Kuchen weit und breit backte – das fand zumindest Savannah, was sie aber Alice gegenüber nicht erwähnte.

Wie schon ein paarmal an diesem Vormittag blickte sie zum *Paradise Café* hinüber und hielt Ausschau nach Nolan. An manchen Samstagen, wenn er sie auf dem Markt entdeckte, trat er kurz vor die Tür und unterhielt sich mit ihr. Heute schien er sich aber vor ihr zu verstecken.

Nachdem sie Nolan gestern zusammen mit Jamie gesehen hatte, musste sie später einfach im Café anrufen und sichergehen, dass sie die Situation nicht fehlinterpretierte. Doch Nolan druckste herum wie ein kleiner Junge, der wusste, dass er etwas falsch gemacht hatte, es aber nicht zugeben wollte. Und da war Savannah sich sicher gewesen, dass sie mit ihrer Vermutung richtiglag.

«Nolan, ich will dir als Freundin etwas raten: Mach keinen Fehler, ja? Tue nichts, das du später bereust. Du weißt, wie die Leute in Lake Paradise sind.»

Nolan hatte kurz geschwiegen und dann erwidert: «Und ich möchte dich um etwas bitten, als Freund. Tu so, als ob du nie etwas gesehen hättest, ja?»

Sie tat ihm den Gefallen, auch wenn sie nicht damit einverstanden war. Denn Jamie war immerhin verheiratet! Mit Ricarda. Die beiden hatten ihr damals den Job im *Food Paradise* gegeben, als sie zurück vom College gekommen war, und sie mochte beide wirklich gern. Sie wollte nicht, dass jemand verletzt wurde. Dann aber dachte Savannah, dass gerade sie nicht das Recht hatte, Nolan Vorwürfe zu machen. Also würde sie Stillschweigen bewahren – fürs Erste.

Sie brachte ihre Einkäufe zum Auto und fuhr zurück zum Hotel, wo Dylan gerade aus der Tür kam.

«Guten Morgen», sagte sie erfreut.

«Morgen.» Er nahm ihr ein paar Taschen ab und half, sie hineinzutragen. «Ich bin gerade auf dem Weg zum See. Ich will sehen, ob ich heute einen Song hinbekomme.»

«Da wünsch ich dir viel Erfolg.»

«Danke.»

Sie stellten alles in der Küche ab.

«Guten Morgen, ihr zwei!» Alice begrüßte sie mit einem breiten Lächeln. Und als sie den Rhabarber entdeckte, wurde es noch breiter. «Du hast den Rhabarber bekommen!? Das ist ja großartig!» Alice umarmte die Stauden und schloss dabei die Augen, als würde sie den Moment ungemein genießen.

Dylan sah Savannah an und grinste.

«Da musst du dir nichts bei denken», entgegnete sie. «Alice ist Köchin mit Leib und Seele.»

«Okayyy …»

Sie geleitete Dylan aus der Küche und vors Hotel. «Hab einen schönen Tag. Und danke dir für deine Hilfe.»

«Aber gerne.» Er sah sie an, lächelte. «Hast du heute Abend Zeit? Wir könnten wieder einen Spaziergang machen.»

«Oh, tut mir leid. Heute Abend bin ich verabredet. Meine beste Freundin ist in der Stadt. Sie wohnt in Kansas City, und wir haben nicht allzu häufig die Gelegenheit, uns zu sehen.»

«Alles gut, dann ein andermal. Viel Spaß mit deiner Freundin.»

«Danke, den werde ich sicher haben. Es wird immer lustig mit Helena. Ihre Schwester und deren beste Freundin sind auch mit dabei.»

«Oh, es wird also ein Mädelsabend? Mit schnulzigen Filmen und einer Kissenschlacht?»

«Haha», sagte sie, und Dylan lachte.

Sie stupste ihn an, und allein seinen Arm zu berühren, fühlte sich irreal an. Als wäre er nur ein Traumgebilde, das jeden Moment verpuffen könnte.

«Dann bis später, Savannah», sagte er.

«Bis später.»

Sie sah ihm gedankenverloren nach, als sie plötzlich Alice hinter sich hörte: «Hab ich es doch gewusst! Du bist total verknallt in ihn.»

Savannah drehte sich um und rollte mit den Augen. «Du spinnst ja, Alice!»

«Jaja, rede dir nur ein, es sei nicht so. Ich kenne die Wahrheit ja doch.»

Sie ignorierte ihre Freundin und ging zum Empfang, um Greta Bescheid zu sagen, dass sie jetzt die Zimmer machen wollte.

Doch noch auf dem Weg zur Treppe stand Alice schon wieder an ihrer Seite. Ihre zwei Zöpfe waren mit blauen Haarbändern zusammengebunden, die dieselbe Farbe hatten wie die Kochjacke, die sie heute trug. Sie grinste jetzt breit. «Dein Lächeln sagt mehr als tausend Worte, nur damit du es weißt.»

«Geh zurück zu deinem Rhabarber!», rief Savannah, schnappte sich ein Kissen vom Sessel und warf es nach Alice. Die machte, dass sie davonkam. Und Savannah begab sich nach oben – mit einem Lächeln im Gesicht, das wahrhaftig mehr sagte, als es sagen sollte.

# 31

Heute machte Savannah früher Feierabend. Cindy würde zwar erst um neun eintreffen, aber sie beschloss dennoch, bereits um sechs hoch in ihr Zimmer zu gehen und sich umzuziehen. Für alle Fälle stellte sie das Schild auf, das die Gäste zum Restaurant verwies.

Viele Klamotten hatte Savannah nicht dabei, und sie wusste, dass sie irgendwann in den nächsten Tagen noch einmal nach Hause musste, doch davor graute es ihr. Sie wollte keinesfalls auf Gene stoßen, doch es war ja nicht so, dass er feste Arbeitszeiten hätte und tagsüber unterwegs wäre. Ihn im Haus anzutreffen, war also sogar ziemlich wahrscheinlich, und sie wusste nicht, ob sie das aushalten würde. Ob sie dafür schon bereit war.

Gene hatte sich noch immer nicht gemeldet. Kein Anruf, keine SMS und erst recht kein persönlicher Besuch. Savannah hatte von ihrer Mutter erfahren, dass es ihm wohl ziemlich mies ging, weil er schon tagsüber stockbetrunken war. Ihre Mom hatte ihn gestern gegen zwei Uhr nachmittags über den Platz schwanken sehen.

Sie seufzte und nahm das weinrote Langarmshirt aus der Kommode. Dazu entschied sie sich für ihre Lieblingsjeans und schlichte schwarze Schnürschuhe. Ihr war ohnehin nicht danach, sich zurechtzumachen, und schließlich hatte sie auch nicht vor auszugehen, sondern würde den Abend mit ihren Freundinnen in Helenas Elternhaus verbringen. Oder vielleicht auch bei Lexi.

Ein Mädelsabend war jetzt genau das Richtige. So etwas brauchte Savannah gerade: einfach nur Freundinnen zum Reden, Unmengen an Essen und vielleicht einen guten Film. Früher, bevor Helena weggezogen war, hatte es viele solcher entspannten Abende gegeben. Savannah vermisste ihre Freundin schrecklich, und sie freute sich unglaublich, dass sie in der Stadt war.

Gegen Mittag war Helena bereits im Hotel vorbeigekommen und hatte nach ihr gesehen. Ihre Freundin hatte sie fest umarmt und sich noch einmal entschuldigt, dass sie am vorigen Abend keine Zeit für sie gehabt hatte.

«Das ist wirklich nicht schlimm. Wie war denn der Sushi-Kurs?», hatte Savannah sich erkundigt.

Helena hatte die Augen verdreht. «Also, mein Ding ist es nicht. Und meine Mutter hat auch die ganze Zeit nur gemeckert.»

Savannah hatte lachen müssen. Ja, das konnte sie sich vorstellen. Nachdem Lexi Donna im letzten Jahr nämlich zum Supermarkt-Sushi überredet hatte, war diese herumgezogen und hatte jedem, der es wissen wollte, erzählt, wie merkwürdig der rohe Fisch geschmeckt hatte. Es würde Savannah nicht wundern, wenn Howies Sushi-Pleite auch damit etwas zu tun hätte.

«Wieso hat deine Mom denn überhaupt an dem Kurs teilgenommen?», fragte sie.

«Na, um mehr Zeit mit mir zu verbringen, warum sonst? Wahrscheinlich wäre sie sogar mit ins Kino gegangen, wenn ein Horrorfilm wie *Saw* gelaufen wäre, nur um in meiner Nähe zu sein.» Helena grinste schräg.

«Ach, sie vermisst dich halt. Wie wir alle.»

«Ich vermisse euch auch. Und Lake Paradise!», hatte Helena erwidert und dabei irgendwie nostalgisch und auch ein wenig traurig ausgesehen. Zumindest hatte Savannah das in dem Moment gedacht, und jetzt kam ihr Helenas Gesichtsausdruck wieder in den Sinn. Sie hatte so viel mit ihren eigenen Sorgen zu tun gehabt, dass sie nicht einmal drüber nachgedacht hatte, ob ihre Freundin vielleicht ebenfalls Kummer haben könnte.

Helena klang am Telefon immer so fröhlich und war sowieso ein sehr positiver Mensch, sodass Savannah einfach angenommen hatte, bei ihr wäre alles in Ordnung. Aber selbst wenn mal nicht alles rundlaufen sollte, dann würde sie es ihr doch erzählen, oder etwa nicht?

Womöglich sollte sie die Gelegenheit nutzen und Helena an diesem Wochenende einmal persönlich darauf ansprechen. Sicher machte sie sich ganz umsonst Gedanken, doch was für eine beste Freundin wäre sie, wenn sie nicht wenigstens fragen würde?

Savannah sah in den Spiegel, deckte das blöde Auge noch einmal mit Make-up ab, band sich einen Pferdeschwanz und steckte ihre Brille ein, die sie zum Autofahren brauchte. Dann ging sie die Treppe hinunter und hoffte, eventuell noch einmal auf Dylan zu stoßen, doch der war nicht zu sehen. Wahrscheinlich war er wieder am See, lehnte an einem Baum und schrieb Songs. Savannah hoffte, dass es inzwischen etwas besser lief, vielleicht würde er ihr ja bei ihrem nächsten Gespräch davon erzählen. Sie konnte es kaum erwarten, ihn wiederzusehen. Doch zuerst freute sie sich auf den heutigen Abend, auf Helena und darauf, endlich einmal abzuschalten. Und dafür waren ihre drei Freundinnen genau die Richtigen.

«Savannah!», rief Lexi aus, als sie ihr um kurz vor sieben die Tür öffnete.

Zuvor hatte sie bei Donna geklingelt, doch die hatte ihr gesagt, dass die Mädels bereits zu Lexi weitergewandert waren. Was Savannah ganz recht war, denn erstens konnte sie gut auf Donna und die vielen Fragen verzichten, die sie ihr sicher gestellt hätte, und zweitens besaß Lexi die wohl größte DVD-Sammlung in ganz Lake Paradise – sie würden also die perfekte Auswahl an Liebesschnulzen mit heißen männlichen Hauptdarstellern haben.

«Hi, Lexi», erwiderte sie und musste schmunzeln. Denn Lexi hielt eine Margarita in der Hand, und ihr klebten Chipskrümel am Mund. Die Party schien bereits in vollem Gange zu sein.

«Savannah ist da!», rief Lexi ins Haus, und aus dem Wohnzimmer kam Gejohle.

«Savannah ist da!», hörte sie Trish die Worte freudig wiederholen.

Mit einem breiten Lächeln trat sie ein und ließ alle Sorgen draußen vor der Tür.

Der Abend verlief genau so, wie Savannah es sich gewünscht hatte. Sie und ihre Freundinnen lachten viel, erzählten sich die verrücktesten Dinge, die passiert waren, seit sie sich das letzte Mal gesehen hatten, und sie schlemmten, was das Zeug hielt. Um halb acht bestellte Lexi eine XL-Pizza und dazu becherweise Eiscreme. Zwei Stunden später schlug sie vor, Schokokekse zu backen, von denen mehr Teig in ihren Mündern als auf dem Backblech landete.

«Also, Savannah, wie lange willst du noch warten, bis du uns endlich von dem unbekannten Fremden erzählst?», fragte Lexi, sobald das Blech im Ofen war.

«Welcher unbekannte Fremde?», wollte Helena wissen und sah sie neugierig an.

«Ach», winkte Savannah ab und hoffte, niemand würde ihr ansehen, was wirklich zwischen Dylan und ihr war. «Da ist nur so ein Reisender im Hotel untergekommen …»

«Ja? Und? Ist er nett? Und viel wichtiger noch: Ist er ledig?», wollte ihre beste Freundin wissen.

«Das weiß ich doch nicht», schwindelte sie, denn inzwischen hatte Dylan ihr erzählt, dass er solo war. Dass er seit Ronnys Tod niemanden an sich herangelassen hatte.

«Du weißt nicht, ob er nett ist?» Trish lachte.

«Doch, das weiß ich natürlich. Nett ist er, sehr nett sogar. Ich weiß nur nicht, ob er vergeben ist. So etwas frag ich meine Gäste doch nicht.»

Savannah war nicht gut im Schwindeln, und sie wusste, dass ihr Gesicht rot angelaufen war, weshalb sie sich jetzt abwandte und in den Ofen sah.

«Na, du bist mir ja eine!», schimpfte Helena. «Du erzählst mir, dass der *Corn Shop* schließt und dass das Kirchendach kaputt ist, aber dass ein heißer Fremder im Hotel untergekommen ist, lässt du weg?»

«Na, also, *heiß* würde ich ihn nun nicht nennen.»

«Oh doch, er ist heiß!», meinte Trish, und Lexi stimmte ihr nickend zu.

«Ja?» Helena stupste Savannah an.

«Ihr seid blöd!», sagte sie und ging zurück ins Wohnzimmer. Weil sie Dylan ja wirklich heiß fand und weil das doch irgendwie falsch war, oder?

Helena folgte ihr. «Wir machen doch nur Spaß, Süße.»

«Das weiß ich ja. Aber ich mache gerade eine ziemlich schwierige Phase durch, da kann ich gut darauf verzichten.»

Ihre Freundin setzte sich zu ihr auf die Couch und nahm sie in den Arm. «Es tut mir ehrlich leid. Möchtest du reden? Über Gene?»

«Nein, danke. Das würde den ganzen Abend ruinieren.» Da war sie sich sicher.

«Okay, dann lass uns einfach weiter im Programm machen, ja?»

Savannah nickte und schmiegte sich an ihre Freundin, was einfach nur guttat.

Kurz darauf kamen auch Trish und Lexi zurück ins Wohnzimmer. Lexi trug die noch heißen Kekse auf einem Teller herein und erzählte ihnen von ihrem Freund Aaron, den sie überreden wollte, nach Lake Paradise zu ziehen. «Er hat immerhin das Haus seines Grandpas geerbt, daraus könnte man so viel machen», sagte sie.

Savannah kannte das Haus – oder besser gesagt die Villa – des kürzlich verstorbenen Alfred Highmore. Ein tolles Gebäude! Mit einem Pool und mindestens acht Zimmern. Würde das Anwesen ihr gehören, würde sie es in eine weitere Pension umwandeln.

«Und? Kann Aaron sich vorstellen, New York zu verlassen?», fragte Helena.

«Das schon», erzählte Lexi. «Nur werden hier nicht unbedingt viele Architekten gebraucht. Was könnte er in Lake Paradise schon entwerfen? Maisfabriken?»

Trish verzog das Gesicht. «Du musst ihm irgendeine andere erfüllende Aufgabe finden», schlug sie vor.

«Ich glaube nicht, dass er seinen Traumjob aufgeben will, und das möchte ich auch gar nicht», sagte Lexi.

«Ja, das versteh ich gut», meinte Helena zu ihrer Schwester. «Ihr werdet schon eine Lösung finden, da bin ich mir ganz sicher.»

«Ja, das hoffe ich sehr.» Lexi steckte sich einen ganzen Schokokeks in den Mund.

Als wenig später auch die restlichen Kekse verputzt waren, holte Helena eine Tüte Gummihäschen hervor. «Die habe ich nach meinem Einkauf vor ein paar Tagen direkt in meine Reisetasche getan, bevor die Kids sie entdecken konnten», erzählte sie.

«Oh Gott, mir wird gleich schlecht», meinte Lexi und drehte sich ihre blonden Locken zu einem Dutt, den sie mit einem Bleistift feststeckte. In ihrem Haus lagen überall Stifte herum, da sie unheimlich gern zeichnete.

«Wie geht es denn Leslie und Mattie?», fragte Trish. Savannah hatte das natürlich schon am Mittag gefragt.

«Denen geht's gut, sie wachsen und gedeihen», antwortete Helena und strahlte vor Stolz, wie nur eine Mutter es konnte.

«Warum bist du dieses Mal ohne sie in Lake Paradise?», wollte Trish wissen.

Darüber hatte Savannah sich auch bereits gewundert und sie danach gefragt, doch Helena hatte abgewinkt und gesagt, dass Parker gern mal Zeit allein mit den Kindern verbringen wollte. Was sie jetzt wiederholte. Doch plötzlich sah sie gar nicht mehr so überzeugend aus, und als nun auch Lexi nachhakte, gab Helena zu: «Okay, okay, das ist nicht die ganze Wahrheit. Ich brauchte einfach mal ein bisschen Zeit für mich.»

Lexi starrte ihre Schwester an, die ihr Ebenbild war, nur acht Jahre älter. «So kenne ich dich ja gar nicht. Du willst Zeit ohne deine Familie verbringen?»

Helena zuckte die Schultern. «War mal nötig.» Dann fügte sie schnell hinzu: «Ist noch Margarita da?»

Lexi nahm den Krug in die Hand und schüttelte ihn. «Nein, die ist alle. Soll ich noch mal neue machen?»

«Oh ja, bitte», sagte Helena, und dabei glänzten ihre Augen so seltsam, als würden sie feucht werden.

Tatsächlich bemerkte Savannah, wie Helena ein Tränchen wegblinzelte und wieder ein Lächeln aufsetzte, und sie beschloss, dass dies nicht der richtige Zeitpunkt war, um sie weiter auszuquetschen. Das konnte auch bis morgen warten. Heute wollten sie doch Spaß haben!

«Also, Leute, was wollen wir für einen Film gucken?», fragte sie deshalb.

«Oh, bitte einen mit Ryan Gosling, auf den steh ich total!», rief Trish.

«Oh ja, der ist wirklich eine Sahneschnitte», sagte Helena. «Ich bin auch für Ryan Gosling.»

Savannah musste lachen. «Schon wieder *Wie ein einziger Tag*?», fragte sie.

«Wieso? Den haben wir seit bestimmt drei Jahren nicht gesehen», meinte Lexi. Und Savannah wusste, dass es auch einer von ihren absoluten Lieblingsfilmen war.

«Ist es wirklich schon so lange her?», fragte sie und war ehrlich verwundert. Wie schnell die Zeit verging.

In diesen letzten drei Jahren hatten Gene und sie sich kein bisschen weiterentwickelt. Denn sie erinnerte sich noch daran, wie sie schon beim letzten Mal bei diesem Film geweint hatte, und das nicht nur, weil er so schrecklich traurig war, sondern auch, weil sie und Gene so eine Liebe niemals haben würden.

Doch als sie dem Film-Noah heute dabei zusah, wie er Allie die Schwäne zeigte, wie er ihr gestand, dass er sie all die Jahre geliebt hatte, und wie die beiden sich endlich küssten, war Savannah nicht traurig zumute, und sie empfand auch kein Bedauern. Ganz im Gegenteil: Sie fühlte so etwas wie Hoffnung. Und am liebsten wäre sie auf der Stelle zu Dylan gelaufen und hätte ihn geküsst wie Noah seine Allie.

# 32

Dylan lag wach in seinem Bett und dachte darüber nach, was in den letzten Stunden geschehen war. Er hatte den halben Tag am Lake Paradise gesessen und Songs geschrieben und manchmal auch nur auf den See gestarrt und sich gefragt, was er tun sollte.

Er konnte es nicht mehr leugnen. Er mochte Savannah. Sehr sogar. Er fühlte, dass da etwas zwischen ihnen entstand, aber er war sich nicht sicher, wie er damit umgehen sollte. Denn sie war schließlich verheiratet, auch wenn sie nicht sehr glücklich in ihrer Ehe zu sein schien – immerhin war sie von zu Hause ausgezogen! Ob das aber bedeutete, dass sie ihren Mann verlassen hatte, oder ob sie einfach eine kleine Auszeit brauchte, wusste Dylan nicht.

Er wusste so vieles nicht. Vor allem nicht, ob er wirklich weiter hierbleiben wollte. Denn ihm war klar, wenn er blieb, konnte er seine Gefühle nicht länger verbergen, musste es ihr sagen. Doch wie würde sie reagieren?

Er wollte mehr. Wollte sie. Doch ging es ihr genauso? Dylan konnte es beim besten Willen nicht sagen.

Ja, manchmal schaute sie ihn auf diese gewisse Weise an, und hin und wieder hatte er das Gefühl, sie würde ihn wirklich sehen, bis in sein Innerstes blicken. Aber selbst wenn sie ebenfalls Gefühle für ihn entwickelt hatte, hieß das ja noch nicht, dass sie diese ausleben wollte, oder? Dass sie sich wirklich auf ihn einlassen wollte. Und was würde das überhaupt bringen? Wohin konnte so etwas führen, wenn er doch in einigen Wochen wieder in Nashville sein musste?

Aber musste er das denn wirklich?

Als er vor gut zehn Monaten gegangen war, hatte er sich vorgenommen, ein Jahr wegzubleiben. Ein Jahr, in dem er über seinen Verlust hinwegkommen, wieder aufstehen und neuen Lebensmut fassen wollte. So hatte er sich das vorgestellt. Vielleicht war es aber auch dumm gewesen, anzunehmen, ein bestimmter vorgegebener Zeitraum würde ihn weiterbringen. So einfach war das mit dem Heilen einfach nicht.

Das Erste und Einzige, was ihm wirklich dabei half, war Savannah.

Und plötzlich verspürte er ein dringendes Bedürfnis, sie zu sehen.

Gegen halb acht war er also runtergegangen, um sie an der Rezeption aufzusuchen. Doch die war leer, und Alice sagte ihm kurz darauf beim Abendessen, dass Savannah schon losgegangen wäre. Er erinnerte sich an das geplante Treffen mit ihrer besten Freundin, von dem sie ihm erzählt hatte. Also musste er wohl warten, bis sie zurückkam.

Dylan wollte gerade wieder hochgehen, als ein Mann das Hotel betrat. Er schien betrunken und aufgebracht, so wie er durch die Lobby schwankte und laut nach Savannah verlangte.

Alice kam herbeigeeilt. «Sie ist nicht da», sagte sie dem

Mann und sah dabei ein wenig ängstlich aus. Sie trat einen Schritt in Richtung Empfang, wo sie im Notfall schnell zum Telefon greifen konnte.

Dylan blieb stehen, um das Geschehen zu beobachten.

«Und wo ist sie?», wollte der Typ wissen, von dem er sich jetzt ziemlich sicher war, dass es sich um Savannahs Ehemann Gene handeln musste. Seinen Namen hatte er bei Nolan im Café aufgeschnappt.

«Das weiß ich leider nicht», sagte Alice.

«Sie schläft doch aber hier, oder? Im Hotel?»

«Ja, das tut sie, Gene.»

«Gut, dann werde ich warten», sagte der Typ, stolperte zu einem der Sessel und ließ sich hineinfallen.

Alice schüttelte nur den Kopf und ging zurück in die Küche. Dabei flüsterte sie Dylan zu: «Ignorieren Sie ihn einfach.»

Doch Dylan war sich nicht sicher, was er tun sollte. Also streifte er noch ein bisschen in der Lobby herum, tat so, als sähe er sich die Flyer an, und setzte sich dann in den Sessel gegenüber von dem Betrunkenen.

Wie erhofft, fing Gene gleich ein Gespräch mit ihm an.

«Hey», sagte er. «Bist du ein Gast hier?»

Dylan nickte. «Ja, genau.»

«Wieso sollte jemand in diesem Scheißkaff Urlaub machen?», lallte Gene.

«Bin nur auf der Durchreise.»

«Aha.» Gene klopfte sich auf den Oberschenkel, immer und immer wieder. «Ich bin Gene.»

«Dylan.»

«Kennst du meine Frau?» Gene musterte ihn.

«Wer ist denn deine Frau?»

«Savannah. Die Eigentümerin.»

«Ja, natürlich kenne ich sie. Ich habe vor ein paar Tagen bei ihr eingecheckt.»

Jetzt wurde Genes Blick so richtig misstrauisch. «Hast du nur bei ihr eingecheckt oder dich auch mit ihr unterhalten?»

«Das kann schon ein paarmal vorgekommen sein, dass wir geredet haben», antwortete er.

Gene sprang auf. «Lass bloß die Finger von meiner Frau!», warnte er.

«Ich denke, ich gehe jetzt auf mein Zimmer», sagte Dylan und erhob sich ebenfalls.

«Ja, mach das, und bleib da schön bis zu deiner Abreise», rief Gene ihm nach, während er die Treppe hochging.

Was für ein schrecklicher Kerl, dachte Dylan, als er wieder in seinem Zimmer war. Er konnte nicht aufhören, an Gene zu denken und an Savannah, die diesen Idioten ertragen musste.

Wie lange waren die beiden schon verheiratet? Er hatte keine Ahnung, doch jeder Tag war einer zu viel, und Dylan war froh, dass Savannah sich entschieden hatte, von zu Hause auszuziehen. Jetzt hatte er auch kein schlechtes Gewissen mehr. Würde es nicht einmal haben, falls mehr zwischen ihnen passieren sollte. Denn Savannah hatte es verdient, glücklich zu sein.

Doch er machte sich Sorgen um sie. Wenn sie von ihrem Freundinnentreffen zurückkam und Gene noch immer in der Lobby hockte, was konnte da alles passieren? Würde er einen Streit anfangen? Sie zu überreden versuchen, mit ihm nach Hause zu kommen? Sie im schlimmsten Fall sogar dorthin zurückschleifen?

Dylan versuchte, in dem einzigen Buch zu lesen, das sich noch in seinem Rucksack befand, es war eins von John Grisham. Doch er konnte sich nicht konzentrieren. Bei jedem Geräusch horchte er auf.

Um kurz nach zehn ging er noch einmal runter. Jetzt stand diese junge Frau, Cindy, an der Rezeption, und Gene hing noch immer in seinem Sessel. Er war eingenickt und schnarchte vor sich hin. Cindy warf Dylan einen besorgten Blick zu, und er versuchte, sie zuversichtlich anzulächeln, auch wenn er selbst sich nicht sehr wohlfühlte bei dem Gedanken, dass Gene die ganze Nacht dort in der Lobby verbringen würde.

In diesem Moment wünschte Dylan, er hätte ein Handy und könnte Savannah schreiben. Sie vorwarnen. Doch leider war das nicht möglich, und so ging er leise zu Cindy hinüber und flüsterte: «Mögen Sie Savannah vielleicht anrufen oder ihr eine SMS schicken und ihr von Gene erzählen? Damit sie Bescheid weiß, wenn sie zurückkommt.»

«Darüber habe ich auch schon nachgedacht», meinte sie. «Ich will Savannah aber nicht unnötig aufschrecken und ihr den Abend verderben. Sie hat sich so darauf gefreut. Sie trifft sich mit ihrer besten Freundin, die in der Stadt ist», erzählte sie flüsternd.

«Ja, ich weiß», erwiderte Dylan, und kurz sah Cindy überrascht aus.

«Ich denke eh, dass sie die Nacht bei ihrer Freundin verbringen wird. Es gibt dort bestimmt Alkohol, und Savannah ist niemand, der sich nach einem Cocktail noch ans Steuer setzt. Außerdem hat sie sich den morgigen Vormittag freigenommen.»

«Ah, das ist gut», meinte Dylan, und er hoffte, sie würde heute Nacht wirklich nicht mehr ins Hotel zurückkommen.

Er sagte Cindy noch, dass sie jederzeit nach ihm rufen dürfe, sollte Gene Ärger machen.

«Das ist nett, danke.»

Dann war er hochgegangen und hatte ein bisschen geschlafen. Doch jetzt, um halb zwei, lag er wieder wach. Er hatte Savannah noch nicht kommen hören. Und als er noch einmal nachsehen ging, war Cindy an der Rezeption in eine Zeitschrift vertieft, und Gene war weg.

Dylan konnte nur hoffen, dass der Kerl nach Hause gegangen war und sich nicht auf die Suche nach Savannah gemacht hatte. Savannah, die ihm nun noch ein wenig mehr leidtat und der er so gerne helfen wollte. Er hoffte von Herzen, sie würde ihn lassen.

# 33

Am nächsten Morgen, während Savannah, Helena, Lexi und Trish noch schliefen, saßen die drei Tratschtanten bereits wieder im *Paradise Café* und unterhielten sich über die Neuigkeiten in ihrem Städtchen. Natürlich war das wohl Spannendste die Tatsache, dass Gene Keller am Morgen schlafend auf dem zentralen Platz aufgefunden worden war.

«Er war sturzbesoffen!», erzählte Murielle. «Wyatt hat zwei Helfer gebraucht, um ihn nach Hause zu manövrieren.»

«Herrje. Warum hat er denn mitten auf dem Platz geschlafen?», fragte Delores.

«Das weiß der Himmel.» Murielle schüttelte verständnislos den Kopf. Vor allem war sie sauer, weil ihr Sohn eigentlich seine freie Nacht gehabt hätte, wegen Gene aber schon um fünf Uhr morgens gerufen wurde. Er hatte sie wecken müssen, damit sie rüber in sein Haus kam, um auf Abigail aufzupassen, die natürlich noch schlief. Weshalb Murielle jetzt sehr müde war – und das an einem Sonntagmorgen! Wo es ihr doch sowieso schon schwerfiel, anderthalb Stunden lang dem Gottesdienst zu folgen, ohne ein Wort sagen zu dürfen.

«Es nimmt ihn so schwer mit, dass Savannah ihn verlassen hat», meinte Delores.

«Wissen wir denn inzwischen sicher, dass sie das hat?» Murielle wandte sich an Sadie.

Die wusste aber leider nicht mehr als ihre Freundinnen. «Ich weiß nur, dass Savannah noch immer im Hotel wohnt.»

«Also, ich finde, das sagt alles», erklärte Murielle bestimmt.

Und Sadie wusste zu berichten: «Gestern Abend war sie bei Lexi, hat Donna mir erzählt. Zusammen mit Helena und Trish. Sie haben wohl einen Filmabend veranstaltet oder etwas in der Art. Helena ist diesmal ja ohne die beiden Kleinen in der Stadt.»

«Oh, tatsächlich? Warum hat sie sie nicht mitgebracht?», wollte Delores wissen.

«Sicher hat Leslie wieder ein Pfadfindertreffen, oder Mattie hat ein Fußballspiel», vermutete Murielle.

«Ja, das wird es sein», sagte Sadie, wunderte sich aber dennoch ein wenig. Denn im Normalfall wäre Helena dann auch nicht nach Lake Paradise gekommen. Es stand ja auch kein Geburtstag oder ein anderer wichtiger Feiertag an, den sie auf keinen Fall versäumen durfte.

«Ich hätte die beiden Kleinen zu gerne mal wiedergesehen», sagte Delores, die sich immer freute, Kinder in ihrer Nähe zu haben.

«Helena bringt sie bestimmt bald mal wieder mit her», sagte Murielle. «Und bis dahin bist du jederzeit eingeladen, mit Abigail und mir zum See zu kommen. Wir wollen dort heute Nachmittag auf den Spielplatz gehen.»

Es gab zwar auch einen kleinen Spielplatz im Ortszentrum, doch Abigail mochte den am See viel lieber, wie wohl die meisten Kinder. Denn dort gab es neben einer Schaukel und einer Rutsche noch tolle Klettergerüste und ein paar Wasserspiele, die nun im Mai auch wieder angestellt waren. Es war bereits ziemlich warm, an diesem Sonntag um die zweiundzwanzig Grad, da konnten die Kleinen gerne mit Wasser herumspritzen.

«Vielen Dank für das Angebot», sagte Delores. «Ich werde mal hören, was George so vorhat. Vielleicht komme ich aber darauf zurück.»

Murielle lächelte ihre Freundin an, von der sie ja wusste, wie einsam sie sich ohne Enkelkinder fühlte. Wie froh war sie selbst immer wieder, dass sie Abigail hatte. Auch wenn sie Bedauern empfand, dass ihr einziger Sohn ohne Frau dastand. Nachdem Wyatt kurz nach Abigails Geburt von Hannah verlassen wurde, war der Arme am Boden zerstört. Und auch heute, viereinhalb Jahre später, hatte er sich noch nicht an eine neue Beziehung gewagt. Dabei war er so ein gut aussehender Kerl, er sah seinem Vater so unglaublich ähnlich …

«Alles in Ordnung?», fragte Sadie und riss Murielle aus ihren Gedanken.

«Wie bitte?»

«Du starrst seit zwei Minuten in die Gegend, ohne ein Wort zu sagen. Geht es dir gut?»

«Jaja, alles gut. Ich habe nur gerade über Wyatt nachgedacht.» Dass sie auch an seinen Erzeuger gedacht hatte, mussten ihre Freundinnen nicht erfahren, zumal keine von ihnen wusste, wer dieser überhaupt war. Sie hatte nicht viele Geheimnisse vor Delores und Sadie, ein oder zwei waren es aber doch, und dies war eines davon.

«Ist irgendwas mit ihm? Es geht ihm doch gut?», wollte Delores wissen.

«Es geht ihm gut. Ich mache mir nur Sorgen um ihn. Es ist doch wirklich an der Zeit, dass er sich wieder verliebt, oder was meint ihr?»

«Ja, das habe ich neulich auch gedacht», sagte Sadie. «Dann ist mir aber klar geworden, dass er das wahrscheinlich sogar schon ist.»

Murielle machte große Augen. «Was? Verliebt?»

«In wen denn?», fragte Delores neugierig.

«In Trish Price, denke ich. Ich habe die beiden am Freitag in Ruperts Supermarkt gesehen, und Wyatt hat ihr Blicke zugeworfen ... Die konnte man eigentlich nicht falsch deuten.»

Murielle schüttelte den Kopf. «Also, ich würde es doch wohl wissen, wenn mein Sohn verliebt wäre, oder?»

«Nun ... wie erklärst du dir denn sonst, dass Wyatt ständig im Tiersalon ist?» Sadie sah sie stirnrunzelnd an.

«Na, er ist dort, weil Abigails Meerschweinchen die Krallen geschnitten werden müssen. Oder weil ich ihn bitte, eine meiner Katzen hinzubringen.»

«Bittest du ihn denn wirklich, oder bietet er es dir vielmehr an?», fragte Sadie.

Da musste Murielle erst mal überlegen. Und Sadie hatte recht! Wyatt war ihr tatsächlich ein paarmal zuvorgekommen und hatte es angeboten, bevor sie überhaupt dazu gekommen war zu fragen.

«Mag sein», sagte sie. «Ich werde dem mal auf den Grund gehen ...»

«Sag uns Bescheid, wenn du etwas herausgefunden hast»,

bat Delores, die es ganz wundervoll finden würde, wenn sich zwischen Wyatt und Trish etwas anbahnen würde. Vielleicht würde es dann in Lake Paradise bald noch mehr Kinder geben. Apropos Kinder!

«Habt ihr es schon gehört?», fragte sie. «Der kleine Aaron kann jetzt schon krabbeln.»

«Oh, wirklich?» Sadie dachte lächelnd an den Sohn von Jonah und May Truman, der im letzten September geboren worden war. Damals war Aaron Highmore zum ersten Mal seit zwölf Jahren wieder in der Stadt gewesen und hatte sich in Lexi verliebt. Da er als Kind Jonahs bester Freund gewesen und es anscheinend all die Jahre über geblieben war, hatte dieser seinen Neugeborenen nach Aaron benannt.

«Oh ja! May hat uns gestern mit dem Kleinen besucht. Er ist aber auch zu süß.» Delores' Augen leuchteten.

«Abigail konnte auch schon früh krabbeln, und zwar mit sieben Monaten!», warf Murielle sofort ein, da sie fand, das sollte dringend erwähnt werden.

Sadie schmunzelte, denn sie wusste ja, dass für Murielle ihre kleine Enkelin immer die Beste und Größte in allem sein würde.

Delores sah auf die Uhr. «Oh, es ist schon fast Zeit, um aufzubrechen. Der Gottesdienst fängt bald an.»

Auch Murielle blickte auf die Uhr. «Ja, wir sollten uns aufmachen.»

Sie alle fischten ein paar Scheine aus ihren Taschen und legten sie für Nolan auf den Tisch. Dieser winkte ihnen zu und wünschte einen schönen Tag, dann spazierten die drei aus dem Café.

Draußen stand Buddy bereits am Rande der Wiese und

verteilte blaue Zettel. Stirnrunzelnd ging Murielle auf ihn zu.

«Warum sind die Zettel denn heute blau?», wollte sie wissen.

Buddy zuckte die Achseln. «Das gelbe Papier war ausverkauft, da musste ich blaues nehmen.»

Murielle ließ sich einen Zettel geben und nahm auch gleich zwei für ihre Freundinnen mit. Sobald sie alle auf der Kirchenbank Platz genommen hatten, kamen sie zum Lesen.

*Blaues Papier.*
*Blauer Himmel.*
*Blaues Auge.*
*Blaues Wasser.*
*Blaue Blumen.*
*Blaues Haus.*
*Blaues Gedicht.*
*Blauer Tag.*

Sadie lachte laut auf, erinnerte sich aber sogleich daran, dass sie in der Kirche saß, und hielt sich die Hand auf den Mund. «Na, das ist mal ein blaues Gedicht», sagte sie schließlich.

«Also, ein Gedicht würde ich das nun gar nicht nennen wollen», meinte Murielle abschätzig.

«Aber es spiegelt schon unser Städtchen wider, oder?», fragte Delores. «Er hat es auf den Punkt getroffen.»

Ja, das hatte Buddy wohl. Und doch kam Murielle das alles merkwürdig vor. Allein schon das ungewohnte blaue

Papier … Es war, als wäre es eine Vorwarnung. Vielleicht würde der Himmel ja gar nicht mehr lange blau sein, und ein Unwetter war im Anmarsch.

# 34

Savannah erwachte aus einem tiefen Schlaf und öffnete die Augen. Neben ihr auf der ausziehbaren Couch lag Helena und lächelte sie an. «Guten Morgen.»

Sie lächelte zurück, froh, ihre beste Freundin schon in der Früh an ihrer Seite zu wissen. «Guten Morgen.»

Sie gähnte, streckte sich und warf einen Blick auf die hölzerne Wanduhr, die noch von Helenas Großmutter Ursula stammte, ebenfalls eine deutsche Einwanderin.

«Ach du liebe Güte!» Sie schreckte hoch. «Der Gottesdienst hat längst begonnen!»

«Kannst du den nicht einmal ausfallen lassen?», fragte Helena hoffnungsvoll.

Savannah sah ihre Freundin an und nickte langsam. «Doch, kann ich. Ich hab dich schließlich nicht allzu oft hier bei mir.»

«Danke.»

Sie küsste Helena auf die Wange. «Ich muss jetzt aber trotzdem einmal kurz im Hotel anrufen und sichergehen, dass sie ohne mich klarkommen.»

«Sie werden schon klarkommen, Süße. Du hast dir den Vormittag doch extra freigenommen, oder?»

«Ja, aber …»

«Nichts aber! Du solltest wirklich mal lernen abzuschalten. Wenigstens ein bisschen.»

Nun, damit hatte Helena wohl recht. Denn Savannah wusste ja, dass sie viel zu wenig an sich selbst dachte. Gedacht hatte. In letzter Zeit war sie ja dabei, das zu ändern.

«Okay, du hast recht. Ich bin voll und ganz für dich da», sagte sie ihrer Freundin also.

«Perfekt! Was wollen wir unternehmen?»

«Gute Frage. Und was ist eigentlich mit Lexi und Trish?» Sie blickte in Richtung des Schlafzimmers, wo die beiden in Lexis Bett lagen. Es war eine lange Nacht geworden. Savannah wusste gar nicht mehr genau, wann sie sie beendet hatten, aber es musste nach drei gewesen sein.

«Die schlafen noch», sagte Helena.

Irgendwie war ihr das ganz recht. Sie würde gerne etwas Zeit mit Helena alleine verbringen. «Wollen wir beide dann einen Spaziergang um den See machen? Heute soll ganz tolles Wetter werden.»

«Das können wir gerne machen. Aber nur wenn wir uns vorher bei Nolan einen starken Kaffee und irgendwas Süßes rausholen.»

«Klar!» Savannah musste lachen. «Wie kannst du nur schon wieder an was Süßes denken? Mir ist noch richtig schlecht von all dem Keksteig.»

«Ach, das geht bei mir immer, das weißt du doch.»

Ja, das wusste Savannah. Wahrscheinlich kannte sie Helena besser als sonst irgendwer, immerhin hatten sie ihre gesamte Kindheit miteinander verbracht und sich stets alles erzählt. Nun, zumindest hatte sie das immer geglaubt.

Seit gestern allerdings hatte Savannah das Gefühl, als würde ihre Freundin ihr etwas verheimlichen. Und auch deshalb wollte sie allein mit ihr sein. Ein Rundgang um den See, eine frische Brise im Haar und die Sonne im Gesicht konnten wahre Wunder wirken. Vielleicht würde Helena sich ihr ja öffnen.

Sie machten sich leise fertig, um die anderen nicht zu wecken, und verließen das Haus. Wie geplant schauten sie auch bei Nolan vorbei und nahmen noch im Café den ersten großen Schluck von ihrem Coffee-to-go.

Nolan betrachtete sie neugierig. «Sag mal, Savannah, wieso bist du denn gar nicht in der Kirche?» Er hatte noch nie mitbekommen, dass sie nicht am Gottesdienst teilnahm.

«Na, weil meine beste Freundin hier ist und ich Zeit mit ihr verbringen möchte», antwortete sie.

«Und weil wir bis in die Puppen auf waren und unsere liebe Savannah hier sowieso schon den halben Gottesdienst verpennt hat», fügte Helena augenzwinkernd hinzu.

«Oooh! Und wieso wart ihr bis in die Puppen auf?», fragte Nolan, weil er manchmal nämlich genauso neugierig wie die Tratschtanten war.

«Ach, wir haben nur einen Mädelsabend gemacht, Kekse gebacken, *Wie ein einziger Tag* geguckt …», erzählte Savannah und nahm noch einen Schluck von ihrem Milchkaffee. Dabei sah sie Nolan eingehend an. Heute schien er wieder der Alte zu sein. Der Vorfall am See war nie geschehen.

«Wow, das klingt perfekt!», rief er aus. «Ihr dürft mich nächstes Mal gerne dazu einladen.»

Helena grinste. «Das geht aber nur, wenn du Ryan Gosling genauso anhimmelst wie wir.»

Nolans Augen weiteten sich. «Ryan Gosling? Der ist ein absoluter Schnuckel. Da bin ich sofort dabei.»

Die beiden Frauen lachten. «Na gut, dann bist du hiermit offiziell fürs nächste Mal eingeladen», sagte Savannah.

«Ich nehm dich beim Wort!», erwiderte Nolan. «Und was habt ihr heute noch Schönes vor?», erkundigte er sich dann. Natürlich hatte er Zeit für ein bisschen Small Talk, denn im Café herrschte gähnende Leere – die halbe Stadt war schließlich beim Gottesdienst, entweder hier in der Methodistengemeinde, in der katholischen Kirche in Swan City oder bei den Baptisten in Hamilton.

«Heute Nachmittag bin ich mit meiner Mom verabredet, wir werden höchstwahrscheinlich sogar zu dir ins Café kommen», ließ Helena ihn wissen. «Aber jetzt wollen Savannah und ich erst mal einen Spaziergang um den Lake Paradise machen.»

«Um den See, ja?», fragte Nolan und warf einen Blick zu Savannah. «Wie nett.»

«Ja, finde ich auch», stimmte Helena zu.

«Sag mal, kennst du eigentlich Dylan schon?»

Savannah warf Nolan einen bösen Blick zu. Was sollte das denn jetzt werden?

«Nein, noch nicht», erwiderte Helena.

«Könnte gut sein, dass ihr ihn dort antrefft, am See. Er sitzt da nämlich die meiste Zeit des Tages und kritzelt in sein Songbook.»

Savannah war empört. Hatte es denn nicht gereicht, dass Lexi und Trish ihr gestern was mit Dylan andichten wollten? Musste es wirklich sein, dass Nolan jetzt auch noch damit anfing? Wenn schon, dann würde sie ihrer Freundin selbst sagen, dass sie Gefühle für ihn hatte, das musste niemand anderes übernehmen. Und schon gar nicht Nolan, der so gern tratschte …

«Na, dann hoffe ich, dass wir auf ihn treffen», meinte Helena jetzt. «Ich bin schon ganz gespannt auf ihn.»

«Darfst du sein», sagte Nolan augenzwinkernd.

Da reichte es Savannah. «Du, Nolan, könnte es sein, dass ich dich neulich auch mit jemandem am See gesehen habe?», fragte sie, und sofort hielt Nolan seinen Mund.

Er sah sie flehend an.

«Ähm … Da bin ich mir nicht sicher … Ich glaube nicht.»

«Na, dann muss ich wohl falsch geguckt haben», sagte sie, und er atmete erleichtert aus.

«Wollen wir?», fragte Helena.

Savannah nickte. «Ja. Gehen wir. Tschüss, Nolan.»

«Warte mal kurz, Savannah», rief Nolan ihr hinterher.

Fragend ging sie einen Schritt zurück. «Was gibt es denn noch?»

Er schien ein wenig unschlüssig, doch dann fragte er: «Hast du das von Gene denn noch gar nicht gehört?»

Sie runzelte die Stirn. «Nein, was war denn?»

Der Cafébesitzer erzählte ihr, was er wusste: «Ella Green hat ihn heute Morgen auf dem Stadtplatz vorgefunden, als sie mit ihrem Hund Gassi ging. Gene hat mitten auf der Wiese gepennt, sah wohl ziemlich übel aus. Sie hat dann Wyatt angerufen, und der hat ihn nach Hause verfrachtet. Zusammen mit Officer Tom, der Nachtdienst auf dem Revier hatte, und Rupert, der gerade den Supermarkt aufschließen wollte.»

«Oh, shit!», sagte Savannah. Das hatte ihr gerade noch gefehlt. Helena legte ihr mitfühlend eine Hand auf den Arm.

«Ich wusste nicht, ob ich es dir überhaupt sagen soll, aber du hättest es sonst sicher von jemand anderem erfahren», meinte Nolan.

«Ja. Danke, Nolan.»

Verwirrt und auch wütend verließ sie zusammen mit ihrer Freundin das Café. «Dieser Idiot!», sagte Savannah, sobald sie draußen waren.

«Was ist denn eigentlich sein Problem?», fragte Helena.

«Ich kann es dir beim besten Willen nicht sagen. Gene scheint sich nur noch vollzukippen und alle zu verärgern.»

«Das tut mir ehrlich leid, Süße.»

Savannah zuckte die Achseln. Was sollte sie schon tun? Es war Genes Leben, und er war erwachsen genug, um Entscheidungen zu treffen. Wenn er entschied, dass er sich wie ein Schwachkopf aufführen wollte, dann sollte er doch! Zurückgewinnen würde er sie damit ganz sicher nicht, ganz im Gegenteil! Sollte er nur so weitermachen, dann würde ihr die Entscheidung umso leichter fallen.

«Ich will jetzt nicht weiter darüber nachdenken», meinte sie. «Lass uns den Tag trotzdem versuchen zu genießen.»

Helena nickte und hakte sich bei ihr ein. Sie gingen über die Straße, holten sich bei Buddy ein Gedicht ab, das heute auf einem blauen Zettel gedruckt war, und spazierten zu Savannahs Auto, das in der Nähe von Lexis Haus in der Paradise Street stand.

Als sie am Wagen ankamen, las Helena die Zeilen laut vor und lachte. «Ich vermisse Buddys Gedichte so sehr.»

«Aber ich fotografiere dir doch so oft eins ab und schicke es dir aufs Handy.»

«Ja, ich weiß. Es ist aber einfach nicht dasselbe.» Dann

stutzte sie. «Du, sag mal, ist mit dem blauen Auge deins gemeint?»

Savannah stöhnte. «Kann gut sein.»

Helena betrachtete ihr Gesicht von der Seite. «Es sieht aber gar nicht mehr so schlimm aus.»

«Ja, jetzt wechselt es langsam von Gelb zu Braun. Die letzte Phase, wie Rupert mir erzählt hat.» Sie deckte es jetzt nicht einmal mehr ab.

«Wie geht es denn Rupert eigentlich? Und allen anderen in Lake Paradise?», erkundigte sich Helena, als sie ins Auto stiegen.

Savannah musste schmunzeln. «Gut, dass wir jetzt viel Zeit haben …», sagte sie und begann zu erzählen. Von Rupert, der frisch verliebt in Halle war, von Abigail, die in diesem Jahr schon in die Vorschule kam, von Mays Baby, das gerade Krabbeln lernte, und von Ava Garland, die angeblich eine große Filmrolle ausgeschlagen hatte. Dabei konnte sie Helena ansehen, wie sehr diese Lake Paradise und seine Bewohner vermisste – und ihr wurde wieder einmal bewusst, wie sehr sie selbst ihre Freundin vermisste.

# 35

Als sie vor dem Hotel parkte, trat Dylan aus der Tür. Passender hätte sein Timing nicht sein können.

Ihr Gesicht erhellte sich. «Guten Morgen, Dylan», rief sie ihm beim Aussteigen zu.

Er kam auf sie zu. «Guten Morgen, Savannah», erwiderte er lächelnd. Doch da war noch etwas anderes in seinem Gesicht, das sie nicht richtig deuten konnte. War es Sorge?

«Darf ich dir meine beste Freundin Helena vorstellen?», fragte sie. «Ich habe dir ja von ihr erzählt. Sie wohnt in Kansas City und ist übers Wochenende in Lake Paradise.»

«Hi», sagte Dylan und hielt Helena eine Hand hin.

Ihre Freundin schüttelte diese und strahlte Dylan an. «Hallo, Dylan. Nett, dich endlich kennenzulernen, ich hab schon viel von dir gehört.»

«Ach, ehrlich?» Er sah wieder Savannah an und schmunzelte.

Sie ging nicht darauf ein. «Wir wollen einen kleinen Spaziergang machen, bevor ich die Rezeption übernehme. Helena ist später auch noch verabredet. Vielleicht können wir ja wieder zusammen zu Abend essen?», fragte sie ihn bewusst vor den Augen und Ohren ihrer Freundin, weil sie keine Lust mehr hatte, ihre Gefühle zu verstecken. Nicht nach dem, was Gene sich mal wieder geleistet hatte.

Dylan zögerte kurz. Dann sagte er jedoch: «Sehr gerne. Viel Spaß euch beim Spazierengehen.»

«Danke», sagten die Freundinnen gleichzeitig und sahen ihm nach.

«Woah!», rief Helena aus, sobald Dylan außer Hörweite war. «Was geht denn hier ab? Du hast ihn gerade nach einem Date gefragt! Und es scheint nicht das erste gewesen zu sein.»

Savannah überlegte kurz, im Hotel reinzuschauen, rief sich dann aber ins Gedächtnis, dass sie doch ganz für ihre Freundin da sein wollte. Und falls es ein Problem geben sollte, war sie ja jederzeit erreichbar. Also marschierte sie voran in Richtung Osten, da Dylan nach Westen gelaufen war und sie es nicht so aussehen lassen wollte, als würden sie ihm nachlaufen.

«Das ist kein Date. Wir wollen nur zusammen essen. Und ja, das haben wir bereits ein paarmal gemacht, da ist doch nichts dabei. Wir unterhalten uns nett, und wenn ich ganz ehrlich sein soll, genieße ich das sehr. Mit einem Mann zusammenzusitzen und mich über Dinge zu unterhalten, bei denen es sich nicht um Fußball oder Bier handelt.»

«Ach, Süße … War es die letzten Jahre wirklich so schlimm mit Gene? Ich hab das gar nicht so richtig wahrgenommen.»

«Ja. War es. Und ich habe es ebenfalls nicht so richtig wahrgenommen, oder vielmehr habe ich wahrscheinlich versucht, es zu ignorieren. Mich nicht darüber beklagt. Gehofft, dass es sich ändern würde.»

«Und ich dachte, die Sache mit den Kindern wäre eure einzige Hürde gewesen», sagte Helena.

«Das war die schwierigste. Und ich glaube, wenn ich wenigstens endlich Mutter geworden wäre, dann wäre mir alles andere nicht so wichtig gewesen. Aber so …»

Helena hakte sich wieder bei ihr ein und schmiegte sich an sie. «Dylan scheint wirklich nett zu sein. Ich mag ihn.»

«Ja?», fragte Savannah. «Das kannst du nach der kurzen Begegnung schon sagen?»

«Ja. Weißt du, ich mag jeden, der dich glücklich macht.»

«Ist das so offensichtlich?»

«Na, du strahlst mit der Sonne um die Wette.»

Savannah blickte über den See, hin zu einem nicht identifizierbaren Punkt, der Dylan sein könnte. «Ja, er macht mich wirklich glücklich. Ich meine, ich kenne ihn ja noch nicht lange, habe aber das Gefühl, als wenn … Ich weiß auch nicht …»

«Als wenn ihr euch schon ewig kennen würdet?»

Sie nickte. «Ja, genau so kommt es mir vor.»

Plötzlich standen Helena Tränen in den Augen. «So war es mit Parker und mir auch immer. Mit ihm hat es sich angefühlt, als hätte ich meine zweite Hälfte gefunden. Als wären wir seelenverwandt, weißt du?»

Savannah sah ihre Freundin verwundert an. «Ja, das weiß ich. Aber ist es denn nun nicht mehr so?»

Helena begann jetzt richtig zu weinen, und Savannah führte sie zu einer der Bänke, wo sie sich setzen konnten.

«Süße, was ist denn los? Erzähl es mir, egal, was es ist.»

«Er ist doch immer so viel auf Geschäftsreise …», sagte Helena und versuchte, das Schluchzen zu unterdrücken.

«Ja?»

«Ich weiß aber gar nicht mehr, ob das überhaupt stimmt.»

«Wie meinst du das?»

«Ich wollte ihm neulich beim Auspacken helfen und habe eine Rechnung in seiner Hosentasche gefunden. Von einem Restaurant in New Orleans.»

«New Orleans?»

Helena nickte unter Tränen. «Ja. Die Sache ist nur die, dass er dort nie war. Also, zumindest nicht auf Geschäftsreise. In der Woche sollte er eigentlich in Birmingham, Alabama, sein.»

«Oh nein! Hast du ihn darauf angesprochen?»

«Ja, natürlich. Noch am selben Tag. Er hat mir dann gestanden, dass die Geschäftsreise abgesagt worden war und er stattdessen mit Freunden nach New Orleans gefahren ist. Um ein wenig Spaß zu haben und abzuschalten von all dem Stress.»

«Ohne es dir zu erzählen?»

«Ach, Savannah …», schluchzte Helena. «Ich glaube ihm nicht. Und das ist das Allerschlimmste. Früher habe ich ihm blind vertraut, doch dieses Vertrauen ist einfach weg. Vor allem …» Helena wischte sich die Tränen mit dem Ärmel weg, und Savannah suchte in ihrer Handtasche nach einem Taschentuch und reichte es ihrer Freundin. «Die Restaurantrechnung war für zwei Personen, und sie haben Hummer gegessen. Klingt das nach einem lustigen Männertrip?»

Savannah war schockiert. «Oh, Helena, das tut mir so schrecklich leid. Das hast du wirklich nicht verdient.»

«Nein, das hab ich nicht. Ich habe alles für Parker aufgegeben, hab meine Heimat verlassen, kümmere mich seit Jahren fast allein um die Kinder, habe so oft zurückgesteckt … Und er tut mir so was an!»

«Du solltest dringend noch mal mit ihm sprechen. Vielleicht gibt es ja doch eine gute Erklärung für alles», riet Savannah ihrer Freundin, obwohl sie selbst nicht so richtig daran glaubte.

«Nein.» Helena schüttelte den Kopf. «Das denke ich nicht. Ich glaube, er hat mich schon eine ganze Weile verarscht, und ich war nur zu blind – oder zu beschäftigt –, um es zu sehen.»

Savannah nahm ihre Freundin in den Arm und spendete ihr Trost, obwohl sie doch gerade selbst welchen gebraucht hätte. Wie gemein war es, dass sie beide gleichzeitig solchen Kummer erfahren mussten! Was war nur mit den Männern los? Mit den liebevollen Ehemännern, die sie auf Händen tragen sollten?

Tja, auch das war wahrscheinlich eine Märchenvorstellung. Und wie Savannah in letzter Zeit schon öfter festgestellt hatte, war das wahre Leben nun mal einfach kein Märchen. Damit mussten sie sich wohl abfinden.

Sie sah erneut auf den See hinaus und entdeckte einen einsamen Schwan. Auf einmal fühlte sie sich so elendig, dass sie nichts wollte, als endlich wieder Liebe zu spüren.

# 36

Sie hatten nichts Genaues ausgemacht. Doch dass Savannah ihn gefragt hatte, ob sie wieder gemeinsam zu Abend essen wollten, freute Dylan sehr. Zumal sie inzwischen sicher von Genes Auftritt im Hotel erfahren hatte. Und das alles bedeutete doch, dass sie nicht zu ihrem Mann zurückgegangen war, oder? Und dass sie noch immer im Hotel wohnte? Zumindest hoffte er das.

Nachdem sie sich am Vormittag begegnet waren und sich zum Dinner verabredet hatten, war es das natürlich gewesen mit Songschreiben. Er hatte sich gar nicht konzentrieren können, weil er immer wieder an Savannah hatte denken müssen. Und an ihr bevorstehendes Date.

Nun, ob man es ein richtiges Date nennen konnte, wusste Dylan gar nicht, doch er wollte es gerne so sehen. Und deshalb hatte er nach einer Weile seine Sachen eingepackt und sich auf ins Zentrum gemacht. Und hier stand er nun, vor dem *Paradise Café*. Denn wenn einer ihm weiterhelfen konnte, dann war das Nolan.

«Hallo, mein Guter», begrüßte ihn sein neuer Freund, als Dylan eintrat. Er stand ein wenig gelangweilt hinter der Theke, hatte die Arme verschränkt und anscheinend nicht sehr viel zu tun. Das Café war auch ziemlich leer, wahrscheinlich waren die Leute nach dem Gottesdienst erst mal nach Hause gegangen, um mittagzuessen und Zeit mit der Familie zu verbringen.

«Hi, Nolan. Wie geht's?»

«Mir geht es doch immer gut, und was ist mit dir?»

«Ich … äh … habe ein kleines Problem. Meine sauberen Klamotten gehen mir langsam aus, und ich muss da dringend etwas dran ändern.»

«Die Straße runter gibt es einen Waschsalon. Vielleicht gehst du sie dort einfach waschen?», schlug Nolan vor.

Dylan kaute nervös auf seiner Unterlippe herum. «Nein, ich denke, ich brauche neue. Also anständige Sachen, verstehst du?»

Jetzt stieß Nolan sich von der Arbeitsplatte ab, an der er mit dem Allerwertesten gelehnt hatte, und sah ihn neugierig an. «Oho! Jetzt kommen wir der Sache schon näher! Du brauchst neue, *anständige* Kleidung? Hast du etwa ein Rendezvous?»

Dylan wurde noch ein wenig nervöser und errötete sogar ein bisschen. Was sollte er denn darauf antworten?

«Nein, nur ein Abendessen.»

«Mit einer hübschen Frau?», hakte Nolan weiter nach.

«Ja.»

«Na, und was ist das dann, wenn kein Date?» Nolan lachte.

«Es wird wirklich nur ein gemeinsames …» Er seufzte. «Es ist kompliziert», gestand er schließlich.

Nolan sah ihn wortlos an, überlegte, zählte eins und eins zusammen, dann weiteten sich seine Augen. «Etwa mit …?»

Dylan steckte seine Daumen in die Taschen seiner Jeanshose und verlagerte sein Gewicht von einem Bein aufs andere. Und dann wieder zurück. Er musste nicht antworten, Nolan hatte ihn auch so durchschaut.

«Ach du heilige Scheiße!» Der Cafébesitzer blickte sich in seinen Räumen um. Doch außer einem älteren Ehepaar, das an einem Ecktisch saß und in ein Gespräch vertieft war, gab es niemanden, der ihnen zuhören könnte. Also fuhr er fort: «Ich meine, ich necke euch beide ja gerne damit, und ich fände es auch super, wenn ihr zusammenfändet. Denn – hey! Seht euch an, ihr würdet ein hinreißendes Paar abgeben. Aber wie du schon sagst: Die Sache ist kompliziert. Mehr als das. Sie ist superheiß, so heiß, dass ihr euch beide ganz schön die Finger verbrennen könntet. Und wenn ich das Feuer mal beim Namen nennen darf: Es heißt Gene.»

Dylan hatte sich selten so unwohl gefühlt. Er wollte dieses Gespräch nicht führen, er wusste ja selbst, wie die Lage aussah. Und doch hatte Nolan anscheinend nicht vor, so bald den Mund zu halten.

«Hast du das mit Gene mitbekommen?», fragte Nolan jetzt.

«Was denn?»

«Sie haben ihn heute Morgen mitten auf dem Platz gefunden.» Nolan deutete hinüber zur Wiese. «Er hat da gelegen und gepennt, völlig verkatert. Die Cops mussten ihn nach Hause schaffen. Gene ist außer Rand und Band, eine tickende Zeitbombe.»

«Ja, ich weiß. Gestern war er im Hotel und hat mich dumm angemacht.» Er überlegte auch immer noch hin und her, ob er Savannah von dem Vorfall erzählen sollte. Er hatte ihn vorhin bei ihrer Begegnung am See erwähnen wollen, es dann aber doch lieber gelassen. Später, wenn sie zusammen zu Abend aßen, könnte er es natürlich ansprechen. Allerdings würde das sicher die Stimmung killen, oder? Und im Grunde war ja auch gar nichts weiter passiert. Vielleicht musste sie es gar nicht erfahren.

«Ach, ehrlich?» Nolan stützte sich auf der Theke ab, legte sein Kinn in die Hand und sah Dylan an. Entsetzt, aber doch auch gespannt.

«Ja. Er hat mir quasi gedroht, seiner Frau nicht zu nah zu kommen. Und er meinte, ich soll auf meinem Zimmer bleiben, bis ich wieder abreise.»

«Verdammt!» Nolan richtete sich wieder auf. «Glaubst du, er ahnt irgendwas?»

Dylan runzelte die Stirn. «Was soll er denn ahnen? Es läuft doch überhaupt nichts zwischen Savannah und mir, außer dass wir hin und wieder zusammen essen und uns unterhalten.»

«Hin und wieder?» Nolans Augen wurden immer größer. «Das heißt, das ist schon öfter vorgekommen?»

«Zwei oder drei Mal.»

«Also, das könnte man dann aber schon irgendwie als Dates bezeichnen, oder findest du etwa nicht? Und das könnte einen Ehemann ganz schön in Rage versetzen.»

«Er weiß doch aber gar nichts davon», entgegnete Dylan.

«Bist du sicher?»

«Hätte er mir dann nicht eher eine reingehauen, als mir dumm zu drohen? Der Mann war sturzbesoffen.»

«Hm. Ja, da magst du recht haben. Aber dennoch … Gene

scheint irgendwas zu ahnen, und du solltest gut aufpassen. Das solltet ihr beide.»

Dylan ließ sich auf einen der Stühle sacken. «Und dabei wollte ich dich doch eigentlich nur fragen, wo ich am besten günstig shoppen gehen kann.»

Nolan lachte. «Ich und mein Plappermaul, hm? Es tut mir wirklich leid, du Armer. Was würdest du denn davon halten, wenn ich als Wiedergutmachung mit dir mitkomme? Ich bringe dich nach Hamilton, wo die Geschäfte auch sonntags aufhaben, und zeige dir ein paar coole Läden.»

«Was ist mit deinem Café?»

«Rhonda müsste bald hier sein und kann dann übernehmen», sagte Nolan.

«Okay, wenn du es schon anbietest. Nehmen wir dein Auto?»

«Na, zu Fuß laufe ich sicher nicht nach Hamilton.» Der trendige Cafébesitzer lachte und rückte seine goldene Fliege zurecht. «Dafür bin ich nicht passend gekleidet.»

Dylan schüttelte amüsiert den Kopf und musste nun doch lächeln. Das Gespräch gerade war zwar ziemlich ernüchternd gewesen, trotzdem wollte er neue Klamotten kaufen gehen. Und er wollte auch immer noch Savannah treffen. Denn er konnte die Vorstellung, mit ihr zusammen zu sein, einfach nicht aufgeben. War sie doch die Erste seit Langem, die ihm neue Lebensfreude schenkte.

Shopping mit Nolan war anders als alles, was Dylan bis dato erlebt hatte. Der Typ kannte wirklich jeden Ladeninhaber und hielt erst mal ein wenig Small Talk, wo immer sie hinkamen. Es waren kleine Geschäfte mit Namen wie

*Adrian's Little T-Shirt-Box*, *Funky & Cool* und *Jeans in a Bowl*. Für Dylan war es das erste Mal in Hamilton, und er hätte nicht gedacht, dass es mitten in Nebraska so ein kunterbuntes Städtchen geben konnte. Hamilton war mit seinen knapp siebzigtausend Einwohnern weit größer als Lake Paradise, und natürlich gab es auch ruhige Gegenden, doch dann reihte sich plötzlich eine coole Einkaufsstraße an die nächste. Dylan staunte nicht schlecht, was es hier alles gab. Er entdeckte einen Cupcake-Laden, der gleichzeitig eine Buchhandlung war, und einen Frozen-Yogurt-Shop, der siebenundsiebzig verschiedene Sorten anbot. Direkt neben einer veganen Pizzeria reihten sich ein Hundefriseur und ein Seniorentreff, vor dem ein paar lachende ältere Leute saßen und den Sonntagnachmittag genossen. Auf der anderen Seite befanden sich einige Klamottenläden. Das Angebot hier war flippig, modern, und die Inhaber waren es ebenfalls. Sie hatten die Fassaden ihrer Läden mit lauter Blumen bemalt.

«Was für eine irre Gegend», sagte er bewundernd. Solche Straßen hatte er bisher nämlich höchstens in San Francisco oder Miami entdeckt.

«Nicht wahr? Hier fahre ich zum Shoppen am liebsten hin», verriet Nolan.

«Kann ich mir denken. Und ehrlich gesagt frag ich mich, wieso du im beschaulichen Lake Paradise wohnst und nicht hier.»

«Ach, weißt du, ich mag Lake Paradise einfach. Kann dir auch gar nicht so genau sagen, warum, aber die Bewohner haben sich in mein Herz geschlichen und wollen da auch nicht wieder weg.»

Dylan lächelte. Ja, das konnte er gut verstehen. Das Städtchen hatte ja auch ein paar ganz besondere Bewohner, allen voran natürlich Savannah.

Sie betraten einen weiteren Laden, der einen großen Ständer mit T-Shirts im Angebot hatte. Dylan ging die Teile durch und entschied sich für zwei. Doch ein passendes Hemd hatte er noch immer nicht gefunden. Er fragte Nolan danach.

«So was wirst du hier wahrscheinlich nicht finden. Komm, wir schauen mal ein paar Straßen weiter, da sind die etwas *biederen* Geschäfte.»

Dylan lachte. Also, als bieder hätte er seinen Kleidungsstil nun nicht bezeichnet. Er wollte doch einfach nur ein Hemd, in dem er einigermaßen gut aussah, für seine Verabredung heute Abend.

Zum Glück fand er auch bald eins, es war zwar ein wenig teurer, aber das musste er in Kauf nehmen.

Am Ende ihres Shoppingtrips hatte Dylan drei neue T-Shirts, eine Jeans, ein Hemd und eine Strickjacke gekauft. Die wollte er am See tragen, wenn er an seinem Baum saß und versuchte, ein paar Zeilen zu schreiben. Denn tagsüber war es zwar schon richtig schön warm, doch in den frühen Morgenstunden oder an späten Abenden konnte es am Wasser ganz schön kühl sein.

«Danke, Nolan, dass du das mit mir gemacht hast», sagte er, als sie zurück zum Auto gingen.

«Aber gerne. Es war sowieso mal wieder Zeit für einen Ausflug ins Flower Quarter.»

«Flower Quarter?»

«So nennen die Einheimischen die Gegend. Hast du

nicht die vielen aufgemalten Blumen an den Hausfassaden gesehen?»

«Doch, klar. Hat mich an Haight-Ashbury in San Francisco erinnert.»

«Ja! Da wollte ich auch schon immer mal hin. Erzähl mir davon», bat Nolan. Und auf der Rückfahrt berichtete Dylan ihm von seiner langen Reise und den Orten, von denen er glaubte, sie könnten Nolan gefallen.

# 37

Als Savannah in ihrem hübschen geblümten Kleid aus ihrem Zimmer trat, pochte ihr Herz schneller. Sie hatte Dylan zuvor einen Umschlag mit einer Notiz an die Tür gelehnt, auf der stand, dass sie ihn um kurz nach neun abholen würde. Dylan war anscheinend den ganzen Nachmittag unterwegs gewesen. Als er um halb sechs, beladen mit mehreren Einkaufstüten, zurückgekommen war, hatte sie sich gerade im Gespräch mit einem Gast befunden. Auf dem Weg in sein Zimmer hatte er sie jedoch unwahrscheinlich süß angelächelt, und seitdem hatte sie sich nur noch mehr auf ihre Verabredung gefreut. Und war zugleich noch ein wenig nervöser gewesen. Kurz nachdem Miles eingetroffen war, war sie hochgeeilt, um sich umzuziehen. Und jetzt klopfte sie, aufgeregt wie ein Teenager, an Dylans Tür.

Doch sobald er öffnete, waren ihre Bedenken verschwunden. Den ganzen Tag lang hatte sie sich eingeredet, dass dies kein Date sein würde. Aber jetzt, als Dylan ihr gegenüberstand und dabei so gut aussah in seinem hellgrauen Hemd und mit diesem wunderbaren Lächeln im Gesicht, beschloss sie doch, dass es eines sein sollte.

Ihr erstes Date seit zwölf Jahren. Ihr erstes Date nach Gene.

Es fühlte sich richtig und falsch gleichzeitig an. Aber nachdem Alice ihr von Genes Verhalten am Vorabend berichtet hatte, war Savannah sich sicher, dass sie ihn hinter sich lassen musste. Mit ihm würde sie einfach nicht mehr glücklich werden, viel zu lange hatte sie es versucht.

Dylan dagegen …

«Wow, du siehst großartig aus», sagte er und betrachtete sie von oben bis unten.

Auch wenn ihr Kleid fast bis zum Boden ging, war Savannah froh, sich noch die Zeit genommen zu haben, sich zu rasieren. Außerdem trug sie das teure Parfum, das sie bei ihrem Weggang eingepackt hatte. Sie hatte bisher nur sehr selten Gelegenheit gefunden, es aufzulegen.

Sie lächelte nervös. «Danke. Du siehst auch toll aus. Ist das ein neues Hemd?»

Dylan nickte. «Ich war heute mit Nolan shoppen.»

Nun musste sie doch lachen. «Na, ein Glück, dass du dich nicht zu einer kunterbunten Fliege hast überreden lassen.»

Dylan grinste. «Nein, ich wollte doch eher meinem eigenen Stil treu bleiben.»

«Das ist gut. Denn dein Stil gefällt mir sehr.»

«Ja?» Er sah sie erstaunt an.

«Ja», bestätigte sie.

Gene trug die meiste Zeit nur noch Jogginganzüge, dagegen war Dylans Kleidung erfrischend anders. Auch wenn seine Sachen schon ziemlich abgetragen und verwaschen waren, war das ja irgendwie das Besondere an ihm. Er war nun mal ein Weltenbummler, hatte viel gesehen und viel gelernt im Leben. Und heute Abend wollte Savannah gerne noch ein wenig mehr über ihn erfahren.

Gemeinsam gingen sie hinunter. Miles schaute sie verwundert an, als er sie zusammen und dann auch beide noch so schick herausgeputzt sah, doch Savannah lächelte nur und ließ ihn wissen, dass sie jetzt etwas essen gehen würde. Sie spürte, dass er ihnen nachblickte – er durfte sich ruhig seinen Teil denken, es war Savannah egal.

Das Restaurant war für die Gäste bereits geschlossen, und Alice hatte sich auch schon auf den Heimweg gemacht. Doch sie hatte ihnen auf Savannahs Wunsch hin einen Salat mit gebratenen Shrimps und dazu ein wenig Maisbrot bereitgestellt. Es stand auch eine Kerze auf dem Tisch, die Savannah nun anzündete.

«Romantisch», sagte Dylan.

Sie spürte wieder dieses Kribbeln im Bauch und sah ihn an. «Ja, irgendwie schon.»

Sie setzten sich und aßen. Tranken ein Glas Wein. Redeten. Savannah fragte Dylan, ob er ihr noch mehr von seinen Reisen erzählen mochte oder vielleicht sogar etwas über seinen Bruder. Und heute Abend öffnete er sich ihr endlich richtig.

«Es war nicht leicht nach Ronnys Tod», begann er. «Ich habe mich dafür verantwortlich gemacht. Weil ich es nicht habe kommen sehen.» Dylan senkte den Blick. «Weil ich ihn hätte retten können.»

«So etwas darfst du nicht denken», entgegnete sie und dachte an Lexi, die schon im Alter von einundzwanzig Jahren ihren Verlobten verloren hatte. Keith war beim Wandern umgekommen, von Jägern erschossen, die ihn nicht gesehen oder vielleicht auch für ein Tier gehalten hatten. Lexi hatte sich lange Zeit Vorwürfe gemacht, weil sie Keith hatte losziehen lassen, so kurz vor der Hochzeit. Doch diese Dinge lagen nicht in Menschenhand …

«Ich denke nicht, dass du etwas hättest tun können, Dylan», sagte Savannah ihm deshalb. «Ronny wollte nicht mehr leben. Du hättest ihn vielleicht in dem Moment aufhalten können, doch dann wäre es eine Woche später passiert. Oder einen Monat oder ein Jahr. Es lag nicht in deiner Hand. Man kann das Schicksal nicht aufhalten, und erst recht nicht das Schicksal anderer.»

Dylan sah einen Moment aus, als wäre er wütend, dann wirkte er nachdenklich. Sein Blick wurde weicher, und schließlich legte er das Gesicht in die Hände.

Savannah ließ ihn. Denn sie wusste, manchmal brauchte man das. Manchmal musste man sich einfach gehen lassen können. Ohne dabei Scham zu empfinden. Ohne verurteilt, belächelt oder daran gehindert zu werden.

Nach gut zwei Minuten sah Dylan wieder auf. «Weißt du was? In all den Monaten seit Ronnys Tod hat mir das noch niemand auf diese Weise gesagt. Mir klargemacht, dass sein Tod vielleicht vorherbestimmt war. Ich habe mir so viele Vorwürfe anhören müssen, dass ich am Ende selbst fest davon überzeugt war, es sei alles meine Schuld gewesen. Aber vielleicht hast du recht. Vielleicht hätte niemand Ronny aufhalten können.»

«Wer hat dir denn auch noch Vorwürfe gemacht?», fragte sie vorsichtig, obwohl es sie innerlich zerriss. Denn wie hatte irgendwer solch einer gebrochenen Seele noch die Schuld an diesem schrecklichen Unglück geben können?

«Meine Mom. Meine Tante. Und irgendwie jeder andere auch, zumindest hatte ich das Gefühl.»

«Bist du dir ganz sicher? Manchmal bildet man sich so etwas in seinem Schmerz auch nur ein, weil die ganze Welt unfair zu sein scheint.»

Dylan schüttelte den Kopf. «Nein. Sie haben es gesagt. Meine Mom hat mich am Tag der Beerdigung gefragt, wieso ich nichts unternommen hätte, da ich Ronny doch am besten kannte. Und ich habe die Vorwürfe in ihrer Stimme gehört. Deshalb bin ich weg aus Nashville. Weil ich das einfach nicht mehr ertragen habe.»

Savannah fühlte Dylans Schmerz. Sie bewegte ihre Hand über den Tisch auf seine zu und nahm sie. «Das tat sicher weh. Und es ist absolut nicht gerechtfertigt. Hätte eure Mutter Ronny nicht mindestens genauso gut kennen sollen wie du? Sie war doch seine Mom!»

Dylan zuckte die Achseln. «Ja, vielleicht. Aber Ronny und ich hatten eben immer diese Verbindung. Schon seit wir Kinder waren.» Er starrte auf sein Weinglas und musste wohl an etwas aus der Vergangenheit denken, denn plötzlich bekam er ganz feuchte Augen. «Er fehlt mir so sehr.»

Savannah stand auf, stellte sich hinter Dylan und umarmte ihn von hinten. Legte ihren Kopf auf seinen. Atmete seinen Duft, seinen Schmerz ein. Wollte ihm klarmachen, dass es nicht seine Schuld war. Ihm zeigen, dass er nicht allein war. Wollte ihn halten, einfach nur halten.

Eine ganze Zeit verweilten sie in dieser Position, bis Dylan erschöpft sagte: «Ich glaube, ich habe keinen Hunger mehr.»

«Das ist okay. Lass uns gehen.»

Dylan nickte, und Savannah brachte schnell die Teller in die Küche.

Als sie zurück ins Restaurant kam, stand Dylan bereits an der Tür. Er sah sie an und sagte: «Danke, Savannah. Für alles.»

Sie schenkte ihm ein trauriges Lächeln. Dann liefen sie durch den Flur Richtung Empfang, sie wünschte ihm eine gute Nacht und sah ihm dabei zu, wie er die Treppe nahm. Savannah selbst ging rüber an die Rezeption.

«Alles okay?», fragte Miles und betrachtete sie eingehend.

«Ja, alles gut.» Sie zögerte einen Moment. «Na ja, wir haben es beide gerade nicht sehr leicht, und manchmal tut es einfach gut zu reden.»

«Kennst du ihn schon länger?», erkundigte sich Miles, wahrscheinlich weil er sich darüber wunderte, wie vertraut sie und Dylan miteinander waren.

Savannah schüttelte den Kopf. «Nein. Aber wir verstehen uns gut, sind auf einer Wellenlänge, weißt du?» Sie hoffte innigst, er würde sie jetzt nicht daran erinnern, dass sie verheiratet war. Doch er tat nichts dergleichen.

«Ja, das kenne ich. Mit manchen Menschen hat man einfach diese Verbindung.»

Sie musste lächeln, da er bei diesen Worten sicher an seine Sonya dachte. «Wie geht es denn deiner Frau und den Mädchen?», erkundigte sie sich.

Wie immer, wenn er an seine Familie dachte, erstrahlte Miles förmlich. «Ihnen geht es gut, danke.»

«Das freut mich.»

«Sasha lernt gerade im Kindergarten das Alphabet, sie

singt den ganzen Tag lang das Abc-Lied, das kennst du doch?»

Savannah musste lachen. «Wer kennt es nicht?»

«Ja, sie macht das richtig toll, aber nach dem zwanzigsten Mal geht es einem ein wenig auf die Nerven.»

«Wie süß. Ich würde gerne hören, wie Sasha das Abc-Lied singt. Bring sie doch mal wieder mit hierher.»

«Wenn wir das nächste Mal auf den Spielplatz am See gehen, schauen wir vorbei.»

«Versprochen?»

«Klar. Ach, übrigens Kinder und See ... Was ist denn dieses Jahr für den Memorial Day geplant? Bieten wir auch wieder irgendwas an?», fragte Miles.

Da das Fest vor einigen Jahren auf den Lake Paradise ausgeweitet worden war, weil es für all die Stände und Attraktionen im Zentrum ein wenig zu eng wurde, bot das Hotel seitdem auch immer irgendeinen Spaß an.

«Ja, das tun wir. Zumindest ist das der Plan. Ich dachte, wir bieten diesmal Dosenwerfen an. Was hältst du davon?»

«Sehr viel sogar! Ich bin nämlich ein Meister im Dosenwerfen.» Miles holte aus und warf einen imaginären Ball.

«Na, perfekt. Dann teile ich dich gerne für die Standbetreuung ein. Wir sind nämlich ein wenig knapp besetzt an dem langen Wochenende, weil Greta sich da einer kleinen Operation unterziehen muss. Ich weiß, du hättest eigentlich frei, es wäre aber super, wenn du für ein paar Stunden einspringen könntest.»

«Oh, arme Greta. In dem Fall bekommen wir das sicher hin», versicherte Miles, und Savannah war erleichtert. Denn sie machte sich zunehmend Sorgen um Gretas Gesundheit, so oft, wie diese in letzter Zeit ausgefallen war, und sie ahnte schon, dass die Siebzigjährige nicht mehr lange im Hotel würde mitarbeiten können. Savannah musste dringend eine Lösung finden, vielleicht jemand Neues einstellen. Aber darüber wollte sie sich heute keine Gedanken mehr machen. Der Tag war zu lang gewesen, und sie war sehr müde. Außerdem war sie noch immer ziemlich bewegt von Dylans Erzählungen. Jetzt wollte sie einfach nur auf ihr Zimmer gehen und ihre Gedanken ordnen.

«Ich gehe dann mal schlafen», sagte sie zu Miles. «Du weißt ja, wo du mich findest, falls es irgendeinen Notfall gibt.»

«Mach dir nicht immer so viele Sorgen, es wird keinen Notfall geben. Und Savannah?»

«Ja?»

«Bist du wirklich okay? Ich meine, du wohnst jetzt schon seit einigen Tagen hier im *Inn*. Wie lange hast du denn noch vor zu bleiben?»

«Wenn ich das wüsste», sagte sie traurig und stieg die Stufen hoch.

Auf ihrem Zimmer fand sie nicht zur Ruhe. Ihr ging so viel durch den Kopf. Vor allem, wie wohltuend es war, sich mit Dylan zu unterhalten. Wie gut sie sich verstanden. Die Art, wie er sie ansah und sie einfach richtig zu *sehen* schien. Und wie es sich angefühlt hatte, seine Hand zu halten.

Ihn vorhin zu umarmen, war ihr ganz natürlich vorgekommen, so als wären sie gute Freunde – aber nicht nur das. Dylan war längst viel mehr für sie, auch wenn es ihr Probleme bereitete, sich das einzugestehen.

Plötzlich hörte sie ihn wieder leise auf seiner Gitarre spielen …

*Dylan.* Dieser starke und doch so zerbrechliche Mann, dem es nichts ausmachte, seine Schwächen zu zeigen. Dem es nicht peinlich war zu weinen. Der ihr Herz im Sturm erobert hatte. Der bewirkte, dass sie sich endlich nicht mehr allein fühlte.

Mit einem Mal spürte sie ein unglaubliches Kribbeln im Bauch. Sie erhob sich und ging zur Tür. Dort blieb sie stehen, zögerte, musste sich sammeln, überlegen, ob es wirklich richtig war, dies zu tun. Doch dann drückte sie die Klinke herunter, denn sie konnte einfach nicht anders.

Bis zu seiner Tür hatte sich das Kribbeln auf ihren ganzen Körper ausgebreitet und von jedem Zentimeter Besitz ergriffen.

Und dann … hob sie eine Hand und klopfte an.

# 38

Als es klopfte, hob Dylan, der mit seiner Gitarre auf dem Stuhl am Fenster gesessen und hinaus in die Dunkelheit gestarrt hatte, überrascht den Kopf. Dann ging er aufmachen.

«Savannah ...» Das war alles, was er sagen konnte, als er sie vor sich sah.

«Darf ich reinkommen?», fragte sie.

«Ja, natürlich.» Er gewährte ihr Zutritt in seine Welt und sagte ihr, dass sie sich hinsetzen könne, wo immer sie wolle.

Sie setzte sich aufs Bett.

Und da waren sie nun, in seinem Zimmer. Zu zweit. Allein.

Dieses Gefühl hatte er seit Ewigkeiten nicht gespürt. Alles in ihm bebte, sein Innerstes erglühte, und am liebsten hätte er Savannah jetzt gleich in seine Arme geschlossen, sie geküsst, sie geliebt – er wünschte sich nichts so sehr wie das. Doch er wusste auch, es wäre falsch gewesen. So weit waren sie noch lange nicht, wenn es überhaupt je dazu kommen würde. Gerade erst waren sie dabei, einander kennenzulernen und zu vertrauen. Sich gänzlich fallen zu lassen, wäre zu viel gewesen.

«Warum … bist du gekommen?» Endlich brachte er sie heraus, die alles entscheidende Frage.

«Ich wollte nicht allein sein», sagte sie und sah ihm fest ins Gesicht. «Ich fühle mich gut in deiner Nähe, Dylan. Geborgen.»

Er lächelte, freute sich. Und er wusste, es war an der Zeit, etwas mit ihr zu teilen.

«Darf ich dir etwas zeigen, Savannah?»

«Ja, bitte.»

Und er holte sie hervor. Seine Box.

«Was ist das?», fragte sie.

«Mein wohl wertvollster Besitz», antwortete er und setzte sich neben sie.

Dann öffnete Dylan den kleinen hölzernen Kasten und holte sie heraus. Die Fotos, die ihn zusammen mit Ronny zeigten. Die Fotos, die er durch zweiundvierzig Staaten getragen hatte. Die Fotos, die er sich nach seinem Fortgang aus Tennessee tagtäglich angesehen hatte, heute aber nur noch gelegentlich hervorholte. Er hatte sie auf seiner langen Reise noch niemandem gezeigt.

«Das ist Ronny», sagte er und reichte ihr sein Lieblingsfoto. Es zeigte ihn und seinen Bruder bei einem ihrer Wohnzimmerkonzerte, lange bevor Dylan es nach Nashville geschafft hatte. Ronny sah darauf so richtig glücklich und ausgelassen aus – das tat er nur auf sehr wenigen Fotos.

Savannah nahm ihm das Bild vorsichtig aus der Hand und hielt es so sachte, als könnte es zu Staub zerfallen. Sie betrachtete die beiden fröhlichen Brüder lange und eingehend und sagte dann: «Ich glaube, ich kann jetzt verstehen, warum du dich so quälst.»

Mehr sagte sie nicht, doch er konnte in ihrer Stimme eine große Traurigkeit vernehmen. Vielleicht war sie traurig wegen Ronny, weil er ihn verloren hatte und sie ihn niemals kennenlernen würde. Vielleicht war sie aber auch traurig wegen einer Million anderer Dinge.

Er zeigte ihr noch mehr Bilder und danach seine Postkarten. Er bewahrte sie ebenfalls in der Box auf, hatte sie der Reihe nach sortiert und hielt sie mit einem Gummiband zusammen. Die erste Karte war zehn Monate und zwölf Tage alt und stammte aus Birmingham, Alabama. Die letzte war gerade mal vier Tage alt. Auf ihr war der Lake Paradise abgebildet, im Sonnenlicht, mit ein paar Vögeln, die darüber hinwegflogen.

«Du bist wirklich viel herumgekommen», sagte Savannah.

«Ja, es fühlt sich eher wie zehn Jahre an als wie zehn Monate.»

«Welche Ziele hast du noch? Wo willst du noch hin?», fragte sie.

«Du meinst, bevor ich wieder nach Nashville zurückkehre?» Er sagte bewusst nicht nach Hause, da es sich überhaupt nicht mehr so anfühlte.

Savannah nickte nur.

«Wenn ich ehrlich sein soll, habe ich keine Ziele mehr. Ich glaube, ich habe gefunden, wonach ich so lange gesucht habe.»

Oh, wie sie ihn jetzt ansah! Als hätte er ausgesprochen, was sie ebenfalls fühlte. Und da konnte er sich nicht länger zurückhalten. Er legte ihr seine Hand an die Wange, sah ihr tief in die Augen und küsste sie.

# 39

Savannah schloss die Augen. Genoss den Moment. Konnte nicht glauben, dass es tatsächlich passierte. Und dann setzte das schlechte Gewissen ein.

Sie entzog Dylan ihre Lippen, sagte: «Es tut mir leid, aber ich kann nicht.» Dann stand sie auf und eilte zur Tür, ohne zurückzublicken.

«Savannah», hörte sie ihn hinter sich sagen. «Warum?»

Sie sammelte all ihre Kraft zusammen und drehte sich langsam um. «Weil ich verheiratet bin, Dylan.»

Er stand jetzt auf, kam auf sie zu, hielt ihr seine Hand entgegen. «Du bist aber nicht glücklich mit ihm, oder? Ich will dich so gerne glücklich machen, dir alles geben, was du brauchst.»

Sie spürte Tränen aufsteigen.

«Gene und ich haben aber noch nicht einmal richtig Schluss gemacht. Ich kann meinen Mann nicht betrügen.»

Dylan ließ seine Hand, die sie noch immer nicht ergriffen hatte, fallen. Sein ganzer Körper schien in sich zusammenzusacken, als sie sich umdrehte und sein Zimmer verließ. Doch sie musste weg. Konnte es einfach nicht.

Auf ihrem Zimmer weinte sie bitterlich. Weinte, bis keine Tränen mehr kamen. Bis sie völlig leer war und sich fühlte, als würde ihre Welt untergehen. Eine Welt, in die doch endlich wieder ein wenig Wärme und Geborgenheit getreten war. Liebe vielleicht.

*Aber sie war verheiratet.*

Weil sie nicht weiterwusste, nahm sie ihr Handy in die Hand und schrieb Helena, die beschlossen hatte, noch eine Nacht länger in Lake Paradise zu bleiben, da Parker erst am Dienstag wieder auf Geschäftsreise musste – falls es denn überhaupt eine war –, und sich solange um die Kinder kümmern konnte.

Ich weiß nicht, was ich tun soll.

Trotz der späten Stunde schrieb ihre Freundin sofort zurück.

Was ist passiert?

Ich habe Dylan geküsst.

Das ist doll toll!

Nein, das ist schrecklich. Ich bin schrecklich.

Ach, Süße. Komm zu mir, ich bin bei meinen Eltern.
Die schlafen schon, ich warte vor der Tür auf dich.

Okay. Bin gleich da.

Ihr Gesicht noch immer tränennass, schnappte Savannah sich ihre Jacke, lief die Treppe hinunter, war froh, dass Miles gerade nicht an der Rezeption stand, und stieg in ihr Auto.

# 40

Dylan hörte eine Tür, dann Schritte. Er horchte auf. Aus einem Impuls heraus ging er zu seiner eigenen Tür und öffnete sie, doch wer auch immer gerade noch im Gang gewesen war, war längst davongeeilt.

Er glaubte, es war Savannah.

Er trat ans Fenster, doch von dort aus hatte er leider keinen Blick auf den Parkplatz, und er wusste somit nicht, ob sie es wirklich gewesen war. Und ob sie vielleicht weggefahren war. Zu Gene gefahren war nach ihrem Kuss. Diesem wunderschönen Kuss, den er noch immer auf den Lippen spürte. Nie zuvor hatte er so intensive Gefühle erlebt – und dann war sie davongeeilt. Das schlechte Gewissen hatte sie mit voller Wucht gepackt, er hatte es sehen können.

Und jetzt fuhr sie bestimmt zurück zu ihm. Zu Gene. Dem Mann, der ihr nicht im Mindesten das Wasser reichen konnte. Der sie unglücklich machte. Der sie nicht verdient hatte!

Doch sie schien ihn noch immer zu lieben.

Dylan war verzweifelt. Er trat in den Flur und klopfte an Savannahs Tür, nur um sicherzugehen. Sie öffnete nicht.

Wie ein Wahnsinniger rannte er zurück, zog sich seine

Jacke an, schnappte sich seine Geldbörse und stürmte hinaus.

Die Nachtschicht sah ihn fragend an, doch er wollte keine Antworten liefern. Wollte einfach nur raus. Weg. Irgendwohin, wo Savannah und dieser Kuss nicht so allgegenwärtig waren.

Dieser verdammte Kuss!

Was war nur in ihn gefahren? Er wusste doch, dass es falsch war. Dass es alles ruinieren würde. Oh, wie dumm er gewesen war! Alles machte er falsch. Nichts hatte er gelernt in all den Monaten. Noch immer war er dieser verfluchte Kerl, der Leben zerstörte.

Dylan rannte und rannte, bis er das Stadtzentrum erreichte. Aus der *Paradise Tavern* ertönte Musik, obwohl der Sonntag doch eigentlich ein Ruhetag war. Doch hier in Lake Paradise schienen eigene Gesetze zu herrschen, das hatte Dylan ja inzwischen mitbekommen. Jetzt erinnerte er sich, dass Nolan bei ihrem Ausflug von einem Karaoke-Abend gesprochen hatte. Ja! Das wäre jetzt genau das Richtige, das, was er brauchte. Er wollte sich die Seele aus dem Leib singen, in die Welt hinausschreien, was für ein Idiot er war. Sie wissen lassen, dass es ihm leidtat.

Er hoffte, Savannah würde es hören.

«Dylan! Was für eine Überraschung!», rief Nolan, als er ihn entdeckte. «Du bist tatsächlich gekommen!» Er saß mit ein paar anderen in einer der Nischen und bedeutete ihm, sich dazuzusetzen.

«Hey», erwiderte Dylan, zog sich seine Jacke aus und setzte sich. «Ja, mir war einfach danach.»

«Super! Das hier sind Jonah, May und Josh.» Nolan stellte

ihm seine Freunde vor. «Ich bin als Übernächstes dran und singe *Dreamlover* von Mariah Carey. Wenn du auch was zum Besten geben willst, musst du dich in die Liste dort vorne eintragen.» Er deutete zu einem Pult in der Nähe der Bühne.

Dylan stand sofort wieder auf und trug sich ein. Es gab ein dickes Buch mit Songs, aus dem man sich einen auswählen sollte. Er entschied sich für *Iris* von den Goo Goo Dolls.

Danach kehrte er zu Nolan und seinen Freunden zurück und bemühte sich, nicht völlig unbeteiligt zu wirken. Aber es gelang ihm nur schlecht, er bekam überhaupt nicht richtig mit, worüber sie sprachen und lachten, hielt sich an dem Gin Tonic fest, den Nolan ihm organisiert hatte, und wartete darauf, dass er an der Reihe war.

Nolan sang eher schief als gut, doch es schien ihm Spaß zu bereiten, und er freute sich, als am Ende alle klatschten.

Nach knapp einer Stunde war Dylan endlich dran. Er stieg auf die kleine Bühne und trat ans Mikro. Es war das erste Mal, dass er wieder vor Publikum stand, auch wenn dies nur die Bühne einer Kneipe in Lake Paradise war und nicht im Geringsten zu vergleichen mit denen in Nashville. Doch er stand wieder im Rampenlicht, und alle Blicke waren auf ihn gerichtet. Zumindest kam es Dylan so vor, wobei sicher die Hälfte der Gäste in Gespräche vertieft war und ihn überhaupt nicht beachtete. Doch als er die ersten Worte gesungen hatte, änderte sich das. Ab da hatte er die volle Aufmerksamkeit.

Nolan starrte ihn überrascht an, die Maisprinzessin pfiff ihm begeistert zu, und Josh, der Pizzabäcker, riss beide Fäuste in die Luft.

Und Dylan sang.

Er sang sich all den Schmerz aus dem Leib. Sang, bis er heiser war. Sang, als wäre es sein letzter Song.

Dann war das Lied vorbei, und er trat von der Bühne, während die ganze *Tavern* applaudierte. Es war ihm ein wenig peinlich. Er wusste einfach nicht mehr, wohin mit seinen Gefühlen. Und als Nolan ihn begeistert in Empfang nahm und ihm auf die Schulter klopfte, machte er sich los und setzte sich einfach wieder still in seine Ecke.

«Wow, Dylan, was war das denn?», fragte Nolan. «Du kannst ja singen!»

«Ja, das kann ich wohl», entgegnete er matt, doch er hatte absolut keine Lust auf weitere Fragen. Also trank er sein noch fast volles drittes Glas Gin Tonic aus und sagte, er müsse gehen.

Draußen atmete Dylan ein paarmal tief durch. Das war heftig gewesen. Gut irgendwie, aber auch ungewohnt. Neu. Als hätte er die vergangenen Jahre nicht auf etlichen Bühnen gestanden. Er wusste mit seinen Emotionen nicht umzugehen und fühlte sich duselig, die drei Drinks waren definitiv zu viel gewesen.

Dylan wusste nichts mit sich anzufangen und blickte sich um. Die beleuchtete Rathausuhr zeigte 23:46 Uhr an, aber er wusste, dass sie immer drei Minuten zu spät war. Dann entdeckte er jemanden auf einer Bank in der Mitte des Platzes. Es war Buddy, der Stadtpoet, der nur im Licht der altmodischen Straßenlampe etwas in sein Notizheft kritzelte.

Dylan trat näher. «Darf ich mich zu dir setzen?», fragte er.

Buddy sah auf. Und nach kurzem Zögern nickte er.

Dylan ließ sich auf das weiß angestrichene Holz plumpsen. «Was für eine Nacht», sagte er. «Ich hab da drinnen gerade gesungen.»

«Aha.»

«Hab seit einer gefühlten Ewigkeit nicht mehr gesungen. Dabei war das früher mal mein Job. Ich war Sänger, damals in Nashville. Ist vierzehn Milliarden Jahre her, zumindest fühlt es sich so an.»

«Du warst Sänger?», fragte Buddy, der bereits seinen Pyjama trug, wie Dylan jetzt erst feststellte. Er war blau-weiß gestreift.

«Warum sitzt du denn hier in deinem Pyjama?», fragte er und musste unwillkürlich lachen.

«Ich konnte nicht schlafen und wollte Mom nicht wecken. Also bin ich zum Dichten rausgekommen.»

Erstaunt sah Dylan den Mann an, der sicher schon an die fünfzig war. «Du wohnst noch bei deiner Mom?»

«Ja», antwortete Buddy schlicht.

Dylan zuckte die Achseln und nickte. «Warum nicht? Ich freu mich für dich. Meine Mom hasst mich, weißt du?»

«Tut mir leid.»

«Schon okay. Die ganze Welt hasst mich, ich hab mich dran gewöhnt.» Er lachte auf, wie ein Verrückter. «Und dabei war ich fast schon ein Star! Der große Dylan Heard! Aber jetzt bin ich nichts als ein Häufchen Elend. Traurig, oder?»

«Traurig», stimmte Buddy ihm zu.

Und dann starrten sie beide in Richtung Kirche, deren Glocken zur Mitternacht läuteten.

# 41

Erneut erwachte Savannah in einem Bett, das nicht ihr eigenes war. Heute war es das Gästebett im Haus von Helenas Eltern. Sie war todmüde, da sie höchstens zwei oder drei Stunden geschlafen hatte, denn sie und ihre Freundin hatten die halbe Nacht geredet, geweint, sich über ihre Ehemänner beklagt und ihren Beziehungen nachgetrauert. Während Helena hoffte, dass ihre Ehe zu kitten war, wusste Savannah, dass sie nichts mehr retten konnte – oder wollte.

Immer wieder hatte sie an den Kuss denken müssen. Sie hatte Helena davon erzählt. Davon, wie es sich angefühlt hatte, nach zwölf Jahren einen anderen Mann zu küssen.

«Ich denke, du bist verliebt, Süße», hatte ihre Freundin gesagt.

«Nein, das ist es nicht. Es geht hier überhaupt nicht um Dylan, sondern darum, dass ich mich endlich wieder gesehen fühle. Und begehrt.» Das jedenfalls versuchte sie sich die ganze Zeit selbst einzureden. Dass es nicht an Dylan lag. Dass ihre Gefühle für ihn nicht real waren. Dass jeder x-beliebige Mann das in ihr hätte auslösen können. Dass es einfach nur darum ging, endlich wieder etwas zu fühlen.

Doch ihre Freundin durchschaute sie.

«Bist du dir sicher? Ich glaube nämlich, dass es hier doch um Dylan geht. Und dass du ihn mehr magst, als du dir eingestehen willst.»

«Dylan geht bald wieder weg, Helena», sagte sie, und die Leere, die allein diese Vorstellung in ihrem Herzen hinterließ, war kaum zu ertragen. Obwohl sie Dylan noch gar nicht lange kannte – war es wirklich erst eine Woche? –, fühlte es sich an, als wäre er ihr Seelenverwandter.

«Vielleicht bleibt er ja noch ein bisschen länger, wenn du ihm sagst, was du empfindest. Wenn du euch beiden eine Chance gibst.»

«Ich bin doch aber verheiratet, Helena. Wie stellst du dir das vor?»

«Du musst ja nicht länger verheiratet sein. Es liegt allein an dir.»

Savannah hatte die Augen geschlossen. All diese Überlegungen waren einfach zu anstrengend gewesen. Und irgendwann war sie dann eingeschlafen, erneut an der Seite ihrer besten Freundin, die sie besser kannte als sonst irgendwer auf der Welt.

An diesem Morgen nun war alles klar. Savannah wusste nicht, woher diese Entschiedenheit kam, doch nun war sie sich sicher.

«Helena, würdest du mir einen Gefallen tun?», fragte sie, als ihre Freundin wach wurde.

«Aber natürlich. Jeden.»

«Kommst du nachher mit mir zu Gene? Ich will meine restlichen Sachen holen, ihm aber nicht allein begegnen.»

Helena strahlte sie an. «Ich bin stolz auf dich. Und ich

komme selbstverständlich mit. Du musst das nicht allein machen, Süße.»

«Ich danke dir. Was würde ich nur ohne dich tun?»

«Ja, das frage ich mich auch sehr oft, was würde ich ohne *dich* tun? Ich bin wirklich froh, dich zu haben.»

«Geht mir genauso.»

Liebevoll sahen sie einander an – zwei Freundinnen in jeder Lebenslage.

Während sie sich fertig machten, überlegte Savannah, wie ihr Tag aussehen sollte. Wann sie am besten ihre Sachen holen konnte. Denn nun wollte sie sogar, dass Gene in dem Moment zu Hause war. Und sie musste sich überlegen, wie es weitergehen würde. Eine Zeit lang konnte sie vielleicht im Hotel bleiben, aber auf Dauer würde ihr das eine Zimmer zu klein werden. Allerdings wohnte Dylan noch immer nebenan, was natürlich ein Pluspunkt war. Und ja, mit Dylan musste sie heute auch unbedingt reden.

Savannah hatte also einiges auf dem Plan, und sie hoffte nur, dass die Dinge auch so verlaufen würden, wie sie es sich vorstellte.

Selbstverständlich ließ Donna ihre Tochter und deren beste Freundin nicht aus dem Haus, bevor sie etwas Ordentliches im Magen hatten. Sie tischte ihnen ein Pancake-Frühstück mit allem Drum und Dran auf. Und während Savannah Erdbeerkompott auf ihren Pfannkuchen strich, druckste Helena plötzlich herum.

«Mom … Dad … Ich wollte euch noch etwas mitteilen. Ich werde wohl den ganzen Sommer mit den Kindern in Lake Paradise verbringen.»

Donnas Augen weiteten sich. Ian strahlte seine Tochter

glücklich an. Selbst Savannah war überrascht, denn davon hatte ihre Freundin ihr noch gar nichts berichtet.

«Wie wundervoll!», rief Donna aus. «Ich freue mich so, dich und die Kinder dann länger als nur ein paar Tage hier zu haben.»

«Welch schöne Idee», stimmte Ian seiner Frau zu. «Aber was ist denn mit deiner Arbeit?»

«Ich helfe doch seit letztem Jahr halbtags in der Schulbibliothek aus», erinnerte Helena ihren Dad. «Die schließt in den Sommerferien natürlich ebenfalls.»

«Na, das passt ja perfekt», erwiderte er. «Und besonders schön finde ich, dass ich dann endlich wieder was zu tun habe und Zeit mit meinen Enkeln verbringen kann. Ich langweile mich nämlich fast zu Tode.»

Seit Ian seine Arbeit als Vorarbeiter der Maismehlfabrik verloren hatte, wusste er nicht mehr viel mit sich anzufangen. Und während ihr Mann jetzt schon Pläne für den Sommer schmiedete und sicher bereits ans Angeln mit Mattie und ans Wandern mit Leslie dachte, stand Donna von ihrem Stuhl auf und umarmte ihre Tochter freudig. «Wir werden uns den schönsten Sommer aller Zeiten machen.»

Helena nickte und schielte zu Savannah rüber, die als Einzige wusste, dass es stattdessen wohl der schlimmste Sommer aller Zeiten für sie werden sollte.

# 42

*Karriereaus*
*Jetzt ist es raus*
*Er kam hierher*
*Sein Herz war schwer*
*Verloren viel*
*Ganz ohne Ziel*
*Doch unser Ort*
*Schob alle Sorgen fort*
*Unser schöner See*
*Nashville ade*
*Er kann wieder singen*
*Und anderen Freude bringen*

«Glaubt ihr, es handelt von *ihm*?», fragte Sadie aufgeregt.

Delores betrachtete das Gedicht, das Buddy soeben im Café verteilt hatte. «Es kann schon sein, oder?»

Murielle sah ihre Freundinnen eine nach der anderen an und konnte nicht glauben, wie einfältig die beiden waren. Das war doch wohl offensichtlich, oder?

«Natürlich handelt es von ihm! Von wem soll es denn sonst handeln?»

Sadie nickte langsam. «Ja, Savannah hat mir erzählt, dass er aus Tennessee kommt.»

«Was? Und das hast du uns nicht gesagt?» Murielle war empört.

«Ich habe es nicht für wichtig gehalten», erwiderte Sadie, obwohl der eigentliche Grund war, dass sie es schlicht vergessen hatte. Die Sorge um Savannah hatte sie in den letzten Tagen voll eingenommen.

«Aber natürlich ist es das! Nashville, Tennessee! Sadie! Das steht für Countrymusik. Das weiß doch jeder!»

«Ja, und?» Sadie fühlte sich ein wenig angegriffen. «Woher sollte ich denn wissen, dass er Sänger ist? Klar, er hatte bei seiner Ankunft eine Gitarre dabei, aber er ist ja nicht gerade singend durch die Straßen gelaufen.»

«Er hat gestern Abend gesungen», meldete sich Nolan zu Wort, der ihnen soeben die Muffins brachte. Schon seit er vor einer Stunde Buddys Gedicht gelesen hatte, versuchte er, sich zu erinnern, ob Dylan je seinen Nachnamen erwähnt hatte. Denn dann könnte er ihn googeln. Doch es wollte ihm partout nicht einfallen. Und Savannah danach zu fragen, war keine Option, vor allem da Nolan sie zurzeit lieber mied.

«Wo hat er gesungen?», wollte Murielle wissen.

«In der *Tavern*. Gestern war Karaoke-Abend.» Nolan holte sein Smartphone hervor und gab nun einfach ein paar Suchbegriffe ein. Vielleicht würde er es ja auch so herausbekommen.

«Und da hat er tatsächlich ein Lied zum Besten gegeben?», fragte Delores, die das alles mehr als spannend fand.

«Ja. Eins von den Goo Goo Dolls, und Dylan war fantastisch.» Nolan hatte sich schon gestern Abend darüber gewundert, *wie* gut Dylan war, hatte aber angenommen, er wäre einfach ein Typ, der gut singen konnte. Extrem gut. Dass jedoch mehr dahinterstecken könnte, war ihm erst in den Sinn gekommen, nachdem er Buddys Zeilen gelesen hatte.

Die Goo Goo Dolls kannte keine der drei Damen, doch das war gerade auch nicht von Bedeutung.

«Na? Hast du was herausgefunden?», fragte Sadie neugierig und versuchte, einen Blick auf Nolans Handy zu erhaschen.

Nolan, der inzwischen alle Suchbegriffe eingegeben hatte, die ihm eingefallen waren – *Dylan, Nashville, Karriere-aus, Countrysänger* –, war endlich fündig geworden. Das glaubte er zumindest. Denn er war auf einen Artikel gestoßen, der von einem aufstrebenden Countrysänger namens Dylan Heard berichtete. Dieser habe vor knapp einem Jahr von heute auf morgen seine angehende Karriere hingeschmissen. Wohl wegen persönlicher Probleme. Vom Tod eines Familienmitglieds war die Rede, in weiteren Berichten aber auch von einer Frau, die ihm das Herz gebrochen hatte, und sogar von Drogenexzessen. Nirgendwo war ein Foto des Sängers abgebildet, deshalb gab Nolan nun schlicht *Dylan Heard* ein. Und da erschien er tatsächlich auf dem Display – jedoch war es ein komplett anderer Dylan als der, den Nolan kannte.

Er drehte das Handy in Richtung der drei Damen und zeigte ihnen das Bild.

«Ja, das ist er!», rief Sadie aus. «Eindeutig!»

«Er sieht aber so … ganz anders aus», meinte Delores, die

ihn fast nicht erkannt hätte in seiner braunen Wildlederjacke, mit den kurzen Haaren und dem strahlenden Lächeln im Gesicht. Der Mann, den sie kannte, sah immer traurig aus.

«Ja, Ladys, ich würde mal sagen, er ist es wirklich.» Nolan betrachtete Dylan Heard eingehend. Und auch auf ihn wirkte er tatsächlich wie ein vollkommen anderer Mensch. Er dachte an den gestrigen Nachmittag zurück, den er mit diesem stillen, zurückhaltenden und bescheidenen Typen verbracht hatte. Nicht in einer Million Jahre hätte er ihn für einen Musikstar gehalten.

«Hier steht, er hatte sogar ein paar kleinere Hits», erzählte er den Frauen, die ihn noch immer wie gebannt ansahen. «Sogar einen auf Platz 38 der Charts!»

«Wow!», rief Murielle aus.

«Aber wie hat Buddy denn davon erfahren?», fragte Delores verwundert.

Darauf wussten die anderen leider auch keine Antwort.

# 43

Nach dem Frühstück fuhren die beiden Freundinnen in Savannahs Wagen zu ihrem Haus am Paradise Place. Als sie die Tür aufschloss, war es still im Haus, doch da die Schlafzimmertür zu war, nahm Savannah an, dass Gene noch schlief. Das war gut, denn so konnte sie zunächst alles Wichtige im Wohnzimmer, im Bad und in der Küche zusammensammeln, das sie mitnehmen wollte.

Sie nahm sich zwei große Einkaufstaschen aus der Küchenschublade und bat Helena, sie für sie aufzuhalten. Dann packte sie einfach alles ein, was irgendwie von Bedeutung für sie war: den Ordner mit wichtigen Unterlagen wie ihre Geburtsurkunde, Schulzeugnisse, Versicherungspolicen und die Heiratsurkunde, dann den Kasten mit dem Silberbesteck, das sie von ihrer Grandma zur Hochzeit geschenkt bekommen hatte, die Topflappen von Leslie, die schief und krumm, aber mit Liebe selbst gehäkelt waren, die beiden Fotoalben mit Bildern aus ihrer Kindheit und die gerahmten Fotos von ihren Eltern, von Helena und sich selbst. Die Hochzeitsbilder ließ sie stehen, Gene konnte sie haben, wenn er wollte.

Nach einer Weile kam Gene aus dem Schlafzimmer.

Er fuhr sich durchs Haar, sah leicht verwirrt aus, dann erstrahlten seine Augen, als er Savannah entdeckte. «Du bist zurückgekommen?»

«Nein, Gene. Ich hole nur meine restlichen Sachen.»

Er trat näher und bemerkte jetzt auch Helena und die gepackten Taschen. «Was soll das, Savannah? Warum machst du das?»

«Weil ich ausziehe. Für immer. Ich verlasse dich, Gene.» Sie brachte die Worte tapfer heraus und war innerlich stolz auf sich. Und als sie zu Helena rüberblickte, wusste sie, dass ihre Freundin es ebenfalls war.

Gene allerdings schien gar nicht glücklich mit der Entwicklung der Dinge. Sein Gesicht lief rot an, und er kam auf sie zu. Savannah ging ein paar Schritte zurück, Genes Bierfahne konnte sie dennoch riechen. In der Küche hatte sie einen ganzen blauen Sack voll mit leeren Bierdosen gesehen.

«Hast du einen anderen?», wollte er wissen.

«Gene, es geht hier allein um dich und mich und darum, dass es einfach nicht mehr funktioniert. Das musst du doch auch einsehen.»

«So ein Bullshit! Es könnte sogar sehr gut funktionieren, wenn du wieder nach Hause kommen würdest.» Er merkte selbst, dass er zu weit ging und mit seinem Geschrei nichts erreichen konnte, also fuhr er ein wenig runter. «Ich beweise dir, dass es besser laufen kann, wenn du mich nur lässt. Ich kann mich ändern. Ich *werde* mich ändern. Ich verspreche es dir.»

Sie schüttelte fassungslos den Kopf. «Die Chance dafür habe ich dir letzte Woche gegeben, aber du hast es nicht mal für nötig gehalten, dich bei mir zu entschuldigen. Ich bin dir doch total egal, Gene, und unsere Ehe ist es ebenfalls.»

«Das stimmt nicht, Savannah. Ich wollte zu dir, hab dich überall gesucht, aber du warst nicht da. Warst nicht im Hotel. Weiß Gott, wo du dich rumgetrieben hast.»

«Ich war mit Helena bei Lexi, wenn du es genau wissen willst. Und mal ehrlich, ins Hotel zu kommen und da Stunk zu machen, hätte dich auch nicht weitergebracht, selbst wenn ich da gewesen wäre.» Sie holte tief Luft. «Es ist aus, Gene. Aus und vorbei. Ich lasse dir so schnell wie möglich die Scheidungspapiere zukommen. Und jetzt lass mich bitte weiterpacken. Mach es nicht noch schlimmer, okay?»

Gene stellte sich ihr in den Weg. «Das kannst du vergessen.»

Aus dem Augenwinkel sah sie Helena einen großen Schritt auf sich zukommen, als würde sie ihr zeigen wollen, dass sie da war, um sie zu beschützen. Doch das war nicht nötig. Savannah hatte es unter Kontrolle. Wenn Gene sie ihre Sachen nicht holen ließ, dann würde sie eben mit Wyatt wiederkommen.

«Willst du wirklich, dass ich dich so in Erinnerung behalte? Willst du auch noch das letzte bisschen schöner Erinnerung zerstören, das ich an uns beide habe?», fragte sie mit ruhiger, aber fester Stimme.

Gene sah sie lange an, schließlich trat er zur Seite.

Savannah ging ins Schlafzimmer, Helena folgte ihr. In Windeseile packten sie ihre restlichen Klamotten in Koffer und Taschen – und waren aus dem Haus, bevor Savannah bewusst werden konnte, wie viel Panik in ihr aufgestiegen war.

Sobald sie wieder hinterm Lenkrad saß, sprudelte alles aus ihr heraus. Sie musste weinen, aus Erleichterung und auch, weil sie trotz allem traurig war.

Eine Ära ging zu Ende. Ihr Leben würde nie wieder dasselbe sein.

# 44

Als Savannah am Stadtplatz entlangfuhr, kurbelte Helena das Fenster herunter und ließ sich von Buddy einen blauen Zettel geben.

«Ach du Scheiße», sagte sie, als sie fertig gelesen hatte, und das weckte Savannah aus ihrer Trance, in der sie sich noch immer befand.

«Was ist denn? Wovon handelt es?», fragte sie.

«Ich glaube, von Dylan.»

«Was?» Savannah riss die Augen auf und ahnte Schlimmes. «Lies vor!», bat sie. Und als Helena fertig war, rief sie: «Oh nein!»

Dylan musste denken, dass *sie* das ausgeplaudert hatte, denn war sie nicht die Einzige hier, die von seiner Vergangenheit wusste? Neben Helena … Fragend blickte sie zu ihrer Freundin, der sie Dylans Herkunft gestern am See anvertraut hatte.

Helena hob beide Hände in die Luft, wie um ihre Unschuld zu beteuern. «Ich hab kein Wort weitergesagt, ich schwöre es!»

«Verdammt! Wer dann?», fragte sie und fuhr ein wenig schneller.

Am Hotel angekommen, waren Savannah die Sachen im Kofferraum und auf dem Rücksitz egal. Zuallererst musste sie Dylan finden. Sie lief an Cindy am Empfang vorbei die Treppe hoch und klopfte an seine Tür, doch er schien nicht da zu sein. Also kehrte sie zur Rezeption zurück.

«Hey, Cindy. Weißt du zufällig, wo Mr. Heard ist? Aus Zimmer 7?» Sie versuchte sich ihre Unruhe nicht anmerken zu lassen.

«Alles in Ordnung?» Cindy sah sie stirnrunzelnd an.

«Ja, alles okay. Ich müsste nur dringend mit unserem Gast sprechen …»

«Der ist wieder mal mit seinem Notizbuch zum See gegangen. Sag mal, was schreibt der da eigentlich immer rein? Ist er Autor oder so?»

«Er ist Sänger und schreibt Songtexte», erwiderte sie, weil es ja nun eh schon die halbe Stadt wusste.

«Oh, echt? Cool», meinte Cindy und spielte mit einer blonden Haarsträhne.

Savannah sah zur Tür hinaus, dabei fiel ihr Blick auf Helena, die bereits dabei war, ihre Taschen herbeizutragen.

«Okay, danke. Ich will kurz meine Sachen hoch ins Zimmer bringen und dann … muss ich noch mal weg, bevor ich mich um die Küche kümmere.» Denn heute war Alice' freier Tag. Sie hatte ganz einfache Gerichte vorgekocht, die Savannah nur noch aufwärmen musste.

«Denkst du dran, dass einer von uns beiden auch noch die Zimmer machen muss?»

«Ja, ich weiß. Ich bin so schnell wie möglich wieder da.»

«Kein Ding. Hast du vorher noch ganz kurz Zeit für mich?»

Savannah, die schon zwei Schritte in Richtung Helena gegangen war, machte kehrt und nickte Cindy zu. Sie wollte immerhin eine gute Chefin sein. «Ja, klar. Was gibt es denn?»

«Ich glaube, ich muss dir was sagen.» Cindy sah plötzlich ein wenig schuldbewusst aus, und Savannah erwartete das Schlimmste. Doch dann erschien ein Lächeln auf dem Gesicht der jungen Frau, und sie sagte: «Ich bin schwanger.»

Savannah wusste gar nicht, wie ihr geschah. Heute passierte so viel auf einmal, sie konnte sich kaum von einer Sache erholen, da platzte schon die nächste Bombe.

«Oh, Cindy, wie wundervoll! Ich freu mich für dich», sagte sie und umarmte die junge Frau, die jetzt so glückselig aussah. Und Savannah tat es wirklich, sich für Cindy freuen. Denn während sie früher stets nur Neid empfunden hatte, war dieser jetzt einem neuen Gefühl gewichen: Hoffnung.

«Ja, endlich kann ich darüber reden. Aber ich werde in nächster Zeit vielleicht öfter mal ausfallen wegen eines Arzttermins, der Schwangerschaftsgymnastik oder so», fuhr Cindy fort. «Und in fünf, sechs Monaten bin ich dann erst mal ganz weg. Es tut mir wirklich leid, Savannah.»

Savannah legte Cindy eine Hand auf den Oberarm. «Das muss dir überhaupt nicht leidtun. Ein Baby zu bekommen, ist wohl das Schönste, was es gibt auf der Welt. Eine Erfahrung, die du in vollen Zügen genießen solltest. Mach dir also keine Gedanken, ja? Ich werde mir schon etwas einfallen lassen.» Und das musste sie wirklich, weil ja leider auch auf Greta nicht unbedingt mehr Verlass war. Doch darüber wollte sie jetzt nicht nachdenken – es gab in diesem Moment Wichtigeres.

«Okay.» Cindy sah erleichtert aus, und Savannah machte

sich mit Helenas Hilfe endlich daran, ihre Sachen aufs Zimmer zu bringen, das kurz darauf völlig zugestellt war.

Als sie die letzte Tasche nach oben trug, fragte Cindy: «Hast du dich endlich von ihm getrennt?»

Lächelnd drehte Savannah sich zu ihr um. «Ja. Es war höchste Zeit.»

Savannah begleitete Helena noch vors Hotel, wo die Bimmelbahn in Kürze halten würde. Während sie warteten, drückte sie ihre Freundin fest, da diese ja noch heute zurück nach Kansas City fahren musste.

Einerseits fiel der Abschied nicht schwer, da Savannah nun wusste, dass Helena den gesamten Sommer in Lake Paradise verbringen würde. Andererseits tat es ihr leid, ihre Freundin gehen und ganz allein mit ihren Sorgen zu lassen. Zu gerne hätte sie auch ihr beigestanden.

«Danke, dass du heute für mich da warst. Ohne dich hätte ich das nie geschafft», sagte Savannah noch einmal, als sie sich voneinander lösten.

«Gern geschehen. Du kannst dich sicher bald revanchieren.» Sie sah traurig aus, und Savannah ahnte, wie schwer es ihr fiel, jetzt nach Hause zu fahren. Denn wer wusste schon, was sie dort erwartete?

Als Helena mit der Bimmelbahn zurück in Richtung Stadtzentrum fuhr, winkte Savannah ihr nach. Dann atmete sie tief durch und machte sich auf die Suche nach Dylan.

# 45

Dylan verfluchte sich selbst. Er hatte sich wie ein Idiot aufgeführt!

Es war nicht der Kuss, an den er dabei dachte, denn der war aus vollem Herzen heraus geschehen – und wenn er ganz ehrlich sein sollte, bereute er ihn auch nicht mehr. Viel zu schön war er gewesen, um ihn zu bedauern. Doch sein Verhalten danach, das war unter aller Sau gewesen. Er hatte für seine Verhältnisse zu viel getrunken und Nolan nicht gerade nett behandelt. Und dann hatte er ausgeplaudert, wer er war – und das ausgerechnet vor Buddy!

Dabei war eigentlich klar gewesen, dass dieser es gleich aufschreiben und jeden wissen lassen würde.

Nachdem Dylan die Situation gleich beim Aufwachen bewusst geworden war, hatte er sich eilig ins Zentrum aufgemacht und den selbst ernannten Stadtpoeten um eines seiner Gedichte gebeten. Beinahe ängstlich hatte er das Blatt Papier, das auch heute wieder blau war, in der Hand gehalten und die Worte gelesen. Sie waren zum Glück nicht halb so schlimm, wie er es sich ausgemalt hatte. Buddy hatte ihn nicht namentlich erwähnt, nichts hinzugefügt, nicht weiter recherchiert, und Ronny wurde Gott sei Dank auch mit keinem Wort erwähnt. Dumm war es trotzdem. In dieser verdammten Kleinstadt würde doch am Ende des Tages jeder wissen, dass es sich dabei um ihn handelte.

Aber er war ja selbst schuld!

Buddy hatte ihn ein wenig panisch angesehen, hatte wohl Sorge, dass er ihm eine reinhauen würde. Doch warum sollte er? Dylan hatte es sich alles selbst zuzuschreiben. Wieso sollte man dem Reporter böse sein, dass er seine News verbreitete?

«Alles gut, Buddy», hatte er gesagt, woraufhin der Stadtpoet ihn nur verwirrt angesehen hatte.

Dann war Dylan zurück zum Hotel gegangen, hatte sein Songbook geholt und war wieder einmal raus zum See spaziert, um sich an seinen Baum zu setzen.

Er wusste nicht, wie oft er noch die Gelegenheit bekommen würde, das zu tun. Er hatte dieses Fleckchen Erde lieben gelernt, genoss die Stille hier, die frische Luft, den Ausblick, die Einsamkeit. Doch falls Savannah ihm deutlich machen würde, dass er gehen sollte, würde er es tun.

Savannah. Er hatte schon die ganze letzte Woche nicht aufhören können, an sie zu denken – gestern Abend hatte es noch viel schlimmer gemacht.

Und plötzlich sah er sie auf sich zukommen. Sie war noch ein ganzes Stück entfernt, womöglich hätte er sich vor ihr verstecken können. Doch auch wenn er am liebsten vor ihr davongelaufen wäre, hätte es ja auch nichts genützt. Spätestens im Hotel wären sie dann aufeinandergestoßen.

Als Savannah ihn entdeckte, wurde ihr Gesicht ernst. Er machte sich auf alles gefasst, aber ganz sicher hätte er nicht mit dem gerechnet, was sie ihm jetzt sagte.

«Dylan! Ich war es nicht, ich schwöre es!» Voller Bedauern sah sie ihn an, und er musste erst einmal überlegen, wovon sie überhaupt sprach. Dann wurde es ihm schlagartig klar.

Buddys Gedicht!

Er stand auf und stellte sich vor ihr hin, auf angemessenen Abstand bedacht. «Du meinst Buddys Gedicht?»

Sie nickte nur.

«Oh, das … Ich Dummkopf habe es selbst verschuldet.»

Savannah sah verwirrt aus.

«Ich habe gestern Abend ein bisschen zu viel getrunken», erklärte Dylan, «Karaoke gesungen und dann mit Buddy geplaudert. Etwas Dümmeres hätte ich nicht machen können, wie gesagt …»

Jetzt verfinsterte sich Savannahs eben noch so mitleidiger Blick. «Ja, das war wirklich dumm», sagte sie. «Ich kann Männer nicht ausstehen, die zu viel trinken. Weil sie sich dann nämlich gar nicht mehr wie sie selbst verhalten, weil man sie dann überhaupt nicht mehr wiedererkennt! Weil Alkohol einfach alles zerstört!»

Jetzt wurde Dylan sauer. Verglich sie ihn etwa gerade mit Gene? «Ich bin aber kein Trinker, Savannah. Ich trinke so gut wie nie, und das weißt du. Mehr als ein Bier oder ein Glas Wein ist bei mir normalerweise nicht drin. Aber gestern Abend … hab ich mich einfach so elendig gefühlt … war ich so niedergeschlagen …» Er seufzte. «Es war keine sehr kluge Entscheidung, und ich muss mit den Konsequenzen leben. Aber weißt du was? Vielleicht ist es ganz gut, dass es raus ist. Jetzt muss ich mich endlich nicht länger verstecken. Sich vor seinen Gefühlen zu verstecken, kann nämlich verdammt anstrengend sein.» Herausfordernd sah er ihr in die Augen.

Sie erwiderte zunächst nichts. Dann sagte sie: «Ja, ich weiß. Und deshalb habe ich heute einen Schlussstrich gezogen.»

«Das hast du?» Erstaunt blickte er sie an. «Heißt das, du hast dich von deinem Mann getrennt?»

«Das heißt es.»

«Oh. Das ist … Ich freu mich ehrlich für dich. Und ich hoffe, du kannst jetzt endlich glücklich werden», sagte er. Am liebsten hätte er es natürlich immer noch gehabt, wenn sie glücklich *mit ihm* geworden wäre, doch er spürte, es war der falsche Zeitpunkt, das zu erwähnen.

«Danke, das ist wirklich nett, dass du das sagst», erwiderte sie.

Ihr Blick war so weich, dass Dylan einen Versuch wagte: «Falls du möchtest, könnten wir ja heute wieder zu Abend essen … und reden.»

Doch Savannah schüttelte den Kopf, was ihn direkt wieder niederschmetterte. «Tut mir leid, Dylan, aber ich brauche jetzt erst mal Zeit für mich.»

Und als Dylan fast schon aufgegeben hatte, sich fast schon wieder in Nashville gesehen hatte, fügte sie hinzu: «Aber irgendwann in den nächsten Tagen gerne. Okay?»

Sie schenkte ihm ein Lächeln, ein unglaublich warmes Lächeln. Und er konnte es nicht vermeiden, breit zurückzulächeln. Sie würde ihm eine Chance geben. Savannah würde *ihnen* eine Chance geben.

Nie zuvor war er so glückselig gewesen, nicht einmal, als seine Single Platz 38 der Country-Charts erreicht hatte.

Diese Art von Glück kannte Dylan nicht, und er war sich sicher, dass das nicht nur Savannah, sondern auch dieser Ort mit ihm machte. Lake Paradise – vielleicht konnte er es sich sogar als seine neue Heimat vorstellen.

# 46

Als Delores an diesem Dienstagmorgen ins *Paradise Café* trat, saßen Murielle und Sadie schon ganz ungeduldig da und warteten auf sie.

«Guten Morgen, Murielle und Sadie», sagte sie. «Huhu, Nolan und Rhonda!» Sie winkte den beiden zu, die hinter der Theke standen.

Nolan gab gerade eine telefonische Bestellung auf, Rhonda belegte Bagels. Beide winkten zurück.

«Da bist du ja!», rief Murielle. «Komm, setz dich! Es gibt so viel Neues zu berichten, und ich muss um neun in der Bücherei sein.»

«Was gibt es denn Neues?», erkundigte sich Delores. «Etwas über unseren Countrysänger?»

«Das ist ja eben die Frage», entgegnete Murielle.

Verwirrt blickte Delores ihre Freundinnen an, und da begann Sadie auch schon zu erzählen. «Savannah ist gestern endgültig ausgezogen. Hat sich von Gene getrennt …»

«Es ist aus und vorbei, und diesmal so richtig», unterbrach Murielle sie.

Sadie sah ihre Freundin ein wenig missmutig an. «Ich erzähle, sie ist immerhin meine Nichte, okay?»

«Nur zu!» Murielle gab sich ziemlich schnell geschlagen. Es war keine Zeit zum Diskutieren, gab es doch so viel zu berichten.

«Also, Savannah hat zusammen mit Helena all ihre Sachen gepackt und ins *Paradise Inn* gebracht. Und Gene war darüber gar nicht glücklich, wie du dir denken kannst.»

«Wie hat er reagiert?», wollte Delores wissen. Sie war nun auch sehr neugierig, da sie von alldem überhaupt nichts mitbekommen hatte. Gestern hatte sie ein wenig mit ihren Knien zu kämpfen gehabt und war nach ihrem Cafébesuch am Morgen nicht mehr aus dem Haus gegangen.

«Gene war völlig durch den Wind. Zuerst wollte er Savannah nicht einmal gehen lassen. Er hat ihr sogar den Weg zum Schlafzimmer versperrt.»

«Woher weißt du das denn so genau? Von Savannah?», fragte Delores.

Sadie schüttelte den Kopf. «Von Donna. Helena war doch dabei und hat ihr alles haargenau erzählt.»

«Ach so. Und dann? Als sie zum Hotel gefahren ist, was hat Gene da gemacht?»

«Darf ich?», bat Murielle, und Sadie nickte.

«Gene hat schon vormittags alles Bier ausgetrunken, das er noch im Haus hatte, dann hat er vor Wut mit Stühlen um sich geworfen. Dabei sind sogar die hübschen Hochzeitsbilder zu Bruch gegangen.»

«Herrje.»

«Ja, und dann hat er sich bei Howie gleich noch mehr Bier gekauft.»

«Armer Gene», sagte Delores, woraufhin ihre Freundinnen sie schockiert ansahen.

«*Armer Gene?*», fragten beide gleichzeitig, weil sie dachten, sich verhört zu haben.

«Na, er hat es ja auch nicht leicht. Seine Frau hat ihn immerhin verlassen, und jetzt steht er ganz allein da.»

«Aber daran ist er doch selbst schuld!», fand Murielle.

«Da bin ich derselben Meinung», sagte Sadie. «Und wenn ihr es genau wissen wollt, bin ich froh, dass Savannah endlich den Mut aufgebracht hat, einen Schlussstrich zu ziehen.»

«Das musst du uns nicht sagen, das wissen wir doch längst», erinnerte sie Murielle.

«Aber … was hat das denn jetzt alles mit dem Countrysänger zu tun?», wollte Delores wissen, denn sie war nach wie vor ganz schön durcheinander.

«Na, ist es nicht seltsam, dass Savannah ihren Mann gerade jetzt verlässt?», fragte Murielle. «Eine Woche nachdem der Fremde hier aufgetaucht ist?»

«So fremd ist er ja gar nicht mehr, wir wissen doch inzwischen, wer er ist», sagte Delores, die mal wieder schwer von Kapee war und den Zusammenhang nicht verstand. Dann ging aber auch ihr ein Licht auf. «Oooh! Meint ihr etwa …»

«Genau das meinen wir», sagte Sadie und nickte. «Ich hatte da ja von Anfang an so ein Gefühl … als wenn zwischen den beiden etwas wäre. Savannah hat immer so verträumt dreingeschaut, wenn von ihm die Rede war.»

«Das hattest du aber bisher nicht erwähnt», entgegnete Murielle.

«Ich habe es aber gedacht.»

Nolan trat an den Tisch. «Na, Ladys, was gibt es Neues?» Natürlich hatte auch er schon von der Trennung gehört, und er wusste ja sogar mehr als die Tratschtanten, nämlich dass Savannah und Dylan am Sonntag ein Date gehabt hatten. Allerdings hatte er das den dreien nicht erzählt, und er hatte es auch nicht vor. Denn er wünschte sich für seine Freundin nur das Beste. Er hatte viel zu lange mit angesehen, wie unglücklich sie gewesen war, und er würde sich freuen, wenn sie ihr Glück mit Dylan finden würde. Zumal er den Kerl inzwischen auch schon richtig gernhatte. Gestern war er zu ihm gekommen und hatte sich für sein abweisendes Verhalten am Sonntag in der *Tavern* entschuldigt, doch das war schnell vergeben und vergessen gewesen.

Der Grund, aus dem Nolan die drei Damen jetzt nach Neuigkeiten fragte, war eigentlich auch nur der, dass er hören wollte, was *sie* bereits wussten.

Murielle brachte sich in Position. «Savannah und Gene haben sich getrennt, diesmal endgültig.»

«Ja, das hab ich gehört. Ich bin froh, dass sie diese Entscheidung getroffen hat.»

«Ja, das bin ich auch», schloss Sadie sich ihm an.

«Und sonst so?», fragte er.

«Hmmm …», überlegte Murielle. «Es ist zwar nicht halb so spannend, aber ich habe da ein Vögelchen zwitschern hören, dass Lindsay eventuell den alten *Corn Shop* übernimmt.»

«Ach ja?» Delores blickte auf und überlegte, was die ehemalige Maisprinzessin aus den Ladenräumen wohl machen könnte. «Will sie dann ebenfalls Mais-Souvenirs anbieten?»

Murielle schüttelte den Kopf. «Nein, sie will den Laden in ein Nagelstudio umwandeln. Sie hat doch letztes Jahr diesen Kurs belegt, und ich lasse mir seitdem auch die Nägel bei ihr machen.»

«Ja, deine Nägel sehen wirklich immer toll aus», sagte Delores, die selbst nie auf die Idee kommen würde, sich ihre Nägel bunt lackieren und mit Glitzersteinchen bekleben zu lassen. Sie ging allenfalls mal zur Pediküre bei Chen Lu, die einen Salon für Fußpflege, Massagen und asiatische Heilkunst betrieb.

«Und ob! Lindsay versteht ihr Handwerk.» Murielle hoffte sehr, dass die junge Frau den Zuschlag bekam. Sie würde sich auf jeden Fall bei der Gemeindeversammlung morgen dafür einsetzen.

Nolan war froh, dass offenbar noch nichts über das zarte Band durchgesickert war, das sich zwischen Savannah und Dylan entwickelte. Er ging zurück hinter die Theke, rückte eine Fondantblume zurecht, die drohte, vom Cupcake zu rutschen, und lächelte vor sich hin.

Weil er selbst mindestens genauso verliebt war wie Savannah und Dylan.

# 47

Savannah nutzte die nächsten Tage gut. Gleich am Dienstag ging sie zum einzigen Rechtsanwalt der Stadt, Mr. Waterstone, der sein Büro zusammen mit dem Notar in den Räumen der Bank beziehungsweise Post hatte. Da er nicht auf Scheidungsrecht spezialisiert war – in Lake Paradise kamen Scheidungen so gut wie nie vor –, nannte er ihr Namen und Adresse eines befreundeten Anwalts in Hamilton. Sofort rief Savannah von ihrem Handy aus dort an und vereinbarte einen Termin für Freitag um 11:00 Uhr.

Anschließend setzte sie sich auf eine Bank auf dem Stadtplatz und sah hinauf zum Himmel, dankte dem lieben Gott dafür, dass er ihr half und ihr keine Steine in den Weg legte. Zufrieden ließ sie sich die Sonne ins Gesicht scheinen.

Dann aber musste sie an Helena denken und fragte sich, wie es ihr wohl nach ihrer Rückkehr nach Kansas City erging. Sie nahm ihr Handy erneut in die Hand und rief ihre beste Freundin an.

«Hallo, Savannah.» Helena klang gar nicht gut.

«Süße, wie geht es dir?»

«Ganz ehrlich? Ziemlich mies. Parker und ich haben gestern Abend mächtig gestritten, und heute Morgen ist er abgereist, ohne sich zu verabschieden.»

«Auf Geschäftsreise?»

«Ja. Nach Indianapolis. Zumindest sagt er das.»

«Du glaubst ihm nicht?»

«Ich weiß nicht, was ich ihm überhaupt noch glauben kann. Oder ob ich ihm je wieder Vertrauen schenken kann», sagte Helena, und Savannah spürte, wie ihre Freundin mit den Tränen kämpfte.

«Es wird sicher alles in Ordnung kommen. Der Abstand wird euch guttun. Auch eine längere Pause kann euch vielleicht helfen. Es bleibt doch dabei, dass du den Sommer mit Leslie und Mattie in Lake Paradise verbringst?»

«Ja.»

«Okay. Dann halte bis dahin tapfer durch, ja?»

«Ich versuch's», sagte Helena.

«Ich freue mich auf euch.»

«Ich freue mich auch.»

Sie beendeten das Gespräch, und Savannah blieb noch einen Moment nachdenklich sitzen. Sie fühlte so sehr mit ihrer Freundin. Allerdings hoffte sie in Helenas Fall wirklich, dass ihre Ehe noch zu retten war, immerhin hatten sie und Parker zwei bezaubernde Kinder, für die sie kämpfen sollten. Aber natürlich fragte sie sich, was der Sommer wohl bringen würde und ob der Abstand den beiden wirklich guttun oder sie nur noch mehr auseinanderbringen würde.

Als Savannah sich umblickte, sah sie Sadie in ihrer Eisdiele stehen und ihr zuwinken. Nein, sie winkte sie vielmehr herbei, und auch wenn Savannah eigentlich keine große Lust auf ein Gespräch mit ihrer Tante hatte, ging sie zu ihr hinüber.

«Savannah! Guten Morgen, Liebes. Wie geht es dir denn?» Sadie trat aus dem Laden und hüllte sie in eine lange Umarmung.

«Mir geht es gut, danke, Sadie.»

«Ja? Wirklich?» Ihre Tante betrachtete sie aufmerksam, und da war Savannah klar, dass sie bereits Bescheid wusste. Natürlich. Dies war immerhin Lake Paradise. Kein Geheimnis war hier lange sicher. Sie wunderte sich immer noch, wie Dylans Identität eine ganze Woche lang versteckt geblieben war. Na ja, nun war es ja raus und Savannahs Trennung anscheinend ebenfalls. Denn wenn Sadie Bescheid wusste, wussten auch Murielle und Delores Bescheid. Und wenn die es wussten, wusste es die ganze Stadt.

«Du hast also die News schon gehört. Von wem?», fragte Savannah.

«Na, von deiner Mutter.» Sie verschränkte die Arme vor der Brust. «Ich muss ja gestehen, ich bin ein wenig beleidigt, dass du es mir nicht selbst erzählt hast.»

Savannah ließ einen Seufzer heraus. «Ach, Sadie … Ich habe so viel im Kopf zurzeit, muss über so vieles nachdenken, mein Leben neu ordnen … Es tut mir leid, ja?»

«Na gut, Entschuldigung angenommen.» Sadie drückte sie noch einmal. «Und nun sei ehrlich: Wie geht es dir? Wie fühlst du dich nach der Trennung von Gene?»

«Nun, es fühlt sich schon irgendwie komisch an. Ich meine, ich habe die letzten zwölf Jahre an seiner Seite verbracht. Und ich werde ihn natürlich auch vermissen, denn wir hatten ja auch gute Zeiten. Aber es war das Richtige zu gehen.»

«Ja, das denke ich auch. Ich bin sehr stolz auf dich, dass du diesen Schritt gewagt hast.»

«Danke.»

«Und jetzt wohnst du also im Hotel?»

«Ja, vorerst.»

«Und der hübsche Fremde wohnt dort auch immer noch?»

Savannah rollte mit den Augen. «Du meinst Dylan Heard? Du weißt doch sicher längst, wer er ist, oder?»

Sadie lachte. «Ich habe hier und da etwas vernommen, ja.»

«Um deine Frage zu beantworten: Ja, er wohnt auch immer noch da. Und nein, ich weiß nicht, wie lange er noch bleiben wird, und nein, es läuft nichts weiter zwischen uns. Das wolltest du doch als Nächstes fragen, oder?»

Sadie wirkte ein wenig ertappt. «Nun ja, ich interessiere mich halt für dein Leben. Darf eine Tante sich nicht um ihre Nichte sorgen?»

Sie sah Sadie an, von der sie doch wusste, wie sehr sie ihre eigene Tochter vermisste, die in Boston wohnte. Das war zumindest Savannahs letzter Stand. Auch sie selbst hatte schon seit Jahren nichts von ihrer Cousine Lucy gehört.

«Doch, natürlich darfst du das», sagte sie nun ein wenig sanfter. «Es ist nur nicht so leicht in einer Stadt wie unserer. Von wirklich jedem wird man darauf angesprochen. Du kennst das ja.»

«Ja. So viele Vorteile es auch hat, in einer hübschen Kleinstadt zu leben, so ist es doch nicht immer angenehm.»

Savannah wunderte sich über Sadies Gesichtsausdruck. Denn sie war doch neben Murielle und Delores die Queen der Klatschgeschichten. Aber vielleicht hatte sie ja selbst auch mal weniger schöne Erfahrungen gemacht, vielleicht, nachdem Onkel Bill sie damals betrogen hatte? War dieses Getratsche ihrerseits vielleicht nur zu einer Art Abwehrmechanismus geworden? Damit sie die Erste war und die Geschichten so erzählen konnte, wie sie wollte?

«Alles okay?», fragte Savannah.

Sadie schüttelte kurz den Kopf, wie um irgendwas abzuwerfen. Dann lächelte sie wieder. «Aber natürlich. Also, wie auch immer, ich würde dir gern vorschlagen, bei mir einzuziehen. Ich hab doch genug Platz.»

Sadie war eine der wenigen Einwohnerinnen von Lake Paradise, die in keinem eigenen Haus lebten, sondern in einer kleinen Wohnung, und die befand sich gleich über der Eisdiele. Allerdings bestand sie nur aus zwei Zimmern, was hieß, dass Savannah auf der Couch im Wohnzimmer schlafen müsste.

«Oh, das ist wirklich lieb, aber ich denke, ich werde wohl wieder bei meinen Eltern einziehen. Sie haben doch ein Gästezimmer, in dem ich bleiben könnte, bis ich was Eigenes gefunden habe.»

«Wie du willst», sagte ihre Tante. «Aber mein Angebot steht.»

«Danke, Sadie. Du bist die Beste.»

«Na, ich will mal wieder zu meinen Kunden zurück. Pass auf dich auf, ja?»

«Das mache ich.»

Sie schenkte ihrer Tante noch ein Lächeln und ging weiter. Denn sie wollte noch etwas erledigen.

Am Haus von Donna und Ian blieb sie stehen und klopfte. Donna öffnete die Tür, und bevor Savannah wusste, wie ihr geschah, wurde sie schon wieder umarmt.

«Liebes, Liebes, ich habe es bereits gehört», sagte Donna. «Es tut mir so leid, dass deine Ehe in die Brüche gegangen ist.»

«Danke», erwiderte sie.

«Willst du hereinkommen? Aber Helena ist schon abgereist», informierte Donna sie.

«Ja, ich weiß. Eigentlich wollte ich zu Ian. Ist er da?»

«Oh! Ja, ja, er liest gerade das neueste Anglermagazin. Geh ruhig zu ihm durch ins Wohnzimmer.»

Savannah trat ein und ging zu Ian, der überrascht aufblickte. «Helena ist gestern abgereist.»

Sie lächelte. «Ja, ich weiß. Ich wollte zu dir, Ian. Ich stecke da nämlich in einem kleinen Dilemma. Und weil du ja gestern selbst meintest, dass du dich oft langweilst, da dachte ich …»

Ian legte seine Zeitschrift beiseite und wurde hellhörig. «Wie kann ich dir helfen?»

Sie setzte sich ihm gegenüber in den Sessel. «Es ist nur eine Idee, die mir kam … Also, ich bin momentan ein wenig unterbesetzt im Hotel. Greta kränkelt in letzter Zeit häufig und muss nun auch noch am Fuß operiert werden.»

«Ja, ich weiß. Die Arme.»

«Ja. Und gerade habe ich erfahren, dass meine Frühschicht Cindy schwanger ist.»

«Oje. Das ist ja wirklich ein Schlamassel.»

«Genau. Ich dachte mir deshalb, falls du nichts anderes zu tun hast und dir nebenbei noch ein bisschen was verdienen möchtest, könntest du vielleicht einspringen.»

«Ja?» Ian setzte sich aufrecht. Dachte nach. Seine Augen wurden immer größer. «Seit meiner Entlassung habe ich versucht, etwas Neues zu finden. In einer der Maisfabriken. Aber sie gehören ja alle den Highmores, und nachdem Vincent mich hat feuern lassen … Na ja, du kannst dir denken, dass daraus nichts wurde. Und dann hat Donna die Boutique eröffnet. Du weißt, ich helfe dort gerne mit aus, aber wirklich erfüllend ist es nicht.» Er schielte in Richtung Küche, um sicherzugehen, dass seine Frau es nicht hörte. «Aber ein Hotel! Menschen aus anderen Gegenden kennenlernen und sich unterhalten können … Vielleicht sind ja sogar ein paar Angler dabei.»

«Ganz bestimmt sogar.» Savannah strahlte selbst, weil sie wusste, dass sie Ian bereits in der Tasche hatte.

«Zu wann würdest du mich denn brauchen? Und wie lange?»

«Also, von mir aus könntest du sofort anfangen. Ich würde dich persönlich einarbeiten, und in den nächsten Monaten könntest du immer dann einspringen, wenn jemand ausfällt. Und wenn Cindy in die Babypause geht, würdest du ihre Schicht ganz übernehmen. Die beginnt allerdings um sechs Uhr morgens, und sie arbeitet auch samstagnachts, weil Miles da freihat, aber über Einzelheiten können wir ja noch sprechen. Ich bin mir sicher, wir einigen uns.»

«Da bin ich mir auch sicher. Savannah, das klingt prima! Ich bin dabei.» Ian hielt ihr eine Hand hin, um den Deal zu besiegeln.

Sie musste lachen. «Wow, du warst aber schnell zu überzeugen. Willst du denn nicht wenigstens wissen, was du bei mir verdienst?»

«Was auch immer ich verdiene, es wird mir reichen. Hauptsache, ich habe wieder was zu tun.»

Sie machten aus, dass Ian am nächsten Tag im *Paradise Inn* vorbeikommen, sich alles anschauen und den Arbeitsvertrag unterschreiben sollte.

Savannah verabschiedete sich und konnte beruhigt zurück zum Hotel radeln.

Unterwegs wurde sie noch zwölf Mal von irgendwem auf ihre Trennung angesprochen, und sie war einfach nur froh, als sie durch die Tür des *Inn* trat.

Dylan kam gerade die Treppe herunter, und sie wusste überhaupt nicht, wie sie ihm begegnen sollte. Sie wusste nur, sie musste ihm noch eine Sache sagen.

«Dylan, hast du kurz Zeit?»

«Klar.»

Sie gingen zusammen nach draußen. «Ich wollte mich noch bei dir entschuldigen», begann sie.

«Dir muss nichts leidtun. Du warst einfach noch nicht so weit, das verstehe ich vollkommen.»

Doch das war gar nicht das, was Savannah meinte. «Eigentlich geht es mir darum, dass ich dir Vorwürfe gemacht und dich mit Gene verglichen habe. Das hätte ich nicht tun dürfen.»

«Oh. Schon okay.»

«Wirklich?»

Dylan zuckte die Schultern. «Alles gut, ehrlich.»

«Danke, Dylan. Ich mache es auch wieder gut, ja?»

«Das musst du nicht.»

«Ich möchte es aber gern.»

Dylan sah ihr in die Augen. «Wie geht es dir?»

Und obwohl sie das heute schon so viele Leute gefragt hatten, spürte Savannah, dass es Dylan wirklich und aufrichtig interessierte. Im Gegensatz zu den meisten anderen, die nur auf Klatsch aus waren.

Sie brauchte einen Moment, um zu antworten. «Ich halte mich aufrecht», sagte sie dann.

Dylan nickte. «Das ist ein guter Anfang.»

«Ja.»

Sie sahen einander noch einen Moment lang schweigend an, dann sagte Dylan, dass er jetzt zu seinem Baum gehen wolle.

Sie lächelte. «Ich wünsch dir einen schönen Tag.»

Savannah ging zurück ins Hotel, und dabei überlegte sie, womit sie Dylan eine Freude bereiten könnte.

# 48

Dylan war happy, einfach nur happy. Denn Savannah schien in ein neues Leben gestartet zu sein – und vielleicht, ganz vielleicht würde er darin ja auch einen Platz finden.

Sooft er es sich auch ins Gedächtnis rief, er konnte noch immer nicht glauben, dass sie sich wirklich von Gene getrennt hatte. Endgültig, wie es aussah. Die ganze Stadt sprach davon, und Buddys heutiges Gedicht handelte natürlich ebenfalls von nichts anderem. Nun ja, es handelte von zwei Schuhen, die getrennte Wege gingen, aber man konnte sich schon denken, dass es im Grunde um Savannah und Gene ging.

Und dann war sie vorhin auch noch zu ihm gekommen und hatte sich entschuldigt. Ausgerechnet sie! Dabei hatte *er* doch allen Grund, sich zu entschuldigen. Immerhin hatte er sie geküsst und damit ganz schön was ausgelöst – wenn er es denn richtig interpretierte.

Hatte sie ihre Ehe wirklich seinetwegen beendet?

Wollte sie mit ihm zusammen sein wie er mit ihr?

Würden sie eine gemeinsame Zukunft haben?

In Lake Paradise?

War das überhaupt möglich?

Würde Gene nicht jedes Mal Stunk machen, wenn er sie zusammen sah?

Und der Rest der Stadt?

Würden die Leute akzeptieren, dass Savannah einen neuen Mann an ihrer Seite hatte?

Würde *er* dieser Mann sein?

Zu viele Gedanken irrten durch seinen Kopf, und Dylan wusste, es gab gerade nur einen Weg, damit umzugehen. Er musste singen.

Deshalb ging er seine Gitarre holen und machte sich auf ins Zentrum. Er stellte sich auf den Stadtplatz, gleich gegenüber von Nolans Café, er legte seine kleine Dose auf den Boden – nur für den Fall, dass jemand ihm ein paar Cent hineinwerfen wollte (er hatte ein bisschen Extrageld so langsam wirklich nötig) –, und er begann zu spielen.

Zuerst griff er auf sein gewohntes Repertoire zurück: *You Found Me* von The Fray, *Use Somebody* von Kings Of Leon und *Charlie Boy* von den Lumineers. Doch dann merkte er, dass er eigentlich etwas ganz anderes spielen wollte, etwas Romantisches. Vielleicht weil er so … verliebt war. Ja, er konnte es gar nicht anders beschreiben – er war verliebt. Verliebt in Savannah. Verliebt in die Liebe. Und verliebt in Lake Paradise. Und deshalb spielte er jetzt einen Song, den er noch nie zuvor zum Besten gegeben hatte, zumindest nicht in der Öffentlichkeit. Es war *This Never Happened Before* von Paul McCartney, einer der wohl größten Lovesongs aller Zeiten.

Anfangs fühlte es sich komisch an, diese langsamen Klänge zu spielen und dazu zu singen. Doch das Lied drückte all das aus, was Dylan fühlte.

*I met you and now I see, this is the way it should be ...*

Beinahe musste er weinen, so sehr fühlte er den Text. Er schloss die Augen und ließ es zu, ließ die Emotionen zu, die Besitz von ihm ergriffen. Und als er sie wieder öffnete, bemerkte er, dass sich etliche Zuhörer eingefunden hatten. Es standen bestimmt fünfundzwanzig Stadtbewohner im Kreis um ihn herum und flüsterten einander Dinge zu wie: «Er hat eine Engelsstimme», «Ist das der Sänger aus Buddys Gedicht?» und «Handelt der Song von Savannah?».

Dylan musste schlucken und bedankte sich bei den Leuten fürs Zuhören und für das Geld, das sie ihm in seine Dose warfen – es waren nicht nur Münzen, sondern auch einige Scheine.

«Bitte spiel noch mehr!», hörte er jemanden rufen. Und er sah Nolan in der Tür seines Cafés stehen und einen Daumen in die Luft strecken.

Es fühlte sich gut an, ja, richtig gut, und darum spielte Dylan einen weiteren Lovesong. Diesmal aber wieder etwas Schnelleres, bevor er am Ende doch noch anfangen würde zu weinen: *Somewhere Only We Know* von Keane, ein Song, den er damals mit Ronny zusammen gespielt hatte, als die Welt noch in Ordnung war.

Es war so erfüllend, alles rauszulassen. Die Gefühle zuzulassen. Wieder zu sein wie früher. Nicht mehr der aufstrebende Countrystar zu sein und auch nicht der verlorene Straßenmusiker – sondern einfach nur er selbst.

Dylan hätte ewig weiterspielen können, wäre er nicht eine Minute später unterbrochen worden.

«Was soll das hier?», rief der groß gewachsene Kerl mit dem runden Bauch im engen Sakko, von dem Dylan inzwischen wusste, dass er der Bürgermeister von Lake Paradise war.

Das war noch so eine Sache, die an diesem Städtchen anders war, denn normalerweise hatten so kleine Orte gar keinen eigenen Bürgermeister, stattdessen gab es fürs ganze County einen – und manchmal auch gar keinen. Aber das war gerade alles egal, denn dieser Typ wollte ihn nun vom Musikmachen abhalten, wie es aussah.

«Bertram!» Murielle, die ebenfalls unter den Umstehenden war, ging empört auf ihn zu.

Doyle wandte sich zu ihr um. «Dieser Mann hat keine Genehmigung, hier zu spielen.»

Dylan wusste nicht, was er tun sollte. Weiterspielen? Aufhören? Er entschied sich dafür, aufzuhören, denn Ärger mit dem Bürgermeister konnte er nun wirklich nicht gebrauchen.

«Aber weißt du denn nicht, wer das ist?», fragte Murielle, und einige der anderen rückten ebenfalls näher.

«Ja, doch, ich hab ja Buddys Gedicht gelesen. Doch das bedeutet nicht, dass dieser Kerl sich hinstellen kann, wo er will, um seine … *Musik* zu spielen.» Das Wort Musik sprach Bürgermeister Doyle dabei ziemlich herablassend aus. Wahrscheinlich hörte der Mann persönlich lieber Jazz oder Blues, vielleicht auch gute alte Evergreens.

Dylan wurde zunehmend ratloser, weil dann auch noch der Sheriff herbeikam, mit seiner kleinen Tochter auf dem Arm. Das Mädchen rief gleich nach ihrer Grandma Murielle und wechselte den Arm, während der Bürgermeister sich aufgebracht an Sheriff Wyatt wandte. «Der Kerl hier spielt einfach seine Lieder – ohne Genehmigung!»

Wyatt sah Dylan an, dem das Ganze inzwischen ziemlich peinlich war. «Du hast keine Genehmigung?»

«Ich wusste nicht, dass ich eine brauche. Tut mir leid.»

«Nun lasst den armen Jungen in Ruhe!», mischte Murielle sich wieder ein. «Er hat so wunderschön gesungen, da ist es doch egal, ob er eine Genehmigung hat oder nicht.»

«Genau! Lasst den Mann spielen!», kam es von weiter hinten.

Der Sheriff sah Murielle streng an. «Du weißt, dass man eine braucht, Mom.»

Murielle schüttelte harsch den Kopf. «So ein Unsinn.»

Daraufhin wandte sich Wyatt wieder an Dylan. «Du kannst bei der nächsten Stadtversammlung eine beantragen», schlug er vor. «Die ist morgen, oder, Bertram?» Er blickte zum Bürgermeister.

Der bestätigte dies, sah aber nicht allzu glücklich aus.

«Okay, dann werde ich das wohl machen», sagte Dylan und packte seine Sachen ein, bevor man ihm noch ein Bußgeld auferlegte oder Ähnliches.

Noch während er sich vom Platz wegbewegte, hörte er die Leute weiterdiskutieren. Jetzt war es ein Riesendurcheinander, jeder wollte seinen Senf dazugeben, und der Sheriff musste für Ordnung sorgen.

Herrje. Das hatte er nun wirklich nicht gewollt. Dylan war sich noch nicht mal sicher, ob er morgen wirklich zur Stadtversammlung gehen und den Antrag stellen sollte. Denn irgendwie brachte er nur Chaos in dieses stille und gemütliche Städtchen. Und ob er überhaupt noch viel länger blieb, war ja auch noch nicht klar.

Es lag jetzt allein an Savannah.

# 49

Am Mittwochmorgen wartete Savannah ungeduldig darauf, dass Dylan zum Frühstück herunterkam. Als er endlich in der Lobby erschien und ihr einen guten Morgen wünschte, ging sie auf ihn zu.

«Guten Morgen, Dylan. Hast du gut geschlafen?» Sie strahlte ihn an.

«Ich habe sogar sehr gut geschlafen, vielen Dank.» Er strahlte zurück.

«Komm mit, ich habe eine Überraschung für dich», sagte sie und ging voran in Richtung Restaurant.

Lange hatte Savannah darüber nachgedacht, womit sie Dylan eine Freude machen könnte. Dann war ihr endlich das perfekte Wiedergutmachungsgeschenk eingefallen, und sie hatte sich gestern Abend noch einmal zum Supermarkt aufgemacht, um frische Kirschen zu kaufen.

Während Dylan sich an seinen Lieblingstisch am Fenster setzte, ging Savannah in die Küche – und kam wenig später mit einem Glas zurück, das sie vor Dylan hinstellte. «Bitte schön. Selbst gemachte Kirschmarmelade, nur für dich.»

Dylan bekam große Augen. Er starrte erst das geöffnete

Marmeladenglas an, in dem ein kleiner Löffel steckte, und dann Savannah. «Ist das dein Ernst?»

«Ja, natürlich.» Sie setzte sich ihm gegenüber an den Tisch.

«Die hast du gemacht?»

«Genau. Ich hoffe, sie schmeckt dir.»

«Wie könnte sie mir nicht schmecken?» Dylan griff nach einem Brötchen, schnitt es auf und entnahm dem Glas einen gehäuften Löffel Marmelade. Eine ganze Kirsche fiel ihm dabei herunter und landete auf seinem Teller. Er nahm sie mit den Fingern auf und steckte sie sich in den Mund.

«Oh mein Gott, ist die lecker!», sagte er und biss auch gleich von seinem Brötchen ab.

Savannah lächelte glücklich. Sie freute sich riesig, dass sie anscheinend alles richtig gemacht hatte.

«Ich kann gar nicht glauben, dass du die selbst gemacht hast», sagte Dylan, als er die Brötchenhälfte verputzt hatte und sich eine zweite schmierte.

«Oh. Hättest du mir das nicht zugetraut?», fragte sie.

«Nein, so habe ich das nicht gemeint. Ich wollte sagen, dass ich nicht glauben kann, dass du diese Marmelade extra für mich gemacht hast. Dass du dir die Mühe gemacht hast.»

«Na, ich wusste ja, dass du Kirschmarmelade liebst, und ich wollte doch unbedingt noch etwas wiedergutmachen.»

«Ich hatte zwar gesagt, dass das nicht nötig ist, aber jetzt freue ich mich doch sehr. Vielleicht sollte ich dir öfter mal einen Grund zum Wiedergutmachen geben.» Er grinste frech, und Savannah schlug ihm spielerisch auf den Arm.

«Hey, pass auf!», rief er. «Ich will nicht, dass auch nur ein Tropfen dieser himmlischen Marmelade verkleckert.»

Savannah lächelte vor sich hin. Dylan hatte ihre Marmelade *himmlisch* genannt …

«Willst du denn nicht davon probieren?», fragte er.

«Wenn du mir was abgibst?»

Er nahm ein Brötchen aus dem Korb, legte es ihr auf den Teller und schob ihr die Marmelade rüber. Sie schmierte sich eine Hälfte, probierte und konnte selbst kaum glauben, wie gut ihr die Kirschmarmelade gelungen war. Es war immerhin ihr erstes Mal gewesen, dass sie welche eingekocht hatte. Noch gestern Abend hatte sie sich in die Küche gestellt und nach Rezept gearbeitet, allerdings hatte sie noch ein wenig mehr Zitrone und auch Vanillezucker hineingegeben. Zudem eine Prise Zimt, da sie schon immer gefunden hatte, dass Kirschen und Zimt wunderbar harmonierten, und das nicht nur zur Weihnachtszeit.

Während sie aßen, bemerkte Savannah, dass Dylan zu ihrem Ringfinger blickte, den jetzt nur noch ein heller Streifen schmückte, nachdem sie gestern Abend ihren Ehering abgenommen hatte. Er sprach es jedoch nicht an, und sie tat es auch nicht. Die Geste sagte mehr als tausend Worte.

«Du, Savannah, wo finden in Lake Paradise eigentlich die Stadtversammlungen statt?», fragte Dylan stattdessen, und sie sah ihn verwundert an.

«Warum willst du das wissen? Hast du vor, an einer teilzunehmen?» Savannah lachte, denn sie glaubte nicht, dass Dylan die Themen, die dort besprochen wurden, allzu interessant finden würde. Immerhin ging es meistens um so Belangloses wie den neuen Anstrich des Rathauses, die angepassten Zeiten der Bimmelbahn oder einen Rollrasen für den Stadtplatz.

Doch Dylan überraschte sie, indem er sagte: «Ja, habe ich. Besser gesagt, ich muss. Gestern habe ich nämlich auf dem Stadtplatz ein wenig Musik gemacht, und der Bürgermeister hat sich fürchterlich darüber aufgeregt, dass ich keine Genehmigung hatte. Der Sheriff musste einschreiten, und es gab ein ziemliches Chaos.»

«Was? Wieso weiß ich davon denn gar nichts? Gestern Abend war ich sogar noch mal im Zentrum, mir hat aber niemand was erzählt.» Wäre sie doch bloß zu Howie in den Supermarkt gegangen, Rupert war ja noch nie sehr gesprächig gewesen.

Dylan zuckte die Schultern. «Wundert mich auch. Hier spricht sich doch alles sofort rum. Na ja, wie auch immer, ich will mir bei der Versammlung heute so eine Genehmigung holen. Der Sheriff meinte nämlich, dass ich die dort beantragen kann.»

«Ja, so läuft das bei uns. Du stellst den Antrag, und dann wird abgestimmt. Ich bin mir aber sicher, dass alle dafür stimmen werden, mach dir also keine Sorgen.»

«Ich hoffe es.»

Sie lächelte Dylan an. «Das heißt dann also, du willst noch eine Weile bleiben? Die Leute sogar mit deiner Musik beglücken?»

Er lächelte ebenfalls. «So habe ich mir das überlegt, ja. Es sei denn, du möchtest das nicht.»

«Dylan! Wieso sollte ich das nicht wollen? Ich freue mich, wenn du noch bleibst. Ich würde dich nämlich sehr gerne noch näher kennenlernen und Zeit mit dir verbringen.»

«Ja? Das freut mich sehr. Denn genau das möchte ich auch.»

Sie lächelten einander an. Dann wurde Savannah bewusst, was sie noch alles zu tun hatte. «Ich muss jetzt leider zurück an die Rezeption. Wenn du möchtest, kannst du nach dem Frühstück ja kurz mal vorbeischauen, dann machen wir einen wöchentlichen Tarif aus.»

Das hatte sie ihm schon neulich vorgeschlagen, damit er nicht ganz so hohe Unkosten hatte, er war aber bisher nicht darauf zurückgekommen. Vielleicht, weil er sich selbst noch nicht sicher gewesen war, wie lange er noch bleiben wollte? Doch jetzt schien er es zu sein, denn er sagte: «Das mache ich. Danke, Savannah.»

«Gerne. Und wenn du willst, kannst du heute Abend bei mir mitfahren. Ich gehe auch zur Stadtversammlung.»

«Das wäre super.»

Sie wünschte ihm weiter guten Appetit, ließ ihn wissen, dass es in der Küche noch viel mehr von der leckeren Kirschmarmelade gab, und ging mit einem breiten Lächeln im Gesicht zurück zum Empfang.

So viel wie an diesem Morgen hatte wohl lange niemand mehr gelächelt in diesem Städtchen – doch Savannah hatte ja auch allen Grund dazu.

Am Abend fuhren Savannah und Dylan zusammen in ihrem Wagen zur Stadtversammlung. Da der Parkplatz, der zur Kirche und dem Gemeindehaus gehörte, in dem die Versammlungen stets stattfanden, bereits voll besetzt war, beschloss Savannah, bei ihren Eltern zu parken. Diese wohnten gleich hinter der Kirche, nur ein kleines Stück den Paradise Parkway hinunter. Gerade traten die beiden aus dem Haus und freuten sich, Savannah zu sehen. Ein wenig überrascht waren sie wohl, Dylan an ihrer Seite zu entdecken.

«Dylan, darf ich dir meine Eltern vorstellen? Teresa und James Jones. Mein Vater ist der Gemeindepastor, das hab ich dir ja bereits erzählt.»

«Freut mich, Sie kennenzulernen, Mr. und Mrs. Jones», sagte Dylan und schüttelte beiden die Hand.

Ihr Dad lachte. «Nicht so förmlich, mein Sohn. Seid ihr auch auf dem Weg zur Versammlung?»

«Sind wir. Ich musste mein Auto bei euch abstellen, weil auf dem Kirchparkplatz schon alles voll ist», erklärte Savannah.

«Kein Problem», entgegnete ihre Mom, die sie seit der Trennung von Gene bestimmt schon zwanzigmal angerufen hatte und sich nun ganz offensichtlich freute, sie endlich in den Arm nehmen zu können.

Als sie sich voneinander lösten, sagte Savannah: «Ja, und Dylan hier habe ich mitgenommen, weil er ein Anliegen vorbringen will heute Abend.»

«Bei der Versammlung?», fragte ihr Dad erstaunt.

«Ja, genau.»

«Na, da bin ich aber gespannt.»

Sie marschierten los und waren in weniger als drei Minuten angekommen. Das Gemeindehaus war bereits voll, und es war kaum noch möglich, freie Plätze zu finden. Netterweise überließen die Männer Savannah und Teresa die letzten beiden freien Stühle in der letzten Reihe und stellten sich dahinter.

Zum Glück war Gene nicht da, aber das hatte Savannah auch nicht angenommen, da er so gut wie nie an den Gemeindeversammlungen teilnahm. Genauso wenig wie am Gottesdienst. Oder an irgendeinem anderen Zusammenkommen, bei dem es kein Bier gab.

«Was ist denn das heute für ein Andrang?», wollte Teresa wissen.

Savannah war ebenfalls verwundert. Und sie fragte sich, ob der überfüllte Raum wohl etwas mit Dylan zu tun hatte. Der schien das ebenfalls zu denken, auf jeden Fall sah er nicht so aus, als ob er sich sonderlich wohlfühlte. Tatsächlich drehten sich etliche Köpfe zu ihm herum, und es wurde viel getuschelt.

Dann trat Bürgermeister Doyle ans Pult und blickte zufrieden in die Runde. Er schien keinesfalls überrascht, all die Leute zu sehen, obwohl es nur selten so voll gewesen war. Kurz vor Weihnachten höchstens, wenn die Feierlichkeiten und das Krippenspiel besprochen wurden.

«Guten Abend, liebe Stadtbewohner!», begrüßte er sein Publikum. «Ich hoffe, ihr seid alle wohlauf. Danke, dass ihr so zahlreich erschienen seid.»

Es folgten Grüße und Rufe vonseiten der Bewohner.

«Heute steht einiges auf dem Programm. Wir müssen noch letzte Details des Memorial-Day-Wochenendes besprechen. Außerdem werden wir darüber abstimmen, was aus dem *Corn Shop* werden soll. Dann hat Ethan Schulz noch ein Anliegen, und ich glaube …» Er blickte sich im Raum um und sah streng aus, als er Dylan ganz hinten fand. «… es gibt da noch jemanden, der sich an euch wenden möchte. Ein Antrag. Aber dazu später mehr. Zuerst müssen wir das Problem mit den Ballons lösen.» Er holte Luft. «Es sollen rund zweitausend Luftballons für das Fest mit Helium befüllt und überall in der Stadt angebracht werden. Wer könnte sich dafür anbieten? Wir bräuchten ein paar Freiwillige.»

Savannah sah, wie sich mehrere Bewohner meldeten. Auch Halle hob eine Hand und brachte ihren Freund Rupert gleich ebenfalls dazu, seine zu heben. Als ihre Blicke sich trafen, lächelte Savannah ihr zu.

In der nächsten halben Stunde wurde das Fest besprochen. Dann ging es um den Zuschlag für den nun leeren *Corn Shop*, der natürlich an Lindsay ging, die zusammen mit ihrer besten Freundin Ashleigh freudig jubelte. Schließlich trat Ethan Schulz, der einzige Reporter der *Paradise Gazette*, deren Räume sich über dem *Corn Shop* befanden, nach vorne und berichtete davon, dass die Nachbarstädte Cotton Hill und Swan City eine Zählung ihrer Haustiere vorgenommen hätten. Nun wollte Ethan dies auch in Lake Paradise tun, da die Anzahl an Hunden, Katzen und Hamstern vor allem in Cotton Hill stetig stieg und er sichergehen wollte, dass sich ihr Städtchen noch immer an der Spitze der Haustierbesitzer befand. Denn darauf war Lake Paradise immer sehr stolz gewesen.

«Ethan möchte also gerne eine Umfrage starten», erklärte Bertram Doyle, der wieder ans Pult getreten war. «Dazu wird er Zettel in den Cafés und Restaurants der Stadt auslegen, aber auch hier im Gemeindehaus könnt ihr die kurze Befragung jederzeit ausfüllen. Ich werde im Vorraum einen Stapel Zettel platzieren. Werft sie danach bitte in die dafür vorgesehenen Kästen.»

«Das kann doch gar nicht sein, dass Cotton Hill mehr Katzen hat als wir hier», warf Murielle laut ein, und Edda, die neben ihr saß, schüttelte ungläubig den Kopf.

«Nein, das kann ich auch nicht glauben.»

Trish, die in der Reihe vor Savannah saß, flüsterte Lexi augenzwinkernd zu: «Hey, dann sollten wir mit unserem Tiersalon vielleicht nach Cotton Hill ziehen.»

Lexi kicherte, doch Buddy und seine Mutter schienen das gar nicht lustig zu finden, denn sie warfen Trish ein paar abschätzige Blicke zu.

«Das war nur ein Scherz, Buddy», meinte Trish. «Schreib darüber bloß nichts in deinem morgigen Gedicht.»

Savannah musste an das heutige Gedicht denken, das Ian ihr mit ins Hotel gebracht hatte und das endlich wieder auf einem gelben Zettel geschrieben stand. Es handelte zum Glück nicht von dem Tumult auf dem Platz gestern, den Dylan verursacht hatte, und auch nicht schon wieder von Savannahs Trennung, sondern von Eissorten. Insbesondere der neuen, die Sadie in ihr Sortiment aufgenommen hatte: Himbeer-Limette.

Der Bürgermeister räusperte sich. «Na gut, dann kommen wir zu unserem letzten Punkt am heutigen Abend», verkündete er. «Dazu bitte ich den … Vagabunden zum Pult, der gestern unerlaubt *Musik* gemacht hat auf unserem schönen Stadtplatz.»

«Sein Name ist Dylan Heard!», rief Nolan dem Bürgermeister zu.

«Ja, ja.» Bertram Doyle winkte ab. «Also, kommst du nun her, oder willst du uns noch länger davon abhalten, nach Hause zu gehen und das Play-off der Rangers gegen die Panthers zu sehen?»

Savannah sah Dylan nach vorne eilen, sich ans Pult stellen und peinlich berührt ins Publikum schauen.

«Also, guten Abend erst einmal. Ich … äh … ich denke, die meisten von euch wissen inzwischen wohl, wer ich bin. Und ich will euch auch gar nicht länger davon abhalten, das Hockeyspiel zu sehen. Mein Gott, eigentlich will ich überhaupt nicht hier sein. Aber mir wurde gesagt, ich brauche eine Genehmigung, um auf dem Platz meine Musik spielen zu dürfen. Deshalb stelle ich hiermit einen Antrag dafür.»

«Zugestimmt!», rief Nolan laut in den Raum. Und im Nu hatten auch fast alle anderen ihre Hände gehoben.

Murielle stand bereits von ihrem Stuhl auf und erklärte laut: «Siehst du, Bertram, wir sind alle dafür. Jetzt kannst du nach Hause zu deinem Fernseher gehen.»

Alle anderen erhoben sich ebenfalls, und kurz darauf leerte sich auch schon der Gemeindesaal. Nur Bertram stand noch immer verdutzt da.

Auch Dylan war irritiert und fragte Savannah, als sie jetzt auf ihn zukam: «War es das schon? Bekomme ich die Genehmigung?»

«Du hast sie bereits», sagte sie lachend. Dann folgten sie ihren Eltern nach draußen, verabschiedeten sich und fuhren zurück zum Hotel.

Sie trennten sich vor Dylans Zimmertür.

«Danke, dass du mich gefahren hast», sagte er.

«Keine Ursache. Ich wollte doch eh hin.»

«Und danke auch noch mal für die beste Kirschmarmelade der Welt. Ich freue mich schon aufs Frühstück.»

«Wie gesagt, das hab ich echt gerne gemacht.»

Dylan trat einen Schritt auf sie zu, nahm ihre Hand und sah ihr tief in die Augen. «Du bist einfach unglaublich, Savannah.»

Sie spürte sie wieder, die vielen Schmetterlinge, die in ihrem Bauch herumflatterten und hinauswollten.

Würde sie ihnen heute nachgeben?

«Gute Nacht, Dylan», sagte sie und küsste ihn sanft auf die Wange.

Er ließ ihre Hand los und fasste sich stattdessen an die Wange. Dann sah er ihr nach, wie sie in ihr Zimmer ging.

Als Savannah wenig später in ihrem Bett lag, pochte ihr Herz wie verrückt, und sie fühlte Dinge, die sie schon so lange nicht gefühlt hatte.

Sie wollte Dylan. Wollte Zärtlichkeit. Geborgenheit. Verbundenheit. Und da sie wusste, dass sie jetzt sowieso nicht würde schlafen können, stand sie wieder auf und verließ ihr Zimmer.

Sie klopfte an seine Tür.

Heute Nacht wollte sie endlich wieder Liebe erfahren.

# 50

Dylan konnte wieder lächeln. Nach über zehn Monaten der Trauer war seine Welt endlich wieder von Fröhlichkeit erfüllt. Savannah hatte Licht in seine dunklen Tage gebracht, und er konnte noch immer nicht fassen, dass sie sich für ihn entschieden hatte.

Seit zwei Tagen schwebte er nun auf Wolke sieben. Am Mittwoch nach der Stadtversammlung war sie in sein Zimmer gekommen – und diesmal hatte sie zugelassen, dass er sie küsste. Sie war nicht zurückgeschreckt oder davongelaufen. Ganz im Gegenteil! Sie war die ganze Nacht geblieben und hatte ihn geliebt. Und er hatte sich endlich wieder wie ein Mann gefühlt, und noch dazu wie einer, der Glück verspüren konnte. Die einsamen Tage waren vorbei. Savannah hatte ihm mehr als deutlich gemacht, dass sie ihn an ihrer Seite wollte. Denn sie war keine Frau für eine Nacht. Sie wollte mehr.

Und verdammt! Das wollte er auch.

Nach dieser unglaublichen ersten Nacht also hatten sie am Donnerstag zusammen gefrühstückt. Später waren sie dann um den See spaziert und wieder in das Haus von ihrem Bekannten Gregory gegangen, um Blumen zu gießen.

Und dort hatten sie sich nicht zurückhalten können und sich gleich noch mal geliebt.

*Liebe machen.* Ja, genau so fühlte es sich an. Und auch wenn Dylan wusste, dass es verrückt klingen musste, war er sich seiner Gefühle für Savannah doch sicher. Er liebte diese Frau. Und dabei war es egal, dass sie sich noch gar nicht lange kannten oder dass Savannah noch verheiratet war. Sie würde es bald nicht mehr sein, und so lange konnte er damit leben.

Sie hatten eine Menge Spaß zusammen, Dylan erkannte sich selbst kaum wieder, so ausgelassen war er. So leicht fühlte er sich. Jeder Kuss bewirkte, dass er wie auf Wolken schwebte, und er musste aufpassen, dass er nicht wirklich abhob.

Apropos abheben. Während Savannah an diesem Freitag Erledigungen machte, spazierte Dylan mit seiner Gitarre los in Richtung Rathaus. Dort bat er darum, den Bürgermeister sprechen zu dürfen. Er bot ihm an, beim Aufblasen der vielen Luftballons für das große Fest zu helfen, und ließ den Mann wissen, dass er vorhatte, noch eine ganze Weile in der Stadt zu bleiben. Dass Doyle also jederzeit auf ihn zählen konnte, falls noch irgendwo Freiwillige gebraucht wurden.

Das haute den großen Bürgermeister aus den Latschen. Er schien ziemlich erstaunt, trug Dylan sogleich in die Liste ein und bedankte sich bei ihm.

«Viel Spaß beim Musizieren wünsche ich!», rief er ihm noch nach, und Dylan konnte nur lachen.

Dann stellte er sich auf den Platz und gab ein paar Songs zum Besten – diesmal mit Erlaubnis. Das hatte er gestern schon getan, und es hatte ihm große Freude bereitet.

Wieder versammelten sich etliche Leute um ihn herum, einige summten oder sangen sogar mit. Ein paar von ihnen filmten seinen Auftritt, und ihm war klar, dass eines dieser Videos eventuell im Netz landen könnte. Doch so richtig kümmerte es ihn nun nicht mehr. Denn er wollte sich nicht länger verstecken, es gab keinen Grund mehr dazu.

Dylan erntete Applaus und auch ein wenig Geld. Immerhin so viel, dass er sich im Anschluss bei Nolan einen Chai Latte und ein Stück Kirschkuchen kaufen konnte und sogar noch etwas übrig hatte.

«Hast du schon die *Gazette* gelesen?», fragte Nolan, gleich nachdem Dylan bestellt hatte.

«Nein. Wieso?»

«Na, du bist auf der Titelseite!», rief Nolan begeistert aus.

«Was?» Dylan starrte ihn an. «Wie meinst du das?»

«Na, so wie ich es sage.» Nolan nahm ein Exemplar vom Stapel auf dem Tresen und reichte es ihm. «Hier! Sie erscheint immer freitags, und auf der aktuellen Ausgabe bist du die wichtigste Schlagzeile, mein Lieber.»

Dylan war baff. Er nahm die dünne Gratis-Zeitung entgegen. Die von der letzten Woche hatte in der Hotellobby herumgelegen, und er hatte sie irgendwann aus Langeweile durchgeblättert. Es hatten nur ein paar Werbeanzeigen dringestanden und unbedeutende Stadtnews wie, dass die Reparatur des Kirchendaches in Kürze beginnen würde oder dass Murielles Katze Junge erwartete und man sich bei ihr melden konnte, wenn man ihr eins abnehmen wollte. Doch heute – Dylan konnte es kaum glauben – zierte ein großes Bild von ihm die Titelseite!

«Cool, oder?», fand Nolan. «Ich meine, es ist nur die *Gazette*, aber dennoch …»

«Ja, irgendwie schon», erwiderte Dylan und starrte weiterhin das Bild an, das ihn auf der Bühne des *Bluebird Cafe* in Nashville zeigte. Es war gut zwei Jahre alt und schien eine ganze Ewigkeit her. Doch da war er – auf der Titelseite einer Zeitung. Das hatte er sich immer gewünscht. Natürlich hatte Nolan recht, es war nur die *Paradise Gazette*, aber trotzdem machte es was her.

**Dylan Heard – Ein neuer Stadtbewohner für Lake Paradise?**

Was waren wir überrascht, als wir herausfanden, dass es sich bei dem gut aussehenden Fremden, der seit knapp zwei Wochen im *Paradise Inn* untergekommen ist, um den berühmten Countrysänger Dylan Heard handelt!

Am Mittwochabend bei der Stadtversammlung hat der Musiker eine Genehmigung zum Spielen auf dem Stadtplatz beantragt und nun bereits zweimal großartige Songs zum Besten gegeben – dreimal, wenn man seinen Auftritt beim Karaoke-Abend in der *Paradise Tavern* mitzählt.

Werden wir bald mehr von ihm hören? Wird Dylan Heard in Lake Paradise eine neue Heimat finden? Wird er sein Leben und seine Karriere in Nashville hinter sich lassen? Auf was dürfen wir uns in den nächsten Wochen und Monaten freuen?

Wir sind gespannt!

«Ich finde es großartig, dass du vorhast hierzubleiben», sagte Nolan.

Dylan grinste ihn an. «Woher willst du wissen, dass ich das vorhabe?», fragte er.

«Na, würdest du dir sonst die Mühe machen, eine Genehmigung zu beantragen? Außerdem schmeichelst du dich bei Doyle ein. Cool, dass du mit den Ballons helfen willst.»

Amüsiert sah er seinen neuen Freund an. «Woher weißt du denn das nun schon wieder?» Er hatte es doch Doyle erst vor knapp zwei Stunden angeboten.

Nolan deutete auf ein Grüppchen im hinteren Teil des Cafés. «Siehst du die Frau da vorne? Die mit Murielle und deren Schwester Beverly an dem Ecktisch sitzt? Das ist Lydia Doyle, die Frau vom Bürgermeister», klärte Nolan ihn auf.

«Aaaah. Okay, dann ist mir alles klar.» Er lachte.

«Du wirkst ja so fröhlich», sagte Nolan. «Gibt es einen bestimmten Grund dafür? Ich meine, neben der Schlagzeile und allem?» Neugierig blickte der Cafébesitzer ihn an.

«Ach, du wirst es ja sowieso bald erfahren», sagte er, senkte seine Stimme aber dennoch ein bisschen, weil die Tratschtante Murielle ja nicht weit war. «Zwischen Savannah und mir hat es gefunkt. Wir sind jetzt so richtig zusammen, zwar noch nicht ganz offiziell, aber …»

«Das ist ja super! Ich freue mich für euch!» Nolans Begeisterung wirkte aufrichtig. «Aber warum macht ihr es noch nicht offiziell?»

«Na ja …» Dylan lehnte sich auf seinem Barhocker ein bisschen weiter vor, und Nolan kam ihm von der anderen

Seite der Theke entgegen. «Zum einen, weil Savannah die Scheidung ja noch nicht einmal eingereicht hat …»

«Und zum anderen?»

«Weil wir unsere Zweisamkeit einfach nur genießen wollen, ohne dass sich ständig jemand einmischt.» Er zwinkerte Nolan zu.

«*Ich* mische mich nur ein, weil ich das Beste für euch beide möchte. Savannah ist eine meiner besten Freundinnen. Und du … tja, Kumpel, du hast dich irgendwie auch in mein Herz geschlichen.»

«Awww! Ist das nett. Und ein wenig schmalzig. Vielleicht schreibe ich einen Song drüber.» Dylan lachte erneut.

Nolan grinste breit. «Oh, bitte, bitte. Einen Song über mich gibt es noch nicht.»

Sie alberten noch ein wenig herum, dann machte Dylan sich auf und ging zurück ins Hotel.

Am Abend aß er mit Savannah zusammen, und sie blieben noch eine ganze Weile im Hotelrestaurant sitzen. Miles hatte seine Nachtschicht bereits begonnen, und Savannah wurde für heute nicht mehr gebraucht.

Dylan genoss diese Zeit zu zweit sehr. Dieses Ritual, das sie beinahe jeden Abend vollzogen: einfach nur in diesem leeren Raum zu sitzen und zu reden. Er hätte Savannah die ganze Nacht lang zuhören können.

«Ich hatte heute den Termin in Hamilton», erzählte sie. «Bei dem Scheidungsanwalt.»

«Oh. Und? Was ist dabei rausgekommen?»

«Da ich die Heiratsurkunde und alle anderen nötigen Unterlagen dabeihatte, war alles ganz unkompliziert. In

Nebraska gilt das *No-fault*-Gesetz, was bedeutet, dass keine Schuldzuweisungen vorgebracht werden müssen, sondern schlicht bewiesen werden muss, dass die Ehe irreparabel kaputt ist. So zumindest hat der Anwalt mir das erklärt. Er hat gesagt, dass er gleich am Montag die Auflösung der Ehe beantragen kann. Als Grund gibt er unüberbrückbare Differenzen an. Die Papiere lässt er dann Gene zum Unterzeichnen zukommen, und es dauert ca. sechzig Tage, bis der Antrag beim Familiengericht geprüft und hoffentlich bewilligt wird.»

«Das klingt doch gut. Oder?» Dylan fragte sich, warum Savannah dann plötzlich so bedrückt aussah.

«Ja, schon. Ich bezweifle aber, dass Gene die Papiere einfach so unterzeichnen wird.»

«Glaubst du, er wird sich weigern? Und was passiert dann?»

Sie zuckte die Achseln. «Der Anwalt sagt, dass in dem Fall eine Anhörung stattfinden würde.» Sie seufzte. «Hoffen wir einfach auf das Beste.»

«Ja, ich drücke die Daumen.»

«Danke.» Sie nahm einen Schluck Tee. «Du, sag mal, ich habe gehört, du hast heute wieder auf dem Platz gespielt?»

«Ja, das hab ich.»

«Sehr schön. Hat es dir Freude bereitet?»

«Total. Es hat mächtig Spaß gemacht», erzählte er. «Ich war auch noch bei Nolan, er richtet liebe Grüße aus.»

«Danke.»

«Und weißt du, wo ich noch war?»

«Nein. Wo denn?»

«Beim Bürgermeister.»

«Du warst bei Doyle? Was wolltest du denn bei ihm?»

«Ihm meine Hilfe beim Stadtfest anbieten. Ich werde nun also ein paar Hundert Ballons aufblasen.»

Savannah lachte. «Warum machst du denn so was?»

«Ich wollte mich mit ihm gut stellen. Da ich doch vorhabe zu bleiben.»

Sie musterte ihn. «Meinst du für ein paar Wochen? Bis deine zwölf Monate vorbei sind?»

«Ach, eigentlich zieht mich doch nichts nach Nashville zurück. Ich will mir auch keinen Zeitdruck mehr machen. Und ich mag Lake Paradise.» Er sah ihr in die Augen. «Und dich.»

Sie hielt seinem Blick stand. «Ich mag dich auch.»

«Willst du vielleicht nachher wieder in meinem Zimmer vorbeischauen?», fragte er hoffnungsvoll.

«Nein, nicht nachher», sagte sie, stand auf, nahm seine Hand und spazierte direkt vor Miles' Augen mit ihm durch die Lobby und die Treppen hoch.

«Gute Nacht, Savannah!», rief Miles ihr hinterher.

«Danke schön!», rief sie zurück und flüsterte Dylan zu: «Es wird ganz bestimmt eine gute Nacht werden.»

Er konnte es kaum erwarten, aufs Zimmer zu kommen. Deshalb nahm er Savannah auf seine Arme und trug sie dorthin. Und jetzt zeigte er ihr endlich auch den Song, den er für sie geschrieben hatte. Er spielte die sanften Töne, sang die Worte, die sein Herz ihm diktiert hatte, und als er aufblickte, sah er, dass Savannah Tränen übers Gesicht liefen.

«Das ist wundervoll», sagte sie. «Ich bin ehrlich gerührt.»

«Freut mich, dass der Song dir gefällt», erwiderte er.

«Womit hab ich dich nur verdient?», fragte sie und kuschelte sich an ihn.

Ja, das fragte er sich auch, in jeder Minute. Womit hatte er sie nur verdient? Vielleicht würde er darauf nie eine Antwort bekommen. Doch er wusste eins: Er wollte Savannah bis ans Ende seiner Tage glücklich machen.

# 51

«Hallo, ihr Lieben», begrüßte Nolan seine drei Stammkundinnen am Samstagmorgen. «Was darf ich euch bringen?»

«Ich nehme einen Muffin», sagte Sadie. «Was hast du denn für welche da?»

«Heute habe ich Mohn, Pfirsich und Marmor.»

«Dann entscheide ich mich für ... Pfirsich.»

«Alles klar. Dazu einen passenden Früchtetee?», fragte er, da Sadie auch gerne mal einen Tee trank.

«Das klingt gut.»

«Und ihr?» Er wandte sich an Murielle und ihre Enkelin, die heute wieder dabei war. Doch es schien Murielle nichts auszumachen, sie ging in ihrer Rolle als Grandma voll auf.

«Wir nehmen beide einen Marmor-Muffin, nicht wahr, Abigail?», sagte Murielle und sah ihre Enkelin an.

Die Kleine nickte, und Nolan fragte, ob er ihnen Milchkaffee und Kakao bringen sollte.

«Du kennst uns gut, mein Lieber», erwiderte Murielle.

«Und ich hätte gerne einen Bagel mit Avocado», sagte Delores, denn ihr war heute Morgen nicht nach Süßem. Sie hatte gestern Abend eine ganze Schachtel Pralinen verdrückt – mit George zusammen –, ihr Zuckerhaushalt war bestens versorgt. «Dazu ebenfalls einen Milchkaffee, bitte.»

Nolan notierte sich alles und ging hinter die Theke.

Derweil sahen die drei Frauen aus dem Fenster, wo bereits der Wochenmarkt aufgebaut war.

«Geht ihr nachher noch auf den Markt?», wollte Sadie wissen.

«Ja», sagte Delores. «Ich habe George versprochen, für heute Mittag Fisch zu besorgen. Er mag doch so gerne Backfisch.»

«Mit Kartoffeln?», erkundigte sich Murielle.

«Ja. Und Blumenkohl.»

«Hört sich gut an», meinte Sadie.

Abigail, die das Ganze weniger interessierte, spielte mit ihrer Barbie.

«Ich muss auch ein paar Sachen einkaufen», sagte Murielle. «Abigail und ich wollen später Chips selbst machen. Das hab ich ihr versprochen. Also müssen wir Kartoffeln kaufen.»

«Ihr wollt Chips selbst machen? Das klingt ja aufwendig», meinte Delores.

«Nein, das ist es gar nicht. Ich habe mir doch neulich bei diesem Teleshopping-Kanal so ein Gerät gekauft, mit dem man Gemüse in hauchdünne Scheiben schneiden kann. Man muss es dann einfach nur noch würzen und in den Ofen schieben.»

«Na, ich wünsche euch viel Spaß», sagte Sadie und fuhr Abigail über den Kopf. Die Kleine, die nun freudig aufschaute, bedankte sich brav.

Nolan kam und brachte ihnen das Frühstück. «Habt ihr

eigentlich schon den Umfragebogen ausgefüllt?», wollte er wissen. «Ethan hat gestern einen Stapel vorbeigebracht.»

«Nein, ich noch nicht», sagte Murielle.

«Ich auch nicht», entgegnete Sadie.

«Okay, wartet, ich bringe euch welche.» Nolan ging drei Blatt Papier und ein paar Stifte holen.

Die Befragung bestand lediglich aus fünf Punkten:

1. *Wie viele Haustiere besitzt du?*
2. *Welche Haustiere besitzt du?*
3. *Wie viele Menschen leben in deinem Haushalt?*
4. *Wie viele Haustiere hast du in den letzten zwölf Monaten besessen?*
5. *Hast du vor, dir in den nächsten zwölf Monaten ein Haustier anzuschaffen?*

Murielle rührte ihrer Enkelin den heißen Kakao um und machte sich dann daran, die Fragen zu beantworten.

1. *9*
2. *Ausschließlich Katzen*
3. *1*
4. *9*
5. *Aber ganz bestimmt!*

Sadie genoss erst einmal ihren Muffin und trank ein paar Schlucke Tee, dann füllte sie ebenfalls einen Zettel aus.

1. *1*
2. *Wellensittich*

3. *1*
4. *1*
5. *Nein*

Delores konnte überall einen Strich machen, außer bei der Frage, wie viele Menschen in ihrem Haushalt lebten. Da trug sie eine 2 ein. George und sie hatten nie ein Haustier besessen. Es hatte sich falsch angefühlt, sich mit einer Katze oder einem Vögelchen darüber hinwegzutrösten, keine Kinder bekommen zu können. Sie hatten ja einander, und dann gab es da auch noch Delores' Neffen Paul, der zwar leider in Lincoln wohnte. Aber er war neben George die einzige Familie, die sie noch hatte, nachdem ihre Schwester Angela vor zehn Jahren verstorben war.

«Oh, übrigens! Paul hat versprochen, zum Memorial Day herzukommen!», erzählte sie ihren Freundinnen.

«Das ist ja schön», sagte Sadie, obwohl sie nicht richtig daran glaubte. Paul war schon vor vielen Jahren aus Lake Paradise weggezogen und hatte seitdem so oft versprochen, mal wieder zu Besuch zu kommen. Bisher hatte er sich aber nie daran gehalten. Doch sie wollte Delores die Freude nicht nehmen, also lächelte sie ihre Freundin an.

«Das Fest wird fantastisch!», rief Murielle aus. «Nicht wahr, Abigail? Wir beide gehen dann Dosen werfen und Enten angeln. Und wir drehen das Glücksrad. Vielleicht gewinnen wir ja wieder eine Tüte buntes Popcorn.»

«Au ja!» Abigail war ebenfalls gleich begeistert.

Die vier aßen ihr Frühstück auf und gingen dann zum Markt. Und dort, am Gemüsestand, trafen sie auf Savannah, die mit Dylan unterwegs war.

*Oje*, dachte Murielle. *Hoffentlich ist Gene nicht in der Nähe.*

Doch noch während Sadie mit Savannah sprach, entdeckte Murielle Lindsay vor dem früheren *Corn Shop*. Sie nahm Abigail bei der Hand und eilte zu der jungen Frau hinüber, denn sie wollte nicht nur die Erste sein, die erfuhr, wann das neue Nagelstudio eröffnete, sie wollte auch den allerersten Termin bekommen.

«Huhu, Lindsay!» Sie winkte ihr aufgeregt zu, und Lindsay winkte zurück.

Und niemand sah, wer in diesem Augenblick die Straße herunterkam …

# 52

«Habt ihr die *Gazette* gelesen?», erkundigte sich Sadie bei Savannah und Dylan, und beide nickten sie.

«Ja, das haben wir», bestätigte Savannah.

«Du bist hier ein richtiger Star», sagte Sadie und schenkte Dylan ein breites Lächeln.

«Das ist er nicht nur hier», sagte Savannah.

«Dass du von Anfang an Bescheid wusstest, ist mir inzwischen klar. Nur warum hast du das vor uns verheimlicht?» Ihre Tante sah sie vorwurfsvoll an.

«Weil ich die Privatsphäre meiner Gäste immer schütze, Sadie.»

Nun mischte sich Delores ein. «Ich habe dich gestern spielen gehört», sagte sie. «Es hat einfach wundervoll geklungen.»

«Danke schön», entgegnete Dylan, und Savannah konnte ihm ansehen, dass er sich zwar freute, er aber noch immer nicht so richtig damit umgehen konnte, dass nun alle Welt über ihn Bescheid wusste. Sie hatte die Titelseite der *Gazette* ja selbst gesehen! Dylan war jetzt hier der große Prominente – fast so groß wie Ava Garland. Fehlte eigentlich nur noch, dass Murielle ihn ausquetschte. Wo war sie überhaupt?

Savannah blickte sich nach ihr um und entdeckte sie vor dem *Corn Shop*. Und dann ging plötzlich alles ganz schnell.

Auf einmal stand Gene bei ihnen und schrie Dylan an.

«Hab ich es doch gewusst! Du und Savannah, hä? Hab ich dir nicht gesagt, du sollst die Finger von meiner Frau lassen?»

Savannah starrte ihren Ex schockiert an, dann blickte sie zu Dylan. Die beiden kannten sich? Was hatte sie denn da nur verpasst?

«Wann hast du Dylan das gesagt?», fragte sie Gene und musste sich beherrschen, hier mitten auf dem Markt keine Riesenszene zu machen.

Da Gene nicht antwortete, erklärte Dylan ihr: «Neulich Abend, als er im Hotel war. Wir sind aufeinandergetroffen, und er hat mich gewarnt, ich solle dich in Ruhe lassen.»

Savannah war fassungslos. Sie wandte sich an Gene. «Du hast was?», schrie sie ihn nun doch an. «Was fällt dir ein, meine Gäste zu bedrohen?»

«Na, der Typ scheint ja viel mehr zu sein als nur dein Gast, oder?», fragte Gene bissig. Er war außer sich vor Wut, und Savannah hielt schon Ausschau nach Wyatt.

«Und wenn es so wäre, Gene?», rief sie. «Hm? Dann ginge es dich einen Scheißdreck an! Weil wir beide nämlich geschiedene Leute sind! Ich habe dich verlassen, und ich kann verdammt noch mal machen, was ich will!» Sie schrie ihm die Worte ins Gesicht.

Gene starrte sie schockiert an, so hatte er sie noch nie erlebt.

Savannah selbst erkannte sich kaum wieder. Sie fluchte

doch nie! Doch sie hatte es einfach so satt, und Gene schien es ja anders nicht zu verstehen.

«Du bist immer noch meine Frau», sagte er trotzig.

«Aber auch nur auf dem Papier, in meinem Herzen bin ich das schon lange nicht mehr.»

Gene sah jetzt beinahe traurig aus. Als wüsste er selbst nicht, was er darauf erwidern sollte. Doch als er dann bemerkte, wie viele Leute sich um sie versammelt hatten und wie sehr er gerade gedemütigt worden war, wurde er wieder wütend. «Das gibt dir aber noch lange nicht das Recht, hier vor allen Leuten herumzuturteln mit dem da!» Er deutete mit dem Zeigefinger auf Dylan.

*«Herumzuturteln?»* Savannah schüttelte ungläubig den Kopf. «Wir kaufen Gemüse für das Restaurant!»

«Sieht mir aber nach mehr aus», meinte Gene und ging auf Dylan zu, sodass seine vorgestreckte Brust beinahe die seines auserkorenen Feindes berührte. «Verschwinde von hier!», schnaubte er wie ein wilder Stier.

Dylan trat einen großen Schritt zurück. «Du solltest nach Hause gehen und dich ausnüchtern», entgegnete er ganz ruhig, und Savannah fragte sich, wie er nur so gelassen sein konnte.

Doch Gene ließ sich nichts sagen. «Erzähl du mir nicht, was ich zu tun habe, du Scheißkerl! Du Frauenverführer! Denkst, du bist der große Star, dabei bist du nur ein verfluchter kleiner Scheißkerl! Scheißkerl!» Gene wiederholte das Wort wieder und wieder, dann machte er unvermittelt einen Satz auf Dylan zu, seine Faust bereits in der Luft.

Dylan aber wusste rechtzeitig auszuweichen, und Gene landete kopfüber in einem Berg Brokkoli.

Savannah schrie auf. Delores hielt sich die Hände vor den Mund. Ein Tumult brach los, und sofort kam auch Murielle herbeigeeilt. Sadie hingegen wollte loslaufen, um Wyatt zu suchen. Der hatte die Ausschreitung aber anscheinend selbst schon bemerkt, denn er kam herbeigerannt, pfiff auf seiner Trillerpfeife und rief: «Auseinander, auseinander!»

Gene rappelte sich aus dem Brokkoli auf, der jetzt mitsamt des kaputten Tisches am Boden lag. Dylan sah ihm bleich dabei zu. Währenddessen hörte Wyatt sich die Erzählungen der Umstehenden an, die alle durcheinanderredeten. Anschließend legte er Gene Handschellen an.

«Mensch, Gene, wie oft muss ich dich denn noch abführen?», fragte er. Dann wandte er sich an Savannah und Dylan. «Seid ihr okay?»

Sie nickten beide.

«Okay, gut», sagte Wyatt und schleppte Gene in Richtung Polizeiwache.

Murielle war die Erste, die ihre Sprache wiederfand. «Du liebe Güte, was war das denn?»

«Gene dreht langsam völlig durch», sagte Sadie.

Savannah sah ihrem Noch-Ehemann nach, der jetzt Handschellen trug und sich nicht mehr wehrte. Sie hatte ein mächtig schlechtes Gewissen. Doch sie wusste auch, dass es nicht ihre Schuld war. Das alles hatte Gene sich selbst zuzuschreiben.

Als sie Dylans Hand in ihrer spürte, sah sie auf. Er lächelte sie zuversichtlich an. Ein Lächeln, das zu sagen schien: Alles wird gut.

Sie drückte seine Hand und hoffte, er hatte recht.

Auf dem Weg zum Hotel war Savannah noch immer ganz bestürzt. Dann fiel ihr etwas ein. «Warum hast du mir nicht von deiner unschönen Begegnung mit Gene erzählt?»

Dylan, der wortlos aus dem Fenster gestarrt hatte, räusperte sich. «Ich wollte dich nicht beunruhigen. Du warst eh schon so fertig, und eigentlich ist ja auch gar nichts weiter passiert.»

Sie nickte. Verstand zwar Dylans Beweggründe, hätte es aber dennoch besser gefunden, wenn er ihr davon berichtet hätte.

«Dylan, ich möchte dich bitten, mir solche Dinge von nun an immer zu sagen, ja? Besonders, wenn sie Gene betreffen.» Denn wer wusste schon, was da noch kommen würde.

«Klar. Tut mir leid.»

«Alles gut.» Sie schenkte ihm ein kleines Lächeln, weil das Letzte, was sie wollte, war, dass er sich jetzt schlecht fühlte.

Als sie zurück ins Hotel kamen, stand Ian am Empfang, den Savannah in den letzten Tagen ein wenig eingearbeitet hatte und der heute zusammen mit Greta die Gäste begrüßen sollte.

«Oh, wo ist Greta denn?», fragte sie.

«Alice hat sie um Hilfe in der Küche gebeten. Ich habe den beiden gesagt, dass ich es auch allein schaffe.»

Savannah wunderte sich, da Alice sonst nie um Hilfe bat. «Danke, Ian», sagte sie, und während Dylan die Treppe zu seinem Zimmer hochstieg, ging sie in die Küche. Dort fand sie ihre beiden Mitarbeiterinnen an. Greta schälte Kartoffeln, und Alice saß auf einem Stuhl und hielt die Hand in die Höhe. Sie hatte ein Handtuch darumgebunden.

«Was ist passiert?», fragte Savannah besorgt und lief hinüber zu ihrer Köchin.

«Ach, gar nichts, ich habe mich nur geschnitten», erklärte Alice.

«Gar nichts? Du verziehst doch vor Schmerz das Gesicht! Lass mich mal sehen.»

Widerwillig nahm Alice das Handtuch ab und zeigte ihr die Wunde.

«Oh nein, das sieht echt böse aus. Das muss sicher genäht werden!»

Alice schüttelte den Kopf. «Das glaube ich nicht. Ist wirklich nicht so schlimm.»

Savannah holte ein neues, frisches Geschirrhandtuch aus der Schublade und drückte es auf den langen Schnitt.

«Wie ist das denn geschehen?», fragte sie.

«Ich wollte den Kohlrabi schneiden und bin abgerutscht.»

«Ich denke wirklich, ich sollte dich ins Krankenhaus fahren. Oder wenigstens zu Eric.»

«Es ist Samstag! Da hat seine Praxis geschlossen», wandte Alice ein.

«Sicher sieht er es sich trotzdem an, wenn ich ihn darum bitte.»

«Na gut.» Die Köchin seufzte. «Aber wir fahren nur kurz zu Eric, nicht extra nach Hamilton in die Notaufnahme. Das musst du mir versprechen.»

«Ja, einverstanden», versicherte Savannah ihr. «Hauptsache, ein Fachmann wirft einen Blick drauf. Das sieht nämlich ganz schön tief aus.»

«Ich muss aber bald zurück sein, da ich die Kartoffelsuppe noch zubereiten muss. Und die Mousse au Chocolat.»

«Das sehen wir dann. Jetzt komm erst mal!» Sie half Alice auf, nahm noch ein paar Extrahandtücher mit und bat Greta zu übernehmen, bis sie zurück waren.

«Wenn du mit den Kartoffeln fertig bist, kannst du den Kohlrabi klein schneiden», bat Alice. «Aber nicht den ruinierten, der kann in den Müll.»

Savannah betrachtete das blutige Ding und warf es direkt in den Mülleimer. «Und bitte pass auf, dass du dich nicht auch noch verletzt, ja, Greta?»

Greta nickte. «Gute Besserung, Liebes», wünschte sie Alice.

Savannah brachte ihre verwundete Freundin zum Auto und ließ Ian im Vorbeigehen wissen, was sie vorhatten.

«Kein Problem, ich halte die Stellung», versicherte er.

Und dann fuhr Savannah los. Gleichzeitig schimpfte sie mit Alice, dass sie den Arm weiter hochhalten sollte, und sie rief Eric an und sagte ihm, dass sie auf dem Weg zu ihm waren.

«Ist er zu Hause?», fragte Alice.

«Ja, ist er. Wir haben Glück. Er kommt sofort rüber in die Praxis.»

Alice starrte aus dem Fenster. «Ich hoffe, nächstes Wochenende ist es verheilt. Da bin ich doch für den Kuchenverkauf zuständig.»

«Ja, ich weiß. Es wird schon alles gut werden», sagte Savannah und schickte ein Gebet zum Himmel.

Hoffentlich war es das für heute, dachte sie. Mehr Dramen konnte sie wirklich nicht gebrauchen.

# 53

Noch während Eric Alice' Wunde nähte, klingelte Savannahs Handy. Ihr wurde eine unbekannte Nummer angezeigt.

Sie ging ran. «Hallo?»

«Hi, Savannah. Ich bin's, Wyatt. Ich rufe vom Revier aus an.»

«Wyatt. Oh.»

«Es geht um Gene», sagte der Sheriff.

Das hätte sich Savannah denken können. «Was ist denn?», fragte sie vorsichtig nach.

«Ich weiß nicht genau, an wen ich mich wenden soll, wenn nicht an dich. Ich meine, ihr seid ja immer noch verheiratet, oder?»

«Noch, ja.»

«Na, wie auch immer. Ich denke nicht, dass er diesmal wieder mit einem blauen Auge davonkommt. Markus Reeves, dem der Gemüsestand gehört, hat Anzeige erstattet, weil Gene seinen Tisch kaputt gemacht hat und etliche Brokkoliköpfe ruiniert waren. Und ich bin mir nicht sicher, ob Dylan dasselbe tun möchte.»

«Das kann ich dir leider nicht beantworten. Frag ihn doch am besten selbst.»

«Werde ich machen.» Er räusperte sich. «Nun ja, dennoch kann Gene morgen gegen Kaution entlassen werden, und vorerst …»

«Ich bezahl die nicht, Wyatt, auf gar keinen Fall tue ich das noch mal. Soll Gene doch in seiner Zelle verrotten.» Sie war jetzt wirklich aufgebracht und spürte, dass sie Gene mit jedem Tag mehr verabscheute. Sein Verhalten war unentschuldbar.

«Okay», sagte der Sheriff gedehnt. «Dann werde ich mal Genes Bruder fragen.»

Edmund Keller war der Notar der Stadt, und die beiden Brüder waren seit Jahren entzweit. Savannah glaubte nicht, dass Edmund die Kaution für Gene stellen würde.

«Versuchen kannst du es ja», sagte sie jedoch.

«Okay. Dann mach's erst mal gut, Savannah.»

«Du auch.»

Sie packte ihr Handy weg und legte das Gesicht in die Hände. Das alles war wirklich frustrierend. Da hatte sie sich endlich befreit aus dieser unglücklichen Ehe, und es sollte ihr doch keine Erleichterung gegönnt sein.

«Ich bin fertig», hörte sie Alice sagen.

Savannah sah auf und ließ sich von ihrer Köchin die verbundene Hand zeigen.

Und dann trat auch Eric aus dem Behandlungszimmer. «Alice ist so weit wiederhergestellt. Du darfst sie mitnehmen», sagte er.

«Oh, Gott sei Dank. Sie muss also nicht ins Krankenhaus?»

«Nein, das ist nicht nötig. Ich habe sie bereits genäht.»

«Es hat acht Stiche gebraucht!», informierte Alice sie.

«Keine Ahnung, wie ich die nächsten Tage kochen soll. Die Hand darf nicht mit Wasser in Berührung kommen, und Gemüse schnippeln könnte auch schwer werden.»

«Ich helfe dir, so gut es geht. Zum Glück haben wir ja jetzt Ian, der die Rezeption übernehmen kann.»

Alice grinste. «Wir beide in der Küche, das wird ein Spaß! Und hey, rühren kann ich ja zum Glück noch und Anweisungen geben auch.» Sie zwinkerte Savannah zu.

«Na, schön, dass du bei all der Tragik deinen Humor nicht verloren hast», entgegnete sie. «Können wir fahren?»

«Japp.»

Sie verabschiedeten sich von Eric, der Alice den Rat gab, sich die nächsten Tage zu schonen.

Auf dem Weg zum Auto sagte die Köchin: «Eric hat mir ein paar Pillen gegeben gegen die Schmerzen. Ich denke, ich werde das zusammen mit Greta schaffen.»

«Auf gar keinen Fall stellst du dich heute noch mal in die Küche. Ich bringe dich jetzt nach Hause, du ruhst dich den Rest des Tages aus, und morgen sehen wir weiter.»

«Aber das Abendessen …! Was sollen wir den Gästen denn heute anbieten?», fragte Alice besorgt.

«Kartoffelsuppe werde ich wohl hinbekommen, und statt Mousse au Chocolat gibt es dann halt einen Obstsalat.»

«Brot habe ich auch noch nicht gebacken», warf Alice ein.

«Ich werde ein paar Brote in der Biobäckerei besorgen. Jetzt hör auf, dir Gedanken zu machen, und kümmere dich nur um dich und deine Gesundheit.»

«Na gut.» Alice gab sich geschlagen und ließ sich in den Beifahrersitz fallen. Dann sah sie Savannah an. «Sag mal, ist sonst alles okay? Du wirkst so erschöpft.»

«Heute ist einfach nicht mein Tag», gestand Savannah. «Tut mir ehrlich leid.»

«Du kannst nichts dafür. Gene ist vorhin auf dem Markt auf Dylan losgegangen, und dann ist er zuerst im Brokkoli gelandet und anschließend in der Zelle.»

Alice machte große Augen. «Warum hast du nichts erwähnt?»

«Na, ich musste dich doch erst mal vor dem Verbluten retten.»

Alice beugte sich zu ihr und umarmte sie. «Oh, Savannah, du hast es zurzeit wirklich nicht leicht. Aber ich verspreche dir, es wird auch wieder besser werden, das muss es einfach.»

«Ja, das wäre schön.»

«Vertraue mir. Am Ende wird immer alles gut.»

Savannah versuchte zu lächeln. «Wenn du das sagst …»

Dann fuhr sie zuerst Alice nach Hause, danach Obst und Brot besorgen und schließlich zurück zum Hotel, wo sie mit Greta zusammen ein Abendessen kreierte, das sicher keinen Preis gewonnen hätte, das ihre Gäste aber satt machen würde.

Als sie am Abend die letzten Teller in die Spülmaschine stellte und gerade glaubte, der Tag würde endlich ausklingen, erhielt sie einen weiteren Anruf. Es war erneut Wyatt.

«Savannah, kannst du bitte aufs Revier kommen?»

«Warum? Was ist passiert?»

«Gene hat sich verletzt. Bitte komm her.»

Sie hätte heulen können. Hatte dieser verfluchte Samstag denn überhaupt kein Ende?

Also stieg sie wieder ins Auto, fuhr zum Polizeirevier, parkte davor und ging hinein.

Wyatt führte sie direkt zu Gene, der allein in der einzigen Zelle hockte, die es gab. Er hatte ebenfalls eine verbundene Hand.

«Wie konntest du dich bitte in einer Gefängniszelle verletzen?» Sie sah sich um. Außer einer Liege gab es darin nichts. Es kam ja auch äußerst selten vor, dass in Lake Paradise mal jemand verhaftet wurde. Die Zelle war eigentlich nur dafür gedacht, jemanden über Nacht festzuhalten, ihn auszunüchtern oder ihm Vernunft einzutrichtern. Wer länger in Haft musste, wurde ins County Jail nach Hamilton gebracht.

Da Gene nicht reagierte, antwortete Wyatt für ihn. «Er hat die Wand mit einem Boxsack verwechselt.»

«Was? Du hast auf die Wand eingeschlagen? Warum tust du so was nur?», fragte sie ihren Noch-Ehemann.

Nun trat Gene ans Gitter. «Weil ich dich vermisse.»

Wyatt räusperte sich. «Ich lass euch mal allein», sagte er und verschwand in sein Büro.

Savannah ging näher an die Stäbe heran. «Gene … Du kannst noch so wild auf Wände einschlagen, ich komme nicht zurück zu dir.»

«Ja, ich weiß. Und das ist ja das Schlimmste. Ich habe es echt verbockt, was?»

«Ja, das hast du.»

«Es tut mir leid», sagte er, und diesmal schien er es ehrlich so zu meinen. «Aber dafür ist es wohl zu spät, oder?»

«Ja, Gene.» Sie sah ihm fest ins Gesicht. «Mir tut es auch leid.»

«Ja?», fragte er verwundert.

«Ja. Mir tut leid, dass ich nicht früher gesagt habe, wie unglücklich ich bin. Dass ich uns beiden das so lange angetan hab.»

Gene traten tatsächlich Tränen in die Augen. «Ich wünschte, ich hätte dich glücklich machen können.»

«Das wünschte ich mir auch.»

Er nickte. Und sie wusste, es war vorbei. Er würde sie endlich gehen lassen.

«Ich werde die Scheidungspapiere unterschreiben, wann immer du sie mir zukommen lässt», sagte Gene.

«Sie müssten nächste Woche bei dir sein.»

«Okay.»

«Danke, Gene.» Sie lächelte den Mann traurig an, der vielleicht einfach nicht gewusst hatte, wie er es hätte besser machen können. Dann drehte sie sich um und ging.

«Savannah?», rief Gene ihr hinterher, und sie blieb stehen und wandte sich noch einmal zu ihm um.

«Ja?»

«Ich hoffe, er kann dir das geben, was ich dir nicht geben konnte.»

Jetzt wurden auch ihre Augen feucht. Sie konnte nichts tun, als zu nicken. Dann ging sie aus dem Revier, aus Genes Leben und damit auch aus dem Leben, das sie bisher gekannt hatte. Savannah fuhr die Landstraße entlang, parkte vor dem Hotel und lief in Dylans Arme, der auf der Bank vor dem Eingang auf sie gewartet hatte.

«Bist du okay?», fragte er.

Sie löste sich von seiner Schulter, sah ihn mit tränennassem Gesicht an und antwortete: «Ja. Ich bin okay.»

# 54

Die Tage vergingen wie im Flug. Dylan hatte sich schon lange nicht mehr so frei gefühlt, es war fast, als wäre aller Kummer vergessen – zumindest, wenn Savannah in seiner Nähe war.

An einem Tag mieteten sie ein Boot und paddelten auf den See hinaus. An einem anderen gingen sie bei Halle Pizza essen und danach ins Autokino. An wieder einem anderen spazierten sie einfach über ein Maisfeld, auf dem jetzt schon kleine grüne Pflanzen aus der Erde hervorblickten.

«Wusstest du, dass der Mais bereits seit 3500 vor Christus bekannt ist?», hatte Savannah ihn bei der Gelegenheit gefragt, während sie seine Hand hielt und zum Himmel hinaufsah. Das tat sie oft, als hätte sie eine persönliche Verbindung zu Gott.

Dylan selbst war nie besonders religiös gewesen, doch er hatte Savannah am Sonntag zum Gottesdienst begleitet, und es hatte ihr die Welt bedeutet.

«Nein, das wusste ich nicht», hatte er grinsend geantwortet. In dieser Stadt schien der Mais eine Art heiligen Status zu haben. Die Leute erzählten einem bei jeder Gelegenheit etwas über das Getreide. Bei dem Fest am kommenden

Wochenende würden sogar etliche Stände entsprechende Gerichte und auch süße Leckereien mit Mais anbieten. Savannah freute sich schon riesig auf die Feierlichkeiten, die wie immer drei Tage andauern würden, da der Memorial Day stets auf einen Montag fiel. Und inzwischen freute sich auch Dylan darauf.

Am heutigen Freitag würde er wie versprochen beim Aufblasen der Luftballons helfen, und er hatte Savannah gefragt, ob sie ihn bei den Vorbereitungen zum Dosenwerfen brauchte. Doch sie hatte ihn stattdessen um etwas anderes gebeten, und zwar darum, Alice am Kuchenstand zu helfen. Denn wegen ihrer Handverletzung konnte die Köchin des *Inn* noch nicht wieder so viel machen, wie sie gern würde, und Greta wurde heute am Bein operiert. Glücklicherweise hatte Savannah Ian mittlerweile so gut im Hotel eingespannt, dass sie ihren Stand die meiste Zeit selbst betreuen konnte. Und das konnte sie kaum erwarten, wie es aussah.

Savannah wirkte wie ausgewechselt. Sie lachte viel mehr, strahlte die ganze Zeit vor sich hin, wirkte überhaupt nicht mehr traurig – und Dylan wollte gern glauben, dass das an ihm lag. Er versuchte wirklich, für Savannah da zu sein, sie zu unterstützen, wo er konnte, und sie aufzufangen, wenn sie doch einmal einen kleinen Rückschlag erlitt.

Zum Glück hatte Gene inzwischen in die Scheidung eingewilligt. Er war schon nach einem Tag aus der Zelle entlassen worden, nachdem Vincent Highmore von seinem Schlamassel gehört hatte und für seine Kaution aufgekommen war. Der Mann schien sich nach Genes Kündigung tatsächlich ein wenig dafür verantwortlich zu machen, was aus seinem Arbeiter geworden war, und er hatte ihm einen Job als Fahrer angeboten – jedoch unter der Bedingung, dass Gene mit dem Trinken aufhörte. Zukünftig würde er also im ganzen Land unterwegs sein und Mais ausliefern, was Dylan ganz recht war, da Savannah und er ihrem Ex dann nicht allzu häufig begegnen würden. Er hegte keinen Groll, doch zum Freund wollte er den Mann nun auch nicht haben. Und vielleicht würde Gene ja auf einer seiner Fahrten jemanden kennenlernen. Sich neu verlieben. Am Ende hatte es doch jeder verdient, sein Glück zu finden, oder?

Savannah hatte Dylan gestern mit zu ihren Eltern genommen, die sie beide zum Dinner eingeladen hatten. Er konnte kaum glauben, wie freundlich sie zu ihm waren. Wahrscheinlich hatten sie selbst schon vor einer ganzen Weile mitbekommen, wie verzweifelt Savannah in ihrer Ehe gewesen war. Und Eltern wollten schließlich immer nur das Beste für ihre Kinder, oder?

Natürlich musste Dylan dabei auch an seine Eltern denken, die nun ganz allein in Tennessee saßen und sich sicher schreckliche Sorgen um ihn machten. Er war in den letzten elf Monaten so sehr mit sich selbst und mit seiner eigenen Trauer beschäftigt gewesen, dass er nicht allzu viele Gedanken an andere Menschen verschwendet hatte – von Ronny einmal abgesehen. Nun erkannte er, wie falsch das gewesen war. Denn für seine Eltern musste es sich anfühlen, als hätten sie Dylan gleich mit verloren.

Er bedauerte es aufrichtig, doch er gab sich selbst nicht die Schuld dafür, wie es gekommen war. Er hatte einfach nicht anders gekonnt. Seine Wunden hatten erst heilen müssen, bevor er sich wieder anderen Menschen zuwenden konnte. Doch jetzt fühlte er sich bereit dazu. Und deshalb rief er nach dem Frühstück von seinem Zimmertelefon aus zu Hause in Dickson an.

«Hallo?» Seine Mom ging ans Telefon.

Er hatte nicht gewusst, wie sehr er ihre Stimme vermisst hatte …

«Mom? Ich bin es.»

«Dylan?»

«Ja.»

Als Nächstes hörte er sie weinen. Dann im Hintergrund seinen Dad fragen: «Rachel? Was ist denn los?»

«Er ist es», sagte seine Mutter, noch immer schluchzend. Und nun packte Dylan doch das schlechte Gewissen. Er wollte nicht, dass seine Mutter seinetwegen weinte.

«Dylan?» Nun hörte er seinen Vater am anderen Ende der Leitung. Er musste ihr den Hörer abgenommen haben.

«Ja, Dad. Ich bin es, Dylan», wiederholte er.

«Oh, Junge. Wie schön, von dir zu hören. Wir haben uns solche Sorgen gemacht.»

«Ich habe doch Karten geschickt.»

«Ja. Und wir haben uns über jede einzelne gefreut. Doch es ist nicht dasselbe, wie mit dir zu sprechen oder dich zu sehen. Wo bist du denn?»

«Ich bin noch immer in Nebraska, in dem kleinen Städtchen namens Lake Paradise.»

«Geht es dir auch gut?»

«Es geht mir gut, Dad. Und wie geht es euch?»

Es folgte eine kurze Pause. Dann: «Es war nicht leicht das letzte Jahr.»

«Ja, ich weiß. Für mich war es das auch nicht.»

«Sei deiner Mom nicht böse, ja? Sie wollte dir keine Vorwürfe machen, und es tut ihr sehr leid.»

«Ist schon okay. Ich wusste ja selbst nicht mit meinem Schmerz umzugehen.»

«Wann kommst du nach Hause?»

«Vorerst wohl nicht, Dad. Ich habe beschlossen hierzubleiben.»

«In Nebraska?»

«Ja.»

«Was gibt es denn in Nebraska?»

Dylan lächelte. «Savannah gibt es hier.»

«Du hast jemanden kennengelernt?»

«Ja. Die wundervollste Frau der Welt.»

Er konnte seinen Vater fast lächeln sehen. «Das ist schön, Junge. Du hast es verdient, geliebt zu werden.»

«Danke, Dad.»

Sein Vater druckste etwas herum. Dann sagte er: «Darf ich dich etwas fragen, Dylan?»

«Ja, natürlich.»

«Was ist mit deiner Musik? Deiner Karriere? Simon hat etliche Male bei uns angerufen.»

«Das ist alles egal. Ich will es hinter mir lassen, es hat mir nur Kummer bereitet.»

«Du willst die Musik hinter dir lassen?», fragte sein Dad erstaunt.

«Nein, nicht die Musik. Nur Nashville und die ganze Oberflächlichkeit. Den Drang nach Erfolg. Ich kann auch hier Gitarre spielen und singen.»

Jamie aus dem *Food Paradise* hatte ihm sogar ein Engagement angeboten, bei dem er an drei Abenden in der Woche live im Restaurant spielen sollte. Und er hatte den Job angenommen, denn von irgendwas musste er natürlich auch leben, wenn er hier in Lake Paradise blieb.

«Aber kannst du nicht wenigstens für einen Besuch zurück nach Tennessee kommen?», fragte sein Dad. «Wir würden dich so gerne sehen.»

«Ich wollte euch eigentlich vorschlagen, hierher nach Lake Paradise zu kommen. Savannah besitzt eine eigene Pension direkt an einem See. Es ist wunderschön hier, sehr idyllisch, und du und Mom könntet sicher auch mal eine kleine Auszeit gebrauchen, oder nicht?»

«Das klingt gut. Ich werde es mit deiner Mutter besprechen. Hast du eine Nummer, unter der wir dich erreichen können?»

Dylan gab die Telefonnummer des Hotels und seine Zimmernummer durch. «Ich würde mich wirklich sehr freuen», sagte er. «Dann könnte ich euch auch Savannah vorstellen.»

«Ich melde mich spätestens morgen bei dir.»

«Alles klar. Es könnte allerdings sein, dass ich nicht gleich erreichbar bin, weil hier ein großes Fest zum Memorial Day stattfindet, bei dem ich aushelfe.»

«Du bist richtig glücklich dort, was, mein Junge?», fragte sein Vater.

«Ja, das bin ich», erwiderte Dylan. Dann sprach er noch mit seiner Mutter und marschierte danach zum Stadtplatz, um Ballons aufzublasen.

# 55

Das diesjährige Memorial-Day-Fest wurde ein voller Erfolg. Savannah stellte den ganzen Tag lang die Dosen wieder zu einem Turm auf, und die halbe Stadt versuchte, sie umzuwerfen. Für einen Dollar hatte man drei Versuche. Wer den Turm umwarf und alles abräumte, bekam eine Tüte buntes Popcorn, die Jonah Truman zur Verfügung gestellt hatte. Jonah selbst, der es in seiner Popcornfabrik am Rande der Stadt produzierte, war natürlich auch auf dem Fest anwesend. Am Samstagnachmittag entdeckte Savannah ihn zusammen mit seiner Frau May und seinem Sohn Aaron. Es war das erste Memorial-Day-Wochenende für das sieben Monate alte Baby, und es machte die ganze Zeit große Augen und starrte die vielen gelben und rosafarbenen Ballons an, die Dylan mit aufgeblasen hatte. Und während Savannah die kleine Familie beobachtete, sah sie Lexi und Aaron hinzukommen und May und Jonah in die Arme schließen. Aaron nahm seinen Patensohn auf den Arm und spielte mit ihm. Er tat so, als ob er dem Kleinen seine Nase klauen würde.

Lexi lachte und winkte Savannah zu, als sie sie am Stand entdeckte. Kurz darauf kamen die fünf herüber, und Jonah und Aaron versuchten ihr Glück. Aaron traf schon beim ersten Wurf alle sechs Dosen, doch bei Jonah blieben selbst beim dritten Versuch noch zwei stehen.

«Lass mich mal!», sagte May und nahm einen Ball in die Hand. Sie räumte beim dritten Versuch ab und erhielt eine Tüte buntes Popcorn. Aaron überreichte seinen Gewinn Lexi, die die Packung gleich öffnete und naschte.

«Falls ihr Hunger habt: Alice hat jede Menge superleckere Kuchen gebacken», pries Savannah an. Dabei hatte sie ihr so gut wie möglich geholfen, da Alice mit ihrer verletzten Hand noch nicht viel mehr machen konnte, als Zutaten bereitzulegen und Anweisungen zu geben.

«Klingt nach einem guten Nachtisch», meinte May. «Zuerst möchte ich aber die Maispfanne probieren.»

«Und ich hole mir vorher einen Corn Dog», sagte Lexi und sah rüber zum Kuchenstand. Dann grinste sie Savannah an. «Soso, Dylan hilft also beim Kuchenverkauf, ja?»

«Tut er.» Sie lächelte zurück.

«Und ich habe gehört, er wird ab nächster Woche in *Jamie's Food Paradise* auftreten?»

«Das habe ich auch gehört.» Sie zwinkerte ihrer Freundin zu.

«Heißt das also, dass er bleibt? In Lake Paradise?», fragte Lexi.

«Ich denke, das heißt es wohl.» Savannah strahlte vor sich hin, wie so oft in den letzten Tagen.

«Wie cool! Ich freu mich für dich.»

«Danke, das ist lieb.»

Nun mischte sich Jonah ein. «Oje. Dann wird der Bürgermeister ja sicher wieder einen Aufstand machen, weil die

Einwohnerzahl nicht mehr aktuell ist. Er wird sofort das Ortsschild anpassen wollen», meinte er und verdrehte die Augen.

Aaron lachte. «Vielleicht sollte er damit warten.»

Jonah sah seinen Kumpel überrascht an. «Willst du etwa auch herziehen?»

«Das wird wohl nötig sein», sagte er, «wenn unser Baby auf die Welt kommt.»

Sogleich erntete er einen Boxhieb von Lexi. «Wir wollten das doch noch für uns behalten!», schimpfte sie.

Aaron zuckte die Schultern. «Was soll ich machen? Ich bin so happy, das kann ich nicht für mich behalten.»

Savannah machte große Augen. Sie ging um den Tisch herum und umarmte Lexi. «Du bist schwanger? Ich kann dir gar nicht sagen, wie sehr ich mich für euch freue.» Vor allem, weil sie wusste, wie sehr Lexi sich auch eine eigene kleine Familie wünschte. Die Arme war damals schwanger gewesen, als ihr Verlobter Keith ums Leben gekommen war, und sie hatte tragischerweise kurz darauf eine Fehlgeburt erlitten. Savannah gönnte es wirklich niemandem so sehr wie Lexi.

Auch May drückte die Freundin jetzt, und dann sagte Lexi, dass sie nun unbedingt was essen wolle.

«Wärst du vielleicht so lieb, mir auch einen Corn Dog zu besorgen?», bat Savannah, die nicht wegkonnte von ihrem Stand. Lexi hatte ihr auch Lust auf eins dieser frittierten, mit Maisteig umhüllten Würstchen am Spieß gemacht.

«Na klar», sagte Lexi und hüpfte los. Bei ihr sah es oft so aus, als wäre sie ein kleines Häschen. Sie würde eine tolle Mommy sein, da war Savannah sich sicher, und ihr Kind würde viel Spaß mit ihr haben. Und wenn sie mal nicht weiterwusste, konnte sie ja jederzeit Helena fragen, die schon jede Menge Erfahrung in Sachen Kindererziehung hatte.

Helena. Zu schade, dass sie heute nicht hier sein konnte. Savannah hatte ihre Freundin seit ihrer Abreise täglich angerufen, um sich zu erkundigen, wie die Dinge standen. Doch es sah nicht allzu gut aus, und Savannah wünschte wieder einmal, sie würden näher beieinander wohnen, damit sie in Zeiten wie diesen eine Schulter zum Anlehnen hatten. Sie war froh, dass Helena beschlossen hatte, den Sommer in Lake Paradise zu verbringen. Und wer wusste es schon? Vielleicht würde der Bürgermeister das Stadtschild ja sogar sehr bald noch einmal anpassen müssen.

Als Lexi zehn Minuten später mit einem Corn Dog in jeder Hand wieder vor ihr stand, räumte Rupert gerade alle Dosen ab, worüber Halle laut jubelte.

«Super, Rupert!», sagte Lexi und wandte sich dann an Savannah. «Welchen willst du?»

«Gibt es da einen Unterschied?», fragte sie und reichte Rupert seinen Gewinn, bevor die beiden weiterzogen.

«Der hier sieht ein bisschen größer aus.» Lexi hielt ihr den linken entgegen.

«Na, den solltest *du* dann wohl nehmen, oder?» Sie grinste Lexi an.

«Pssst! Es muss ja nun wirklich nicht gleich die ganze Stadt wissen.»

«Dann solltest du gut aufpassen, dass keine der Tratschtanten es mitbekommt.» Sie deutete zu Murielle hinüber, die mit Abigail beim Entenangeln anstand.

«Oh, das werde ich, glaube mir. Und mit Aaron muss ich auch noch mal ein ernstes Wörtchen reden.»

«Ist doch süß, wie er sich freut», meinte Savannah. In dem Moment entdeckte sie Nolan. Er blickte sich um und ging an den Fressbuden entlang. «Wie sieht es eigentlich im Zentrum aus? Wart ihr da auch schon?», fragte sie.

«Oh ja.» Lexi nickte und biss von ihrem Corn Dog ab. «Dort sind noch mehr Stände und unzählige Ballons, ich hatte beinahe Angst, dass der ganze Stadtplatz wegfliegt.»

Savannah lachte, während sie erneut zu Nolan hinüberschielte, der sich jetzt Jamie und Ricarda näherte, die beim Glücksrad standen. Dann nahm auch sie einen Bissen.

Lexi folgte ihrem Blick. Entdeckte Nolan. Sah wieder zu ihr hin. «Okay, was weißt du?»

Savannah starrte ihre Freundin erschrocken an. «Was weißt *du*?»

Lexi kam zu ihr hinter den Tisch. «Aaron hat mir da was erzählt. Er hat Nolan spätabends mit jemandem am See gesehen», flüsterte sie.

«Mit Jamie?», flüsterte Savannah zurück.

«Jaaa!»

Sie sahen einander mit großen Augen an und blickten sich dann nach Nolan um.

«Woher weißt *du* es?», fragte Lexi.

«Ich habe die beiden neulich nacheinander aus dem Haus von Jamies Onkel kommen sehen und mir meinen Teil gedacht.»

«Aber angesprochen hast du Nolan noch nicht darauf?»

«Doch, habe ich. Der Gute hat mich gebeten, so zu tun, als ob ich nie etwas gesehen hätte.»

«Na, der ist ja lustig. Und vor allem nicht sehr diskret, denn Aaron hat die beiden wie gesagt auch gesehen – wie sie sich im Dunkeln geküsst haben!»

«Ganz sicher, dass es die beiden waren? Immerhin war es dunkel.»

«Ganz sicher», sagte Lexi.

Savannah kaute nachdenklich auf ihrer Lippe herum. «Dann müssen wir unbedingt mit ihm reden. Er muss das Ganze entweder beenden, oder Jamie muss mit Ricarda Schluss machen.»

«Ja, ich bin deiner Meinung. Andererseits geht es uns ja nicht wirklich etwas an, oder?»

«Oh doch! Nolan ist immerhin unser Freund! Wir können ihm so etwas sagen.»

«Ja, du hast recht.»

Also winkten sie Nolan zu sich. Als er ihr wildes Gestikulieren bemerkte, kam er zu ihnen herüber. «Was ist denn mit euch los?», fragte er verwirrt.

«Wir müssen mit dir reden», sagte Savannah und war froh, dass gerade niemand Dosen werfen wollte.

«Worum geht's?», fragte Nolan und sah direkt ein wenig nervös aus.

«Wir wissen, mit wem du was laufen hast», begann Lexi. «Und wir finden, dass das nicht okay ist.»

Nolan errötete und blickte sich um. «Müssen wir das hier besprechen? Das muss doch nun wirklich keiner hören.»

«Wir haben es schon viel zu lange aufgeschoben», sagte Savannah.

«Also, was denkst du dir dabei, etwas mit jemandem anzufangen, der verheiratet ist?», fragte Lexi.

«Ihr beide müsstet doch am besten wissen, dass man nicht steuern kann, in wen man sich verliebt.» Er wandte sich an Savannah. «Und darf ich dich daran erinnern, dass du ebenfalls verheiratet warst, als du was mit Dylan angefangen hast?»

«Zwischen uns ist aber erst etwas gelaufen, nachdem ich Gene gesagt habe, dass ich mich von ihm scheiden lasse», verteidigte sie sich.

Nolan seufzte. «Das ist alles nicht so einfach.»

«Ja, das kann ich mir denken», sagte Savannah. Immerhin war Jamie nicht nur verheiratet, sondern stand anscheinend auch noch aufs selbe Geschlecht.

«Moment mal, Nolan», warf Lexi ein. «Hast du eben gesagt, man könne nicht steuern, in wen man sich *verliebt*? Bist du verliebt? Meinst du so richtig?»

«Ich war noch nie in meinem ganzen Leben so verliebt», gestand er.

«Okay, irgendwie ist das süß», meinte Lexi. Dann wurde sie wieder ernst. «Ihr müsst aber trotzdem etwas unternehmen – bevor das nämlich jemand anderes tut. Mindestens drei Menschen wissen bereits von euch, und dir ist ja wohl klar, dass so etwas nicht lange geheim bleiben kann in Lake Paradise, oder?»

«Ja, ich weiß.» Er sah kurz zu Boden. «Ich rede mit Jamie.»

«Okay, gut.»

Savannah nickte zufrieden. «Willst du jetzt vielleicht Dosen werfen?»

«Nein, danke, darin war ich noch nie gut. Ich hol mir lieber ein Stück Kuchen», sagte Nolan und schlurfte davon.

Er sah ziemlich niedergeschlagen aus, dachte Savannah. Wahrscheinlich, weil er sich nicht sicher war, wie es mit ihm und Jamie weitergehen sollte. Und ob Jamie sich wirklich von seiner Frau trennen würde.

Ach, die Liebe war schon keine einfache Sache. Zum Glück war sie aber endlich auch mal auf Savannahs Seite.

«Savannah, kannst du mir einen Gefallen tun?», hörte sie plötzlich Miles fragen, der mit seiner jüngsten Tochter Sasha an ihren Stand trat.

«Klar, worum geht's?»

«Sasha hat irgendwie Kaugummi ins Haar bekommen. Es klebt total fest. Hast du eine Ahnung, wie man das wieder rausbekommt?»

«Mit Kokosöl», meldete Lexi sich gleich zu Wort. «So haben wir neulich auch Murielles Katze ein Kaugummi aus dem Fell entfernt.»

Savannah streichelte Sasha vorsichtig über den Kopf. «Ich kann kurz in der Küche nachsehen, ob wir welches haben. Wenn du so lange am Stand bleibst, Miles?»

«Natürlich», antwortete er. «Das wäre super, danke.»

«Komm mit, Sasha», sagte sie zu der Kleinen und nahm ihre Hand. «Wir werden das böse Ding schon rausbekommen.»

Während Lexi zurück zu Aaron ging, brachte Savannah die Vierjährige in die Hotelküche und fand zum Glück auch gleich ein Glas Kokosöl im Schrank. Sie googelte kurz, wie man genau vorging, und rieb das Kaugummi dann mit dem Öl ein. Danach konnte sie es ganz langsam aus dem krausen Haar der Kleinen ziehen.

«Aua!», rief Sasha dennoch.

«Oh, tut mir leid, ich wollte dir nicht wehtun. Ich bin gleich fertig, ja?»

Die Kleine nickte.

«Ich habe von deinem Daddy gehört, dass du schon das Abc-Lied kannst. Willst du es mir vielleicht vorsingen?»

«Okay.» Sasha begann zu singen, und als sie bei Z ankam, war das widerspenstige Ding raus. Savannah atmete erleichtert auf und gab der Kleinen einen Keks, weil sie so tapfer gewesen war.

Beim Rausgehen sah sie, wie Dylan sie beobachtete. Er winkte ihr zu, und sie winkte zurück. Als sie mit Sasha wieder bei Miles ankam, standen seine Frau und die anderen beiden Töchter bei ihm, und sie begrüßten einander fröhlich. Savannah bat Miles, noch fünf Minuten zu bleiben, und ging rüber zum Kuchenstand.

«Na, wie läuft es bei euch? Und wo ist Alice?», fragte sie, nachdem sie Dylan über den Verkaufstisch hinweg einen Kuss gegeben hatte.

Er lächelte, und Savannah bemerkte wieder, wie gut er aussah mit seiner neuen Frisur. Denn sie hatte ihm vor ein paar Tagen die Haare geschnitten. «Es läuft sehr gut. Alice ist zusammen mit ihrem Mann losgefahren, um irgendwo noch mehr Kuchen zu besorgen, unserer ist nämlich fast alle, wie du siehst.»

«Huch, wie kann das denn sein? Ich dachte, zehn Kuchen würden für heute locker reichen.» Alice und sie hatten dafür die letzten drei Tage in der Küche gestanden und Überstunden eingelegt.

«Das dachten wir auch. Aber dann sind immer mehr Leute gekommen, die irgendwo gehört hatten, dass ein ehemaliger Musikstar in Lake Paradise ist und hier Kuchen verkauft.» Dylan wand sich peinlich berührt. «Das waren hauptsächlich junge Frauen. Fans, schätze ich.»

Savannah lachte. «Du brauchst keine Sorge zu haben, dass ich deswegen eifersüchtig bin. Ich freue mich doch, dass du so treue Fans hast. Und dass so viel für den Spielplatz zusammenkommt!» Die diesjährigen Einnahmen sollten dafür eingesetzt werden, den kleinen Spielplatz im Zentrum um ein paar Geräte zu erweitern.

«Wenn du das sagst ...» Er grinste schief, schien aber erleichtert zu sein.

«Ich muss zurück an meinen Stand. Gibst du mir ein Stück von dem Erdbeerkuchen, bevor er alle ist?»

«Na klar.» Dylan schnitt ihr ein großes Stück ab. «Das macht zwei Dollar, bitte.»

«Haha», entgegnete sie.

«Nein, ich meine das ganz ernst. Du musst zahlen wie jeder andere auch.» Er konnte sich ein Schmunzeln nicht verkneifen.

Savannah beugte sich zu ihm und gab ihm einen dicken Kuss auf den Mund. «Ich hoffe, das ist Bezahlung genug? Ich hab nämlich überhaupt kein Portemonnaie dabei.»

«Na gut, akzeptiert.» Dylan lächelte sie an.

Sie lächelte zurück und ging zu ihrem Stand. Unterwegs traf sie auf ihre Eltern, die sie gleich umarmten.

«Wir kommen nachher noch zu dir an den Stand, zuerst möchten wir uns was zu essen holen», sagte ihre Mutter. «Willst du auch etwas?»

«Nein, danke. Ich bin versorgt.» Sie deutete auf ihr Stück Kuchen, und ihre Eltern schritten voran.

Zurück an ihrem Platz, tauchte, nur zwei Minuten nachdem Miles und seine Familie weitergezogen waren, ein Überraschungsgast bei ihr auf: Gregory. Er war zurück aus New Orleans und wollte ihr dafür danken, dass sie sich um seine Blumen gekümmert hatte.

«Gern geschehen», sagte Savannah. Das hatte sie ihm in den vergangenen Wochen auch stets gesagt, wenn Gregory angerufen und sich nach seinen *Lieblingen* erkundigt hatte. «Bleibst du jetzt hier, oder musst du noch mal zurück zu deiner Mutter?»

«Ich bleibe. Mutter geht es besser, zum Glück, denn ich kann mit New Orleans einfach nichts anfangen. In Lake Paradise gefällt es mir eine Million Mal besser.»

Ja, das konnte Savannah gut verstehen.

«Und? Was ist hier so passiert, während ich weg war?», fragte Gregory.

Savannah drehte sich zu Dylan, der gerade dabei war, Delores und George zwei Stücke Kuchen zu geben. Dylan, der so wunderbar nach Lake Paradise passte und der hier hoffentlich nicht so bald wieder wegwollte.

«Ich weiß gar nicht, wo ich anfangen soll», sagte sie.

Gregory sah ihr wohl an, dass sich vor allem bei ihr etwas getan hatte. Denn er legte den Kopf schief und forderte sie auf: «Warum fängst du nicht bei dir selbst an?»

Na gut, dachte Savannah und begann zu erzählen …

# Epilog

«Guten Morgen, ihr beiden Hübschen», sagte Sadie, als sie das *Paradise Café* betrat. Es war Dienstag, das dreitägige Fest zum Memorial Day war vorbei, und der Alltag hatte sie wieder.

«Guten Morgen», erwiderten Murielle und Delores im Einklang.

Sadie blickte zu Nolan, der hinter der Theke stand und belegte Bagels einsortierte.

«Wie geht es ihm? Hat er schon was gesagt?», flüsterte sie ihren Freundinnen zu.

«Nein, noch kein Wort», ließ Murielle sie wissen, und nun blickten sie alle drei rüber zu ihm.

Nolan sah erschöpft aus. Und das hatte auch einen guten Grund. Nachdem Jamie am Sonntag seiner Frau Ricarda gestanden hatte, dass er bereits seit knapp einem Jahr eine Affäre mit Nolan hatte, war das Ganze gestern völlig eskaliert. Ricarda hatte Jamie mitsamt seinen Sachen vor die Tür gesetzt. Am Memorial Day! Da es ein sehr windiger Tag gewesen war, hatte sich seine Garderobe über den gesamten Paradise Boulevard verteilt. Sogar auf dem Stadtplatz hatte man am Abend beim Abbauen der Buden noch ein paar seiner Socken gefunden. Jamie war fix und fertig, Nolan ebenfalls – und das vor allem, weil sie beide von allen angestarrt und von einigen sogar beschimpft wurden. Halle, die eng mit Ricarda befreundet war, erteilte den beiden Hausverbot in der Pizzeria und stiftete Rupert dazu an, dasselbe im Supermarkt zu tun. Es hätte wohl keiner mit solch einem Aufruhr gerechnet, und selbst die drei Tratschtanten wussten nicht so richtig damit umzugehen. Vor allem mussten sie die Neuigkeiten doch selbst erst mal verkraften.

«Haben sich Halle, Rupert und die anderen wieder beruhigt?», fragte Sadie in die Runde.

«Noch nicht, aber das werden sie sicher», sagte Delores. «Sie sind auf Ricardas Seite, ich kann das gut verstehen.»

«Ricarda wird sich so bald wohl nicht beruhigen», sagte Murielle.

«Ja, die Arme», meinte Delores, und wieder sahen sie zu Nolan rüber.

Schließlich fasste sich Murielle ein Herz. «Nolan? Könnten wir bitte was bestellen?», rief sie ihm zu.

Er blickte auf, starrte sie geistesabwesend an, nickte dann und kam zu ihnen. «Was wollt ihr denn haben?»

«Einfach drei Milchkaffees und irgendwelche Muffins», sagte Sadie, weil sie glaubte, das sei in der aktuellen Situation wahrscheinlich das Beste. Denn Nolan hatte nicht einmal seinen Block dabei.

«Okay», sagte er, und seine Stimme klang fürchterlich.

«Moment noch, Nolan. Setz dich doch mal kurz zu uns», forderte Murielle ihn auf.

Er nahm Platz wie ein alter Sack Kartoffeln.

«So kennen wir dich ja gar nicht», sagte Sadie. «Bitte hör

auf, Trübsal zu blasen. Wenn wir dich nicht haben, um uns jeden Morgen aufzuheitern, wer soll es denn dann tun?»

«Tut mir leid», brachte er qualvoll hervor. Er fühlte sich schrecklich. Er hatte eine Ehe zerstört. Eine Ehe, die allerdings sowieso zum Scheitern verurteilt gewesen war, da einer der Ehepartner nun mal nicht aufs andere Geschlecht stand. Jamie hatte ihm erzählt, dass er sich schon sein Leben lang zu Männern hingezogen fühlte, aber immer geglaubt hatte, dies in einer Kleinstadt wie Lake Paradise verheimlichen zu müssen. Erst die Begegnung mit Nolan habe ihm den Mut gegeben, seine Vorlieben auszuleben. Und nach dem ernsten Gespräch am Samstagabend hatte er auch die Kraft gehabt, es seiner Frau zu gestehen. Mit den bekannten Folgen. Doch auch Ricarda tat Nolan leid. So hätte es nicht laufen dürfen, und er wusste, er selbst würde jetzt von allen gehasst werden. Vielleicht sogar von diesen drei bezaubernden Ladys, die sonst immer auf seiner Seite waren.

Jedoch legte Murielle ihm nun eine Hand auf die Schulter. «Es wird schon alles wieder gut, das verspreche ich dir. Wir machen dir keine Vorwürfe, und die paar Leute, die dir gerade nicht so gutgesinnt sind, werden schon drüber hinwegkommen.»

«Meint ihr wirklich?» Er konnte nämlich nicht so richtig daran glauben.

«Aber natürlich.» Da war Murielle sich sicher.

«Wir halten dennoch viel von dir und werden weiterhin jeden Morgen ins Café kommen», versicherte Delores ihm.

Das heiterte Nolan ein wenig auf. «Danke euch. Ihr seid doch wirklich die Besten.»

«Na, das wissen wir», erwiderte Murielle lachend. «Und nun hol uns endlich unser Frühstück, ja?»

Nolan lächelte sie an, stand auf und ging, um ihnen Kaffee und Muffins zu holen.

«Ach, das wird schon wieder», sagte Murielle.

«Ja, bestimmt.» Sadie klatschte in die Hände. «So, Nolan hätten wir aufgebaut, und was haben wir heute sonst noch zu tun?», fragte sie.

«Ich werde gleich mal Paul anrufen und mich erkundigen, ob er den bösen Magen-Darm-Infekt schon hinter sich hat», erzählte Delores.

Murielle und Sadie warfen einander diesen gewissen Blick zu. Sie beide ahnten, dass der Infekt nur wieder eine Ausrede gewesen war, nicht herkommen zu müssen.

«Beim nächsten Fest kommt er sicher», sagte Sadie ihrer Freundin, obwohl sie es besser wusste.

«Ja, garantiert. Und um dem ein wenig nachzuhelfen, habe ich das gestern als meinen Wunsch auf die Karte geschrieben. Was habt ihr euch denn gewünscht?», fragte Delores.

Am vergangenen Nachmittag hatten sie alle einen Ballon mit einer Karte daran in die Luft steigen lassen. Der Himmel über Lake Paradise war gelb und rosa gewesen und hatte unglaublich ausgesehen. Ethan Schulz hatte ein Foto davon gemacht, das sicher in der nächsten *Gazette* erscheinen würde.

«Darf man das denn verraten?», fragte Sadie. «Ich dachte, der Wunsch geht dann nicht in Erfüllung?»

«Ach, das ist doch Aberglaube», fand Murielle. «Ich sag euch gern, was ich aufgeschrieben habe. Ich habe mir gewünscht, dass Wyatt endlich eine nette Frau findet.»

«Oh, wie schön», sagte Sadie. Doch sie würde nicht verraten, was sie auf ihre Karte geschrieben hatte. Denn sie wollte unbedingt, dass ihr Wunsch in Erfüllung ging, und wollte nichts riskieren. Sie hatte sich nämlich gewünscht, dass Savannah und Dylan eine Familie gründen würden.

«Vielleicht hätten wir uns etwas für Nolan wünschen sollen», meinte Delores, als der Cafébesitzer ihnen drei Tassen Milchkaffee gebracht hatte.

«Ja, das hätten wir vielleicht.»

«Ach, das kriegen wir auch ohne Wunschkarten wieder hin», sagte Murielle. «Ich rede mal mit Rupert und Halle. Und wenn alle im Ort sehen, dass wir Nolan treu bleiben, sollte die Sache bald vergessen sein.»

Sadie nickte. «Ja, so sehe ich das auch.»

«Ein Gutes hat das Ganze jedenfalls», sagte Murielle und gab Zucker in ihren Kaffee. «Die beiden müssen sich jetzt nicht mehr verstecken. Sie lieben sich und sollten sich dafür nicht schämen.»

«Aber Ricarda ...» Delores war noch immer nicht überzeugt.

«Zum gegebenen Zeitpunkt werden wir auch ihr helfen, jemand Neues zu finden», meinte Murielle. «Wir sind doch gut darin, Liebende zueinanderzuführen, oder?»

«Ja, das sind wir», sagte nun auch Delores, und sie musste daran denken, wie sie Lexi und Aaron im letzten Jahr geholfen hatten, indem sie ihm nach seiner Rückkehr nach New York einen Brief geschrieben hatten.

«Na, seht ihr. Alles wird gut.» Murielle trank einen Schluck Kaffee. «Habt ihr eigentlich die *Gazette* schon gelesen? Wir hatten ja noch gar keine Zeit, darüber zu sprechen.

Auf Seite zwei stehen die Umfrageergebnisse! Lake Paradise befindet sich mit 1847 Haustieren bei 4021 Einwohnern noch immer an erster Stelle.»

«Ja, ich habe es gelesen», sagte Sadie. «In der *Gazette* steht auch, dass Dylan jetzt an drei Abenden in der Woche in *Jamie's Food Paradise* auftritt. Vielleicht gehen wir mal zusammen hin und hören ihm zu?»

«Gerne», antwortete Delores. «Der Junge hat so ein Talent. Und ich freue mich sehr, dass er in der Stadt bleibt. Er und Savannah sind so ein schönes Paar.»

«Ja, das sind sie», stimmte Sadie glückselig lächelnd zu. Und als sie aus dem Fenster schaute, sah sie die beiden genau in diesem Moment über den Stadtplatz spazieren. Sie hielten Händchen und lachten ausgelassen über irgendetwas.

«Ist die Liebe nicht schön?», fragte sie.

Delores und Murielle folgten ihrem Blick – gerade als Nolan mit ihren Muffins an den Tisch trat. Er sah ebenfalls hinaus.

«Ja, sie ist das Schönste auf der Welt», stimmte er verträumt zu.

«Hast du Lust, heute Abend mit uns ins *Food Paradise* zu kommen und dir Dylan anzuhören?», fragte Murielle.

Nolans Gesicht erhellte sich. Und er wusste, es würde alles gut werden. Wie konnte es das nicht – mit solch lieben Freundinnen an seiner Seite?

# Savannahs Playlist

*If We Were Vampires* – Jason Isbell and the 400 Unit
*Love Gone Wrong* – You + Me
*Black Roses* – Clare Bowen
*You Belong to Somebody Else* – PJ Harding & Noah Cyrus
*Lights Are On* – Tom Rosenthal
*You Found Me* – The Fray
*This Never Happened Before* – Paul McCartney
*Iris* – Goo Goo Dolls
*Can't Help Falling in Love* – Ingrid Michaelson
*Charlie Boy* – The Lumineers
*Oceans* – Seafret
*Starts with Goodbye* – Carrie Underwood
*Almost Lover* – A Fine Frenzy
*Somewhere Only We Know* – Keane
*Love Like This* – Lauren Daigle
*Reflecting Light* – Sam Phillips
*Come Away with Me* – Norah Jones
*Modern Nature* – Sondre Lerche
*The Luckiest* – Ben Folds
*First Day of My Life* – Bright Eyes

# Rezepte aus Lake Paradise

## Alice' Spargelcremesuppe

ZUTATEN FÜR 4 PERSONEN

1 weiße Zwiebel
1 Knoblauchzehe
Speiseöl
2 mittelgroße Kartoffeln
1 Kilo weißen Spargel
300 ml Gemüsebrühe
200 ml Sahne (oder pflanzliche Alternative)
1 Prise Zucker
Salz
Pfeffer
Gemahlene Muskatnuss
Saft einer halben Zitrone
Frischer Schnittlauch

Die Zwiebel und die Knoblauchzehe schälen und klein hacken, in einem Topf mit ein wenig Öl glasig braten. Die geschälten und klein geschnittenen Kartoffeln hinzugeben und kurz anrösten. Den Spargel schälen und in Stücke schneiden, dabei die Enden großzügig entfernen und entsorgen. Den Spargel zu den anderen Zutaten in den Topf geben. Mit Gemüsebrühe auffüllen und aufkochen. Auf niedriger Stufe 20–25 Minuten köcheln lassen, vom Herd nehmen. Einige Spargelstücke herausnehmen und beiseitelegen. Die Suppe pürieren. Dann die Sahne und die Prise Zucker hinzugeben und mit Salz, Pfeffer und Muskatnuss abschmecken.

Die beiseitegelegten Spargelstücke wieder hinzugeben.

Auf Teller füllen, mit ein wenig Zitronensaft beträufeln und mit klein gehacktem Schnittlauch garnieren.

## Alice' Maisbrot

ZUTATEN FÜR 4–6 PERSONEN

250 g Maismehl
150 g Weizenmehl Type 450
2 EL Zucker
1 TL Salz
1 Päckchen Backpulver
1 Päckchen Natron
150 ml Speiseöl
1 EL Essig
200 ml Milch (oder pflanzliche Alternative)

Alle Zutaten in einer großen Schüssel verrühren. Eine viereckige Kuchen- oder Auflaufform einfetten und den Teig hineinfüllen. Im vorgeheizten Ofen bei 190 Grad Ober-/ Unterhitze ca. 20 Minuten backen, bis das Maisbrot auf der Oberfläche leicht goldbraun ist. Noch in der Form in rechteckige Stücke schneiden.

Das Maisbrot passt gut zu Suppen oder Salaten. Am besten serviert man es noch warm mit Butter oder Margarine.

## Savannahs Kirschmarmelade

ZUTATEN FÜR 4 GLÄSER

1 Kilo Schattenmorellen
500 g Gelierzucker
Saft einer Zitrone
2 Päckchen Vanillezucker
1 TL Zimtpulver

Frische Kirschen entsteinen, eingefrorene auftauen, eingelegte abtropfen lassen. In einen Topf geben und mit dem Gelierzucker und dem Zitronensaft verrühren. Unter Rühren zum Kochen bringen, kurz aufkochen und bei niedriger Stufe fünf Minuten köcheln lassen, dabei immer weiterrühren. Vom Herd nehmen, den Vanillezucker und das Zimtpulver unterrühren und sofort in die Gläser füllen. Mit den Deckeln verschließen und die gefüllten Gläser für 5 Minuten auf den Kopf stellen.

Die Kirschmarmelade schmeckt besonders gut auf frisch gebackenen Brötchen, zu Scones oder auf Pfannkuchen.

Kühl und trocken gelagert, ist sie ungeöffnet gut ein Jahr haltbar. Nach dem Öffnen im Kühlschrank aufbewahren.

# Danksagung

Diesmal möchte ich zuallererst den wunderbaren Mitarbeitern von Rowohlt danken, dass sie so fest an mich und meine neue Reihe glauben und sich in Lake Paradise genauso wohlfühlen wie ich. Deshalb: Ditta Friedrich, Marle Scheither, Jana Fahlbusch, Jenny Opitz, Sünje Redies, Nicola Bartels und allen anderen, die an der Planung, Herstellung und Vermarktung meiner Bücher beteiligt sind – vielen herzlichen Dank für euren Einsatz und für eure Leidenschaft.

Natürlich möchte ich wie immer auch Anoukh Foerg, meiner großartigen Agentin, danken, die nie müde zu werden scheint, an meiner Seite zu stehen.

Danke an meine Familie, Freunde und Kollegen für die endlose Unterstützung, egal, ob ich mich gerade in der Valerie Lane, im sonnigen Kalifornien oder im idyllischen Lake Paradise befinde.

Und zuletzt geht ein großer Dank an die Buchhändler*innen, meine Leser*innen und Blogger*innen, dafür, dass ihr die neue Reihe so gut aufgenommen habt und auch dieses Mal wieder mit mir nach Lake Paradise gereist seid. Ich freue mich schon auf unseren nächsten gemeinsamen Ausflug in das schönste und skurrilste Städtchen Nebraskas.

# Leseprobe

MANUELA INUSA

# Ein Ort für Träume

LAKE
PARADISE

ROMAN

Rowohlt Taschenbuch Verlag

# 1

Es war ein gewöhnlicher Donnerstagmorgen in Lake Paradise, Nebraska, einem Viertausend-Einwohner-Städtchen, das auf den meisten Landkarten nicht einmal zu finden war. Doch wer diesen idyllischen Ort kannte, der wusste, dass er etwas ganz Besonderes war. Dass man hier auf die freundlichsten Menschen stieß, auf die niedlichsten Geschäfte, auf den schönsten, jetzt im Sommer mit fröhlichen bunten Blumen geschmückten Stadtplatz und auf einen See, der nicht nur zum Schwimmen oder Kanufahren, sondern auch zum Spazierengehen und Picknicken einlud. Lake Paradise war ein Städtchen, das seinesgleichen suchte, und die Bewohner wussten zu schätzen, welch wundervollen Heimatort sie sich zum Leben ausgesucht hatten.

«Guten Morgen, Ladys, wie geht es euch heute?», begrüßte der Inhaber des *Paradise Cafés* seine drei treuesten Gäste. Murielle, Delores und Sadie waren jeden Morgen um acht im Café anzutreffen. Die drei waren auch als das Tratschtrio der Stadt bekannt.

«Uns geht es ganz wunderbar, Nolan, danke», erwiderte Delores, mit dreiundsiebzig die Älteste der drei. «Und wie geht es dir?»

«Mir geht's super», sagte Nolan.

Das zu hören, machte Delores glücklich, denn Nolan hatte es die vergangenen zwei Monate nicht leicht gehabt. Nachdem herausgekommen war, dass er schon seit einiger Zeit eine heimliche Affäre mit Jamie hatte, dem Restaurantbesitzer von nebenan, war ein riesiger Aufruhr in ihrem sonst so harmonischen Städtchen ausgebrochen. Seine Frau Ricarda hatte Jamie rausgeworfen, und die Pizzeriainhaberin Halle, die gut mit Ricarda befreundet war, hatte Jamie und Nolan Hausverbot erteilt. Aus Solidarität, versteht sich. Der Supermarktbesitzer Rupert, der mit Halle liiert war, hatte daraufhin dasselbe getan – aus Solidarität zu Halle. Zwei ganze Monate hatten sich die Lager gespalten, man war entweder Team Ricarda oder Team Nolan & Jamie.

Natürlich war es schrecklich, was passiert war, und Ricarda tat Delores leid, doch wie viel schlimmer wäre es gewesen, wenn die Arme ein ganzes Leben mit einem Mann verbracht hätte, der sich verstellte? Wenn sie erst über den Betrug und den Verlust hinweggekommen wäre, würden Delores, Sadie und Murielle schon ein wenig nachhelfen und Ricarda einen netten neuen Mann finden. Einen, der nicht schwul war.

Murielle würde sich ja am liebsten jetzt schon auf die Suche machen, das wusste Delores, doch es war noch zu früh. Bis es so weit war, sollte ihre Freundin schön weiter nach einer neuen Frau für ihren Sohn Wyatt Ausschau halten, den Sheriff der Stadt, der, wie sie alle fanden, endlich wieder jemanden an seiner Seite brauchte.

«Man sieht dir an, dass es dir besser geht», sagte nun Sadie zu Nolan. Sadie war die Inhaberin des *Ice Cream Paradise* und arbeitete als Einzige der drei noch in Vollzeit. Delores war bereits in Rente, und Murielle half lediglich an drei Vormittagen in der Woche in der Stadtbücherei aus.

«Ja, das finde ich auch», meinte Murielle. «Und, Nolan, kann es sein, dass ich dich gestern in Ruperts Supermarkt gesehen habe?»

Nolan, der heute eine grüne Fliege zu seinem schwarzen Hemd trug, strahlte. «Ja, er lässt mich endlich wieder rein. Und das ist gut, denn er hat diese Woche meine Lieblingsgummischlangen im Angebot. Die sauren.»

Murielle lachte. «Ja, die mag Abigail auch am liebsten. Ich habe gleich zugeschlagen und fünf Packungen gekauft.» Abigail war Murielles fünfjährige Enkelin, die sie tagsüber betreute, wenn Wyatt für Recht und Ordnung sorgte.

«Ich bin froh, dass sich die Dinge wieder normalisieren», sagte Sadie, und die anderen konnten ihr nur zustimmen.

«Also, was darf ich euch denn heute bringen?», fragte Nolan und hielt Notizblock und Stift bereit.

«Ich hätte gerne einen Milchkaffee und ein Croissant», sagte Delores.

«Hast du heute wieder diese leckeren Plunderteilchen mit Aprikose da?», erkundigte sich Sadie.

Nolan drehte sich zur Theke. «Du hast Glück, zwei sind noch übrig.»

Sadie lachte. «Eins reicht mir, danke. Und dazu möchte ich einen Früchtetee, bitte.»

Nolan notierte es und wandte sich Murielle zu.

«Ich nehme einen Latte macchiato und einen Bagel mit Lachs und Frischkäse», sagte sie.

«Alles klar, kommt sofort.» Nolan ging hinter die Theke, und die drei wandten sich wieder wichtigeren Themen zu.

«Sagt mal, habt ihr Lexi in letzter Zeit gesehen?», fragte Murielle. «Also, entweder hat sie zu viel gefuttert oder …»

«Du willst doch nicht etwa andeuten, dass …?» Sadie sah ihre Freundin mit großen Augen an.

«Was denn?», fragte Delores, die wie immer ein wenig schwer von Begriff war.

«Na, sie könnte schwanger sein», meinte Murielle.

«Huch!», machte Delores. «Sie und Aaron sind doch erst seit letztem Herbst ein Paar.»

«Na und?», sagte Murielle. «Ich würde mich für die beiden freuen.»

Als Nolan kurz darauf mit ihren Getränken kam, wurde er natürlich gleich ausgequetscht.

«Ich weiß von nichts», sagte er, obwohl es nicht stimmte. Denn Lexi, die eine gute Freundin von ihm war, hatte ihm bereits vor einigen Wochen gestanden, dass sie Nachwuchs erwartete. Er hatte sich gewundert, warum sie gar keinen Kaffee mehr bestellte, und da hatte sie ihm anvertraut, dass sie, seit sie schwanger war, versuchte, auf Koffein zu verzichten.

«Wie schade, dass du auch nichts weißt», sagte Sadie gerade, als Trish durch die Tür trat.

Wie passend, dachte Murielle, denn Trish war Lexis beste Freundin, solange sie denken konnte. «Guten Morgen, Trish!», rief sie der vierundzwanzigjährigen Brünetten zu.

«Guten Morgen, ihr drei.»

«Du, sag mal, kannst du uns sagen, weshalb Lexis Bauch auf einmal so … rund aussieht?»

«Rund?» Trish lachte. «Na, dann hat sie wahrscheinlich zu viel Sushi gegessen oder so.» Sie zwinkerte Nolan zu.

«Sushi, ja?» Sadie schüttelte enttäuscht den Kopf.

«Na, ich bin mir da nicht so sicher, ob ihr uns nicht doch etwas verheimlicht», sagte Murielle und sah von Trish zu Nolan, die beide ganz unschuldig dreinblickten.

«In spätestens neun Monaten werden wir es wohl erfahren», sagte Delores, zuckte die Achseln und nahm einen Schluck ihres Milchkaffees.

«Wenn sie jetzt schon einen runden Bauch hat, dann wird es wohl keine neun Monate mehr dauern», sagte Murielle.

Und während die drei noch weiter über Lexis Bauch fabulierten, wandte Trish sich an Nolan.

«Kann ich einen Pfefferminztee und einen Blaubeer-Muffin zum Mitnehmen haben?»

«Aber sicher.»

Nolan schenkte Trish ein Lächeln, und sie lächelte zurück. Ja, das Leben war schön. Wie könnte es anders sein am freundlichsten Ort der Welt?

# 2

Trish schloss die Tür ihres Tiersalons, des *Animal Paradise,* auf, den sie vor fast genau zwei Jahren eröffnet hatte. Wie jeden Morgen war sie guter Dinge und freute sich, den Tag nicht nur mit den Tieren der Stadt und ihren Besitzern verbringen zu dürfen, sondern auch mit ihrer besten Freundin Lexi, die sie seit letztem Jahr bei der Arbeit unterstützte. Lexi hatte zuvor im Maismuseum gearbeitet, das aber kaum Besucher hatte, weshalb leider kein Budget mehr für zwei Angestellte vorhanden gewesen war. Die Leiterin Edda hatte Lexi schweren Herzens verkündet, dass sie sie gehen lassen musste, und diese hatte daraufhin ohne Job dagestanden. Trish hatte ihr natürlich sofort angeboten, bei ihr im Tiersalon mit einzusteigen, da es nicht nur mehr als genug zu tun gab, sondern weil sie ihre Freundin auch zu gerne an ihrer Seite hatte. Schon bei der Eröffnung hatte sie Lexi ein Jobangebot gemacht, doch diese hatte lieber im Museum bleiben wollen. Trish konnte es ja verstehen, das Maismuseum hatte Lexi aus der schlimmsten Phase ihres Lebens geholfen. Denn es war eröffnet worden, kurz nachdem vor drei Jahren Lexis Verlobter Keith tödlich verunglückte. Das Renovieren, Einrichten und schließlich die Mitarbeit im Museum als Kassiererin und Führerin hatte ihr einen neuen Sinn im Leben gegeben, deshalb hatte Trish sich auch sofort Sorgen gemacht, als ihrer Freundin gekündigt wurde. Glücklicherweise hatte sie Lexi dann schnell überzeugen können, doch noch bei ihr anzufangen. Und seitdem machte die Arbeit gleich doppelt so viel Spaß.

«Guten Morgen», hörte Trish ihre Freundin durch den Salon rufen, als diese kurz nach ihr eintraf.

«Du bist zu spät!» Trish spielte die strenge Chefin.

«Nur zehn Minuten», erwiderte Lexi.

«Zehn Minuten sind zehn Minuten, die ziehe ich dir vom Lohn ab.»

Lexi machte ein Gesicht wie einer der kleinen Welpen, die sie oft badeten und frisierten. «Es tut mir leid. Verzeihst du mir?»

«Na gut. Aber nur wenn du mir erzählst, weshalb du zu spät bist. Deine Morgenübelkeit hast du doch überwunden, dachte ich?»

«Ja, die ist zum Glück vorüber», sagte Lexi, nahm ihre knallpinke Plastikschürze vom Haken und band sie sich um. «Aaron und ich waren die halbe Nacht wach, weshalb ich heute Morgen verschlafen habe.»

«Oho! Ihr wart die halbe Nacht wach?» Trish zwinkerte ihrer Freundin zu.

«Haha. Nicht was du gleich wieder denkst. Es ging um Aarons Umzug. Er muss jetzt nur noch einmal zurück nach New York und ein letztes Projekt abschließen. Dann mietet er sich einen Möbelwagen und bringt all seine Sachen her.»

«Und dann bleibt er für immer hier?» Sie freute sich für

Lexi, dass es endlich so weit war. Denn die letzten vier Jahre hatte Aaron in New York gelebt und dort als Architekt gearbeitet. Er stammte zwar aus Lake Paradise, war aber als Sohn des reichsten Mannes der Stadt aufgewachsen und mit dreizehn Jahren aufs Internat geschickt worden. Ganze zwölf Jahre war er seinem Heimatstädtchen und auch seiner Familie ferngeblieben, hatte gleich nach dem Internat in Yale studiert und war anschließend nach New York gegangen. Er war auch nur zurück nach Lake Paradise gekehrt, weil sein Grandpa Alfred gestorben war und Aaron zur Beerdigung gehen wollte. Bei der Gelegenheit hatte er Lexi wiedergetroffen, die er aus Grundschulzeiten kannte, und sie hatten sich ineinander verliebt.

«Ja, ich kann es kaum erwarten», erwiderte Lexi.

«Ich habe das noch vor ein paar Monaten nicht für möglich gehalten», sagte Trish. «Ich meine, Aaron war einfach so ein typischer New Yorker. Und was will er hier denn eigentlich arbeiten? Ich kann ihn mir nicht dabei vorstellen, in einer der Maisfabriken seines Dads eine Stelle als Vorarbeiter anzunehmen oder so.»

«Oh Gott, nein, das wird auch niemals passieren. Aaron ist Architekt mit Fleisch und Blut.»

«Also will er den Beruf hier weiter ausüben? Versteh mich nicht falsch, aber wer will denn hier schon was gebaut haben – außer einer neuen Scheune oder einem Schuppen in seinem Garten?»

«Hm, das ist eine gute Frage.» Lexi kaute auf ihrer Lippe herum. «Außerhalb der Stadt bauen sie doch seit Jahren diese neuen Wohnviertel. Vielleicht findet sich da Arbeit für ihn. Oder er nimmt Projekte an, die etwas weiter weg sind, dann würde er halt pendeln. Aber erst mal hat er eh vor, das Haus seines Grandpas umzubauen, das er geerbt hat.»

«Oh, wirklich? Wollt ihr etwa da einziehen?»

Lexi strahlte, wie nur eine Schwangere es konnte. Ihre Wangen schimmerten rosa, und ihre Augen funkelten. «Das haben wir vor, ja.»

«Wow! Das hattest du ja noch gar nicht erzählt!»

«Das haben wir ja auch erst letzte Nacht so richtig festgelegt», sagte Lexi.

«Das finde ich super, ehrlich. Und was passiert dann mit deinem Haus?» Darin hatten früher einmal Lexis Großeltern gewohnt, doch nachdem Ursula gestorben und Murphy ins Seniorenheim am See gezogen war, hatte Lexi es bezogen. Eigentlich hatte sie da zusammen mit Keith eine Familie gründen wollen, doch dann war alles anders gekommen.

«Helena könnte einziehen», meinte Lexi.

«Bleibt Helena denn jetzt sicher hier?» Lexis ältere Schwester verbrachte den Sommer mit ihren Kindern in Lake Paradise, weil sie Eheprobleme hatte.

«Ich hoffe es. Ich möchte nicht, dass sie und die Kinder zurück nach Kansas City gehen.»

Ja, das konnte Trish gut verstehen. Nicht nur, weil Helenas Mann sie betrogen hatte, sondern auch, weil Lexi ihre Schwester die letzten Jahre so vermisst hatte und sie viel lieber wieder um sich hätte. Besonders jetzt, wo sie schwanger war.

«Du, übrigens …» Trish nestelte an ihrer Schürze herum.

«Oh, oh. Was ist passiert?» Lexi sah sie ängstlich an. Sie ahnte es wohl schon.

«Die Tratschtanten wissen Bescheid.»

«Oh, Mist!», entfuhr es ihrer Freundin. «Wer hat es ausgeplaudert?»

«Niemand. Sie sind ganz allein darauf gekommen. Murielle hat mich gefragt, wieso dein Bauch so rund ist.»

Lexi blickte hinunter zu ihrem Bäuchlein, das wirklich ein wenig runder war als sonst. Allerdings hatte sie gehofft, es noch ein paar Wochen verstecken zu können. Denn obwohl die ersten drei Monate bereits überstanden waren, wusste Trish, dass Lexi noch immer voller Furcht war, sie könnte wieder eine Fehlgeburt erleiden – wie nach dem Tod von Keith. Damals hatte sie von dem einen auf den anderen Tag ohne Verlobten und ohne Baby dagestanden. Es war also nur allzu nachvollziehbar, dass ihre Freundin besorgt war. Aber leider war es nun aus mit dem Versteckspiel.

«Fällt es denn wirklich schon so sehr auf?», fragte Lexi und strich sich über den Bauch.

«Nur wenn man es weiß. Na ja, und jetzt weiß es bald leider die ganze Stadt.»

«Hast du Murielles Verdacht etwa bestätigt?»

«Nein, natürlich nicht! Ich hab gesagt, du hättest wahrscheinlich nur zu viel Sushi gegessen.»

Lexi lachte. «Ausgerechnet Sushi? Dir ist schon klar, dass ich das überhaupt nicht mehr esse, oder?»

«Wieso denn das? Du und Aaron, ihr liebt es doch! Du hast extra für ihn einen Sushi-Kurs mitgemacht.»

«Ja, schon. Aber als Schwangere darf ich keinen rohen Fisch zu mir nehmen.»

«Aaah! Na, es gibt ja aber auch welches ohne rohen Fisch. Ich esse gerne das mit Avocado.» Trish war schon ihr halbes Leben lang Vegetarierin.

«Ja, da hast du recht. Aber ich mag halt das mit Lachs am liebsten, und weil Aaron das weiß, haben wir dem Sushi während der Schwangerschaft abgeschworen.»

«Oh Gott, wie süß. Er macht da mit?»

«Ja. Ist er nicht ein Schatz?»

«Und ob! Aber weißt du denn wirklich, dass er in New York nicht heimlich welches isst?» Trish zwinkerte ihr schelmisch zu.

Lexi rollte die Augen. «Ich denke, ich könnte es ihm verzeihen. Ist ja nicht dasselbe wie etwa eine Affäre.»

Sie mussten wohl beide an die arme Helena denken.

«Da hast du auch wieder recht», stimmte Trish ihr zu. «Auf jeden Fall solltest du dir schon mal überlegen, wie du reagierst, wenn Murielle, Sadie oder Delores dich fragen. Und das werden sie ziemlich sicher bald tun.»

Lexi seufzte, und in dem Moment betrat Howie den Laden. Der Supermarktbesitzer hatte seinen Hund Flax dabei, weil der gebadet werden sollte.

«Guten Morgen, Howie», begrüßte Trish ihn.

«Guten Morgen, ihr beiden. Kann ich Flax bei euch lassen und ihn in einer halben Stunde wieder abholen? Ich muss dringend nach nebenan zu Rupert, denn ich habe gehört, dass der doch tatsächlich ab heute frisch gebackene Brezeln anbietet. Davon muss ich mich mit eigenen Augen überzeugen.»

Die beiden Supermarktbesitzer waren seit Jahren verfeindet und immer darauf aus, den anderen in allem zu überbieten.

«Mhmmm, frische Brezeln», sagte Lexi, und Howie sah sie böse an.

«Was denn? Sind doch lecker.»

Trish musste sich ein Lachen verkneifen, denn sie hatte gelernt, dass weder Howie noch Rupert es lustig fanden, wenn man über solche Dinge lachte. «Klar, Howie», sagte sie daher schnell, nahm die Leine entgegen und kraulte den Collie hinterm Ohr. «Wir kümmern uns um Flax.»

«Danke euch.»

Howie war schon fast aus der Tür, als Lexi ihm hinterherrief: «Grüß Rupert von mir!»

Howie blieb kurz stehen, und Trish konnte sehen, wie sich sein Nacken verkrampfte, doch dann lief er auch schon weiter.

«Du solltest es dir nicht mit ihm verscherzen», sagte Trish. «Sonst bekommst du noch Hausverbot.»

«Glaubst du wirklich, Howie würde einer Schwangeren Hausverbot erteilen?»

«Er weiß doch aber gar nicht, dass du schwanger bist.»

«Sagtest du nicht, Murielle ahnt etwas? Dann, glaube mir, wird auch Howie es spätestens heute Abend wissen.»

«Ja, da könntest du recht haben.»

Lexi sah aus dem Fenster. «Oh, guck mal, Wyatt steht da draußen und winkt.» Ihre Freundin winkte zurück. «Wie niedlich, oder?»

«Was ist daran *niedlich*?», fragte Trish, während auch sie eine Hand hob.

«Na, wie er schüchtern dasteht und dir zuwinkt.»

«Also, erstens winkt er doch ganz offensichtlich uns beiden zu, und zweitens sieht er nicht besonders schüchtern aus. Wäre auch ein bisschen blöd, wenn der Sheriff so wirken würde.»

Lexi schaute sie stirnrunzelnd an. «Also, dass du das nicht siehst …»

«Na, was denn?»

Ihre Freundin schüttelte den Kopf. «Ach, gar nichts.»

«Nun sag schon!»

«Nichts, Trish. Wahrscheinlich bilde ich es mir ja auch nur ein. Komm, lass uns jetzt Flax baden.» Mit diesen Worten wandte sich Lexi ab und begann damit, die Wanne für den Hund vorzubereiten.

Trish starrte ihre beste Freundin sprachlos an. Sie konnte doch nicht irgendwelche Andeutungen machen und dann einfach das Thema abhaken, ohne ihr irgendeine Erklärung zu liefern. Dann schob sie es aber schlicht auf die Hormone. Immerhin war Lexi schwanger und benahm sich schon seit einiger Zeit ein wenig seltsam. Und ja, sie könnte recht haben, bis heute Abend würde es die ganze Stadt wissen.

# 3

Wyatt senkte seinen Arm. Er stand auf dem Stadtplatz und sah nach dem Rechten. In seiner Sheriffuniform hatte er Einfluss, das wusste er, und immer wieder kam jemand zu ihm, um ihm irgendetwas zu berichten oder sich über irgendjemanden zu beschweren.

«Aus Moeshas Haus war gestern Abend ganz schön laute Musik zu hören», hatte der alte Hank heute Morgen auf dem Weg zur Biobäckerei geklagt.

«Sie hat bestimmt nur für den Gospelchor geprobt», hatte Wyatt erwidert.

«Aber muss sie das denn abends machen? Kannst du nicht mal mit ihr sprechen und ihr sagen, dass sie dieses Proben auf den Nachmittag verlegen soll?»

«Nachmittags steht sie doch in ihrem Blumenladen», erinnerte er Hank.

«Na, wenn sie es schon abends machen muss, dann soll sie wenigstens leiser singen.»

«Okay, okay, ich rede mit ihr.»

Bei dem Gedanken an das Gespräch seufzte Wyatt innerlich und fragte sich gleichzeitig, warum Hank seine Nachbarin nicht einfach selbst bitten konnte, ein wenig leiser zu singen. Aber so war das in ihrem hübschen Städtchen, die Leute wollten keinen Streit – abgesehen von Howie und Rupert, die ständig miteinander zankten. Ansonsten war aber jeder auf Harmonie aus, und wenn dann doch mal jemand unglücklich wegen seines Nachbarn war, musste halt Wyatt ran. So wie in der letzten Woche, als Delores und George sich bei ihm beklagt hatten, dass Shane Doyle, der Sohn vom Bürgermeister, seine Unterhosen zum Trocknen in den Garten hängte. Sie fühlten sich beim Nachmittagskaffee auf der hinteren Veranda gestört, wenn diese «Reizwäsche» dort einfach so hing und im Wind hin und her wehte. Ob es denn wirklich Reizwäsche sei, hatte Wyatt nachgefragt, wie Tangas etwa? «Nein, nein», hatte Delores erwidert. «Aber die Boxershorts haben Tiger- und Löwenmuster und sehen sehr nach Stripclub aus.»

Wyatt hatte lachen müssen, denn woher wollte Delores bitte wissen, was Stripper trugen? Die Frau war dreiundsiebzig und seit über fünfzig Jahren verheiratet, sie sah nicht gerade danach aus, als wenn sie die Nächte in irgendwelchen Stripclubs verbringen würde. Mal davon abgesehen, dass es in Lake Paradise überhaupt keine solchen gab.

«Ja, Delores, ich werde mit Shane sprechen», hatte er gesagt und es dann auch getan.

Denn darin bestand Wyatts Hauptaufgabe: mit den Bewohnern von Lake Paradise reden, Streit schlichten und für Harmonie sorgen. Dass wirklich mal etwas passierte, das man auch nur ansatzweise als Straftat bezeichnen konnte, kam äußerst selten vor. Zuletzt war es Gene Keller gewesen, der auf den neuen Partner seiner Ex-Frau Savannah losgegangen war. Wyatt hatte Gene über Nacht in die Zelle stecken müssen. In die einzige Zelle, die das kleine Polizeirevier hergab.

Das Revier befand sich an der Ecke Paradise Boulevard / Paradise Place, gleich neben der Autowerkstatt und gegenüber der *Paradise Tavern*, der einzigen Kneipe der Stadt. Was gut war, denn so konnte Wyatt – oder wer auch immer gerade Dienst hatte – ein Auge darauf haben. Hin und wieder trank jemand zu viel und machte Radau, und ab und zu gab es sogar eine Prügelei, doch die meiste Zeit über war alles friedlich. Wyatt saß abends meist in seinem Büro und löste Kreuzworträtsel oder las ein Buch. Dann und wann kam es sogar vor, dass er an seinem Schreibtisch einnickte, einfach weil so unglaublich wenig passierte in einem Städtchen wie Lake Paradise. Als er noch Streifenpolizist in Omaha gewesen war, hatte das ganz anders ausgesehen. Da hatte es immer was zu tun gegeben.

Vor rund zehn Jahren, gleich nach der Polizei-Ausbildung, war Wyatt nach Omaha gezogen, wo er eine Anstellung gefunden hatte. Dort hatte er Hannah im Kino kennengelernt, sie war ihm in der Popcornschlange aufgefallen. Sie hatten sich unterhalten und Nummern ausgetauscht. Ein paar Jahre waren sie wirklich glücklich gewesen, doch dann war Hannah schwanger geworden und hatte sich von Grund auf verändert. Es war ihm so vorgekommen, als wenn sie gar nicht Mutter werden wollte, als wenn sie keine Verantwortung tragen und nicht den Rest ihres Lebens mit ihm und dem Kind verbringen wollte. Ihrem zauberhaften Mädchen, dem sie den Namen Abigail gaben. Schon direkt nach der Geburt verhielt sich Hannah abweisend der Kleinen gegenüber, sie kümmerte sich nicht, schien sich nichts aus ihrer Tochter zu machen. Wyatt nahm an, dass es sich um eine postnatale Depression handelte – und sprang ein. Er nahm eine berufliche Auszeit und sorgte für Abigail, während Hannah sich mit Freundinnen traf, nach Miami reiste oder die Nächte durchfeierte. Mehr als einmal fragte er seine Frau, was denn nur los sei und was er tun könne, um sie wieder glücklich zu machen, doch sie wusste selbst keine Antwort. Eines Tages dann, als er von einem Parkspaziergang mit Abigail zurück nach Hause kam, waren Hannahs Sachen weg, und es lag ein Brief auf dem Küchentisch.

*Lieber Wyatt,*
*ich muss gehen. Ich bin einfach nicht dafür geschaffen, Ehefrau und Mutter zu sein. Du bist so ein guter Vater, ich bin mir sicher, du schaffst das auch allein.*
*Ich werde euch nie vergessen.*
*Hannah*

Das war's. Nur diese wenigen Zeilen. Kein *Es tut mir leid.* Kein *Ich liebe dich.* Kein *Ich komme zurück, wenn es mir besser geht.* Er hatte nie wieder etwas von Hannah gehört und eine Weile lang nicht einmal gewusst, wo sie sich aufhielt. Er hatte seine Tochter von da an allein aufziehen müssen – was blieb ihm denn anderes übrig?

Als Abigail knapp ein Jahr alt war, stand er vor der Wahl, ob er sie in eine Kita in Omaha geben sollte, um seine Arbeit wieder aufzunehmen, oder ob er zurück in seine Heimatstadt kehren sollte, wo seine Mutter ihn nur liebend gern unterstützen würde. Wie es der Zufall – oder das Schicksal? – wollte, war Sheriff Morgan in Lake Paradise kurz davor, in Rente zu gehen, und suchte nach einem Nachfolger. Und so ergaben sich die Dinge, Wyatt und Abigail zogen nach Lake Paradise, seine Mom freute sich wie verrückt, und er schlüpfte in die braune Sheriffuniform.

Ein paar Tage nachdem er zurück war, stieß er auf Trish und Lexi, die in *Jamie's Food Paradise* am Nebentisch saßen. Er aß gerade einen Burger mit seinem alten Freund Eric, und er konnte nicht anders, als immer wieder zu Trish zu schielen. Er hatte sie als junges Mädchen in Erinnerung – immerhin war sie acht Jahre jünger als er –, doch jetzt war sie eine wunderschöne junge Frau.

Klar, Trish war eigentlich viel zu jung für ihn, gerade einmal zwanzig, und sie würde sich ganz bestimmt nicht auf einen alleinerziehenden Vater einlassen. Aber sie ging ihm von da an nicht mehr aus dem Kopf. Wenn er sie traf, wurde ihm ganz warm ums Herz, und wenn sie ein paar Worte miteinander sprachen, musste er sich zwingen, tief durchzuatmen und ihr in die Augen zu sehen. Trish war etwas ganz Besonderes. Sie war schön, freundlich, immer gut gelaunt. Und sie war so stark. Wyatt hatte inzwischen natürlich auch von dem Unglück gehört, bei dem Trishs Eltern ums Leben gekommen waren. Seitdem kümmerte sie sich um ihre beiden jüngeren Schwestern Becky und Annie, und sie machte das ganz wundervoll. Trish war die geborene Mutter. Wie sehr wünschte Wyatt sich jemanden wie sie für seine kleine Abigail. Nein, nicht jemanden wie sie – er wünschte sich sie! Und nicht nur für seine Tochter, sondern auch für sich, als Frau an seiner Seite.

Leider sah Trish die Sache ein wenig anders beziehungsweise ihn. Sie sah ihn nämlich gar nicht. Für sie war er nicht viel mehr als der Sheriff der Stadt, jemand, der nach Lake Paradise gehörte wie der Cafébesitzer Nolan oder der Supermarktbesitzer Rupert. Doch er war kein Love Interest, nein, davon war er weit entfernt. Und Wyatt wusste nicht, ob sich das jemals ändern würde.